IDA

ELISABETH PLESSEN

IDA

ROMAN

BERLIN VERLAG

Umschlaggestaltung: Nina Rothfos und Patrick Gabler, Hamburg
Typografie: Birgit Thiel, Berlin
Gesetzt aus der Scala von Greiner & Reichel, Köln
Druck und Bindung: CPI – Ebner & Spiegel, Ulm
Printed in Germany
ISBN 978-3-8270-0941-8

www. berlinverlage.de

»Consider an empty site. Today we are perfectly sure that it will be better empty, than with a new building on it. Consider an old building. We shudder when a new building is projected to replace it because we have good reason to suspect that it will be worse than the old one.«

Vincent Scully:
Introduction to Global Architecture,
Document I, Tokio 1979

ERSTER TEIL

I

Warum bin ich Architekt geworden? Den Ausschlag, denke ich, gab mein Onkel Arthur, er hatte in Dessau gelernt. Er beschrieb mir das Konzept des *fließenden Raumes,* und ich bewunderte ihn. Mein Vater riet mir ab. Er sagte: Du bist nicht begabt dazu, wie du dich auch hineinknien magst. Es hapert bei dir an räumlicher Phantasie. Woher wollte er das wissen? Das Gegenteil konnte ich ihm nicht mehr beweisen. Seine Holzhandlung, die ich übernehmen sollte, hatte der Krieg zerstört.

Onkel Arthur zeigte mir schon früh, wie und was ich zeichnen sollte, er korrigierte mich. Nischt! Nischt! Rien! Lass die Türme! Lass die rechtwinkligen Wände! Kopier erst mal die klassische Form! Das Akanthusblatt! Den Architrav! Ich wollte Türme.

Als meinem Vater die Holzhandlung ausbrannte, fing er wieder von vorn an. Angst hatte er nie, behauptete er. Zumindest eine lange Zeit habe ich das auch von mir behauptet.

Interessiert sie das? Die jungen Leute? Heute? Es liegt so weit zurück. Denke ich an die Hässlichkeit unserer Städte, was ersetzt deren Öde? Deren Anonymität? Wir haben die Bewohner unserer Räume aus den Augen verloren. Ich kann ihnen mit solchen Gemeinplätzen nicht kommen ...

Dabei hatte Oskar Marwig sein Vorlesungsthema längst ausgearbeitet. Er wiederholte es nur, eine letzte Probe noch einmal für sich. Er hatte Nora nicht erreicht, und Nora hatte wieder nicht zurückgerufen. Ihr Mann? Der wusste ja alles. Und trotzdem. Das Haus, das Oskar für sie beide suchte ... Vielleicht erschreckte es sie.

Oskar Marwig stand im Schlafzimmer vor der geöffneten Schranktür, in die ein Spiegel eingelassen war, und knöpfte sich das weiß-blau gestreifte Hemd zu. Er ließ den obersten Knopf offen. Der Knopf hätte ihm auf den Kehlkopf gedrückt, außerdem fand er, er sähe mit dem offenen Hemd sportlicher, jünger und attraktiver aus. Ich habe zugenommen, sagte er zu seinem Spiegelbild in der Schranktür, hier am Hals bin ich dicker geworden. Er griff mit der Rechten nach der Haut und schüttelte sie. Willst du dich beschweren beim Leben? Er sah auf die Uhr. Während er in sein lindgrünes Jackett fuhr, dachte er: Warum habe ich mir das bloß eingebrockt? Ein jäher Schmerz zog ihm die Backe hinauf. Ein Zahnarzttermin stand an. Aber wann? Ich muss Ordnung in mich bringen, dachte Oskar, Ordnung in meinen Kopf, wieder Ordnung in mein Leben. Nein, nur einen Halt. Die Hand an die rechte Backe gepresst, schritt Marwig auf die Haustür zu. Hoffentlich hatte er das Haus bald gefunden. Er und sein Partner Georg Maulwieser suchten schon seit einiger Zeit. Die Wohnung hier, das Wochenendprovisorium für ihn und Nora, falls sie kam, ging ihm auf die Nerven. Was nützte es ihm, dass die Wohnung Nora gefiel, wenn sie nicht zu ihm kam? Er wollte ein Haus. Er schlug die Tür hinter sich zu und merkte erst jetzt, dass es regnete.

Oskar beeilte sich, zum Wagen zu kommen – er hatte den Schirm in der Wohnung gelassen. Es blieben ihm nur noch zwanzig Minuten, bis er in der Hochschule sein musste. Oskar fuhr die Hüninger Straße entlang, der Asphalt nahm das Wasser nicht mehr auf, es sammelte sich dort, wo die Fahrbahn uneben oder von Frost aufgebrochen war, zu langen Pfützen. Auf der Clayallee folgte er eine Weile einem gelben Bus. Marwig war zu nervös, um das doppelstöckige Fahrzeug zu überholen. Dass es ihn so aufregte, immer noch, in seinem Alter, dass sich diese Scheu, wenn es denn Scheu war, nicht legte. Du bist eitel, so unsäglich eitel, Oskar, hatte er plötzlich Noras Stimme im Ohr. Was immer es war, Scheu oder nicht Scheu, Eitelkeit, dieses flaue Gefühl im Magen, nichts als Gedankenflucht im Kopf – vor ihnen zu stehen, den Jungen, und zu ihnen, wie viele es sein mochten, spielte keine Rolle, aber zu ihnen zu reden, das bedrängte Marwig. Oder hatte er auf einmal Angst vor den Jüngeren? Komm, rief er sich selbst zu. Schluss jetzt.

Stufe für Stufe erklomm Oskar Marwig die breite Treppe zum Hörsaal. Rothaarig. Sommersprossig. Die braunen Augen mit einem grünen Einschluss darin. Die Lippen geschwungen, aber ein wenig zusammengepresst. Er zwang sich zur Ruhe. Er schritt zum Pult. Genoss es, dass er sich zwang ...

»Ein Glas Wasser, bitte«, und blickte zu seinem Assistenten.

Die Unruhe schwand, als Oskar Marwig sich hinter dem Stehpult aufrichtete, das Glas Wasser neben dem Brillenetui. Es war noch jedes Mal dasselbe gewesen: Marwig wurde selbstbewusst, alle Nervosität legte sich. Auch wenn er seine eigene Angst so viele Jahre kannte, verließ er sich nicht auf das Wissen, dass sie bald, schon kurz nach Betreten des Raumes verfliegen würde. Marwig gewöhnte sich nicht an sich selbst. Aus Erfahrung weiß ich, dass es so sein wird, sagte er sich, aber ich kann mich nicht vorausberechnen. Nur eines kann ich: für meine Irrtümer zahlen.

Er wartete, bis es im Saal ruhig wurde. Er überflog die Köpfe. Waren es siebzig, waren es achtzig Studentinnen und Studenten?

Er sah sich um. Er hatte die Hochschule lange nicht betreten.

Ein Leben, das hinter ihm lag. So hatte er es zumindest für sich beschlossen. Nun hatte man ihn zu Vorlesungen aufgefordert.

Der Saal stieg an. Die Fensterfront zeigte in den Innenhof. Oskar sah zur gegenüberliegenden Schmal- und Längsseite des Hauptgebäudes hinüber. Ein Baum stand nicht im Hof, und die Fassade wirkte grau, behörden-, senatsgrau. Wäre es nach Oskars Geschmack gegangen, so hätte er die Fassade rot angemalt, und er hätte zugesehen, dass mehr Licht in den Hof fiele. Er trat ans Fenster und sah hinunter, zählte die Stockwerke.

»Nach dem achtzehnten Jahrhundert hat es keine Architektur mehr gegeben.« Marwig sprach den Satz ruhig aus und fügte den nächsten an: »Ein unglaubliches Gemisch der verschiedensten Stilelemente, mit denen man das Skelett des modernen Hauses verkleidet, wird moderne Architektur genannt.« Er hörte ein Auflachen, ein Ja! »Die neue Schönheit des Zements und des Eisens wird durch das Vorblenden karnevalesker Schmuckinkrustationen entweiht, die weder durch bauliche Notwendigkeit noch durch unseren Geschmack zu rechtfertigen sind und die ihren Ursprung im ägyptischen, indischen oder byzantinischen Altertum haben und in jener verblüffenden Blüte von Idiotie und Impotenz, die den Namen Neoklassizismus trägt.«

Er merkte, das Gesagte gefiel den Studenten. Konzentriert lauschten sie. Er hörte vereinzelt ein Giecksen, kurzes Auflachen, eine Art Einverständnis. »Manifest der Moderne« hieß der Vortrag. Wie weihevoll das klang! Was Oskar vortrug, hatte ein Sechsundzwanzigjähriger geschrieben.

Max, Oskars Assistent, saß in der vordersten Reihe. Er schaute zu Oskar auf. Die runden Augen in dem von Nachtarbeit blassen Gesicht.

Oskar trank einen Schluck Wasser.

Er gab Max ein Zeichen, und Max schaltete das Licht aus.

Auf der Leinwand hinter Oskars Pult erschien das Foto eines jungen Mannes in Felduniform: Alpinistenmütze, Breeches, Wickelbandagen, Schnürstiefel. Hinter dem Mann stand ein Zelt auf dem Waldboden, die Plane war über drei aufeinanderliegende Baumstämme gespannt.

Oskar las weiter: »Die ungeheuerliche Antithese zwischen der modernen und der antiken Welt wird durch all das bestimmt, was früher nicht war. In unser Leben sind Elemente eingedrungen, deren Existenz die Alten nicht geahnt haben ...«

Der junge Mann stemmte die Linke (Faust), die Rechte (Handfläche) in die Hüften, vorn über dem Bauch war die Uniformjacke aufgesprungen.

»Materielle Bedingungen haben sich ergeben und Geisteshaltungen sind zutage getreten, die sich in vielfältiger Weise auswirken. Zuerst hat sich ein neues Schönheitsideal gebildet, das zwar noch unklar und nicht voll entwickelt ist, dessen Zauber aber die Menge schon spürt. Wir haben den Sinn für das Monumentale, das Schwere, das Statische verloren, und wir haben unsere Sensibilität um den Geschmack am Leichten, Praktischen, Kurzlebigen und Geschwinden bereichert. Wir fühlen, dass wir nicht mehr die Menschen der Kathedralen, der Paläste und der Versammlungssäle sind ...«

Ein langes Gesicht, die Augen im Schatten des Schirms, alles an dem Mann wirkte lang, lang und feingliedrig, schmal, Arme, Handgelenke, Kopf, Nase, Beine ...

»... sondern wir sind die Menschen der großen Hotels, der Bahnhöfe, der breiten Straßen, der riesigen Tore, der überdachten Märkte, der erleuchteten Tunnel, der schnurgeraden Autobahnen, der heilsamen Stadtsanierungen ...«

Der Schatten des Mannes auf dem Waldboden ...

»Wir müssen die futuristische Stadt wie einen riesigen,

lärmenden Bauplatz planen und erbauen, beweglich und dynamisch in allen ihren Teilen, und das futuristische Haus wie eine gigantische Maschine. Die Aufzüge dürfen sich nicht wie einsame Würmer in die Treppenhäuser verkriechen, sondern die Treppen, die überflüssig geworden sind, müssen abgeschafft werden, und die Aufzüge ...«

Der Krieg in den Bergen ... Tirol ...

»... müssen sich wie Schlangen aus Eisen und Glas an den Fassaden hinaufwinden. Dieses Haus aus Beton, Glas und Eisen, ohne Malerei und ohne Skulpturen, das nur die angeborene Schönheit seiner Linien ...«

Er war zu dem Krieg in die Berge gegangen, die langen Arme wirken, als wären sie aus der Uniformjacke herausgewachsen ...

»... und seiner Formen ziert, das außerordentlich ...«

Ein Freiwilliger gegen Österreich. Die Schrapnells ...

»... hässlich in seiner mechanischen Einfachheit und so hoch und so breit wie erforderlich ist, nicht wie es die Vorschriften der Baubehörde befehlen ...«

Eine Gruppe Radfahrer, ein Radfahrerkorps aus Freiwilligen, Künstlern, eine Gebirgseinheit hoch oben im Winter ...

»Dieses Haus muss sich am Rande des lärmenden Abgrunds erheben: der Straße, die sich nicht mehr wie ein Fußteppich auf dem Niveau der Portierslogen dahinzieht, sondern die mehrere Geschosse tief in die Erde hinabreicht, und diese Geschosse werden für die erforderlichen Übergänge durch Metall-Laufstege und sehr schnelle Rolltreppen verbunden sein.«

Ein Holzpflock hält die aufeinanderliegenden Tannenstämme, auch sein Schatten war lang ...

»Werfen wir«, sagte Oskar, er sah auf und machte eine kurze Pause, blickte in den dunklen Hörsaal, aus dem ihm schemenhaft Gesichter und Augen entgegensahen ...

Diese Kühnheit damals, Oskar selbst hatte sie niemals besessen, nicht einmal davon zu träumen gewagt, auch nicht dann, als er in dem Alter dessen gestanden hatte, dessen Manifest er hier vortrug.

»Werfen wir«, fuhr er fort, »Denkmäler, Fußgängersteige, Säulenhallen und breite Treppen über den Haufen, versenken wir die Straßen und die Plätze und heben wir das Niveau der Städte.«

»ICH BEKÄMPFE UND VERACHTE ...«

»UND PROKLAMIERE ...«, Oskars Stimme schwoll an.

Der Mann war tot. Mit achtundzwanzig Jahren hatte er sich töten lassen. *Lo Sport Illustrato*, 1915: Krieg, die einzige Welt. Töten lassen völlig überflüssigerweise, *la Guerra è la sola igiene del mondo ...*

»UND PROKLAMIERE, dass die schrägen und die ellipsenförmigen Linien dynamisch sind und aufgrund ihrer Natur eine emotive Potenz besitzen, die tausendmal größer ist als die der senkrechten und waagerechten Linien ...«

Diese Sätze waren Oskar aus dem Herzen gesprochen, diese Sätze von Antonio Sant'Elia: »DIE HÄUSER WERDEN KURZLEBIGER SEIN ALS WIR. JEDE GENERATION WIRD SICH IHRE EIGENE STADT BAUEN MÜSSEN. Diese ständige Erneuerung der architektonischen Umwelt wird zum Sieg des FUTURISMUS beitragen, der sich bereits mit den BEFREITEN WORTEN, DEM BILDNERISCHEN DYNAMISMUS, DER MUSIK OHNE QUADRATUR UND DER KUNST DER GERÄUSCHE durchgesetzt hat und für den wir pausenlos gegen die passatistische Feigheit kämpfen ...« Mailand, 11. Juli 1914.

Das Foto mit dem jungen Mann in Uniform war ausgeblendet. Max zeigte seine Zeichnungen: Entwürfe für eine utopische Stadt.

Eine Studentin im Saal, Jutta Wolf, fragte sich: Was macht einer, ein Künstler mit dem Fahrrad im Krieg, was macht einer überhaupt freiwillig im Krieg, was will er beweisen? Und sie fragte sich das, während sie auf die gezeichneten Visionen der Industrie- und Handelsmetropolen der Zukunft sah, wie er sie imaginiert hatte: Städte mit stufenförmigen Wolkenkratzern, Fahrbahnen auf verschiedenen Ebenen und kühn geschwungenen Fabrikfassaden. Diese Kühnheit, dachte auch sie, eine herrische, blasphemisch in den Himmel greifende Kühnheit, sie erfrischte, sie befreite, sie tat gut. Aber dann das Gesicht unter der topfartigen Mütze mit Bändern, achtundzwanzig Jahre alt, dazu fehlten ihr, Jutta, noch drei, um sich abknallen zu lassen ...

Oskar sprach eine Weile über Sant'Elia und das Manifest. Er misstraute seinen Verallgemeinerungen, aber er war schließlich hier, um Gedanken, Diskussionen anzustoßen. Er schloss: »Was wir Moderne nennen, ist ein unabgeschlossener Prozess. Ich möchte Sie diesen Prozess sehen lehren, insofern ich es kann und so wie ich ihn sehe. Das ist die einzige Absicht, die ich mit der Vorlesungsreihe verbinde: Ihnen für Abbruch und Kontinuität der Form die Augen zu öffnen. Ich springe«, sagte er und hörte eine seiner Zuhörerinnen in der ersten Reihe auflachen. »Glauben Sie wirklich, dass wir Ihren längst ausgearbeiteten und exakt an dieser Stelle geplanten Sprung nicht mitkriegten ohne Ihre Vorankündigung?« Max hatte sich vorgebeugt, um zu sehen, wer da spräche, Oskar notfalls zu verteidigen. Oskar nickte stumm zu der jungen Frau hin: Sie hatte recht, er bevormundete sie in ihrem Denken, aber was wollte sie, sich mit ihm anlegen? Er fühlte, wie er sich zurückzog. War sie wie eine der aggressiven Feministinnen vor zehn Jahren? Dass er sofort daran dachte!

Die junge Frau sah zu ihm auf. »Sie müssen nicht auf mich eingehen. Sie haben nicht die Übung Ihrer Kollegen.«

Die hatte Oskar tatsächlich nicht. Dankbar für den beinahe versöhnlichen Einwurf lächelte er der Frau zu und merkte sich ihre Stimme. Ob sie in jeder Stunde dazwischenrufen würde? Ein norddeutscher Tonfall, Oskar Marwig war sich nicht sicher, eine schleswig-holsteinisch nölig meckernde Färbung.

»Gut, meine Dame«, sagte er galant, »ohne Sprung in eine heutige schlüsselfertige Stadt ...«

Oskar gab Max einen Wink.

Die Pyramiden, nicht die ägyptischen aus Sandstein und Granit, sondern diejenigen aus Beton, die seit 1967 in staatlichem Auftrag von einem Ingenieurs- und Architektenteam geplanten und gebauten Pyramiden von La Grande Motte, Appartementhäuser und Villen für achtzigtausend Sommerurlauber. Was hatte so eine Stadt mit Sant'Elias' Visionen gemein? Der junge Mann hatte an eine Menschenfabrik, ein über verschiedene Ebenen laufendes, pulsierendes, in Höhen und Tiefen mäanderndes großstädtisches Amerika gedacht und dieses andere Land mit seinem populären Symbol, dem Wolkenkratzer, dessen Ausbreitung über den Erdball er 1914 noch gar nicht ermessen konnte, in den eigenen Kompositionen mit dem europäischen Geist seiner Zeit versetzt. Kraftwerke hatte er seine Visionen genannt. Für die Ferienstadt in der Camargue gab es keine vergleichbare Interferenz, dennoch traf ein wichtiger Punkt des Manifestes zu: die Schnelligkeit der Fertigstellung, die Kurzlebigkeit der Stadt. Nur einen Sommer lang, jeweils einer Generation, wie die Kritiker dieser Stadt voll Häme meinten, für die Badesaison zur Verfügung gestellt, denn diese Neubauten, so sagten sie, verfielen schon innerhalb einer Generation, die nächste hätte gewiss andere Interessen. Die weißen Pferde der Camargue, bisher das Symbol der Gegend, und die von Teichen und Kanälen durchdrungene, grüne getränkte Wildnis zogen sich zurück. Und die modernen Gebäude hatten ihrerseits so gar nichts gemein mit ihren ägyptischen Schwestern, die weiter in der Wüste standen, kilometerweit sichtbar, und dort und so noch Jahrhunderte überdauerten.

Die Stadt als Ferien-, als Sommermaschine, nur wenige Kilometer entfernt von der rechtwinklig angelegten, von einer hohen Mauer umschlossenen mittelalterlichen Hafenfestung Aigues-Mortes, die Ludwig der Heilige bauen ließ, um von dort per Schiff zu seinem Kreuzzug nach Jerusalem aufzubrechen.

»Aus der Luft betrachtet, sieht die Badestadt aus«, sagte Oskar, »als habe man sie, alle diese Pyramiden, die in ihren Fassaden, wie Sie sehen, um weniges voneinander abweichen, im begrenzten Spiel der Geometrie von Dreieck, Raute und Ellipse variieren, als habe man sie aus Streichhölzern und Sperrholz erbaut, so vorläufig und knickbar, aber mit dem Mistral, der da unten stürmisch fegt, kann das nicht sein. Es handelt sich um die Mimikri des Materials – auf einem Foto.«

Im dichten Nebel eines Novembermorgens hatte es Oskar das erste Mal an den Rand der Stadt verschlagen. Der Architekt war, mit der Autofähre aus Afrika kommend, in Sète an Land gegangen, und er hatte, statt sofort auf einer der Schnellstraßen Richtung Norden weiterzufahren, sich an den Teichen entlang der Industriezone nah der Küste gehalten, nichts suchend, dem Augenblick hingegeben. Und doch, als fände er so – im Nichts und losgelassen – den Nullpunkt eines neuen Anfangs, einen Punkt, der ihn konzentrierte, ihm neue Lebenslust zuführte, einen Grund. Oskar war allein, er reiste gern allein, obwohl etwas anderes der Anlass zu dieser Reise gewesen war. Er hatte sich von seiner Frau getrennt und geglaubt, er müsse eine große geographische Entfernung zwischen Helene und sich legen. So war er

Tausende von Kilometern gefahren und sogar auf einen anderen Kontinent gewechselt. Nun kehrte er nach Berlin zurück. Die Wohnung war aufgegeben und Helene fort, in Düsseldorf.

Oskar bekam Lust auf einen Kaffee, er fing an, nach einer Bar oder einem Café Ausschau zu halten. In der nebligen Gegend wies jedoch nichts auf Menschen hin. Auf einmal versperrte eine Schranke den Weg. Oskar stoppte und guckte sich das unverhoffte Hindernis genauer an. Ein Schloss sicherte die Stange. Wie geduldig Oskar auch wartete – es nützte nichts, diese Stange hob sich nicht.

Im Dunst über der Schranke und den Bäumen, die die Straße flankierten, gewahrte Oskar wie geschwungene Segel Dreiecke und terrassiert in die Höhe steigende Flächen, deren Weiß sogar den Nebel durchdrang. Oskar dachte sich nichts weiter. Während er den Wagen wendete, fiel sein Blick auf einen Kinderschuh am Straßenrand, noch auf dem Asphalt. Oskar rührte der Schuh, ein Zeichen, dass vor ihm in dieser verlassenen Gegend Menschen gewesen waren. Ein kleiner Junge?

Oskar stieg aus, hob den Schuh auf und dachte über seine Geschichte nach. Wer hatte die Sandale getragen? Doch ein Mädchen? Er malte sich den kleinen Fuß aus. Seine Tochter, Melanie, sie hätte gewiss so eine Sandale getragen, aber zu der Zeit gab es in Deutschland keine solchen Kinderschuhe. Das fleischige Füßchen seiner Tochter.

Oskar entschied sich, die kleine Sandale einem Freund zu schenken, der gefundene Objekte sammelte. Es war eine idiotische Idee, aber da er an Melanie gedacht hatte, mochte er den Schuh nicht wieder in den Straßengraben werfen, vielleicht konnte Karl etwas mit dem Schuh anfangen. Er warf ihn auf den Rücksitz. Die französischen Zöllner in Sète hatten ihn gefilzt und seinen Wagen vor allen anderen mit ihrem Detektor abgesucht.

Er schlief in seinem Kombi. Er hatte in Tanger ausgiebig gekifft. Er hatte seinen Morgenkaffee in einer Bar in Aigues-Mortes getrunken.

Fünf Jahre nach Oskars erstem Auftauchen vor La Grande Motte und seiner Umkehr an der Schranke, er erzählte es den Studenten, kam er zurück, bis in die Stadt hinein diesmal und in der Hochsaison.

Er wollte sich umsehen, nicht hier Ferien machen. Er baute in einem anderen Ferienort, an der Ostsee, ein Haus.

Die Stadt, die fünf Jahre zuvor vom Nebel umschlossen war, beherbergte Tausende von Urlaubern. Wenn ein Strandhotel außerhalb der Saison schloss, warum nicht auch eine Stadt? Diese Stadt öffnete ihre Appartementhäuser, Villen, Läden und Restaurants im März und schloss sie im Oktober. Oskar malte sich den Strom der Menschen und Wagen aus, der in die Arbeiterbezirke und Vororte von Lyon und Paris zurückflutete – es war ein Band, es war ein Fluss, ein einziger Stau, und er war heilfroh, nicht auch darin zu stecken. Wenn die Zeitungs-, Postkarten- und Souvenirkioske, die Dutzende von Pizzerien und Spielautomatenhallen schlossen, rasselnd die eisernen Jalousien heruntergingen und ihre Besitzer, die ja auch ihr Domizil verließen, sie mit einem schweren Schloss am Boden verrammelten.

Oskar folgte den Schildern, die ihn auf Parkmöglichkeiten hinwiesen. Nah am Wasser ließ er den Wagen schließlich auf einem großen Parkplatz stehen, er schloss ihn ab, setzte seinen zerbeulten Strohhut auf – seiner hellen empfindlichen Haut wegen musste er Obacht geben – und schlenderte geschützt im prallen Mittagslicht umher, am Wasser entlang, zu den Wohnblocks hinüber, und er sah sich die Menschen an, unter die er geraten war. Er bedauerte, dass Nora ihm einen Korb gegeben hatte. In ihrer Gegenwart La Grande Motte zu erkunden wäre lustiger gewesen. Allein in Badeorten umherzustreifen hatte etwas Trauriges an sich.

Es war ein billiger Urlaubsort. Dafür war er gebaut. Billig im Sinn von *fast service, fast food* und Wegwerfwelt. Ja, zum Wegwerfen billig. Wo bekam man für 600 DM pro Woche ein Familienappartement mit zwei Schlafräumen, einem Wohnzimmer, mit Balkon, Küche, Bad und Gemeinschaftsräumen im Souterrain, Waschmaschinen und Trockenräumen? Ein Paar konnte sich für 400 bis 500 DM die Woche ein Appartement in einer der weißen Pyramiden mieten.

Oskar sah seine Zuhörer an. Er vermutete, dass der größte Teil der Studentinnen und Studenten, die ihm gegenübersaßen, sich sogar ohne elterliche Unterstützung Ferien in dieser Stadt leisten konnten. Er in ihrem Alter hätte es nicht gekonnt, Ende der vierziger, Anfang der fünfziger Jahre. Wie ein Traum wäre es Oskar damals vorgekommen. Berlin war ein Meer – an Schutt und Ruinen, Frankfurt, Mainz, Hamburg, fast alle Städte, die über hunderttausend Einwohner gehabt hatten. Erst die Uniformjahre, dann die Schutt- und Wiederaufbaujahre. Oskar hatte damals mit Helene und Melanie in einer kleinen Pension Ferien an der Ostsee gemacht.

Es roch scharf nach Urin in der Nähe der Hauseingänge, und Scheißhaufen lagen in unterschiedlichen Dörrphasen vor den Pinien und den Zierbüschen herum. »Wer kümmert sich darum?«, fragte er jetzt die Studenten, als wollte er ihr Verantwortungsgefühl auch für diese Dinge wecken, während Max die entsprechenden Dias dazu auf die Leinwand projizierte. »Ich kenne einen Künstler, der solche Scheißhaufen als Kunstwerke verkauft!«, kam wieder die Stimme der Frau aus dem Hörsaal. Oskar konnte sie immer noch nicht erkennen. Jemand kicherte.

Wer nahm die Verantwortung auf sich, Verwahrlosung und Verfall oder Missbrauch aufzuhalten; auch die Fassaden bröckelten hier und da. Billiges Gemisch. So war es, nichts Neues, was regte Oskar sich auf. Er konnte sich empören und ein Zimmer, eine ganze Suite in einem Luxushotel nehmen – weit weg von der Masse – und sich dort weiterhin empören, so lange und ungehört, wie es ihm beliebte. Diese Freiheit hatte er nun, und niemand vermochte sie ihm zu nehmen. Deuteten seine Überlegungen nicht darauf hin, dass Oskar einmal den Ehrgeiz oder Idealismus empfunden hatte, auf dieser Welt einiges zu ändern, und er damit gescheitert war? Die jugendliche Himmelsstürmerei war nicht auf ein Wegstehlen heruntergeschrumpft, viel eher auf Schönheit und die Einsicht, die ihn einen Satz wie »Ich lebe jetzt« gelassen aussprechen ließ. Hatte er nicht auch dazu ein Recht oder die Freiheit?

»Überlegen Sie einmal …«, rief er seinen Zuhörern zu.

Oskar war den Menschen, die der Uferpromenade mit ihrer dicken hüfthohen Betonwand und dem Strand entgegenströmten, gefolgt. Trotz seines Sonnenhutes war ihm zu heiß. Er atmete schnell. Er setzte sich lieber in eines der Café-Restaurants, die dort, fünf, sechs, sieben, nebeneinanderlagen, um sein Herz wieder zur Ruhe kommen zu lassen. Der Architekt setzte sich in das Café, vor dessen Markise die meisten Stühle und Tische auf den Platz hinausgerückt waren. So saß Marwig im Freien und atmete die Brise ein, die vom Meer heraufkam und ihm Erleichterung verschaffte. Er bestellte einen Espresso. Danach ging er auf die Toilette. Er wollte sie sich ansehen. Im Lokal hing ein öliger, schwerer Geruch. Die Toilette war in einem winzigen Raum untergebracht, bestand aus einem Loch am Boden und einem Handgriff in der Wand. Er murmelte: »Das ist ja unfassbar!« Als Marwig zurückging, hielt er die Luft an.

Amiland, dachte er auf seinem weißen Plastikstuhl, hier kriecht es heran, aus der Fast-Food-Ecke herübergekommen, von Miami Beach. Mit übereinandergeschlagenen Beinen saß er da und rauchte eine Gauloise. Du bist alt, Oskar, du bist verwöhnt, du bist ein altmodischer Ästhet, du bist aus der Gegenwart derer, die heute die Welt ausmachen, herausgefallen, du passt hier nicht her.

»Überlegen Sie einmal«, rief er, »ob Ihnen nichts Besseres einfällt als so etwas, sollten Sie eine Stadt für den allsommerlichen Massentourismus entwerfen.«

»Etwas Besseres? Das wäre sehr einfach, etwas Preiswertes auf besserem Niveau wäre wohl die exakte Frage, oder?«, warf wieder die Frau ein. »Jutta, jetzt halt doch mal die Klappe!«, sagte jemand neben ihr. Allmählich begann sich Oskar für die Zwischenrufe der Frau zu interessieren.

»War nicht auch dies eine Lösung?«, fuhr er fort. Er lehnte sie zwar ab, aber etwas bot sie doch: Schirmmütze kaufen, Postkarten schreiben, Discos, Sport, Sonne, Meer. Zusammen in der Sonne braten, neue Kontakte. Nach drei, vier Wochen packte man wieder zusammen und fuhr gut gebräunt nach Hause.

Oskar hatte sich auf seinem Stuhl ausgestreckt und reckte sich, gähnte, faltete die Hände im Nacken und atmete tief durch. Er musterte die jungen Mädchen und Frauen, die an ihm vorübergingen, schwatzend, nur mit Shorts und Bikini bekleidet, ein Handtuch über der Segeltuchtasche mit Sonnenöl, Kamm, Illustrierter oder Comic, Biskuits, Zigaretten, und er suchte den Blick dieser jungen, auch für den Strand geschminkten Französinnen mit ihren lackierten Fuß- und Fingernägeln einzufangen. Sie sahen ihn nicht an. Sie blickten nicht zurück. Niemand nahm ihn hier wahr, obwohl er rauchte wie sie. Einzig der Kellner beobachtete ihn. Oskar hatte seinen Kaffee noch nicht bezahlt.

Er winkte dem Kellner, zahlte und gab ihm auch ein Trinkgeld, obwohl diese Stadt samt ihren Sommergästen so offensichtlich kein Ort für Trinkgelder war.

Danach schoss er die Fotos, die er jetzt den Studenten zeigte. Er wollte die Kamera verstauen und weiterfahren. Aber er entschied sich anders. Er verschloss sie im Kofferraum und ging zum Strand.

Er watete ins Meer und blickte sich nicht um. Dann schwamm er, schwamm und schwamm eine halbe Stunde weit hinaus, ebenfalls ohne sich umzublicken, erst dann drehte er sich um. Vom Meer aus wirkte die Stadt, die längst einen grauen Farbton angenommen hatte, weiß: Aus der Entfernung bestand sie aus weißen Dreiecken, die in ihrer Spitze gekappt waren, homogen und flächig streiften sie den wolkenlosen Himmel, wie er den Studenten jetzt erzählte. Vom Meeresblick hatte Oskar keine Fotos, und die Einförmigkeit der Fassaden, wie sehr sich ihre Erbauer auch um Variation im begrenzten geometrischen Spiel bemüht hatten, fiel nicht ins Auge. Vielleicht ist diese Sonnenstadt in zwanzig, fünfundzwanzig Jahren schon eine verlassene Ruine, ging Marwig durch den Kopf, während er mit langen ruhigen Zügen wieder auf sie zuschwamm. Das Materielle deckt sich niemals ganz mit der Vorstellung. Wo bliebe sonst der Spalt, der Geburtsspalt für das Schöpferische? Ihm war schummerig. Er hatte sich der Hitze zu sehr ausgesetzt. Aber das Herz meldete sich nicht wieder. Oskar Marwig watete an Land und ging am Ufer so lange auf und ab, bis er trocken war.

Er setzte sich zu seinen Kleidern und dem Handtuch in den Sand und griff sich den alten Strohhut. Gern wäre er jetzt, schön erfrischt, mit einem Paar langer Beine neben sich ins Gespräch gekommen, aber das Gesicht dazu verdeckte ein Tuch – und es einfach wegziehen und das Gesicht anlachen?

Er war nicht der Mann, der eine Frau aus dem Blauen heraus ansprach, dazu brauchte er etwas, das sich ihm erwiderte. Mit Nora wäre das anders gewesen. Nora hätte er aus hundert anderen Frauen herausgefunden, schlafwandelnd schnell.

Oskar verließ das Stehpult und steckte seine Notizzettel in die Jacketttasche, wie eine Tüte ragten sie daraus hervor. Erleichtert stieg er die Stufen vom Podium hinab. Da stand schon, wartend, mit treuen Augen, Max. Auf dem Flur der Hochschule steckte Oskar sich sofort eine Gauloise an. Das war fürs Erste, Gott sei Dank, vorbei.

Eine der Studentinnen kam ihm nachgelaufen. Sie sagte, sie sei im dritten Semester und heiße Jutta Wolf. Sie würde gern den Namen der Stadt noch einmal wissen. Sie würde sie sich gern ansehen, weil – bisher hatte sie alles, was sie sagte, hastig hervorgebracht. Jetzt stockte sie und wurde sogar ein wenig rot – sie würde sie sich gern ansehen, weil sie die Wirkung dieser Stadt auf sich selbst herausfinden wolle. Und sah ihn an mit ihren braunen Augen, lächelnd. Die Augen waren von einer rätselhaften Undurchlässigkeit und glänzten wie schwarze Oliven.

Oskar Marwig schrieb ihr den Namen der Stadt auf. Jutta Wolf wiederholte ihn, bedankte sich und schwirrte, so schnell sie Marwig gefolgt war, wieder ab, zurück zu der Gruppe, die am Treppenabsatz auf sie wartete. Als Jutta die anderen erreicht hatte, sah Oskar sich nach ihr um. Ja, Jutta Wolf war es gewesen, die ihn aus dem schützenden Dunkel des Hörsaals provoziert hatte.

Jutta Wolf, wiederholte Oskar. Er hatte ein schlechtes Namensgedächtnis.

II

Es regnete noch immer, als Oskar auf die Straße trat. Er fuhr ins Büro.

»Bei dem Schnürlregen!«, empfing ihn Georg Maulwieser, »kann doch kein Mensch arbeiten!« Er schnalzte, »wenn der Mensch aber nichts anderes kennen würde als solchen Regen, fiele es ihm nicht einmal ein, den Stift aus der Hand zu legen und zu sagen: Es reicht!«.

Georg Maulwieser, Oskars Partner, seitdem sie sich selbstständig gemacht hatten, hatte vier Kinder mit seiner Frau Inge und war in Ulm geboren. Er hätte aus einem unerfindlichen, zu immer neuen Spötteleien Anlass gebenden Grunde gern Wilhelm statt Georg geheißen, auch auf die Gefahr hin, dass ihn Näherstehende nur Willi riefen und ihm den wohlklingenden, preußischen Vornamen verstümmelten. Trotzdem, so meinte er, passe Wilhelm besser zu dem Gewicht seines Körpers, dem länglichen Gesicht, den abwärtsgeschrägten Lidern. Wilhelm zweifelsohne, nicht Georg. Da alles an Georg Maulwieser hing, hing infolgedessen auch die Kleidung – seine Erscheinung stand so ganz im Gegensatz zu dem frischen, fast hellen segelblauen »Georg«. Georg Maulwieser trug im Stil der Nachkriegszeit die Haare äußerst kurz geschnitten, am Hinterkopf rasiert, als käme er gerade von der Entlausung. Auch fand er, dass im Spiel der Namen »Wilhelm und Inge« mehr hermachte als »Georg und Inge«.

Georg Maulwieser war der Sesshafte, im Unterschied zu Marwig, war der Regionalist und der Zweite, der nicht den Ehrgeiz besaß, das Büro Marwig & Maulwieser in Maulwieser & Marwig umzuprägen. Georg Maulwieser war – in seiner verfeinerten Schlaffheit, die etwas Wärmendes und Gemütliches hatte – derjenige, der schnell und unschwer Kontakt zu den unterschiedlichsten Leuten herzustellen vermochte. Auf der Baustelle war er gern gesehen. Er hatte selbst als Maurer angefangen – wie Oskar Marwig übrigens auch, aber Georg Maulwieser verfiel niemals in einen leutseligen Ton. Die Komplexe, die ein Handarbeiter einem Intellektuellen gegenüber hat, kannte er, und er hatte Respekt vor dem, was die andere Seite konnte.

»Also, Oskar, was meine nicht unwenige Wenigkeit angeht, ich mache bei dem Wetter keinen Finger krumm. Lass uns was anschauen. Ich glaube, diesmal haben wir's. Aber sag erst, wie es war. Bist du gut angekommen, sehr gut etwa?« Georg packte den rothaarigen, schmächtigen Oskar mit beiden Händen an den Oberarmen. »Sag schon!«

»Ich hoffe«, antwortete Oskar. »Was soll ich sagen?«

»Sei nicht so eitel! Hast du einen neuen Flirt gefunden?«

Inge Maulwieser kam dazu und begrüßte und beglückwünschte Oskar. Inge arbeitete halbtags im Büro. Ihre Anwesenheit störte Oskar ein wenig, aber Georg zuliebe rüttelte er nicht daran. In den drei Jahren, die Oskar in Amerika gewesen war, nach seiner Scheidung, hatte sich Georg die Arbeit auf diese Weise eingerichtet. Sie hatten ja auch damals zusammen studiert: er, Inge und Oskar.

Tania Kottke begrüßte Oskar. Sie war eine junge Polin aus Poznań, seit einem Dreivierteljahr bei Marwig & Maulwieser angestellt. Sie sprach schon ganz gut Deutsch, mit einem unverwechselbaren Akzent, rollend und guttural, aber es würde ein

Leben lang eine Fremdsprache für sie bleiben. Der Charme, der darin lag, gefiel den Männern. Natürlich hatte Georg Tania nicht ihrer Aussprache wegen eingestellt. Sie hatte einen Ingenieursabschluss und sich danach auf statische Fragen spezialisiert. In Tanias Blick lag beides: auf der einen Seite Befremden, Naivität, was daher rührte, dass sie aus einer ganz anderen Welt kam, und auf der anderen Seite das verschlagene weibliche Wissen im Spiel um die Macht. Sie trat mit Selbstgewissheit auf.

Susanne Troger wollte Oskars Aufmerksamkeit auf den Stapel der angefallenen Post lenken. Er rief ihr zu: »Die Briefe später, alles Weitere auch. Ich bin heute für niemanden mehr zu sprechen.«

Bevor er mit Georg losfuhr, verschwand er in sein Zimmer und rief Nora an. Er sagte ihr, er glaube, sie hätten das Haus, Georg zumindest behauptete, dass es gefunden sei. Es steht leer, sagte er, es sei sofort zu beziehen.

Sie jubelte. Wie gut, sagte sie, für dich, und dann, sie werde, sobald sie könne, kommen. Sie umarme Oskar aus der Ferne. Er schwamm Momente lang im Glück.

Er klammerte sich an Nora. Er hatte sich auch an seine Frau geklammert. Mochte Georg reden! Er hörte nicht auf die Warnungen des Freundes. »Deine Nora lässt sich niemals scheiden. Ich wette mit dir, Oskar! Wie viel lässt du springen?«

Oskar hatte Helene, als er sich von ihr trennte, die Wohnung überlassen, um sie nie wieder zu betreten. Er wollte nicht in Erinnerungen wohnen. Helene hatte die Wohnung nach einer Weile verkauft und war zu ihrem Freund nach Düsseldorf gezogen. Sie hatte einen Job als Schneiderin in einem Modeatelier gefunden. Schneidern hatte sie gelernt. Oskar zahlte. Er hatte Helene nicht wiedergesehen. Nachdem er das, was er seine Niederlage nannte, ein wenig überwunden hatte, hatte er seine ehemalige Frau auch nicht mehr wiedersehen wollen. Erregtheit und Zorn kamen ihn an, sowie ihr Name fiel. Oskar war für anderthalb Jahre nach Denver, Colorado, gegangen, um sich als Industriedesigner besser auszubilden. Anderthalb Jahre arbeitete er in Chicago in einem Baubüro, das neue Materialien entwickelte und sich dabei auf den Umgang mit den vielfältigsten Glastypen spezialisiert hatte. Und er reiste durch das Land und schaute sich um. Er verjüngte sich. Marwig & Maulwieser gewannen in kurzer Zeit vier Wettbewerbe. Den ersten für ein Bürohochhaus in Mainz, der Vaterstadt. Oskars Mutter trug die Zeitungsausschnitte, die vom Erfolg ihres Sohnes und seinen Aufträgen berichteten, in der Handtasche mit sich.

Oskar hatte nach der Rückkehr fast zwei Jahre lang im hinteren Teil des Büros in einem schlauchartigen Zimmer gehaust, und dieses Provisorium gefiel ihm wohl. Morgens versorgte ihn die Putzfrau mit Brötchen, und wenn Oskar sie darum bat, kochte sie ihm sogar einen Kaffee in der Nische für kleine Zwischenmahlzeiten. Noras wegen hatte Oskar dann die Wohnung genommen, in der er jetzt lebte und die er aufgeben wollte, denn es war Zeit für ein Haus, fand er, in seinem Alter – und als Architekt!

Zuerst hatten er und Georg in den entfernten Villenbezirken der Stadt gesucht, dann aber waren sie übereingekommen, dass das Haus in einer Gegend liegen sollte, die nicht nur reine Wohngegend war wie Zehlendorf oder Schmargendorf oder Friedenau.

Das Haus, zu dem Georg Oskar jetzt fuhr, lag aber in Schmargendorf in einer stillen Seitenstraße, die zum Teil noch Kopfsteinpflaster führte.

»Sieh es dir trotzdem an«, sagte Georg, als Oskar Einwände machte. »Sei nicht voreilig.«

Das Haus war ein strenges Haus, es war in der Mitte der zwanziger Jahre gebaut, der Zeit, die die beiden Architekten ästhetisch bevorzugten. Es war ein Ziegelsteinbau, und der rötliche Stein strahlte etwas einnehmend Warmes aus. Es gab ein Spiel in der Strenge. Das Spiel betraf die Fenster. In der Eingangshalle, einer Diele mit drei kleinen Treppenstufen, und im Treppenaufgang waren die Fenster rhombisch, im Wohnbereich rechteckig oder auch wieder kubisch geschnitten. Das Haus gefiel Oskar. Es ist eine rechtwinklige Höhle, sagte er, als er im großen Wohnzimmer stand.

Im Garten wuchsen ein großer Nussbaum, eine Birke, Kiefern; Oskars geliebte märkische Kiefern, die ihm Süden, Pinien vorgaukelten, schlossen die Baumreihe. Der Garten stieß linker Hand an ein verwildertes Grundstück. Seit dem Krieg war es nicht wieder bebaut worden. Es war umgeben von einem zwei Meter hohen Drahtzaun.

»Nun, was sagst du?«, fragte Georg. »Ist das nicht eine schöne Anlage?«

»Ja«, antwortete Oskar.

»Du bist so still!«

»Das kommt aus der Freude. Ich kann es noch nicht glauben. Endlich!«

Von hier aus werde ich auch in den Grunewald laufen können, überlegte er, sollte ich mich tatsächlich einmal aufraffen, das zu tun, wovon ich immer rede: spazieren zu gehen, ganz zu schweigen vom Joggen.

Ida wohnte nicht weit. Das fand Oskar später heraus.

»Ich ziehe mit dir ein«, sagte Georg.

»Du bist willkommen, immer, Georg – ohne Frau und Kinder.«

Eine verwitwete Frau, Hanna Behm, wohnte seit zwanzig

Jahren in dem Haus. Frau Behms Mann, der Organist in der Dahlemer Herz-Jesu-Kirche gewesen war, war vor acht Jahren bei einem Verkehrsunfall ums Leben gekommen. Die Alte hatte sich in den Kopf gesetzt, in dem Haus sterben zu müssen, in dem sie ein Drittel ihres Lebens verbracht hatte. Georg hatte ihr vorgeschlagen, eine neue Wohnung für sie zu finden, und Frau Behm Geld angeboten, um sie aus den zwei Zimmern herauszukaufen.

Frau Behm hatte sich, wie Georg jetzt Oskar erzählte, an einen Rechtsanwalt gewandt und auf ihrem Rechtsschutz als Mieterin bestanden. »Du wirst sie ertragen müssen, Oskar«, sagte Georg.

»Gehen wir doch gleich zu ihr hinüber«, schlug Oskar vor.

Bei der ersten Begegnung wirkte Frau Behm unsauber auf Oskar. Er meinte, sie rieche. Er trat nah an sie heran, um es festzustellen, ohne dass ihr seine Absicht auffiel. Erleichtert merkte Oskar, dass Hanna Behm nicht roch. So entfernte er sich wieder um einige Schritte. Frau Behm trug eine beigefarbene Seidenbluse, die am Kragen keinen Schmutzrand aufwies. Ihr schwarzer Rock, der ihre üppige Figur ausstellte, zeigte auch keine Flecken. In ihren beiden Zimmern roch es jedoch nach »alter Frau«: einem Gemisch aus Bratkartoffeln, Kaffee und Lavendelkissen. Hier fehlte frische Luft. Frau Behm pflegte eine Zimmerlinde und andere Topfpflanzen auf dem Fensterbrett zur Straße. Ihre Zimmer waren im Stil der fünfziger Jahre eingerichtet. Der alte Grundig-Apparat schien auch aus der Zeit zu stammen.

So hatte Oskar auch einmal gewohnt.

Oskar gab Frau Behm die Hand. »Ich hoffe, wir kommen miteinander aus«, meinte er.

»Das denke ich doch, Herr Marwig«, erwiderte Frau Behm,

»das hoffe ich, und wenn Sie etwas von mir wollen, fragen Sie, manchmal sage ich ja.«

»Zu was?«, fragte er freundlich.

»Das wird man sehen, Herr Marwig«, entgegnete sie. Ihr Gesicht blieb ernst.

Ob sie einsam ist, fragte sich Oskar, als er ihre Wohnungstür hinter sich schloss, oder wittert sie ihre Chance, mich zu betütern und bemuttern? Eines schloss das andere nicht aus. Aber wenigstens war immer jemand da, wenn er weg war. Und Oskar konnte die Wohnung als Einliegerwohnung von der Steuer absetzen.

Er ließ das Haus herrichten und innen neu streichen. Er wollte noch keine Umbauten vornehmen. Er wollte erst einmal in dem Haus leben, so wie es war, und über alle Neuerungen mit Nora gemeinsam entscheiden.

Die Bank bürgte.

Der Vertrag war von Oskar und Georg unterzeichnet.

Oskar zog ein.

III

Nora riss sich nicht aus München los. Die Vorlesung lief weiter. Jutta Wolf hatte Oskar zu einem ersten Kaffee eingeladen. Es war September geworden.

Oskar schrieb seiner Mutter wöchentlich einen Brief. Jutta Wolf erzählte Oskar von ihrer jüngeren, zum Studium nach Berlin gekommenen Schwester Ida, mit der sie bei einer Wirtin zusammenwohnte, nicht weit von der Uni, in der Goethestraße. Dass die Wirtin die Statur eines kleinen Fasses habe wie ihr Hund und vor den Schwestern über das saure Geschäft des Zimmervermietens an junge Dinger schimpfe.

Oskar lud seine Mutter ein, doch bald zu kommen und zu sehen, wie er nun lebe. Er schrieb ihr von Frau Behm, der Einsiedlerin neben sich, um ihre Eifersucht zu wecken und ein Kommen dringlicher erscheinen zu lassen. Die Mutter durchschaute seine Absicht, und sie hatte keine Lust, dem Sohn den Haushalt zu führen. Er solle sich eine neue Frau suchen, schrieb sie zurück, das Haus sei, wenigstens Oskars Beschreibung nach, groß genug, dass sie sich, was ja das Wichtigste im Zusammenleben sei, aus dem Wege gehen könnten. Vorerst könne Oskar doch auch an eine Studentin ein Zimmer vermieten, als Gegengewicht zu Frau Behm. Oskar hielt nichts von dem Gedanken. Er wartete auf Nora, was die Mutter nicht wusste. Im Übrigen wollte er allein sein. Wollte sich ausbreiten können, sein Haus ungeteilt genießen, sich zurückziehen können. Es mochte sich ja irgendwann ändern.

Frau Behm begann für Oskar mit einzukaufen, wenn sie, ihr zweirädriges Wägelchen vor sich herschiebend, auf dem die große Einkaufstasche befestigt war, im Supermarkt beim Rathaus Lebensmittel besorgte. Oskar brachte sie hauptsächlich Konserven mit und Dinge, die sich hielten, wie H-Milch und Quark, Knäckebrot, Margarine, in Plastikhüllen eingeschweißte magere Wurst und Schinkenstücke. Frau Behm stellte alles in der Küche ins Regal oder in den Kühlschrank. Ob nun die Freundin bei Oskar übernachtet hatte oder nicht, Frau Behm machte hin und wieder auch Oskars Bett, aber sie frühstückten niemals zusammen. Sie aßen überhaupt nicht zusammen. Georg Maulwieser schlug die Hände zusammen, als er entdeckte, wie Oskar sich ernährte. Georg kochte leidenschaftlich gern und Inge auch.

Zweimal wöchentlich kam eine Putzfrau. Maria Jorge, eine Portugiesin aus Lagos, einem kleinen Fischernest an der Algarve. Ihr Mann arbeitete als Packer bei der AEG. Die beiden wollten so viel Geld sparen, dass sie zu Hause ein Fischrestaurant aufmachen konnten. Marias Lieblingsvorstellung war: direkt am Meer. Aber der Ort war klein, dafür vielleicht zu klein. Es gab schon zwei Restaurants. Wo alles noch frisch ist, schwärmte Maria, die Luft nach Meer riecht und der Fisch nach Fisch, nicht wie hier, wo er stinkt, wenn man ihn kauft. Und kein Plastik. Von Plastik wird nicht gegessen. Maria Jorge lebte seit zehn Jahren in Berlin. In die Stadt gekommen war sie mit einem Deutschen, einem Bauunternehmer, der sie in ihrem Fischernest aufgegabelt, in seinem Porsche mitgenommen und nach zwei Monaten in Berlin hatte sitzen lassen.

»Er hat vorgeflunkert«, sagte sie zu Oskar, »und ich saß da – mit Magen, mit Galle, mit Entzündung hier«, sie zeigte auf ihren Bauch, »und Ausschlag, was sollte ich tun? Da bin ich reinemachen gegangen, und ich habe meinen Mann kennengelernt.«

IV

Der Demonstrationsplatz der neuen deutschen Republik war vor dem eigentlichen Gelände des Stadtschlosses entstanden, dessen ausgebrannte Ruine im Frühjahr 1950 gesprengt und abgerissen worden war, nachdem ein Team von neunundzwanzig Wissenschaftlern die Archivierungsarbeiten abgeschlossen hatte. Nach der Planierung des Platzes hatte man die Ehrentribüne errichtet. Das Foto, das Marwig sich ansah, weil er es demnächst in der Vorlesung verwenden und mit seinen Studenten besprechen wollte, zeigte den Platz in längst fertigem Zustand, gähnend leer – ohne eine Begrenzung, wie es in eine Zeit passte, die Beseitigung und Ersatz all dessen auf ihre Fahnen geschrieben hatte, was, zu Stein geworden, an ungeliebte nationale Vergangenheit erinnerte. Stein, Ziegel und Sandstein hatte nur der Asphalt ersetzt, und die hundert Meter Höhe des Stadtschlosses hatten sich in der Fläche ins Vielfache davon erstreckt.

Oskar bereitete sich für die nächste Vorlesung vor, die unter dem Titel »Alte oder historische Bausubstanz – Aneignung – Abriss – Erbe« stand. Das Schloss war sein Beispiel.

Der Platz auf dem Areal der Schlossfreiheit und des Lustgartens! Ironie der Geschichte. Der Erste, der den Lustgarten in einen Exerzierplatz verwandelt hatte, war der Große Kurfürst gewesen. Von seinen Fenstern aus hatte er den Soldaten bei ihren Übungen zugeguckt.

Die Linden: kugelköpfig geschnittene neue Linden. Die alten waren bei den Kriegsbränden verkohlt. Die Aufnahme, die Marwig sich ansah, war eine Aufnahme von 1960, ein Schwarzweißfoto und, wie es schien, im Sommer aufgenommen, denn die Lindenblätter wirkten fest, tiefschwarz. Im Vordergrund des Bildes parkte ein doppelstöckiger Bus, der um Seite und Kühler einen schmalen rechtwinkligen Schatten warf. An der Längsseite trug er das Letternband »Koch mit Liebe – würze mit BINO«. Das Fahrzeug schien leer, abgestellt, fahrer- und gastlos. In dem Bildausschnitt ließ sich die Ehrentribüne nicht ausmachen.

Marwig kannte sie, wie er auch noch das Schloss als aufragende Ruine gesehen hatte. Es war lustig, dass ein neuer, nun nicht mehr preußischer Aufmarschplatz an die Stelle des alten getreten war; wie auch, einige Jahre später, der Palast der Republik an den Ort des verpönten Schlosses nachrücken sollte und trotz seiner Ausmaße doch nur einen Teil des ehemaligen Schlossgeländes besetzte.

Oskar erinnerte sich noch sehr gut an das damalige Ruinenfeld. Wie lang ich schon auf dieser Welt bin, ein Greis für die jungen Leute, dachte er, ein Dinosaurier. Bei Kriegsende hatte er in Berlin in einem Lazarett gelegen, aber an dem Tag im Mai 1944, an dem eine Sprengbombe auf das Schloss fiel, war Oskar nicht in der Stadt gewesen, auch nicht am 3. Februar 1945, als – wie der Bericht lautete, den er in der Vorlesung vortragen wollte – um 10 Uhr 30 die Sirenen Fliegeralarm gaben: »Bald darauf luden 937 viermotorige Bomber, begleitet von 600 Jagdflugzeugen, ihre todbringende Last über dem räumlich kleinen Gebiet zwischen Anhalter und Potsdamer Bahnanlagen im Westen, der Prinzenstraße im Osten, der Straße Unter den Linden im Norden und der Gneisenaustraße im Süden ab, wobei das

Zeitungs- und Regierungsviertel die bevorzugten Ziele waren. In der Luisenstadt verwandelte sich die Gegend um die Ritterstraße und die Alte Jakobstraße in eine Feuerhölle.«

Die Verluste an Menschenleben an diesem Schicksalstag für Berlin sind nicht genau bekannt, sie liegen aber unter den von amerikanischer Seite geschätzten 20 000–25 000 Toten. Angesichts des tausendfachen Leids, das über die Bevölkerung kam, erscheint es verständlich, dass die erst am 9. und 10. Februar veröffentlichte Pressemeldung über die Zerstörung des Stadtschlosses kaum besondere Beachtung fand. Das Schloss, schon am Rande der eigentlichen Vernichtungszone liegend, war von mehreren Spreng- und einer Unzahl von Brandbomben getroffen worden und brannte mit Ausnahme der Nordwestecke mit dem Weißen Saal – dem Saal für alle großen Staatsempfänge und Festlichkeiten – und einiger kleiner Raumfluchten, von denen die Zwischendecken erhalten blieben, restlos aus.

Nieder! Nieder! Von heute her geblickt, wäre die Sprengung der Schlossruine nicht zwangsläufig notwendig gewesen. Es war eine politische Entscheidung damals. Würde das den Zwanzigjährigen einleuchten, die in die alten sozialen Höhenlagen nicht mehr hineingewachsen waren? Zehn Millionen D-Mark hatten Sprengung, Abbruch und Beseitigung der Trümmer, dreißig Millionen hätten Erhaltung und Wiederaufbau gekostet. Auch in Ostberlin dachte man also in den Fünfzigern über so etwas nach. Unter dem Verdikt des »Nieder! Nieder!« und Gleichmachens waren in den Jahren auch Bauten gefallen, die nicht hätten fallen müssen. Bei so falsch verstandenem Demokratieverständnis hatte der damals für den Westteil der Stadt zuständige Bausenator, man denke!, die Berliner Fassade erfunden, indem er alle Stuckaturen und allen Schmuck von den Fassaden der alten Häuser abzuschlagen anordnete; was all dies ersetzte, war der

Berliner Bewurf. Wie viel in den Jahren verpfuscht, verpatzt, unwiederbringlich verloren gegangen war!

Oskar wollte den jungen Leuten mit dem Schlossbeispiel ein zusätzliches Argument liefern: Über mehr als dreihundert Jahre hinweg hatten Einzelne, große Namen darunter, den Schlossbau verwandelt, ihm sein Gesicht gegeben. Und Oskar hatte vor, auch über die Ungleichzeitigkeit von Ereignissen zu sprechen. Dem Abschluss des letzten Umbaus, der Vergrößerung des Großen Festsaals zum Beispiel, war das Ende der Monarchie zuvorgekommen.

Die Reihen der Zuhörer hatten sich etwas gelichtet. Aber Jutta kam immer wieder, und zu Oskars Füßen saß Max. Hatte es sie schockiert, als er einmal gerufen hatte: »Meine Vorlesungen sind nicht für Touristen! Die Lehrveranstaltung erschöpft mich ebenfalls, meine Damen und Herren!« Dann war es richtig gewesen, es zu rufen. Die, auf die seine Sätze gemünzt waren, kamen nicht mehr.

»Können wir Sie denn heute Abend zum Tanzen entführen?«, fragte Jutta Oskar nach der Vorlesung. »Meine Freunde und ich feiern meinen Geburtstag.« Jutta hatte gehört, dass der Umgang zwischen Professoren und Studenten in den USA viel lockerer war und der Vorname als Anrede genügte. Oskar lächelte. Sollte er mitgehen? Vorführen, wie schlecht er die Discotänze beherrschte? Er zögerte einen Augenblick, blieb aber doch lieber allein. Er beglückwünschte Jutta zu ihrem Geburtstag und fragte sie, wie alt sie denn nun sei. »Fünfundzwanzig«, sagte sie stolz. Die Welt lag ihr zu Füßen.

Als er den Abend allein zuhause verbrachte, tat es ihm leid, dass er Jutta einen Korb gegeben hatte. Er hatte sie nicht einmal gefragt, in welchen ›Schuppen‹ sie denn alle gehen wollten.

Oskar wurde in den Nächten bis zur nächsten Vorlesung, weil er glaubte, sich so intensiv und kenntnisreich wie möglich auf seine Studenten vorbereiten zu müssen, im Arbeitszimmer seines Hauses zu einem Maulwurf, der sich zurückgrub in die Zeit, bis er am Ende des vierzehnten Jahrhunderts angelangt war. Auf seinem Weg dorthin wurde Landes- und Weltpolitik gemacht.

Oskar bewunderte den Mann aus Königsberg, der 1694 als Bildhauer an den Berliner Hof gekommen und fünf Jahre später zum Schlossarchitekten Friedrichs III., des Sohnes vom Großen Kurfürsten, ernannt worden war. Er hatte die Stadtfassade, statt sie umzubauen, einfach neu verkleidet! Hatte eine Haut, einen halben Stein stark, von Mauerziegeln vor die bestehenden Wände gesetzt und alle Sandsteingesimse, -profile und -fenstergewände in die Haut eingefügt und obendrein die gewaltigsten korinthischen Säulen des deutschen Barock in die Fassade gestellt – auf rustifizierten Sockeln über dem Erdgeschoss. Was für ein Einfall, ihre massive Wucht so hoch anzusetzen! Oder war es umgekehrt – und wirkten die Säulen in die Höhe hinauf so kolossal, da sie erst über dem Erdgeschoss begannen? Oskar bewunderte Andreas Schlüter. Aus welchem Füllhorn an Wissen, Können und Einfällen dieser Mann geschöpft hatte. Die beiden Portalrisalite waren nur der Anfang. In der Flut eines Und-so-weiter war der Fürst auf der Außenseite seiner Behausung verherrlicht worden. Anlass der kosmetischen Veränderung, die die Fassade des alten Renaissanceschlosses für immer auslöschte, war eine Königskrönung. Friedrich III. wurde zum ersten preußischen König, Friedrich I., gekrönt, und die Krone wollte ein neues Haus. Man musste lesen können, Philologe und Archäologe der Zeichen sein, sich versenken in das Damalige, die damalige Auffassung von der Ordnung der Welt. Oskar grub in seinen Büchern, in der Erinnerung, er versetzte sich in diese Zeit, als lebte er damals,

als wäre er Andreas Schlüter, dermaßen kroch er ihm unter die Haut.

Frau Behm kam, sie hatte Licht in allen Räumen brennen sehen, sie kam, es zu löschen.

»Ich glaubte, Sie seien längst im Bett«, sagte sie, »es ist gleich zwei.«

»Ich arbeite noch«, sagte er, »aber machen Sie das Licht ruhig aus und gehen Sie ins Bett, ins Bett zurück, gute Nacht!«

Oskar reiste als Dritte-Klasse-Passagier von Berlin-Schmargendorf nach Berlin-Mitte: über die Spreeinsel nach Cölln, und am Ende der Reise entstieg er einem vierspännigen Pferdewagen, trug eine Perücke, seidene Beinkleider und ging zu Fuß über den Sand und klopfte sich den Sand aus dem Rock. Das Lob der Herrschaft. Wer lobte sie heute und wie wurde sie heute gelobt? Die Nähe des Königs. Die Wohnung des Königs. Sein Fenster. Der Königsberger hatte gelobt – von Geschoss zu Geschoss wechselnd und stufenweise, selbst in den Fensterrahmungen, die er von Geschoss zu Geschoss prunkvoll steigerte, hatte er die Nähe des Königs angezeigt und schließlich, wie auch anders, seine Wohnung! Nichts dergleichen gab es an den Fassaden heutiger Neubauten zu entdecken. Da gab es das Witzwort »Der lange Eugen«; da schrie sich eine Leuchtschrift – CDU – über den Rhein in die Nacht. Für die Elemente der fürstlichen Ordo hatte Schlüter eine eindrucksvolle einfache Sprache in Stein gefunden. Die klobige Rustika-Quaderung des Erdgeschosses symbolisierte Natur, Urgewalt und bäurische Ordnung, die Unterschicht, auf der die Herrschaft fußte; die Seitentüren der Portalsockel und ihre auffällig kerkerhaft vergitterten Oberlichter spielten auf die Militärgewalt an, durch die der Fürst herrschte – und sie war als die Wache des Königs an beiden Portalen präsent und blieb dies bis 1918. Über die korinthischen Säulen legte Schlüter ein gerades Gebälk mit doppeltem Architrav, das großen Ernst ausdrückt. Die Konsolen des Traufgesimses übergriffen den Fries, der mit Rosetten besetzt war, und auf der Balustrade oberhalb des Mezzanins, in dem die Wohnungen für Gefolge und Dienerschaft lagen, standen im Wechsel Figuren und Vasen. Das Dach war flach, das vorherige hatte Giebel getragen, kupferbelegt, durch die Baluster schien allein der Himmel.

Der märkische Sand! 1706 jagte der Soldatenkönig Schlüter davon, als der Münzturm zum zweiten Mal wegen mangelnder Berechnung seiner Grundierung einstürzte. Der Soldatenkönig berief Schlüters Konkurrenten Eosander als neuen Hofarchitekten. Vergessen war all das, vergessen auch das Vokabular barocker Innenarchitektur, mit dem ein Meister wie Schlüter gespielt hatte.

Auch Oskar besaß ohne Anleitung nicht den Schlüssel dazu. So saß er vor dem aufgeklappten Buch, studierte die Abbildungen und wurde wieder zum Schüler, der, sich behelfend, in den Nächten eine fremde Sprache entzifferte, die in parabelhafter Darstellung des antiken Götterhimmels, der Künste und der Tiere dieser Götter sowie der Muscheln, Putten, Helmziere, Trompeten, Palmzweige, des Lorbeers, des Eichen- und Akanthuslaubs ihre Heimat hatte.

Oskars Lieblinge waren im Rittersaal unter den Supraporten, die etwa in Lebensgröße und fast plastisch die vier Weltteile vorstellten, nicht die Frauengestalten, die sie symbolisierten, sondern deren Beiwerk, die Stütz- und Lehngenossen: Tiere, darunter der Elefant Amerikas, das Kamel Asiens. Ein junger neugieriger Elefant, gegen dessen Kopf sich die stupsnasige, bis auf einen Federschurz nackte, mit indianischem Kopfputz geschmückte Miss Amerika lehnte, und ein dummes junges Kamel, das genüsslich, umarmt von Miss Asia, die Augen schloss und geschirrt auf einem kostbaren Teppich lag. In den Schlusssteinen über den Türen hielten Sklaven das Wappen mit den Initialen des neuen Königs: FR – des Soldatenkönigs. FR! Er kündete der Welt sein Kommen an!

An den Wochenenden flog Oskar nach München und lag auf einer Decke, den Kopf in Noras Schoß oder Busen vergraben, in Ambach am See. Zum Baden war es schon zu kalt.

Sie blickten über das Wasser und in die Pappeln und Erlen und ließen es Abend werden. Oskar drängte sie. Er wollte Gewissheit. Komm zu mir!

Montagvormittags war er zurück in Berlin und fuhr in seinem Wagen auf der Stadtautobahn vom Tegeler Flugplatz direkt ins Büro. Das Büro lag im Westend der Stadt in der Platanenallee.

In der Nacht zum Dienstag rief er Nora an. Er konnte nicht schlafen, wenn er sie nicht sprach, aber er sprach sie nicht. Er versuchte es noch mehrmals im Laufe der Nacht. Er sprach Nora schließlich am nächsten Morgen. Sie sagte: »Er lässt sich nicht scheiden. Er hat mich geschlagen.«

Dass sie sich die Frau teilten, wussten beide Männer. Dass der andere Nora schlug, wusste Oskar und fand es unerträglich. Dass er Nora heiraten wollte, wusste ihr Mann.

Oskar fragte: »Warum lässt du mich leiden? Warum kannst du wieder einmal keine Entscheidung treffen? Hör doch! Wenn er dich schlägt, bevor er mit dir schläft? Gefällt es dir etwa?«

Sie zögerte: »Nein.«

»Ihr Frauen, da werd einer klug aus euch«, sagte er. »Bis wann glaubst du denn, dass du zu einer Meinung kommen wirst, oder muss ich dich kidnappen?«

V

Gustav Hansen wird Oskars neuer Bauherr.

Sie hatten bisher brieflich verkehrt, und da Hansen, als habe er sonst nichts zu tun, ein leidenschaftlicher Briefschreiber war, hatte sich bereits ein halber Ordner mit dem Briefwechsel, hauptsächlich aus Hansens Ergüssen bestehend, gefüllt. Nun fand Oskar Zeit, ihn zu treffen. Den Mann umgab strenger Pfeifengeruch. Die Pfeife im Mund, rotwangig, wettergegerbt, ein Aussehen, das auf hohen Blutdruck schließen ließ, empfing er Oskar in der Ankunftshalle des Hamburger Flugplatzes.

Er hatte sehr helle Augen. Seine Gesichtsfarbe, vermutete Oskar, als er auf ihn zuschritt, kam, den Blutdruck eingerechnet, sicher von seiner Vorliebe für norddeutschen und dänischen Korn. Wenn Hansen lächelte, wirkte er jünger. Er hatte schadhafte Zähne. Er war älter als Marwig.

Bei trübem Wetter, es nieselte, fuhren sie an die Ostsee. Während der Fahrt weihte Gustav Hansen Oskar diskret in seine Familienverhältnisse ein. Zum zweiten Mal verheiratet, einen siebenjährigen Sohn, sein Nachfolger »dermaleinst, wie er sich dächte« (genauso hatte es im Brief gestanden!), in der Konservenfabrik in Lübeck, drei Kinder aus erster Ehe, die erwachsen und selbständig waren und mit ihm in eher losem Kontakt standen. Wie Hansen so erzählte, wirkte er lässig und wie einer, der gelebt hatte. Er segelte. Natürlich! Oskar lachte fast auf. Es passte zu der rötlich gedunsenen Haut und den wasserblauen Augen und der Pfeife und dem Schnaps. Die Yacht, eine KR 7, lag in Travemünde. Gustav Hansen hatte im Frühjahr in einem kleinen Nest an der Ostsee von einem Bauern, der aufgab, ein Grundstück erworben, nah am Meer, nah an einem kleinen Naturschutzgebiet, nah am Leuchtturm.

Auf dieses Land wollte er von Oskar ein lustiges Haus gebaut bekommen. Nichts Regionales oder was es dort oben schon gab. Seine Wünsche hatte Hansen Punkt für Punkt ausführlich in den Briefen, die nach Berlin gegangen waren, dargelegt. Oskar war niemals in Pelzerhaken gewesen, aber doch »dort oben« – früher, in den Sommern, mit Helene und Melanie. In Niendorf und in Scharbeutz. In der Hand der Erinnerung tauchten die Strandkörbe auf, das Strandgras, Melanie acht Jahre alt, nackt im Sand brüllend, von einer Wespe in die zarte weiche Kinderhaut zwischen großem und zweitem Zeh gestochen. Melanie, zwei Jahre bevor sie ... Ach Gott!

Sichtbeton. Ein Innenhof. Er wolle weder in Bruchsteinen noch Ziegeln wohnen, sich mit seinem Haus, hatte Hansen fest entschlossen in seiner zügigen Handschrift versichert, auch nicht ans Fachwerk der wenigen alten Fischerkaten im Dorf halten. Etwas Humorvolles vor Ort.

Oskar, den Großstädter, beeindruckte die Umsicht, mit der Hansen für jedes Wetter gerüstet war. Im Kofferraum seines Mercedes lag auch für den Architekten eine gelbe Öljacke.

Es war windig am Meer, und Hansen schlug Oskar vor, die Kapuze hochzuschlagen und sich fest in die Öljacke einzuknöpfen. »Schade, dass es so ein Wetter ist«, meinte er, guckte auf seine Pfeife und steckte sie weg. »Wenn man zum ersten Mal auf den Bauplatz kommt, möchte man doch die Sonnenseite sehen, die Speck- und Schokoladenseite, oder?«

»Hier regnet es viel?«, fragte Oskar.

»Das kommt schon oft vor«, gab Hansen zur Antwort.

»Aber Sie mögen das Wetter?«, fragte Oskar weiter.

»Ich bin nördliches Klima gewohnt, Herr Marwig, und ich gebe zu, ich mag es. Ich bin kein Südländer. Sonst würde ich nicht segeln, wenigstens nicht –«

»Ist das ein Widerspruch?«, fiel Oskar ihm ins Wort.

»Nein«, gab Hansen zu, »wenigstens nicht hier in unseren Gewässern, doch segle ich nun einmal am liebsten nordwärts. Und die finnischen Mücken – bin ich längst immun gegen, stechen mich nicht, merk ich nicht.«

Er hatte den Lageplan des Grundstücks, unter einer Plastikfolie geschützt, in der Hand und fing an, Oskar seine Vorstellungen auszumalen.

»Ich denke mir, dass es hier stehen sollte«, sagte er, öffnete die Arme in Richtung des Meers und ließ sie mit dieser abgrenzenden, doch einladenden Gebärde ausgestreckt über der Wiese stehen. »Hier«, wiederholte er, »und weiß, ganz weiß, aus weiß verputztem armiertem Beton. Marwig, wenn Sie mir das entwerfen könnten. Sie haben es ja schon versprochen.« Damit wandte Hansen ein nun vom Regen glänzendes Gesicht Oskar zu. Und kehrte sich wieder ab. »Die Grenze meines Grundstücks kennzeichnet dort der Graben«, erläuterte er und wies mit der Hand, die den Plan hielt, hin, »und an den beiden Seiten der Zaun.« Der Leuchtturm und das durch einen hohen Gitterzaun getrennte, der Marine zugehörige Gebiet lagen rechter Hand von den beiden Männern.

Das Gelände war flach. Hinter den Wiesen stieg es leicht an, und am Horizont ging es über in kleine Wäldchen und in die Wälle der holsteinischen Knicks.

»Wenn Sie mir das hier herstellen könnten, Marwig!« Hansen drehte sich meerwärts und meinte, er könne von dieser Seite sicher sein, niemand werde sich ihm vor die Nase setzen.

»Ein Bohrturm«, neckte ihn Oskar. »Nein? Lassen Sie mich nachdenken.«

Oskar hatte Gustav Hansen dann stehen lassen und war über die niedrigen Dünenkämme gewandert, deren Flanken hier und da grasbewachsen waren, bis er zum Strand kam, dort ging er schwer vorwärtskommend im Sand weiter. Auf einmal fiel ihm ein Schild ins Auge, auf dem »Düne« stand. Das machte Oskar lachen, und er dachte, dass er wahrscheinlich in einer idiotischen Gegend dieses Haus bauen solle. Er blickte übers graue Wasser. Die gegenüberliegende Seite der Bucht war nicht zu sehen. Seiner Schätzung nach musste das DDR-Gebiet sein, die Mecklenburger Seite der Lübecker Bucht. Er dachte an Hansen und fragte sich, warum er gerade hier sein Grundstück erworben hatte. Warum wollte er in Richtung der Mecklenburger Küste gucken? Hätte er sich nicht auch ein Haus auf einer griechischen Insel bauen können? Aber er hatte ja gesagt: Ich bin ein Nordländer.

Oskar war klar, als er wieder im Flugzeug nach Berlin saß, dass er noch einmal allein an seinen zukünftigen Bauplatz zurückkommen müsse. Hansen gegenüber hatte er beim Abschied in Fuhlsbüttel erklärt: »Ich werde mir etwas einfallen lassen, Herr Hansen. In den nächsten Wochen schicke ich Ihnen einen ersten Entwurf zu; sollten Sie ungeduldig werden, mahnen Sie mich.«

Etwas wie ein frühes Heimatgefühl verband ihn mit der Gegend dort am Meer. So schien es Oskar wenigstens hoch über den Wolken. Er blickte von seinem Fensterplatz hinaus auf die weißen arktischen Wolkenfelder und meinte, weil er die Küstengegend dort unten mit ihm liebsten Erinnerungen verband, diesen gegenüber auch eine gewisse Verantwortung zu haben, eine Empfindung, eine Sentimentalität, die sich nur mittelbar aus seiner Beziehung zu Gustav Hansen und dem Objekt ergab, das Oskar ihm entwerfen würde. In Oskars Hinterkopf zeichnete sich dieses Bild: Als baue er das Haus des anderen für sich – und seine Tochter und die Frau –, damals, als seine junge Familie noch intakt gewesen war, er mit Helene in gegenseitiger Harmonie. Hatte es nur daran gelegen, dass sie so jung waren? Und es zeichnete sich auch dieses Bild: Als baue er das Haus des anderen für sich und seine tote Tochter und die Frau, die er in seinem Leben niemals wiedersehen sollte.

Er verbot sich, weiter darüber zu grübeln, denn er wusste, dass er sich mit derlei Gedanken tief deprimierte. Pillen kappten den Zustand. Seine Hausapotheke war reich mit Mitteln, die Abhilfe schafften, versehen. Oskar therapierte sich selbst – er hatte eine kindliche, auch kindisch verschlagene Abneigung gegenüber der Autorität von Ärzten, eine Abneigung, von ihnen abzuhängen. In jemandes anderen Hand sein – er ginge lieber aus dem Leben.

Vierzehn Tage später war Oskar zurück in Pelzerhaken. Er hatte Max mitnehmen wollen, doch der war verhindert gewesen. Er hatte Jutta fragen wollen, doch dann Abstand davon genommen, ihre Gegenwart hätte ihn nur abgelenkt. Er mietete sich einen Wagen und fuhr an einem strahlenden Tag Ende Oktober bei rotgelb leuchtenden Wäldern, einem Tag, der so ganz im Gegensatz zu dem ersten verregneten Besichtigungstag stand, zur Küste.

Der Erinnerung nachfahrend, suchte Oskar den Ortsrand in Pelzerhaken, und er landete vor einem Posten. Eine Warntafel neben dem Häuschen erklärte, dass Oskar nun militärisches Gebiet betrete, im Falle er weiterwolle, und er dieses Gebiet ohne gültigen Ausweis nicht betreten dürfe.

Der Mann in dem Kiosk guckte von einem Comic auf, als er das Motorengeräusch vernahm. Oskar ließ den Motor laufen – ihm kam es für sie beide weniger bedrohlich vor, wenn er den Motor in dieser Öde nicht abstellte, in der es nur hohe Sicherheitszäune, Warntafeln und Baracken gab. Aber hätte er, der so plötzlich auftauchende Fremde, nicht doch eine Pistole in der Hand haben und den jungen Mann in der Uniform niederknallen können, um danach innerhalb des militärischen Sperrgebiets die Elektrizität lahm- oder eine Zeitzünderbombe zu legen?

Oskar ging auf das Häuschen zu, der Posten kam heraus. Oskar fragte nach dem Weg zum Leuchtturm. Er sei nicht der Erste, der ihn nach dem Weg frage, erklärte der Soldat, erfreut, Ansprache und Abwechslung zu haben. »Aus Ziegeln, den meinen Sie doch«, fragte er zurück, »der nicht mehr in Betrieb ist im Gegensatz zu dem da drüben, dem in der Sperrzone, den wir bedienen. Also, der aus Ziegeln –«

»Moment«, sagte Oskar verwirrt. »Gibt es zwei?« Wo lag dann die Baustelle? Sollte er dem jungen blassen Mann, der sich einen kleinen Schnauzer stehen ließ, Gustav Hansens Geländeplan zeigen? Nein! Oskar hegte Argwohn gegen den Jungen. Genauer: nicht gegen ihn, Oskars tief verwurzelter Argwohn richtete sich gegen die Uniform. Sie brachte ihm sofort seine Uniform-, seine Jugendjahre in Erinnerung. Dass der junge Mann, der sich die Einheitskleidung hatte anziehen lassen, in der Öde des Nirgendwo der Sperrzonen einen Comic las, machte ihn menschlich.

»Und eurer?«, fragte Oskar. »Wie sieht der aus?«

»Das ist der, da drüben der, aus Beton, und wie Sie sehen, ist er wirklich sehr hoch, im Betrieb der Bundesmarine. Der alte, den jetzt die Pappeln überwachsen, war früher für die Schiffe, wenn sie in den Neustädter Hafen wollten.«

Hatte nicht auch Hansen den Betonturm gemeint?, dachte Oskar. Blöd, dass Max nicht mitgekommen war, der hätte es nicht zu dieser Verwirrung kommen lassen.

Oskar stellte den Leihwagen nahe dem Strand auf einer Wiese ab und sah, auf der Suche nach einem Fußweg, hinter einem Lattenzaun, verlassen und leer, fünfzig oder mehr Campingwagen. Die hatte ihm Hansen nicht gezeigt! Oskar fühlte sich dem anderen plötzlich auf der Spur, ohne dass er präzise hätte sagen können, auf welcher.

Er kletterte über den Zaun, ging eine Weile zwischen den weißen Wagen umher, jeder ein lang gestrecktes mobiles kleines Haus auf Rädern. Oskar überstieg den Zaun ein zweites Mal und bahnte sich einen Weg durch dichtes Buschwerk, bis er auf einen mit Ziegeln belegten Fahrweg kam. Er musste ihn im Zickzack gehen, weil alle zehn Meter Barrieren hineingesetzt waren. Die Einfälle einer Kurverwaltung!

Oskar ging auf dem »beruhigten Fahrweg« weiter. Er kam an einem Abzweig vorbei, der auf das Gelände und zum Gebäude eines Surfer-Vereins führte. Auch hier ein Hinweis, dass der Weg nur Mitgliedern offen stünde. Oskar war hier umringt von Kaninchen. Sie genossen den schönen Herbsttag, die milde Sonne, hoppelten unter den goldrot gefärbten Büschen oder saßen, sich den Pelz wärmend, im Pulk, die Ohren angelegt, zusammen auf den Rasenflächen und sahen aus wie kleine aufgestellte Sandsäcke.

Endlich stand er, glaubte er, wo er mit Hansen gestanden hatte. Rechter Hand sah er jetzt auch den alten Leuchtturm – und musste sich eingestehen, dass er ihn beim ersten Mal nicht wahrgenommen hatte. Am Ausguck in der Höhe machte sich ein Fensterputzer zu schaffen.

Oskar ging den Strand weiter ab. Wenn er sich direkt am Meeressaum hielt, blieben die Campingwagen hinter der Dünenkette verborgen. Weshalb Hansen sie nicht erwähnt hatte, blieb ihm unerklärlich. Im nächsten Brief käme er auf sie zu sprechen.

Zwei Surfer, gummiverpackt, waren mit rot-blau gestreiften Segeln draußen. Die gegenüberliegende Küste hüllte sich auch diesmal in Dunst, die Sonne war hell, fast weiß, ein diffuses Licht, das schmerzhaft in die Augen stach.

Er ging bis ans Wasser vor und beobachtete das kräuselnde, kleine Blasen aufwerfende Spiel der Uferwelle, ehe sie im Sand verebbte. Er tauchte die Finger ins Wasser und war überrascht, es wärmer zu finden als angenommen. Er sog gierig den Tanggeruch ein und beobachtete die Quallen, die auf dem Geschling aus dunklem Tang und helleren Algenaugen auf den Steinen des Ufers gestrandet waren. Die Quallen brauchten länger, da die Sonne tagsüber nicht mehr so intensiv wie in den Sommermonaten wärmte, bis sie zu einem hauchdünnen, zerbrechlichen Film ausgetrocknet waren.

Oskar näherte sich – immer noch entlang der Kolonie der Campingwagen schreitend – dem Ortszentrum, aber er ging in die falsche Richtung. Er entfernte sich von Gustav Hansens Grundstück. So kehrte er um. Warum hatte Hansen nicht neben dem alten Turm ein Stück Land zu erwerben gesucht, ging Oskar durch den Kopf, als er wieder an dem von Pappeln umgebenen, umwachsenen Turm vorbeikam. War das Land hier bereits zu teuer? Gab der angrenzende Surfer-Club nichts von seinem geräumigen Terrain frei? Oskar ging sicherlich eine Viertelstunde in die »richtige Richtung«. Er ging langsam und genoss es, nur zu gehen und gehen und gehen. Das Zeitgefühl kam ihm dabei abhanden – und genau das wünschte er sich. Er war viel zu selten am Meer, von Berlin aus war es für einen Tagesausflug zu weit. Das Wasser, das er hin und wieder sah, war das Wasser, an dem er wochenends mit Nora lag – ein See. Die See war etwas anderes.

Oskar hatte den Bauplatz gefunden. Entsprach das Umfeld, in das Hansen sich baute, seiner Welt? Der Blick aufs Meer, im Rücken die anderen? Grenzte Hansen sich ab, weil er, der Spätankömmling, recht eigentlich Eindringling war in die Siedlung anderer? Vom Geschmack her wollte Hansen sich ihnen nicht anschließen, »vegetables« hatte er sie in seinen Briefen genannt. Ihren Neubauten, die jeder ästhetischen Qualität entbehrten. Reetgedeckte Fischerkaten, die den Ort einmal begründet hatten, hatte Oskar vergeblich gesucht. Nichts verband sich hier.

Jeder wohnte hinter seinem Zaun, ob der nun aus Brettern oder einer hohen beschnittenen Tannenhecke bestand, in seinem Eigenheim, das in Stil und Größe der Katalogsnorm entsprach und eines Architekten nicht bedurfte. Nun, Gustav Hansen wollte sein Domizil fernab solcher Rottung. Zäune und eine Art Niemandsland lagen zwischen ihnen und ihm. In dem Niemandsland mochten sich Autoreparaturwerkstätten ansiedeln, ein paar waren ja schon da, mochte eine Müllhalde sich ausbreiten oder mochte es bleiben, wie es war: Wildwuchsland aus Krüppeltannen, Krüppelbirken, hartem überjährigem Gras und haufenweise menschlichem Abfall. So wäre dieser nicht festgelegte Gürtel oder Streifen wild wachsenden Nichts denn Hansens Wall oder Pufferschutz. Er wollte sein Haus beim Leuchtturm der Marine, nicht bei dem alten Ziegelturm. Was war Hansens Welt? Er wollte den Ausblick und das Übergangsgebiet, das Zusammentreffen von Wasser und Land, den Zwischenbereich der wandernden Dünen, und in diese Übergangszone entrann er, stellte Oskar sich vor, wenn er aus dem Fenster blickte. Nicht die Dächerflut der Campingwagen wollte er sehen. Deswegen die Abschirmung, die Öffnung nach innen, der Wunsch nach einem Innenhof. Doch lag es auch an ihm, Oskar Marwig, ob der Neuankömmling, dessen Haus Oskar ja entwarf, in Pelzerhaken fremd bliebe.

Den ersten Entwurf, den Oskar Gustav Hansen nach drei Wochen zukommen ließ, lehnte Hansen ab. Oskar hatte ein Haus auf Stelzen gezeichnet. Ein Hochstand oder eine Kommandobrücke hatte ihm dabei vorgeschwebt. »Nein!«, schrieb ihm Gustav Hansen zurück. »Nicht das Militärische, nicht das vordergründig Militärische! Schönen Gruß ... PS: Erinnern Sie sich: Ich wollte etwas Lustiges, Humorvolles, das haben Sie entweder vergessen oder Sie haben mich darin nicht verstanden ...«

Oskars zweiter Entwurf kreiste um »Erdgebundenheit«. Ob das lustig war oder lustiger, humorvoll? Vielleicht. Er blätterte in Hansens Briefen. In einem hatte er geschrieben: »Ich habe eine perverse, vielleicht perverse Freude an Beton, deshalb sollte mein Haus aus dem Material bestehen. Beton ist der Ausdruck unserer Zeit, das Signal, und zugleich steigen Erinnerungen vom Atlantikwall in mir hoch, den Betonbunkern. Mein Bruder ist während der Aktion D-Day in so einem hopsgegangen.«

Zwei Wochen später schickte Oskar neue Entwürfe nach Lübeck. Es waren Bleistiftskizzen von einem weißen Champignon auf einer Wiese. »Grün« hatte Oskar in die Fläche geschrieben und ein wenig grün gezeichnet; auf einem aquarellierten Extrablatt hatte er die »Wiese« grün getuscht. Oskar hatte den Innenhof nicht ins Zentrum, sondern mehr an die Außenhaut der Betonschale gerückt. Sofort, auf Anhieb war es ihm nicht geglückt; er war förmlich mit dem Hof über das ganze Dach gewandert, ehe er die Einpassstelle gefunden hatte, die der Konstruktion die größte

Spannung gab. Bezüglich des Schalenbaus hatte er notiert: »Die pilzartige Form ist in die Landschaft eingelassen, als wüchse sie aus ihr heraus.« Alle Erläuterungen wurden von Zeichnungen begleitet. Der große Wohnraum besaß eine sieben Meter breite abgerundete Fensterfront zum Meer hin. Der Raum hatte aus klimatischen Erwägungen, der starken Ostwinde wegen, die dort oben herrschen konnten, keine direkte Tür ins Freie, und das Haus betrat man, auch klimatischer Erwägungen wegen, wie durch einen Gehörgang in der Außenhaut – seitlich, von Westen, von der Seite des Orts her, man ließ derart das Trostlos-Hässliche hinter sich. Es war ein guter, ja raffinierter Übergang.

Im Großen und Ganzen gefiel Gustav Hansen der weiße Pilz. Er fand ihn lustig. Ob freilich die in der nächsten Kleinstadt ansässigen Maurer und Bauarbeiter die, wie Marwig schrieb, in vier Wochen erstellbare aufblasbare pneumatische Hilfskonstruktion ohne Schwierigkeit ausführen könnten? Das Verfahren schien einfach zu sein. »Die Hülle oder die Mauerschale«, schrieb Oskar, »wird mit Beton ausgegossen, der Ausschnitt des Innenhofs ausgespart; der Beton ist fünf Zentimeter dick und – das großzügige Bandfenster des Wohnraums ausgenommen – von kleinen, unregelmäßig verteilten und geformten Fenstern durchbrochen, deren Platzierung und Form Sie, Gustav Hansen, zu bestimmen haben.« Im Kellergeschoss hatte Oskar Platz für eine Sauna, eine Waschküche, eine Bügel- und Trockenkammer, die Fernheizung, einen Weinkeller oder Abstellraum und einen Videoraum geschaffen. Hansen hatte nun Zeit, sich in den pilzartigen erdgebundenen Entwurf zu vertiefen.

An den kommenden Wochenenden flog Oskar wieder nach München. Er traf sich mit Nora wie immer im Zimmer 21 des Hotels Biederstein am Englischen Garten. Er bestellte eine

Flasche Champagner und ein Dutzend Austern, und hinter dem Schild »Bitte nicht stören!«, das Nora vor die Tür hängte, liebten sie sich auf dem Kingsizebett, von dem aus man in das wirre Gezweig der kahlen Bäume sah.

»Wann ziehst du zu mir?«, fragte Oskar. »Es steht alles bereit, wie du weißt.«

»Lass mir noch ein bisschen Zeit, bis ich mit meinem Anwalt die Scheidungspräliminarien durchgegangen bin. Mein Mann ist zu Zahlungen nicht bereit.«

»So what?«, sagte Oskar. »Hängt es am Geld? Deine Liebe zu mir an seinem Geld? Ich habe Geld und verdiene genug für uns beide.«

VI

Jutta lud Oskar nach der Vorlesung wieder zu einem Kaffee ein.

Oskar nahm die Einladung an, und sie führte ihn in die Knesebeckstraße ins Café Rosalinde. Oskar saß hier zum ersten Mal.

»Wie heißen Sie eigentlich richtig, Jutta?«, fragte er. »In Ihren Unterlagen lese ich immer einen langen Namen.«

Jutta lachte. »Interessiert Sie das? Also: Jutta Wolf zu Ivernac. Und wenn Sie es ganz genau wissen wollen: Jutta Maria Anna Marion Wolf zu Ivernac. Maria wegen meiner Mutter. Sie ist katholisch.« Jutta machte eine Pause. »Und was wissen Sie jetzt?«, fragte sie dann.

Oskar sagte: »Ein bisschen mehr.«

»Na gut«, sagte Jutta. »Wenn Sie meinen.« Dann fragte sie Oskar, ob sie Fragen stellen dürfe.

Oskar sagte: »Schießen Sie los. Ich will Ihr Opfer sein.«

Jutta fragte, weshalb Marwig neulich die Sprengung der Schlossruine als geschichtlichen Sündenfall hingestellt habe. Weshalb Marwig die repräsentative Seite des alten Preußen – dieses Plusquamperfekt in ihren Augen – so am Herzen lag.

Sie ist so ernsthaft, dachte Oskar. Dabei hätte er jetzt gern mit ihr geflirtet. Dann dachte er, wieder ernst und als ihr Lehrer an ihrer Meinung interessiert, sie sei zu jung. Sie verstehe »Vernichtung« noch nicht. Trotzdem argumentierte er, dass das gesprengte Schloss immerhin einen beispiellosen kunst- und baugeschichtlichen Wert dargestellt habe, dass seit Mitte des fünfzehnten Jahrhunderts, seit 1451, in dem Plusquamperfekt Landes- und Weltpolitik betrieben worden sei.

Sie hielt dagegen: »Aber seit der Abdankung des Kaisers war es damit vorbei!«

»Und danach?«, fragte Oskar. »Der Lustgarten wurde für politische Kundgebungen benutzt. 1936 benutzten ihn die Nazis als Schauplatz für ihre Maifeiern und Aufmärsche; der Altar mit dem Olympischen Feuer stand vor der Gartenfront des Schlosses, die Fahnen der eingeladenen Nationen wehten hinter dem Feuer; im Schlüterhof hielt man Serenadenkonzerte ab, die Beethovenkonzerte der Philharmoniker fanden dort statt, die Kammerkonzerte im Weißen Saal; das Kunstgewerbemuseum kam im Schloss unter und andere Institute –«

»Ja, gewiss«, rief Jutta mit ihrer hellen Stimme. Aber als »Wohnung des Kaisers«, als »Besichtigung der Wohnung des Kaisers« sei das Ganze doch nicht mehr brauchbar gewesen, nachdem die Möbel nach Holland gebracht worden waren. Was wäre denn ohne Sprengung geblieben? Nur wieder eine 999zimmrige Gruft, ein Museum mehr. Als könnten wir nur mit Museen überleben! Und weshalb habe man 1950, als die Schlossruine in die Luft ging, nicht auch die Domruine daneben gesprengt? Aus Pietät?

Er wisse die Beweggründe dafür nicht, antwortete Oskar.

Aber Ihre Meinung!, insistierte Jutta.

Er mochte keine Meinung dazu haben, wich Oskar aus.

Aber wieso?, erstaunte sich Jutta über die Antwort.

Ihm gefalle, erwiderte Oskar, dass der Dom restauriert werde, da ihm architektonische Vielfalt, sofern sie Qualität besitze, in einer Stadt gefalle – und gerade in dem verheerten Berlin.

»Kann man nicht Irrtümer zugeben?«, fragte Jutta. »Erst einsehen und dann –?«

»Gewiss, es klärt«, erwiderte Oskar knapp, ohne zu wissen, worauf sie aus war.

»Ich halte die Großsiedlungen, die in den letzten Jahren gebaut wurden, für Irrtümer«, fuhr Jutta fort, »und ich gehe von dieser Meinung nicht ab. Ich meine sogar, weil diese Getüme für Menschen und Menschenmaße niemals Wohnung sein können, dass man den Irrtum einer solchen Planung einsehen, als einen totalitären Fehler einsehen und Konsequenzen daraus ziehen sollte: die Blöcke zu sprengen, da sie die Menschen verwildern und unglücklich, unzufrieden, in der Seele krank machen. In St. Louis hat man das gemacht! Vor ein paar Jahren eine solche Gigantensiedlung mit hundertzwanzigtausend Wohnungen in die Luft gejagt und weggeräumt, dem Erdboden gleichgemacht. Herrlich.«

»Umdenken«, antwortete Oskar bedächtig, »hat nie Beispiel gemacht. Diese Kästen – bei uns – sind eine Schande für uns alle, das stimmt, ob wir sie gebaut, uns drum gedrückt oder daran bereichert haben. Ein Hohn! Schießscharten-, Zwangs-, Zwingerarchitektur. Von Architektur keine Rede, ich will das Wort nicht missbrauchen.«

Er suchte Juttas Augen. Sie blickten ihm ruhig entgegen. Ungewöhnlich, dachte er wieder, dieses Braun.

»Die Kinder, die in diesen Blöcken aufwachsen. Was für ein Blick auf die Welt, welcher Hass, welche Rachephantasien später, nicht wahr?«

Oskar hielt die junge Frau mit seinem Blick fest.

Sie hörte ihm zu.

»Da beschweren wir unsere Köpfe«, fuhr Oskar fort, »auch in meiner Vorlesung mit so hübschen Dingen wie nie realisierten Bauwerken, gesprengter Vergangenheit, der Moderne, ihrem Schwanengesang, der Postmoderne, den vielfältigen Richtungen oder ihren bloßen Bezeichnungen, Umbenennungen, alldem, was heutzutage eben auch dem einen Vorsprung vor dem anderen gibt, statt erst einmal zuzusehen, dass Menschen, die Mehrzahl der Menschen leben und nicht zu einem seelenlosen Vegetieren verdammt werden. Kollegen von mir haben die Siedlungen verteidigt, manche; sofern sie sie mitgeplant oder als Berater tätig waren, haben sie sogar gegen jeden Einwand verteidigt – soziologisches Kauderwelsch. So wie sie die Theorie gefunden hatten –«

»Welche?«, fragte Jutta hastig.

»Des zeitgenössischen zweckmäßigen Bauens für Massen, ich sage, die der Menschenverachtung«, fuhr Oskar fort. »Sie sahen sich im Recht, also verteidigten sie, was sie taten, auf jeden Fall. Ich erinnere mich an Streitgespräche mit Egon Klewe. Er ist niemals mein Freund gewesen, und bis auf wenige Ausnahmen habe ich seine Arbeit nicht geschätzt. Über das Märkische Viertel und ähnliche Zwangsplanungen gingen unsere Meinungen entschieden auseinander. Ich hielt es von Anfang an für einen Irrtum. Und nun, mit den Nachbesserungen, wie das elende euphemistische Fachwort heißt, schleppen sie einen Kranken, statt ihn zu heilen, zu Tode.«

Jutta trank von ihrem Cappuccino. Schließlich brachte sie vor, dass sie über ihren Freund, der mit Klewes Sohn befreundet sei, die Möglichkeit habe, in den kommenden Semesterferien im Klewe'schen Büro zu volontieren. Was Marwig davon halte, brauche sie wohl nicht mehr zu fragen.

»Ja«, erwiderte Oskar, »nicht viel. Klewe ist ein Brutaler und kein Großer. Verlorene Zeit. Aber«, und dabei sah er Jutta wieder fest an, »das sagt nichts gegen seinen Sohn oder Ihren Freund.«

Oskar steckte sich eine Gauloise an, nahm einen tiefen Zug, erst dann sagte er: »Überlegen Sie es sich, vielleicht wollen Sie ja zu mir kommen.«

Er blies den Rauch weit von sich. »Das Unglück unseres Jahrhunderts«, sagte er dann, »um noch einmal auf die Massensiedlungen wie Märkisches Viertel oder Steilshoop zu kommen, liegt im Plan, einer Planung, die auf Gesamtplanung aus ist, auf die Integration alles und jedes Einzelnen darin – ein Irrtum, falsch verstandene Revolution, aber gerade dieser Irrtum bewirkt ja die Unmenschlichkeit und die Mängel, die Sie bereits ansprachen. Ich für mich habe angesichts des Massenwohnens bisher keine andere Lösung als meine eigenen Entwürfe, aber auch die habe ich bisher immer wieder verworfen. Ohne einen Bauherrn geht es nicht.«

Jutta bestellte sich noch einen Cappuccino und für Oskar bestellte sie einen zweiten Fernet Branca.

Oskar sagte: »Sie haben einen Freund, das weiß ich nun, aber wie leben Sie?«

Bei einer Frau, die Zimmer vermiete, zusammen mit ihrer jüngeren Schwester, entgegnete Jutta.

»Ja, stimmt. Sie sagten es. Das ist heute altmodisch, keine Wohnung zu haben oder nicht in einer WG zu wohnen«, kommentierte Oskar.

»Ein bisschen, ja, unser Vater –«

»Wollte es so?«, fragte Oskar.

»Nein, so nicht. Sie sind geschieden. Wenn, dann wollte es die Mutter so. Aber er kümmert sich aus der Ferne um uns. Ich stehe ihm näher als Ida.«

»Ida?«, fragte Oskar.

»Ja, meine kleine Schwester«, sagte Jutta. »Ida und er, na ja. Die Mutter lebt in Bonn als Maklerin, und der Vater mit seiner jungen neuen Frau in Korntal bei Stuttgart, *retired* – er war im diplomatischen Dienst. Auf diese Weise bin ich in Washington geboren und meine Schwester in Kairo. Wir wuchsen im Internat auf.«

Oskar sagte, auf ihren ersten Kontakt anspielend: »Und jetzt springe ich wieder ... Was fasziniert Sie so am Berliner Schloss? Mir scheint, die politischen Verhältnisse oder Umstände einmal hintangestellt, Sie würden es gern wieder sehen, errichtet, belebt, als Belebung der gigantischen Öde dort in der Mitte der Stadt, rekonstruiert ...«

»Ach«, sagte Jutta, »aus Sentimentalität, ja, wahrscheinlich wegen der alten preußischen Tradition meiner Familie irritiert es mich aber zugleich. Heute sage ich nein zu einem Wiederaufbau, morgen sage ich ja.«

»Nicht eben zeitgemäß, meine Liebe«, sagte Oskar. »Sie machen es sich nicht einfach.«

»Ich habe Sie eingeladen«, sagte Jutta, als sie aufbrechen wollten.

»Und ich halte mich daran, strikt«, antwortete Oskar, »obwohl ich es so herum nicht gewohnt bin.« Er lächelte und verfolgte schmunzelnd, wie Jutta an den Tresen ging, um zu zahlen. Während sie ihre Börse öffnete, dachte sie, dass sie Oskar Marwig beneidete; er hatte eine Sicherheit und sich ein Leben und eine Welt geschaffen, die ganz die seinen waren. Das wünschte sie sich: wegzukommen von den Unsicherheiten, den zu überspielenden Unsicherheiten, die sie immer noch zu ihrem Leidwesen erröten ließen, den Balanceakten über die Abgründe der Unkenntnisse und Unerfahrenheit hinweg. Ein Leben wie das seine oder den Sprung von zwei wackeligen Füßen auf zwei feste.

Die rotvioletten Leuchtröhren nahmen ihrem Gesicht die Frische.

Sie lud ihn ein: »Vielleicht kommen Sie einmal zu uns, zu Ida und mir.«

Diesmal erzählte Jutta, als sie nach Hause kam, ihrer Schwester, dass sie mit ihrem Professor Oskar Marwig Kaffee getrunken habe, stolz, auch schwärmerisch, dass sie ihn in die Rosalinde eingeladen habe.

»Und?«, meinte Ida schnippisch. Sie spielte Ernst, wie sie ihn oder sich nannte, den eifersüchtigen schwesterlichen Liebhaber oder Bruder. »Was willst du von ihm?«

»Nun ja«, entgegnete Jutta, hob die Schultern und sagte: »Nichts, glaube ich«, und begann in der Küche ihrer Wirtin Champignons zu putzen. Danach schlitzte sie mit dem kleinen Messer ein Netz Rosenkohl auf und schälte die äußeren Blättchen ab. Ida sah der Schwester zu und dachte: Diese Situation habe ich schon einmal erlebt, aber sie konnte nicht sagen, wo, die Erinnerung gab den Ort nicht frei. So blieb sie stumm und sah den Handgriffen ihrer Schwester zu.

Frau Wesolowski kam herein und setzte sich auf die Eckbank in der Küche. Den Gedanken, dass sie eines Tages, um nicht aus der von ihr allein bewohnten vierzimmrigen Altbauwohnung ausziehen zu müssen, »junge Dinger« aufnehmen würde, hatte sie lange Zeit von sich gewiesen. Sie suchte aber auch Gesellschaft neben dem dicker und dicker werdenden Spaniel. Sie selber hatte die Statur eines kleinen Fasses. Die Familie stammte vom Bottnischen Meerbusen. Erst die Heirat hatte ihre Mutter nach Berlin verschlagen. Frau Wesolowski sah gern zu, wenn Jutta kochte.

Ida sagte: »Ich würde gern spazieren gehen, Jutta.«

»Willst du nichts essen?«

»Ich bin nicht hungrig. Ich guck dir zu.«

Jutta ihrerseits sah Ida zu, als sie auf dem Flur in ihren Mantel schlüpfte. Sie sagte: »Ich weiß, wohin du gehst, Ida, und finde es idiotisch. Die Jalousien sind heruntergelassen, er ist auf Tour. Du liebst ein Hirngespinst, mein liebes Schwesterlein. Er wird dich nie lieben. Er liebt Jungs! Vergiss ihn!«

»Wie kann ich ihn vergessen?«

»Ich meine ja auch nicht vergessen –«, sagte Jutta. »Ich meine: Du sollst leben, komm doch mal in der Welt an. Du kannst dein Leben nicht so verwarten. Gott sei Dank stecke ich nicht in deinem Dilemma. Ich habe Philipp, und wir werden bald zusammenziehen.«

»Und ich liebe ein Phantom. Das lässt mir viel Platz für mich«, erwiderte Ida, »und wenn mir einer von den Kommilitonen zu nah kommt, sage ich ›Ich habe einen Freund‹ und erzähle ihm von Ludwig.«

Jutta schüttelte den Kopf über so viel Phantasterei.

»Was kann ich dafür?«, fragte Ida. Dann griff sie sich den Wohnungsschlüssel vom Haken bei der Tür und sprang die Treppe hinab, um ihre Runde zu machen. Sie ging die Goethestraße entlang, bog in die Knesebeckstraße ein, kam an der Rosalinde vorbei, überquerte den Savignyplatz und schaute eine Weile in die Fenster des Kunstbuchladens unter den S-Bahn-Bögen. In das Lokal in der Passage zu gehen und nachzufragen oder einfach nachzusehen, ob ihr Freund dort wäre, traute sie sich allein nicht noch einmal. Als sie das erste Mal hineingegangen war, hatten all die Männer, die dort an den Tischen saßen oder miteinander tanzten, sie angestarrt und danach hinausgelacht. Sie ging in Richtung Ku'damm weiter, querte ihn, bog in die Fasanenstraße ein, im Astor lief *Philadelphia Story*, ein Lieblingsfilm von ihr, und sie schaute wenige Häuser vor der Lietzenburger Straße zu den Fenstern einer Altbauwohnung hinauf. Da war

Licht, und die Person, die sie sehen wollte, trat auch zufällig auf den Balkon hinaus, neben ihm ein Mann und eine Frau und noch ein Mann; so lehnten sie, vorn am Geländer, in angeregtem Gespräch. Ludwig.

Wir haben uns nie gestritten, dachte Ida. Er ist mir so weit voraus. Sie war im Schatten eines Baumes stehen geblieben und ging nun zurück. Ludwig, Ludwig, Ludwig.

»Schlag ihn dir aus dem Kopf«, sagte Jutta, »du wirst ihn niemals in deinen Armen halten, du wirst ihn niemals küssen, nur stupsen können. Wach endlich auf!«

»Ja, gut, doch was soll ich gegen mein Gefühl tun?«, erwiderte Ida. »Ich weiß nicht weiter, ich weiß wirklich nicht weiter in dieser Ecke von mir.«

»Du überforderst mich«, sagte Jutta. »Verzeih.«

Nora hielt Oskar weiter hin.

Jutta hatte sich entschlossen, bei Klewe abzusagen und in den kommenden Semesterferien im Büro Marwig & Maulwieser zu volontieren.

Sie legte Ida nahe, sich eine andere Bleibe zu suchen, da sie mit ihrem Freund zusammenziehen wolle.

Ida wechselte in dem Jahr zweimal die Wohnung. Schließlich blieb sie in der Warnemünder Straße in Schmargendorf.

Die Wirtinnen hatten in der Stadt den Krieg erlebt. Sie wollten ihre Erinnerungen im Detail nicht neu durchmustern bei Idas Fragen. Frau Walter sagte, sie sei vergewaltigt worden – mit anderen Frauen in einer Reihe, abends, unter den Birken, im Dol. Die Frau neben ihr habe der sowjetische Soldat, da sie seidene Unterwäsche trug, danach erschossen. In all den Jahren hat Frau Walter das Wäldlein heute gleichen Namens, nur mit jungen Birken bestanden, niemals wieder betreten.

Ida fragte nicht weiter.

Sie besaß außer Kleidung, die in einem Koffer unterkam, und ein paar Büchern nichts. Sie hätte ihren Vater um einen höheren Monatswechsel bitten müssen, und darum wollte sie den Vater nicht bitten.

Frau Walter hinkte. Sie war eine lustige Witwe am Stock und hielt sich einen schwarz-weiß gefleckten Kater, der ein fauler Bursche war und gern auf dem Küchenbalkon saß und sich sonnte, schläfrig auf das Getschilpe der Spatzen auf dem Gitter des Wohnzimmerbalkons oder im Gezweig der Linde über sich lauschte. Er war kastriert. Die Gemächlichkeit seiner Bewegungen dehnte die Zeit und machte sie trotz allem geschmeidig.

Zuweilen im Sommer, wenn Frau Walters Zimmer Ida beengte und es sie ins Freie trieb, ein Buch, aus dem sie lernen wollte, unter dem Arm, setzte sie sich auf dem Dahlemer Dorffriedhof auf eine Bank, die *Ars Erotica* mit Henry Millers Vorwort, Heideggers *Sein und Zeit* oder einen Bildband mit Uccellos Gemälden auf dem Schoß. Mochte auch, dass Ida den Ort für die eigene Konzentration statt für den der Sitte entsprechenden Gebrauch nutzte, die Frauen schockieren, die um die Gräber ihrer Toten herum Unkraut zupften, Wege harkten, frisches Wasser in die Blumenvasen gossen und sich geschäftig unbeobachtend gaben. Augen! Ida ließ sich von ihnen nicht beeindrucken.

Sie saß auf der weißen Holzbank, aufrecht, da die Rückenlehne kaum eine Rückwärtsbiege machte, und betrachtete, blätterte, verharrte, versunken in den Italiener. Über ihn und seine Zeitgenossen wollte sie ihre Seminararbeit schreiben. Der andere Band war der Band mit den sieben Siegeln. Wenn sie in den »Liebesakten der Weltkunst« blätterte, schlug sie Seiten auf, die ihr so unbekannt waren wie die Toten in ihren Gräbern um sie herum oder die Ruhe, die sie verströmten. Doch wenn sie sich dem stellen sollte, so wusste sie nicht, wie, außerhalb ihres Verstecks, ihres Entzugs als ein Junge mit dem Namen Ernst. Unberührt, gerettet als Junge.

Und wie Ida sich Millers Buch gegenüber verschloss, so öffnete sie sich im anderen instinktiv demselben Motiv, der Jagd. Ida verschwendete sich hinein in diese tumben Leute im Wald auf ihren Pferden. Dass sie sie in einer Seminararbeit für Professor Otte beschreiben sollte, war ein Anreiz mehr, die Heiterkeit, die sie empfand, logisch einzufügen in die Gesetze der Perspektive und abzuliefern bei ihrem Lehrer.

Ida schloss die Augen und öffnete sie wieder.

La Caccia. 1460.

Der Mann und die Frau, über zwei Gräber hinweg, redeten auf ihre Harken gestützt.

Ida verstand nicht, was sie sagten. Zu weit weg. Auf Friedhöfen äußerten sich Menschen sowieso leise. Eher war das Spatzengetschilpe zu hören. Der Verkehrslärm drang durch.

Die Stimme ... Sie versenkte sich.

Die Jagenden in roten Reitjacken leuchteten im Wald. In roten Reitjacken oder toqueartig rot bemützt wie die Treiber. Und die Treiber auch in roten Strumpfhosen, feuerwehrrot, braune Pferde, schwarz bemähnt, mit eingeflochtenem Schweif; ein Rappe in rotem Geschirr ...

Jutta hatte vor ein paar Jahren, als sie in Paris studierte, einen Tag lang in Wäldern, die um die Mauern von Chambord lagen, in einer großen Reitgesellschaft einen Rothirsch gehetzt, der sich am Ende – nach sechzig Kilometern umkreisender Verfolgung – vor den kläffenden, springenden Hunden in einen Tümpel gerettet hatte; ausweglos umstellt wie das Tier auf dem Bild in Idas Schoß. Der Rothirsch war mit dem Hirschfänger abgerichtet worden, und als er, aus dem Wasser gezogen, dalag, hatte man die Clairons geblasen.

Das gänzlich Unerwartete war der Wald, ein Korkeichenwald.

Ida war niemals in Italien gewesen und wusste so nicht, ob es diese Wälder noch gab. Jutta erklärte ihr, sie zumindest kenne keine, sie habe nur einzelne Bäume gesehen, auf dem Land, in den Böschungen entlang den Straßen. »Die bluten«, sagte sie, »wie Frauen, nur weiß. Man schält ihre Rinde, um sie zu allerlei zu benutzen, Flaschenkorken, Netzschwimmern, Korksohlen, Untersetzern ...«

Ida fragte nicht weiter.

Am liebsten hätte sie vom Anbeginn der Welt gelebt. Sie glaubte an einen Daseinsentwurf, den sie für sich weit fasste, so weit, dass der »Lebensplan«, mit dem man sie bislang zuhause und in der Schule traktiert hatte, darin zu einer stur geradeaus verlaufenden, von unüberblickbaren Mauern eingefassten Straße verkümmerte. Die Philosophen, die Ida studierte, redeten Gott sei Dank vom Entwurf und einem immer wieder neuen Entwurf bis zum Lebensende, sie redeten von Wahl, aber die Welt, die Leute um Ida herum redeten ausschließlich von Festlegung, Durchsetzung, Kapital, Sollen, Müssen, Haben, Fakten.

Ida steckte die Nase in Bücher, Philosophie- und Kunstbücher, der Uni-Bibliothek entliehen, und versammelte sie in ihrem Zimmer bei Frau Walter im Halbkreis am Boden; griff sich eins nach dem anderen, sowie sie das eine ermüdete, das andere, das sie wiederum frisch konzentrierte.

Das Zimmer in der Warnemünder Straße lag zur Straße hin, einer Allee mit einem breiten grünen Mittelstreifen. Vor dem Fenster stand der Schreibtisch mit der ausgebesserten Platte im Mittelteil, die neue mit Leder bespannt, seitlich von Stiftknöpfen genoppt; in die frühere Holzplatte war ein Granatsplitter geraten. Idas Bücherbord bestand aus Obstkörben vom Markt, Brettern und Ziegeln. Im Schrank hingen vier Kleider, eine Bundhose, eine Jeans, drei Röcke in dunklen, gedeckten Farben, aber ein feuerroter Mantel, und sie erwartete ein weißes Kleid und ein eng anliegendes aus grüner Rohseide als Geschenk ihrer Mutter. In den Fächern daneben lagen unordentlich hineingeknüllt Pullover, Strümpfe, Unterzeug, Handtücher, diese aufeinandergestapelt, wie sie es von Zuhause her kannte und im Internat gemacht hatte, und Bettwäsche, in die ihre Initialen gestickt waren. Der Wunsch, jederzeit gehen zu können, selbst wenn sie es niemals täte, ließ sie so wenig um sich haben. Immer eine Spur hungrig, immer auf dem Sprung sein, die Devise. Eine Bastmatte lief an der Bettseite entlang, die hatte Frau Walter gespannt, dass die Tapete geschont bliebe, denn das Bett, es war eine Couch aus den fünfziger Jahren, war zugleich als Sitzplatz gedacht. Ein kläglicher Kronleuchter mit vergilbten Papierschirmen sowie eine Schreibtischlampe mit gusseisernem Fuß beleuchteten das Zimmer.

Jutta besuchte Ida oft in ihrer neuen Behausung. Sie bemutterte die jüngere Schwester und erzählte ihr, während sie Idas Lieblingsgericht – gedünstete, leicht angebratene gemischte Pilze – in Frau Walters Küche zubereitete, dass sie jetzt neben dem Studium, auch um eigenes Geld zu verdienen, in Marwigs Büro arbeite. Er habe seinen Vorlesungszyklus abgeschlossen und nicht weiter Lust auf den Lehrbetrieb. Die praktische Arbeit dort mache ihr großen Spaß.

»Hat er eine Frau?«, fragte Ida.

Jutta stutzte. Was unterstellte ihr Ida? »Nein, hat er nicht«, antwortete sie dann, »er hat vielleicht eine Freundin, aber wohl nicht in Berlin.« Er habe, soweit sie es von seinen Mitarbeitern erfahren habe, hauptsächlich seinem Partner Georg Maulwieser, ein nicht sehr glückliches Privatleben, den Rest habe Jutta sich allein zusammengereimt. »So wie er in letzter Zeit herumläuft, so tief deprimiert«, ihr klinge das ganz nach Schluss, als habe die ihr unbekannte Dame Oskar für immer aus ihrem Bett bugsiert. »Sie sollte bei ihm einziehen«, sagte Jutta. »Aber mehr weiß ich nicht.«

VII

Oskar sah auf die Uhr. Es war kurz vor fünf. Irene kam mit dem Bus. Am Platz am Wilden Eber stieg sie aus und ging die paar Schritte zurück. »Ich sehe mir lieber dieses sitzende Schwein auf dem Rasen an und geh die paar Schritte zurück, als dass ich vorher aussteige und diese endlose Straße entlanglaufe«, sagte sie, als sie Oskar erklärte, wie sie zu ihm gefunden habe.

Oskar hatte Irene im Klick kennengelernt, als er sich dort den »Mann aus Eisen« ansah. Sie hatte hinterm Tresen gestanden.

»Ausgeholfen«, sagte sie und log. Sie studiere, hatte sie gesagt. Er sah ihr beim Bierzapfen zu. Er sah sie vor sich hergehen im engen Jeansrock, er sah ihre Kniekehlen und wollte sie sofort küssen, sah die Strümpfe mit der Naht, ihre langen Beine, den knabenhaften Apfelpo. Ob sie ihn nicht besuchen wolle. Mittwoch sei doch ein guter Tag, hatte Oskar gemeint, als sie ihm ein Alt hinschob. Er würde sie Mittwoch um fünf Uhr am Nachmittag bei sich erwarten.

»Sie sind Studentin?«

»Ja«, sagte sie wieder.

»Was studieren Sie?«

Sie suchte nach einer Antwort. »Englisch ...«

Jetzt war es fünf Uhr nachmittags.

»Wie heißen Sie?«

»Irene«, sagte sie, »und Sie?«

»Oskar.«

Die Hausglocke läutete.

Oskar hatte Irenes erstem Besuch erwartungsvoll entgegengesehen, sich sogar überlegt, ob er etwas für sie besorgen solle – Teegebäck zum Beispiel. Aber als Kneipenfrau? Ob sie kam? Ob sie Wodka wollte?

Er war schon lange nicht mehr, wie früher doch ganz gern und häufig, zu Huren gegangen. In seiner Ehe hatte das aufgehört. Und das Eichhörnchen namens Nora war eine verheiratete Frau. Und Irene war keine Hure.

Wie finge Irene es an? Die Vorstellung erregte Oskar.

Ihre Zähne, ihre grauen Augen blitzten. Da bin ich! Guten Tag!

»Da bin ich …« und stand in der Tür.

Und mit den drei Worten hatte es angefangen. Oskar war es fast entgangen.

Es erleichtert Irene, dass sie nicht reden muss. Bei ihrem gleichaltrigen Freund redet sie immer, sie fragen sich ab, er sie viel mehr als sie ihn, vor lauter Abfragen kommen sie zu nichts. Hier, bei dem älteren Mann und auch dem Fremden, kann Irene sich auf ihre Lust konzentrieren.

Katzenartig, nur noch mit einem dunkelblauen T-Shirt bekleidet (in einem hellgrünen Kleid war sie gekommen, im Bad hatte sie es ausgezogen, sich geduscht und dann, wie Oskar roch, mit Thymianöl eingerieben), hockt sie auf dem Bett, Schenkel, Knie eng beieinander, und sieht den Mann an, gelassen, selbstgewiss, was ihre nächste Bewegung sein wird. In ihr brennt keine Leidenschaft, aber sie ist doch aufgeregt.

Oskar überlässt Irene die Verführung. Er ist erleichtert, dass sie seinen Körper nicht abstoßend findet, alt, wie Nora ihm hin und wieder vorgehalten hatte, alt und verbraucht. Soll Irene tun, was ihr gefällt, sein Pimmel zuckt unter dem Leintuch, die Frau lockt mich – wie lange ist das nicht mehr geschehen, dass ich einfach daliege und sie mich lockt.

Irene streift sich das T-Shirt über den Kopf, vorsichtig, behutsam, dass sich die Spangen in ihrem aufgesteckten Haar nicht lösen, und streckt so, den Blick verhüllt, Oskar für einen unbeobachteten Moment ihre Brüste entgegen. Dann schlägt sie das Leintuch auf und legt sich neben den Mann, nackt, schnell, schamhaft, da sie sich seinen Blicken freigegeben fühlt.

Irene hat nach Damenkleidern in Oskars Wohnung gesucht, zumindest nach Spuren, nach Rückständen von Vorgängerinnen. Sie hat nichts gefunden. Kein Cremetiegel im Bad, kein Bademantel, keine Strumpfhose oder ob-Packung wies auf die Existenz oder Gegenwart einer weiblichen Person in den Räumen des Architekten hin.

Sie fragt ihn, wie er lebt.

»Allein«, sagt er, »in diesem Haus.«

Aber er hat für Abschweifungen jetzt nichts übrig. Oskar sagt: »Kannst du dein Haar herunterlassen? So – ja – wie ein kleines Mädchen. Und deine Beine weit auseinander. Ja –«

Sie möchte diesem Mann unartikulierte Laute abringen. Sie stemmt sich gegen ihn. Öffnet seinen Slip, massiert seinen Pimmel, erst mit der Hand, dann mit den Lippen. Sie küsst ihn. Sie bedeckt ihn vorsichtig mit dem Slip, dreht sich und drängt sich wieder an Oskar, während ihre linke Hand, die Finger einzeln, gespreizt, über seinen Körper fährt, ihn zu erkunden, zu erregen, vom Halsansatz abwärts, über das Schulterbein, an den Rippen entlang, bis Irenes Fingerspitzen auf das Laken treffen,

Leinen und Haut; die Finger beschreiben kreisende schlängelnde Bewegungen auf Marwigs Brust.

Bewegungen, die tiefer fahren, auf seinen Pimmel zusteuern; der Zeigefinger streicht am Gummizug des Slips entlang, lupft ihn an, schiebt sich darunter, und wieder kreist die Hand flach über dem Bauch, schnell, aufbrechend und schneller, um erneut tiefer zu gehen, sich – und nun alle fünf Finger – unter den Slip zu schieben, ihn anzuheben, von Marwigs Hüften zu streifen und wegzuschieben, wobei er nun hilft, während Irenes Hand wieder über seinen Bauch kreist, nun häufiger und doch immer noch wie von ungefähr in die Schamhaare fährt und bis zu Oskars Achillesferse hinunterstreicht, den Pimmel aussparend, um dann wieder über die Hüftknochen, die sie streichelt, die Schenkel entlangzugleiten und sich so Oskars wartendem aufgerichtetem Pimmel zu nähern.

Die Hausglocke läutete.

Sie führten immer noch keine Gespräche, redeten über kleine flinke Frage-Antwort-Sätze hinaus, die sich auf Beiläufiges und Konventionelles wie das Wetter bezogen, nichts miteinander. Oskar fragte: »Was wollen Sie trinken, Irene, ich meine, du, was willst du ...?«

»Heute gern ein Glas Orangensaft mit einem Schuss Sekt darin. Wenn Sie das haben.« Und spielte sein Echo: »Wenn du das hast.«

Meistens verlangte sie eine Bloody Mary mit extra viel Pfeffer und viel Tabasco gewürzt.

»Sie mögen es wohl gern scharf!«, äußerte Oskar linkisch.

»Ich verbringe die meiste Zeit in einer Kneipe.«

Das »Sie« wechselte über in ein »Du«, verwandelte sich zurück in ein »Sie« – ihre gegenseitige Anrede blieb in Bewegung.

Sehr bald, wenn Irene gekommen war, stiegen sie die Treppe an der Seite des großen Wohnraums hinauf. Oskar ging voraus, sie überquerten die Galerie, Oskar öffnete die Tür zum Schlafzimmer, er führte Irene.

Irene ging ins Badezimmer und kam in Oskars dunkelblauem Morgenmantel aus Rips zurück.

»Sie müssen mir's sagen, Oskar«, sagte sie gern, »vielleicht was ich nicht –«

»Ich muss überhaupt nichts sagen.«

»Warum nicht? Es wär einmal anders.«

Seine Hand führte und stieß sie. Er lag auf dem Rücken, und sie leckte und saugte seinen Pimmel, knetete ihn mit den Lippen und spürte, wie er größer und steif in ihrem Mund wurde. Immer dann wollte Oskar sie küssen, aber immer war er schon so erregt, dass er sich nur umdrehte, das Kondom überstreifte, in sie glitt und auch gleich kam.

Irene verließ das Bett und das Haus meistens, wenn Oskar noch schlief. Er überwies ihr monatlich 250 DM auf ihr Postscheckkonto.

Wenn Oskar erwachte, erinnerte er sich nicht sofort an das Mädchen. Es war sonderbar, fand er, neben einer Frau einzuschlafen und nicht mit ihr zusammen aufzuwachen. Er rief Irene nicht an. Das war abgemacht. Oskar wusste so gut wie nichts über sie oder ihre Verhältnisse; es machte ihm nichts. Von Noras Verhältnissen hatte er mehr als genug gewusst. Er bestellte Irene zu sich, einmal die Woche. Er wollte mit ihr schlafen, nicht mit ihr reden. Eine Frau, mit der er reden konnte, wäre eine ganz andere Frau, bildete er sich ein. War oder wäre Nora die Frau gewesen, die ihn nicht schnellstens langweilte? Helene damals war jung gewesen. Und er war auch jung gewesen, nicht so festgelegt, anspruchsvoll, ans Alleinsein gewöhnt wie heute.

Oskar fuhr Irene niemals nach Hause. Er ging auch nicht mit ihr essen. Wenn sie Hunger hatte, solange sie bei ihm war, stand ihr der Kühlschrank offen. Sie hatte Oskar einmal angedeutet, dass sie in einer Wohngemeinschaft lebte.

Oskar besaß nur die Telefonnummer dieser Wohnung. Von den Anfangsziffern leitete er sich ab, in welchem Viertel der Stadt diese Hinterhofwohnung lag. In Kreuzberg – mehr bekam er nicht heraus.

Einmal fragte Oskar, warum sie nicht bleibe, bis er wieder wach sei. Irenes Antwort war: »Was hat das für einen Zweck? Dafür bin ich nicht herbestellt.«

»Nein«, pflichtete Oskar ihr bei, »das stimmt, das wäre ein anderes Leben.«

»Bis zum nächsten Mittwoch!«, sagte sie und verschwand im Badezimmer. Sie öffnete die Tür noch einmal und sagte: »Du weißt, dass danach die Semesterferien beginnen? Vierzehn Tage bin ich dann weg.«

Er wartete auf Irenes Rückkehr. Er hatte sie nicht gefragt, wohin sie führe und mit wem.

Irene war eine leise Person. Manchmal zog sie sich, während Oskar schlief, im Zimmer an; stand an der Fußseite des Bettes, während sie in ihre Hose und den Jumper fuhr, oder sie saß auf der Bettkante, sah in Oskars Gesicht. Die Backe schlug eine Falte, und die Nase wirkte ein wenig verknautscht, Oskar drückte sie gegen den Arm. Vielleicht hat mein Vater, während er schlief, auch so dagelegen, dachte sie, sie hatte ihn niemals schlafend gesehen. Ihr Vater hatte Pyjamas getragen wie Oskar in der Regel auch, jetzt lag er nackt, und Irene dachte, dass sie niemals einen Schlafenden geweckt habe. Sie würde es auch nie tun, dachte sie, denn es ist, wie jemanden ins Leben zurückholen müssen.

»Thema verfehlt, wie in der Schule, sagte ich es nicht, Oskar?« Ein Schriftstück in der Hand, kam Georg in Oskars Zimmer. Er hatte seinen Humor nicht verloren: »Wir haben für den Geldbeutel der Reichen geplant, erklären sie uns – hier!« Georg zeigte Oskar den Bescheid der Jury, die aus sechs Kollegen und einem Vertreter der Hamburger Baubehörde zusammengesetzt gewesen war. Ihr »Block«, die Großskulptur in der Landschaft zur Erhaltung der Landschaft, war schon im ersten Durchgang des Gartenstadtprojektes abgelehnt worden, weniger, wie das Schreiben erklärte, das Georg in der Hand hielt, seiner »gutzuheißenden Haltung« als vielmehr der »allzu weitgehenden Kostenübersteigung« wegen.

»Freie Landschaft« stand in Oskars und Georgs Entwürfen. »Offener Blick, Fernsicht«. Im Muster der prämierten Gartenstadt blickte ein jeder in die Parzellen der fünf angrenzenden Nachbarn, sofern das bewohnte Grundstück nicht ein Randgrundstück war, blickte auf die Straße, die gegenüberliegenden Einzelhäuser, war umringt von »Nahsicht« ohne Aussicht, alle Wege zu Geschäfts- und Einkaufszentren, im Blockmodell leicht unterzubringen, waren weit, mühsam erreichbar; man brauchte ein Auto.

Oskar und Georg hatten gegen die Zersiedelung geplant. In ihrem Modell war die Landschaft erhalten: Sie sollte für alle da sein, vielleicht wie ein Park, weil ein Park als angelegte, gepflegte Naturform einem Stadtbewohner geläufig war. Inmitten von Feldern und Wiesen wäre das Hochhaus selber ein zu massiver, anspruchsvoller Fremdkörper, der den Anschein erweckte, als wolle er in seiner vielstöckig aufragenden Stahlbetonmasse die

Natur der Wiesen, Gräben und Bäume um sich herum niedertrampeln und zerstören, statt, was die Absicht war, sie zu erhalten.

»Tu's weg. Interessiert mich nicht. Frederike soll's ablegen«, war Oskars Kommentar.

Ostern kam. Inge Maulwieser lud Oskar zum Eiersuchen und Lammessen an beiden Feiertagen ein. Am Tag danach, am Dienstag, feierte Inge ihren fünfzigsten Geburtstag. Auch dazu war Oskar eingeladen. Oskar dankte, meinte jedoch, dass er während der Feiertage nicht in Berlin sein werde; er wolle seine Mutter in Heidelberg besuchen und den Osterspaziergang mit ihr oberhalb des Neckars, wie sie es sich wünsche, auf dem Philosophenweg machen.

Inge spürte den feierlich an sich selbst leidenden Ernst in seinen Worten, aber auch den Ernst der Lüge, und sie behielt Oskar im Auge. Er glaubte, sie abgeschüttelt zu haben, nicht nur, als er endlich in seinem Zimmer stand, die Tür hinter sich zugezogen, er wähnte sich ohne Zeugen in der kommenden Woche.

»Du kommst nicht mehr gut mir dir aus, Oskar! Was treibst du? Gegen dich?«, fragte ungewandt und hölzern-herzlich Tania. »Energie! Kraft! Vital! Das sollst du sein, dich nicht zerbrechen lassen wie ein Stück Holz. Was hast du?«

Was sollte er ihr sagen? Ich bin deprimiert ... man hat mich zerbrochen, Nora hat es geschafft, sie hat mich in eine wüste Verzweiflung geschickt, aus der ich nicht wieder herausfinde ... Etwas in mir ist eingestürzt, ein Glaube ... Der Quell, er schämte sich fast für das Wort, sein Quell, sein ureigenster Lebenssinn oder die Quelle in ihm sei am Versiegen. Die Quelle, die ihm das Leben gebe und erhalte. Liebe, das Wort sprach er Tania gegenüber nicht aus. Er stotterte ... Ehrgeiz, dass es ohne ihn nicht gehe, er habe ihn schon lange nicht mehr.

Tania sagte: »Du bist wie ein Maulwurf, aber Maulwürfe sind manchmal auch nicht allein.« Sie lächelte flüchtig. »Du bist sehr deutsch.«

Oskar sah sie fragend an.

»Ein deutscher Protestant, das bist du«, sagte Tania. »Ein verrannter Protestant.« Sie wusste genau über Noras Rückzug Bescheid, wie alle im Büro. Nur riskierte bislang keiner ein deutliches Wort, selbst Inge nicht, der Oskars dünne Lippen aufgefallen waren und dass sein Gesicht in letzter Zeit immer schmaler und grauer geworden war. Alle taten so, als ob da nichts gewesen wäre, als hätte es diese Frau namens Nora, das Eichhörnchen, wie Oskar sie zärtlich genannt hatte, niemals gegeben. Tania wagte es jetzt. »Vergiss doch Nora«, sagte sie zu Oskar, so wie Jutta zu Ida gesagt hatte: »Vergiss doch Ludwig.« Ida hatte ihrer Schwester geantwortet: »Wie kann ich ...« Und auch Oskar antwortete jetzt Tania: »Wie kann ich, ich hatte meine Zukunft mit ihr geplant, mein, unser gemeinsames, zukünftiges Leben.«

Diese Unterhaltung hatte, wenige Tage bevor Oskar sich für »eines Abends« entschloss, stattgefunden. Aber der Satz hatte ihn schon oft gewiegt: Am besten wäre es vielleicht, ich könnte mich eines Abends hinlegen und nicht mehr aufwachen.

Inge, die Oskar auch weiterhin im Auge behielt, weil sie seinetwegen ein »so dummes Gefühl« hatte, rief Frau Behm an und fragte sie, ob sie die Feiertage über zu Hause sei. Frau Behm fuhr nach Ulm zu ihrer Tochter. Inge rief Oskars Mutter an und wollte von ihr wissen, für wann und wie lange Oskar sich bei ihr angesagt habe, da sie ihm möglicherweise eine Eilsendung zuschicken müssten, wenn er tatsächlich die ganze kommende

Woche bei ihr bliebe. Oskars Mutter wusste nichts vom Besuch ihres Sohnes. Ihr, entgegnete sie, erfreut über die Ankündigung seines Kommens, habe er bei ihrem letzten Telefonat bedeutet, er werde sich über die Feiertage zuhause einigeln, arbeiten, sich weiter mit Details für die Villa eines Lübecker Konservenfabrikanten beschäftigen, kurzum, er sei unabkömmlich.

Nun hatte Oskar eine Woche lang ungehindert Zeit. Wie er glaubte, wusste niemand, wo er war. Eine Art Verlangen nach dem Kloster hatte ihn seit seinen Internatsjahren nie verlassen, so wenig er sich in ein Kloster hätte finden können.

Es war Mittwoch. Er wartete auf Irene.

Die Mutter rief an. Wo er bleibe?

»Nein, Mama«, sagte er, »ich komme nicht. Inge hat sich geirrt oder es liegt ein Missverständnis vor. Ich mache den Osterspaziergang ohne dich.«

Er wartete auf Irene. Er hörte ein Schellen. Er erwartete sie ja. Er sah sie schon vor sich, ihren schönen jungen nackten Körper.

Da fiel ihm ein, dass Irene ja gar nicht in Berlin war. Er hatte sich die Klingel eingebildet.

Frau Behm schenkte Oskar vor ihrer Abfahrt nach Ulm ein großes, mit Pralinen gefülltes Schokoladenosterei. »Um Ihnen meine Abwesenheit zu versüßen, Herr Architekt.«

Er konzentrierte sich auf den Entwurf der Wendeltreppe in Hansens Pelzerhakener Haus.

Ich hätte auch gern so ein Haus am Meer, dachte er, als er strichelte. Er hatte niemals in den Häusern gewohnt, die er gebaut hatte – als würde er sie zu gut kennen. Er hatte immer in Wohnungen gewohnt, die er auf Distanz zu sich gehalten hatte.

Der Aktenordner mit der Hansen-Korrespondenz lag auf

dem Tisch. Direkt nach Pfingsten sollte mit der Aushebung des Fundaments begonnen werden. Er hätte da zu sein ...

Es war noch so weit bis dahin! So weit zu einem Dienstag in fünf Wochen ...

Genug Hansen! Sollte er Nora anrufen – ein Pawlow'scher Reflex, ihr eine Antwort auf ihren letzten Brief schreiben, ihrem »Ich will nicht«? Das »Ich« dreimal unterstrichen.

Sie wollte nicht durch ihn – angebunden an ihn – von neuem heimatlos gemacht werden, beruflos war sie durch ihre beiden Kinder im Alter von zwei und fünf Jahren schon, und was bedeutete der Wechsel nach Berlin anderes?

Oskar las die Sätze wieder und wieder und erstarb, er vereiste an ihnen. Angebunden an ihn – das Traurigste. Er guckte auf das Stück Papier und seine Liebesgeschichte, die ihn als Mann fast vernichtete. Weshalb verbrannte er nicht den Brief?

Er räumte das Feld, das das Leben ist.

Die Einsicht erfüllte ihn mit einem Glücksgefühl, es war ein genießerischer Moment, sie – Nora – wegzuwerfen wie eine Dose Blech. Achtlos, fahrlässig, fort – doch hätte er sie um alles in der Welt gern bei sich gehabt.

Oskar hatte keine Lust, sich vor den Fernseher zu setzen, um schlafen zu können. Er hatte auch keine Lust, sich einen Film aus seiner Videosammlung anzusehen. Schlafen war das Beste. Die Zeit, die sich nicht ausfüllen ließ, im Schlaf zu versenken. Er nahm ein Noludar und legte sich auf die Couch im Studio.

Ein Ausweg? Eine Abreise.

Das Verlangen nach Berührung, nach Sex: nach Irene, nach Nora. Das Verlangen nach Nora war immer noch da.

Er fühlte die Einsamkeit.

Es war eine Totenstille im Haus. Oskar merkte es, weil Frau Behms Fernseher und, noch mehr, ihr Radio ausgeschaltet waren, das sie anscheinend Tag und Nacht auf hoher Lautstärke laufen ließ.

Er wog sich wie jeden Morgen und stellte fest, dass er im Laufe der letzten beiden Tage ein Kilo zugenommen hatte. Er wog jetzt fünfundsiebzig Kilo und war ein Meter sechsundsiebzig groß. Er hatte dünner werden wollen, weil er glaubte, dass für seine Fußgelenke weniger Gewicht von Vorteil wäre, von Herz und Kreislauf abgesehen. Die Fußgelenke schmerzten ihn manchmal. Nun war es gleichgültig. Aber er hatte Hunger. Frau Behm, von seinen Diätabsichten in Kenntnis gesetzt, hatte ihm – für die Zeit ihrer Abwesenheit – Batterien von Joghurt und Magerquark in den Kühlschrank gestellt. Schon ihr Anblick kappte jeden Appetit. Oskar nahm drei Esslöffel Quark, den man eher, meinte er, als Kleister und Plastik anbieten sollte, verrührte den Kleister mit einem Joghurt, um ihn überhaupt schlucken zu können, und löffelte den weißen Brei langsam in sich hinein. Er setzte sich nicht einmal dazu. Die Mahlzeit war es nicht wert. Die Kalorien, die er derart an Nahrung einsparte, kamen zweifellos über den Rotwein zurück.

Er hatte die Treppe für Hansens Haus gefunden, wie man eine Farbe oder ein Wort findet. Er hatte sie gezeichnet. Georg würde sie ohne Schwierigkeit erkennen können.

So vergingen die Tage.

Er hatte den Plattenspieler geöffnet, er hielt ein paar Platten in der Hand und überlegte: »Pastorale – nein, wer weiß, ob ich der gewachsen bin, Leibowitz ... Das musikalische Opfer? Die Kunst der Fuge – in e-Moll?« Er legte den ersten Satz der Symphonie auf. Er streckte sich dazu lang auf dem Bett aus, die Hände hinterm Kopf verschränkt, hörte seine Lieblingsaufnahme dieses Satzes.

Er war heiter, als er die Tabletten in das Glas drückte und sie rasch hinunterstürzte.

Er sah nach der Uhr. Was für ein zärtliches Ding, dieser kleine Zeiger. Auch aus ihm reiste er nun fort. Die tägliche Schlaflosigkeit würde ihn nie wieder befallen. Was hielte ihn! Das Gesicht der Oberschwester tauchte auf, aus deren Medizinalschrank er vor Jahren das Medikament gestohlen hatte, nach seinem Infarkt. Unnachahmlich dirigierte R. L. Sein Hirn fusselte im Medikament, dann begann er, ohne weiter zu hören, Bilder zu sehen, er atmete noch.

Oskar Marwig träumte in der Nacht des Veronals von glasigen Finnen, Eiern, die faul waren und er essen sollte, sie stanken, er schlug ein Ei an, Gallert floss heraus, er brachte keinen Bissen hinunter. Dazwischen tauchte wieder das Gesicht der Oberschwester auf, aus deren Schrank er das Mittel gestohlen hatte. Er sah den Flur, auf dem der Schrank stand. Wieder stellten sich die blasigen Eier vor ihn, und angeekelt sah er auf ihre weißblau geäderten Köpfe, eins, zwei, drei, vier – er fing an zu zählen, das war das Letzte, an das er sich erinnerte.

Ida fragte später: »Aber warum? Es ging doch im Großen und Ganzen ...«

Aber warum, es ging ... »Was soll ich dir darauf antworten!?«

Eine hilflose Frage, die Antwort war es nicht minder. Keine Lust mehr. Es ist mein Leben, es war mein Leben. Ich habe es nicht mehr gewollt.

Was wusste sie, dreiundzwanzig Jahre alt. Ein junges Ding.

Sie fragte zurück: »Und du würdest nie darum kämpfen? Niemals? Als du die Tabletten genommen hattest, ist dir nicht einmal ein ›Ach, schade!‹ durch den Kopf gegangen? Nicht die kleinste Erwartung, nicht der leiseste Zweifel?«

Wozu wollte sie das wissen. Er war solche Fragen nicht gewohnt. Seine Beweggründe waren seine Beweggründe, und das hatten sie auch zu bleiben. Einspruch von Dritten unerwünscht.

Als Irene nach drei Wochen zurückkam, pünktlich um fünf Uhr vor Oskars Haus stand und klingelte, öffnete niemand. Kein Zettel steckte für Irene im Türspalt wie manchmal, wenn Oskar im Garten war. Irene sah, dass Zweige und Blätter der Kastanie, die vor seinem Schlafzimmerfenster stand, am Boden lagen; etwas hatte sie gewaltsam, zumindest in größter Hast dorthin befördert. Glasscherben lagen zusammengekehrt am Fuß des Baums.

Irene klingelte ein zweites Mal, ließ beim dritten Mal den Finger auf dem Klingelknopf liegen, schon ungebührlich lang, wie ihr schien. Als sich nichts rührte, klingelte Irene bei Frau Behm.

»Sie! Hallo! Junge Frau!«, rief ihr eine Frau zu, die auf der gegenüberliegenden Straßenseite am Fenster einer Wohnung im dritten Stock stand. »Da ist niemand!«, rief sie. »Warten Sie.«

Diese Frau hatte Irene niemals bemerkt. Beobachtete sie sie? Spitzelte sie sie oder Oskar bei ihren Mittwochsbesuchen aus? Im ersten Moment hatte Irene gedacht, es werde Frau Behm sein, die sie mit einem »Sie! Hallo!« von irgendwo rief, aber als Irene sich umdrehte und zu dem Fenster hinaufblickte, sah sie, dass die Frau dort nur im Alter von Frau Behm war. Was wollte sie?

Als sie herankam, fragte Irene sie.

»Das müsste ich Sie fragen«, gab sie zurück.

»Wieso«, fragte Irene schroff, »ich will in das Haus! Was haben Sie damit zu tun?«

»Zu wem?«, fragte die Frau, um gleich selbst zu antworten:

»Junge Frau, es ist niemand da. Die Frau ist verreist, und Herr Marwig ist im Krankenhaus. Heute Vormittag, das war vielleicht was. Tatütata. Die Feuerwehr hat ihn gegen Mittag weggefahren.«

»Heute?«

Die andere nickte.

»Was ist passiert?«

Die andere zuckte mit den Schultern.

Ein neuer Infarkt? Zu viel Schlafmittel?, dachte Irene, und warum gerade heute, wo ich ...

»Er sah nicht gut aus«, sagte die andere, »da auf der Bahre.«

Sie hatten die Leiter ausgefahren, die Scheibe vom Schlafzimmer eingeschlagen und ihn geholt. Sie hatte unten gestanden, mit anderen vorm Haus, um alles aus der Nähe zu sehen.

»In welches Krankenhaus?«, fragte Irene.

Westend. Und was die Frau noch wusste, war, dass eine Frau dabei gewesen war, die auf das Fenster gedeutet habe und dem Feuerwehrauto mit dem Herrn Professor in ihrem Auto nachgefahren sei. »Ich habe noch keine Überdosis Schlaftabletten genommen«, schloss die Nachbarin ihren Bericht, »ich weiß nicht einmal, welche Mittel man da nimmt.«

»Nein«, sagte Irene. Sie nahm sich vor, um keinen Preis dieser Zaunguckerin auch nur anzudeuten, mit keiner Miene, keinem Blick, wie gut sie den Herrn kannte, den man weggefahren hatte. »Sind Sie verwandt?«, fragte die Frau.

»Ja, ja«, Irene ließ sie stehen, grußlos, danklos, sie wandte sich zum Gehen.

Anrufen, im Krankenhaus anrufen, fragen, wie es ihm geht. Und wer war die Frau, die dabei gewesen war? Immerhin musste sie das Haus kennen, sonst hätte sie das Fenster oben, halb vom Baum versteckt, nicht einschlagen lassen.

Die Fenster im Parterre waren rings um das Haus vergittert.

Irene rannte zum Platz am Wilden Eber zurück und rief aus der Telefonzelle das Krankenhaus an. Welche Mühe Irene hatte, ihre Stimme fest und kräftig zu halten, merkte sie erst, als der Mann von der Zentrale auf ihr: »Wo liegt ein Mann, der in der Nacht versucht hat, sich das Leben zu nehmen, und heute Mittag bei Ihnen eingeliefert wurde?«, sie zur Ruhe mahnte. Daran ermaß sie, dass sie die Sache mit Oskar doch mehr anging und mitnahm, als sie sich eingestehen wollte. »Ich bin seine Tochter.« Als sie mit der Station verbunden war, antwortete ihr eine Schwester Karin, die erklärte, dass Oskar schlafe, es gehe ihm leidlich, mehr Auskünfte dürfe sie, da sie zum Pflege- und nicht zum Ärztepersonal gehöre, telefonisch nicht geben. Sie nannte Irene den Namen des Professors und den Namen der Stationsärztin.

Irene schickte Oskar einen Strauß Moosrosen, ein Kärtchen mit einem Gruß und ihrer Adresse. Es kam lange – drei Tage lang – keine Antwort. Als sie dann kam, stand auf einer Briefseite der Satz: »Es hatte mit uns nichts zu tun, unserem Mittwoch, Irene, das sollst Du Dir nicht denken. Oskar.«

Der Satz machte sie wütend. Sie wartete nicht länger.

Oskar starrte aus dem Fenster. Hätte jemand seine Mutter zugenäht. Er wäre sich erspart geblieben. Da war der Himmel, den er wieder sah. Da waren die Bäume, in die er wieder guckte. Wie Kissen, grüne Kissen und Kerzen. Die Zeit tickte wieder und die Wolken zogen ostwärts. Er hatte sich ein anderes Aufwachen gewünscht.

Er lag in dem Krankenzimmer in einem weißen Kittel, den die Schwestern ihm angezogen hatten, und fluchte, obwohl er kaum Kraft zu fluchen hatte. Er hatte niemals mehr aufwachen wollen. Die Idee war nicht neu, der Wunsch war ihm auch nicht das erste Mal gekommen. Sich fortschlafen. Es war ihm misslungen, weil er vergessen hatte, seinen Wagen ein paar Seitenstraßen vom Haus entfernt zu parken. Inge hatte, ohne Georg davon in Kenntnis zu setzen, »sie führe spazieren«, vergeblich bei Oskar geklingelt und schließlich die Feuerwehr alarmiert. Oskar verfluchte sie.

Sie kam ihn besuchen. Er weigerte sich, mit ihr zu reden.

Dass man nicht einmal gefragt wird, wen man sehen will, beschwerte Oskar sich beim Professor, während dessen Routinevisite, dass die Leute hier einfach so hereinschneien dürfen, sich vor einem aufbauen mit ihrem wohlbehaltenen Retter- oder Lebensgesicht! Sein Wort – »Raus! Hier kommt niemand herein!« – galt nicht, er, um den es doch gehe, werde übergangen. »Inge«, sagte er. »Geh!« Er schrie es: »Das verzeihe ich dir nie!«

Der Professor versuchte zu schlichten. »Fangen Sie sich, Herr Marwig.«

Oskar drehte sich ihm zu und blickte ihn an: »Ihre Sprüche, diese Routinesprüche sind wohl das Blödeste überhaupt!«

»Sie hat Sie zurückgeholt«, insistierte der Arzt, »ich meine, sie hat Sie gefunden. Frau Maulwieser hat Sie gerettet. Sie hätte Sie auch liegen lassen können.«

»Ja«, gab Oskar zurück, verzweifelt und trotzig, dass sein Entschluss nichts galt. »Besser wär's gewesen! Ich wollte nicht mehr! Kann ich nicht über mich bestimmen! Meine Freiheit!«

»Und dafür soll nun sie büßen«, fuhr der Arzt fort. »Sie sind doch befreundet, wie ich höre, auch mit ihrem Mann. Liegt bei Ihnen Depression in der Familie vor? Hat etwa der Vater oder hat die Mutter?«

Oskar schüttelte den Kopf so langsam, dass es mehr wie ein ganz allmähliches Hin-und-her-Wenden aussah. »Nein, er hat sich nur tot gedacht, die Veranlagung ist väterlicherseits.« Mehr brachte Oskar nicht heraus. Er schluckte, er klopfte die Bettdecke mit den flachen Händen und riss die Augen auf. Er wollte nicht zeigen, dass ihm Tränen kamen. Er wischte sich über die Augen, dann sagte er mit langen Pausen zwischen den Wörtern, dass es doch ganz gleichgültig sei, wie es gekommen sei, was zähle, seien nicht die Wortgefechte, Inge habe ihn zurückgeholt, es gehe um das Zurück, das Zurücksein.

»Nehmen Sie es als Chance«, sagte wieder der Arzt. »Sehen Sie das Zurücksein als einen Glücksfall an.« Oskar schoss ihm den verächtlichsten Blick zu, den er hatte. Der Arzt ließ sich davon nicht beeindrucken.

Irene tritt bei Oskar ein, mit seiner Erlaubnis. Sie hält wieder einen Strauß Moosröschen in der Hand, nur sind diesmal die von den dunkelgrünen buschigen Blättern umschlossenen Knospen nicht dunkelrot, sondern rosa. Sie will etwas Heiteres sagen, aber wie sie Oskar ansieht, steigt wieder die Wut in ihr auf.

Sie geht schnell auf ihn zu. »Du Idiot, du elender Idiot«, sagt sie und scheuert ihm eine – voll, so saftig sie mit der weit ausholenden Rechten kann; sie ist nicht sehr stark. »Du Narr! Wenn du dein Gesicht sehen könntest!«

Sie wirft die Blumen aufs Bett.

Und ist wieder draußen.

Müßig zu sagen, dass Oskar diesen Auftritt nicht erwartet hatte. Er saß mit brennender Backe im Bett, rieb sie sich. Und neben seine Füße geschleudert die Rosen. Was wollte sie?

Aber die Ohrfeige saß. Als die Oberschwester hereinschaute, sah Oskar ihr heiter entgegen.

»Was ist denn mit Ihnen – auf einmal«, wunderte sich die Schwester, die ihren schweren Busen in einen hellblauen Kittel gezwängt hatte und Gesundheitslatschen trug.

Er wolle, so schnell es gehe, ließ Oskar dem Professor und der Stationsärztin mitteilen, entlassen werden. Und man solle sich jede weitere Routinebelehrung bei ihm sparen.

Oskar wurde jedoch nicht sofort entlassen. Die Nachtschwester hatte ihm Schlafmittel verabreicht, die Barbitur enthielten; er vertrug Barbiturate nicht. Weder die Visite machenden Ärzte noch die pflegenden Schwestern nahmen die Vergiftung an Oskar war. Georg kam darauf. Ihm fiel Oskars seltsam anmutende Hautfarbe auf, an den Händen zuerst. Das kam nicht vom Rauchen, sagte er sich und rief nach der Schwester. Erregt erklärte er ihr, er habe bei seinem Freund »all die Jahre hindurch, die wir uns kennen!«, Georg musste an sich halten, um nicht aus der Haut zu fahren, »niemals solche Tönung wahrgenommen! Und er duselt doch vor sich hin!«, rief er. Da sei etwas ganz verdammt nicht in Ordnung hier mit der Pflege und der Aufmerksamkeit. »Gucken Sie doch bitte, Schwester!«

Oskar lag mit geschlossenen Augen, hörte die Stimmen und lauschte auf das Getschilpe der Spatzen, das durch die offene Balkontür wie von sehr weit weg hereindrang. Er war zu schwach, um die Lider zu öffnen.

Die Vorstellung, neben einem älteren alleinstehenden Menschen wie Frau Behm zu leben, hatte Oskar bisher beruhigt, obgleich er Frau Behm, seinem allerersten Impuls folgend, beim Kauf des Hauses schleunigst hatte hinaussetzen wollen, denn das Haus war für ihn und Nora gedacht.

Irenes Backpfeife hatte Oskar geweckt und die sich selbst eingeredete Vorstellung von den Jahren verschoben. Ein Älterer, so hatte Oskar hinsichtlich Frau Behms gedacht, war ständig ein Stück Weg weiter auf der Reise und hielt seinen Vorsprung. Solche Gewissheit schützte den Jüngeren, alle Zukunft schien ja noch voraus, ein Scheitelpunkt war nicht zu sehen, es war nicht das eigene Ich, das sagte: und nun ist vor mir niemand mehr, ich bin allein. Derlei Gedanken dämmten die Lebensangst ein.

Das ergab nun alles keinen Sinn mehr. Nach seinem Versuch, aus dem Leben abzureisen, rückte Oskar von Frau Behm ab, sie jedoch nicht von ihm.

»Was machen Sie für Sachen«, sagte sie, als Oskar aus dem Krankenhaus nach Hause gekommen war, »ich wünschte, mein Mann wäre noch am Leben. Dann könnte ich ihn pflegen und nicht bloß sein Grab auf dem Dahlemer Dorffriedhof.« Einmal wöchentlich ging sie die Pacelliallee hinunter zu Fuß dorthin. Dafür brauchte sie eine halbe Stunde. Sie nahm selbst im Winter nicht den Bus, wenn der Schnee hoch lag und der Frost unter minus zehn Grad fiel. Ida kannte die Grabstelle von Herrn Behm, sie lag neben dem knienden Marmorengel hinter der Mauer aus Feldsteinen. Dort stand nämlich die Bank, auf der sie oft lernte, wenn sie nur Stille um sich haben wollte.

Oskar wollte Frau Behm los sein, aber wie?

Irene hatte ihm gezeigt, was für ein klägliches Arrangement sie beide verband.

Irene war stark, doch wo lag die Liebe? Und ohne Liebe ging es nicht, ging es überhaupt nicht weiter. Er wünschte sich eine Frau, die er lieben konnte.

Oskar betäubte sich mit Arbeit, sie hielt ihn fest. Er grollte Inge lange Zeit. Der Tag, an dem Oskar Inge überschwänglich für ihren so überflüssigen Schritt danken würde, sollte erst noch kommen. Es war ihm schwer, sein aufbrausendes Wesen, dieses jähe, zum Trotz neigende Gemüt zu zügeln. Aber schließlich verzieh er Inge mit lieben, abbittenden Worten.

Oskar starrte gegen die weiße Decke in seinem Schlafzimmer. Obwohl Irene ihm nahegelegt hatte, ob es nicht förderlicher für Lust und Lebensgeister wäre, in einem anderen Bett zu liegen, wechselte er das Bett nicht aus. Er schob es nur auf die gegenüberliegende Seite seines Schlafzimmers. Nun hatte er das Fenster mit der breit ausladenden Kastanie davor linker Hand. Und er ließ das Bett dort auch stehen, als Irene an die Gießener Universität wechselte und er kurz davor war, Ida zu treffen.

ZWEITER TEIL

I

Sie stand an der Schmalseite des Eichentisches und zerkaute ein Radieschen. Sie stand eine halbe Zimmerlänge von Marwig entfernt, so, dass sie ihn, der sich hinter der Schulter eines Freundes verbarg, wenn sie in seine Richtung schaute, nicht sah. Sie hörte zu, gierig ihren Ohren ausgeliefert, die sie wie zwei große tiefe Eingänge in sich spürte. Sie war zu schüchtern, um auf einen der Fremden, einen Mann, dachte sie mechanisch, zuzugehen und mit ihm ein Gespräch anzufangen. Sie glaubte, sie habe nichts, was in den Räumen dieser Abendgesellschaft von Belang und Bestand sein könne, zu sagen.

Sie hörte einem rothaarigen Mittfünfziger zu, der mit einem noch älteren mit dicken Brillengläsern und Leberflecken im Gesicht in einer Unterhaltung vertieft war.

»Ich habe Ihren Aufsatz über das Mystische im Werk von Joyce gelesen«, sagte der Rothaarige und nahm einen Zug von seiner filterlosen Zigarette. »Was Sie schreiben, hat mich beeindruckt. Ihr Buch über Joyce kenne ich nicht.«

»Nur beeindruckt«, fragte der Ältere, »keine Kritik? Das wäre ich von Ihnen nicht gewohnt.«

»O doch«, ereiferte sich der Jüngere und nahm erneut einen tiefen Zug, »o doch! Warum erwähnen Sie beispielsweise nicht, dass weder ein Autor wie Joyce noch ein Mann wie Leopold Bloom von Zeitungsgeld, dem Austragen von Anzeigenblättern leben kann, ich meine – konnte. Ihrem Aufsatz fehlt es an Würze, vielleicht steckt sie in Ihrem neuen Buch. Der Sinn für das Praktische, Existenzielle, lieber Freund, das existenzielle Minimum im Leben des Autors und seines Protagonisten fehlt Ihnen. Sie sind Professor. Das prägt den Blick auf das Sein.«

»Keinen Sinn habe für das – wie – Existenzielle?« Der herausgeforderte Ältere stotterte. Ida machte unwillkürlich einen Schritt zurück, als befürchtete sie, von dem Mann wahrgenommen zu werden, wo er nun aus dem Konzept gebracht war. Vielleicht wollte er nur Zeit gewinnen, dachte sie, sie hatte nicht gelesen, worüber die beiden stritten.

»Ich bin ein viel größerer Pessimist, mein Lieber, als Sie«, verteidigte sich der Professor, als er die Sprache wiedererlangt hatte. »Und Joyce war es auch, jemand, der zerschlug, zertrümmerte, aber eben auch zusammenfügte, er benutzt im *Ulysses* die Sprache wie Geröll: Sätze, nur Sätze, ein kaum übersteigbarer, endloser, beinbrecherischer Steinhaufen – nur Sätze, aber aus ihnen, aus Schutt, Buchstabenschutt, entsteht diese Welt, aus Schutt, mit dem der Lesende überschüttet wird, spricht eine Stimme, nicht immer sich verständlich und vernehmbar zusammenfügend, spricht eine Stimme jenseits der Literatur. Mythen sind tief eingestanzt in unser Gedächtnis.«

Fügte sich, was der Professor mit so viel Nachdruck dem anderen zu erkennen geben wollte – Ida brauchte ihn gar nicht anzusehen, nicht seinem Mienenspiel zu folgen, sie hörte es aus seiner Stimme, hörte es ihr regelrecht ab –, aber fügte sich das in ihre Inseltheorie? Sie dachte in Grenzzonen oder Inseln, die sich allmählich zu einem großen Land des Wissens verbanden oder erweitern sollten. Nein, sie begriff die Welt aus Schutt noch nicht.

»Mythen! Sie sind der Witz des Widerspruchs. Unsere eigenen Konflikte lesen wir in ihnen ...«

»Ja, das wissen wir«, unterbrach ihn der Rothaarige barsch. »So eine Plattitüde aus Ihrem Mund! Also sehen Sie sich als Odysseus und Ihre Frau sich als Kassandra, wenn«, und er schaute sich suchend nach ihr um, die, auch rothaarig, angetrunken im Nebenraum grell lachte, »also gegen ihren Mann – haltlos?« Ida bekam nur diesen Wortsalat mit und konnte sich keinen Reim darauf machen.

»Pardon«, fing sich der Rothaarige, »ich bin beleidigend geworden.«

»Ich kenne Sie doch«, sagte der Professor, »Sie können es manchmal nicht lassen.« Und er packte ihn am Oberarm, drückte noch einmal den Arm seines Kritikers und ließ ihn stehen, um jemand anders zu begrüßen.

Ich könnte jetzt gehen. Es hält mich hier nichts, dachte Ida. Was ich tun sollte, habe ich getan. Worum mein Professor mich gebeten hat, habe ich getan.

Hier ist der Tisch, in seiner vollen Länge ausgezogen, mit einem großen weißen Tuch belegt, er ist gedeckt und dekoriert, das Buffet ist aufgetischt, und alle Gäste haben zu trinken. Sie stehen oder sitzen und rauchen und reden. Und dass ich jetzt wie Luise Claasen durch die Räume gehe und die Aschenbecher wechsle oder wie Olga Theissen Wein nachschenke – nein, dazu bin ich nicht herbestellt. Trotzdem täte ich's, bäte mich Professor Wels darum. Er hat aber nur Luise und Olga gebeten.

Ida war allein auf der Party. Außer Luise und Olga, die auch Philosophie bei Professor Wels studierten, kannte sie niemanden. Andere Studenten waren nicht da. Niemand würde tanzen. Das war klar. Man würde sich die Beine in den Bauch stehen, in der Hand den Teller oder die Zigarette halten und schließlich gehen.

Idas Vater wohnte wie Professor Wels. Sie ging in der Diele die Bücherwand mit den alten Nachschlagewerken, Atlanten und überstaubten Kunstbänden ab, deren dunkle, rissige, teilweise schadhaften oder sogar fehlenden Lederrücken. Die Bibliothek ihres Vaters war auf politische, soziologische, anthropologische und ethnische Bücher konzentriert.

Sie wollte dieser Welt entkommen, zugleich zurück in diese Welt.

Sie wollte wie Goethes Faust den Geist entdecken, der die Welt in ihrem Innersten zusammenhält, und hatte sie nicht die Chance dazu bei Eltern, die zwar Einspruch erhoben, ihr aber doch die finanzielle Grundlage ihres Daseins schenkten?

In einer Mischung aus Abgeklärtheit und völliger Offenheit, einer im Nu unendlich viele, auch die kleinsten Wahrnehmungseindrücke speichernden Beobachtung – von einem Mundwinkel, in dem säuerlich abschätzig eine aufgeweichte Zigarette hing, bis hin zu den am Fußboden des Wohnzimmers schleppenden beigen Shawls, Vorhängen, sichtlich für höhere Zimmerdecken genäht – ging sie ein letztes Mal durch die Wels'sche Wohnung, und die Eindrücke lebten schon jetzt in ihr fort, als hätte sie bereits vor längerer Zeit von ihnen Abschied genommen. Wels, den Arm um die Schultern einer jungen, bleichen, schwarz gekleideten Schauspielerin gelegt, promenierte auf und ab in seiner Bibliothek, in deren einer Ecke vier Männer laut miteinander diskutierten, bis einer von ihnen, der sehr eckige Schultern hatte, unter schallendem Gelächter aus der Runde ausbrach. Auch der frei schwingende Arm von Wels »redete«, sogar in der Kehrtwendung von Zimmer zu Zimmer. Ida sah die Frau in seinem Arm an. Seine Freundin wohl, dachte sie, seine neue Freundin, er war so angeregt, wie sie ihn nicht kannte; sie guckte den beiden neugierig zu. Doch zugleich auch wie hinter einer Glaswand.

Mein Körper hält sich hier auf, aber ich gehöre nicht dazu. Zu jung? Das falsche Wort, und doch hatte ihr Außenvorsein mit einem Älter-als-sie-alle-Gefühl zu tun. Auch mit Triumph. Sie war schon vorher, früher als sie alle da gewesen. Auf was sich der Triumph wirklich bezog, vermochte sie nicht zu sagen. Nicht allein auf die Gewissheit, überstanden zu haben: jede Stufe des Abends und die Hauptsache, die Menschen auf der Party.

Addio, und jetzt ginge sie. Sie wünschte sich, dass sie jemand wieder einmal zum Lachen brächte, dass ihr affiges oder puckhaftes Wesen ihr ins Blut käme. Nur hier? Hätten die älteren Herrschaften der Kulturszene doch getanzt!

Oskar hatte sie in ihrem weißen Kleid mit dem Stehkrägelchen im Auge behalten, ohne dass sie ihn sah, und er hatte einige Zeit verstreichen lassen, bis er sich eingestand, dass er auch die Stimme der jungen, blassen, verträumten Person hören wollte, die in dem weißen Kleid, kaum Rouge auf den Wangen, nur ein bisschen Puder auf der Nase, in schwarzen Lackpumps vor ihm stand, und er sich sicher war, nichts anderes tun zu können, als auf sie zuzugehen, sie anzusprechen, in ihre Augen zu gucken. Wels, die schwarz gekleidete Schauspielerin im Arm, gesellte sich zum Architekten. Der fragte, wer denn dieses junge Mädchen in dem weißen Kleid auf Welsens Party sei. Eine seiner Studentinnen, antwortete Wels, sagte den Namen, hübsch, nicht wahr, eine zarte Apfelblüte. Ob sie Juttas Schwester sei, überlegte Oskar. Wels sah Oskar an und hatte, obgleich Oskar schwieg, dessen Gedanken erraten. Während er die Schauspielerin enger an sich drückte und ihr ins Ohr raunte: »Hör nicht zu!«, sagte er, wieder Marwig zugewandt: »Ich habe auch ein Auge auf sie. Verzeih, Marie! Dieses verfluchte Rauchen! Und ich bin erkältet«, fuhr Wels nach einer kleinen Pause unter Husten fort und klopfte sich dabei auf die Brust. »Ich warne Sie!« Wels legte Oskar die freie Hand auf die Schulter. »In unserem Alter!«

Oskar entzog Wels die Schulter.

»Sie sollten deswegen nicht gleich hitzig werden, Herr Architekt«, fuhr Wels fort.

»Ach, Hermann Wels, was wissen Sie!«, erwiderte Oskar gereizt. »Wir sind beide geschieden und ähnlich alt, das heißt aber noch nicht, dass wir Tandem fahren.«

»Sie mögen Warnungen nicht, Herr Architekt!«

»Nicht Ihre, lieber Herr Professor der Philosophie!«

Die Schauspielerin wiegte sich in Wels' Arm und lächelte über den Hahnenkampf. Sie warf einen langen Blick auf den Architekten, ohne mit den Wimpern zu schlagen.

»Und danach kamen Sie.«

»Nein, nicht sofort.«

»Ich war fast schon gegangen, aber als Sie vor mir standen, war es, als wären Sie plötzlich dem Boden entwachsen. Ich habe Sie nicht kommen sehen, mehr noch: nicht kommen hören. Ich sah nur in Ihre Augen.«

»Ja, Sie träumten. Sie standen auf der Schwelle vom Wohnzimmer zur Diele, blickten in beide Räume und – träumten.«

»Schien Ihnen das so?«

»Ich habe Sie in meiner Phantasie sofort geduzt.«

»Ich hätte Sie nicht duzen können. Ich duze keine Fremden.« Und einen so viel älteren Mann schon gar nicht, dachte Ida. Zugleich empfand sie es als ein Privileg, Sie zu sagen, da sie in dieser Gesellschaft auch gesiezt wurde, anders als bei der entfernten Verwandtschaft ihres Vaters, die ihr, auch wenn sie Verwandte vierten, fünften Grades waren, wildfremde Leute also, sofort mit einem Du ins Haus fielen. Das Du, das der Architekt meinte, begriff sie noch nicht.

»Dass Sie auch dort waren, hatte ich nicht gewusst. Ich meine, ich habe Sie unter den anderen dort nicht gesehen.«

»Sie unterhielten sich am Buffet mit zwei älteren Damen, als ich Sie zuerst sah. Sie zeigten ihnen, was es auf dem langen Tisch zu essen gab. Und ich versteckte mich, um Ihrem Blick nicht zu begegnen.«

»Die Rothaarige, ja, aber sie trug eine Perücke. Ihr Haar war falsch«, sagte Ida.

Oskar wollte sie nicht mieten wie das Mädchen, Irene, die nach Göttingen entschwunden war. Nein, diese nicht! Niemals! Und er wollte sich nicht wieder von Frau Behm sagen lassen, wie unschicklich sie es fände, dass er sich so ein junges Ding hielte. Es sei doch besser, wenn er in den Puff ginge, meinte auch Georg. Und Ida war noch jünger als Irene.

»Ich sah Sie an der Schmalseite des Eichentisches stehen, in Ihrem weißen Kleid. Sie aßen ein Radieschen.«

Er habe sie ansprechen müssen, gestand ihr der Architekt Wochen später. Er habe an dem Abend der Einweihungsparty etwas erstmalig in seinem Leben getan. Er habe die unwiderstehliche Sehnsucht empfunden und sei ihr gefolgt: Idas Stimme zu hören und sie von nahem anzuschauen. Sie sei die erste Frau in seinem Leben, die er so angesprochen habe. Er habe aber auch gedacht: Verdammt, geht das wieder los, Teufel!

Das – was? Und ich, dachte sie, ich habe nichts in der Richtung gedacht. »Ich sah in Ihre Augen, mehr sah ich von Ihnen nicht, sie waren sehr weit offen, Ihre Pupillen waren sehr weit offen, das Braun fast schwarz. Ich hatte keine Angst, mich darin umzugucken, ich meine, ich zog mich nicht zurück, offen, freimütig. Ich war sogar stolz darauf. Ihre Stimme gefiel mir sofort. Und in Ihren Augen lag etwas – ich konnte mir keinen Reim darauf machen, ich war noch nie mit solchen Augen angesehen worden. Ich weiß nicht, was ich dachte, wenn ich überhaupt etwas dachte, dann dies: Was haben diese Augen schon alles gesehen, was können sie alles erzählen. Dass Sie nicht zwanzig waren, sah ich ja, bei den, entschuldigen Sie, vielen Falten im Gesicht.«

Er ging an dem Abend auf sie zu und sprach sie an. Er sagte: »Ich muss Sie das fragen. Haben Sie eine ältere Schwester?« Ida nickte. Das war ungeschickt. Sicherlich wollte sie nicht auf die ältere angesprochen werden. »Sie heißt Jutta, nicht wahr?« Ida nickte wieder. »Wir haben einen gemeinsamen Bekannten, einen Freund Ihres Vaters«, fuhr Oskar fort und nannte den Namen.

»Unsere Bekanntschaft reicht in meine Kindheit zurück«, sagte Ida und lächelte unwillkürlich über seine kuriosen Einfälle. »Ich rannte die Treppe hinunter, er stoppte mich auf dem Treppenabsatz, schlug die Hacken zusammen, ergriff meine Hand, küsste sie und sagte: ›Freytag.‹ Und sah mich fest an. Kein weiteres Wort. Ich, aus dem Konzept, sagte: ›Heute ist Donnerstag.‹ Ein andermal verblüffte er meinen Vater mit dem Unterteil eines Schokoladenmaikäfers auf der Stirn. Was die sechs Beinchen dort sollten? Er habe sie sich dorthin geklebt, weil er sich beim Rasieren am Kinn geschnitten habe, so gucke ihm jeder nur auf die Stirn und nicht auf das Pflaster da unten. Und so weiter«, sagte Ida.

Marwig sagte: »Er ist tot, wie Sie sicher wissen, aber ich besitze seinen Regenschirm!«

»Ja?« Ein schelmischer Blitz trat in Idas Augen, verschwand jedoch sofort wieder. Sie setzte eine tragische Miene an seine Stelle. »Nein, ich wusste nicht, dass er tot ist«, sagte sie.

Nur weil ich seinen Tod erwähnt habe, dachte der Architekt, setzt sie die ernste, anerzogene Miene auf und erstarrt, nicht im Angesicht eines Todes, nein, sofort bei seiner Erwähnung. Und das vor mir!

»Er hatte den Schirm bei mir vergessen«, fuhr Marwig fort.

Sie habe nichts über die Umstände seines Todes gehört, nahm Ida den Faden wieder auf, in seinen letzten Jahren hätten ihre Eltern, die da auch nicht mehr zusammen waren, mit ihm nicht mehr verkehrt, er habe sich zu flegelhaft benommen, was sie gehört, niemals gesehen habe, dass er sich den Schlüssel zum Weinkeller besorgte und allein hinab zu den Flaschen stieg.

Elendig als Alkoholiker sei er zugrunde gegangen, sagte Oskar, gestorben an Leberzirrhose. Er wisse nicht, ob in einem Krankenhaus in Bonn oder in Wuppertal.

Oskar hatte keine Lust, sich mit Ida über die Todesart des Mannes, der nur durch Idas Kindheit gestreift war und den der Architekt als Vorwand benutzt hatte, festzureden, jetzt, wo er sie, darum ging es, getroffen hatte. Auch Jutta erwähnte der Architekt vorsichtshalber erst einmal nicht mehr.

Da brachte Ida Jutta zur Sprache. Sie sagte, von ihr habe sie gehört, dass Marwig ein Festspielhaus in Philadelphia baue, das heißt den Wettbewerb für eine Philharmonie dort gewonnen habe. In Idas Blick, in Idas Stimme trat der größte Respekt. Sie hätte gern das Modell gesehen.

»Welcher Komponist hat Pate gestanden bei der Erfindung des Modells?«, fragte Ida, unsicher über den Sinn ihrer Frage.

»Bach.«

Wie streng! Ihr Geist spazierte, sie versuchte, sich aus den wenigen Andeutungen das Musikhaus vorzustellen und Philadelphia …

Oskar sagte: »Wir werden, wenn es denn einmal so weit ist, mit einem New Yorker Büro zusammenarbeiten.«

Das machte das Wort »Philadelphia« nicht kleiner. Oskar sagte, er fliege in der kommenden Woche wieder hinüber, um nach dem Rechten zu sehen, was momentan auch immer unter dieser Redewendung zu verstehen sei.

Sie dachte: Er hat internationale Kontakte. Sie fragte: »Gehen Sie häufig auf solche Partys?«

»Ach«, meinte er, »hin und wieder, ungern. Aber man muss. Und Sie? Man trifft immer dieselben Leute.«

»Ich«, gab sie zurück, »habe, wie soll ich sagen, nicht den Pass oder Passierschein für solche Geselligkeiten.«

Er hütete sich, ihr jemanden vorzustellen.

Ihm fiel auf, dass sie nichts trank.

»Nicht einmal ein Glas Wein?«, fragte er. »Trinken Sie gar nicht?«

»Doch«, sagte sie und wurde rot, wenn sie sich nicht geniere, also allein, Alkohol steige ihr ins Gesicht, sie sehe gefleckt wie eine Schleiereule aus.

»So!«

Das Lächeln trat wieder in Oskars Augenwinkel, das ihn, wie er glaubte, mit seinem fatalen Glimmer verriet. Ida folgte Oskars Blick auf die Armbanduhr. Quarz, registrierte sie, großes rundes Ziffernblatt, metallene Ziffern in einem angeschrägten Stahlrahmen. Oskar sah zur Standuhr in der Bibliothek hinüber. Ida folgte wieder seinem Blick. Die Uhr würde in wenigen Minuten schlagen. Als Ida, mit den Vorbereitungen für die Party beschäftigt, in der Küche gestanden hatte, hatte sie die Uhr zum ersten Mal – fünf – schlagen hören. Gleich schlüge sie elf. Die Uhr setzte mit einem ausführlichen glockenhellen Vorspiel ein, ehe sie im Klang von Big Ben die Stunde schlug. Bei den Schlägen war es Ida gewesen, als eierten Ringe durch die Luft von Welsens Wohnung und ihrem Elternhaus. Sie verklangen dumpf, verschluckt, gegen die Wände gestoßen, wo sie sich doch weiter hätten ausdehnen wollen, zu den Fenstern hinaus.

Oskar verglich ihren Zeigerstand mit dem auf seiner Armbanduhr.

»Oh, wissen Sie!«, sagte er. Sah Ida an. Sie sah ihn auch an. »Ich muss gehen. Ich habe morgen früh eine wichtige Sitzung, ich sollte schon längst gegangen sein.«

Es tat Oskar leid, Ida hier so stehen zu lassen. Er zog bedauernd die Mundwinkel herab. Er floh vor Ida. Er suchte das Weite.

»Ich konnte es dir damals nicht sagen«, sagte er später, viel später, »was ich suchte, war deine Nähe. Ich hatte nicht den Mut, das zu sagen. Deshalb erfand ich die Besprechung. Als ich dein Gesicht sah, in das sich als Reaktion Rückzug, Enttäuschung malte, war es zu spät, es war heraus. Ich hatte meinen Abgang inszeniert. Ich wäre gänzlich unglaubwürdig in deinen grauen, misstrauischen und doch so überhaupt nicht misstrauischen Augen erschienen, hätte ich nun auf einmal gesagt: ›Ach, ich bleibe.‹ Ich verschwand die Treppe hinunter, schlug die Haustür zu, ging nachdenklich und sehr langsam, ob ich nicht doch umkehren sollte, durch den kleinen Vorgarten, und hatte im Kopf den Satz, der wie ein Ohrwurm im Rhythmus meiner Schritte wiederkehrte: und so log ich sie gleich an ... Und so log ich sie gleich an. Ich hatte nichts vor. Ich folgte dem, was ich gesagt hatte. Die Lüge trieb mich weg und zu dir zurück.«

Und Ida? Vor kurzem noch hatte sie gehen wollen. Jetzt hatte sie bleiben wollen, als hätte endlich der Abend begonnen. Aber nun war der Architekt gegangen, also konnte sie auch gehen.

Sie suchte Professor Wels. Er stand jetzt ohne die blasse, schwarz gekleidete Frau im Arm; sie saß auf dem Sofa neben einem Kind, dem sie etwas erzählte. Auch in dem Film, den

Ida mit ihr in der Hauptrolle gesehen hatte, hatte sie Schwarz getragen – war es ein und dasselbe Kleid? Wels redete auf einen korpulenten, fast kahlen, viel kleineren Mann ein, der eine Art Mao- oder Nehru-Jacke trug: »Man soll, oder ich will sagen: sollte sich gegen die Angstmache und diese Untergangsgefühle wehren. Es sind Regungen und Stimmungen des Nichtgebrauchtwerdens, der Ohnmacht, zu Recht, denn die Arbeitslosigkeit von Akademikern gerade in unseren Richtungen ist nicht zu leugnen. Ganz anders als damals in den tollen, streitbaren, stürmischen und optimistischen Jahren, als die Leute glaubten, sie könnten wirklich etwas in Bewegung bringen, als sie von einer anderen Gesellschaft träumten. Bei den heutigen Studenten, meinen wenigstens in großem Maße, sind es depressive, nicht endogene, sondern von außen kommende depressive Stimmungen, die den Zustand von Stagnation und Ende, Auflösung, den kommenden Umschwung ins Konservative, auch Rückwärtige wieder befördern, und, gewiss, es sind auch infantile Regungen. Mir hat man damals, 1968, als ich aus Heidelberg kam, abgesehen von den Soziologen und Medizinern, der Hochburg aller deutschen tugendhaften und romantischen oder idealistischen Werte, die Gretchenfrage gestellt, mit der Sprechtüte sinnigerweise, den Fuß in der Saaltür des Audimax: Für oder gegen uns? Und man hat mir mit Vorlesungs- und Seminarboykott gedroht, das war äußerst unangenehm, und man war gezwungen, sich kurzfristig der Couleur zu stellen. Für die radikalen und fanatischen unter meinen Studenten damals, für die Politik alles und der Rest tot war, war ich jemand Labbriges, Wabbliges, wissen Sie, einer, zu dem man auch Pah und Igitt sagte, nein, nicht sagte, sondern dachte – ein Liberaler! –, und an dem man vorbeiging wie an einem Austernpilz – wissen Sie, wie diese Pilze aussehen? Essen kann man sie nicht, sie schmecken wie Gummi, so gebe ich im

Nachhinein meinen damaligen Studenten recht! Ich war scheißliberal, das war die höchste Auszeichnung, die mir zuerkannt wurde, und ich gebe zu, eine Weile hat mir das sehr zugesetzt, es hat mich eingeschüchtert, so sehr, dass ich, bevor ich das Institut überhaupt betreten konnte, ein Beruhigungsmittel und einen Whisky brauchte. Das ist, wenn man schon tagsüber, ja, am frühen Vormittag damit anfangen soll, nicht eben förderlich. Ein Kollege, ein Freund von mir, hat sich umgebracht. Aber das ist wieder eine andere Geschichte, die mit Juden und Deutschen zusammenhängt, für mich: unlösbar. Und heute hat es sich verkehrt, mit dem berühmten deutschen Bruch verkehrt, heute gilt das andere Extrem, da sind sonderbarerweise wir es, die aus unseren Erfahrungen den Jungen – den trägen, zähen, gelangweilten Hirnen – Mut machen. Heute zähle ich zu den Progressiven, und sie scharen sich um mich. Mein Hauptseminar ist derart überlaufen – ich muss die Leute wegschicken. So verschleißen sich die Begriffe. Es ist lächerlich! Und trotzdem macht man weiter – weil man nichts anderes kann.« Er lachte kurz auf, dann überfiel ihn wieder der Hustenreiz.

Ida wartete, bis der Anfall vorüber war, um Wels zu danken und sich schnell zu verabschieden. Er nickte und winkte sie eher, als dass er Worte bilden konnte, seinerseits dankend fort.

Im 10er-Doppelstockbus Richtung Zentrum war sie so spät der einzige Fahrgast. Der Fahrer fuhr schnell, und während sie sich auf einem Sitz in der Nähe des Ausstiegs durchrütteln ließ, dachte Ida: Er hat seine Arbeit ernst genommen und mich stehen lassen. Trotz des kleinen Stichs imponierte ihr die Haltung sehr. Das will ich auch, dachte sie, ich kann nur selber herausfinden, was ich will. Der Architekt war der erste ältere Mann, der sie angesprochen hatte. Sie war zwar durch ihren Vater, den Diplomaten, mit vielen seines Alters zusammengetroffen, aber dort immer nur als »Tochter« wahrgenommen worden. Marwig war der Erste, der sie gemeint hatte, und Ida verbuchte die Tatsache, die ohne elterliches Dazutun zustande gekommen war, stolz.

An der Bushaltestelle Halensee stieg Ida in die 19er-Linie um. Sie wartete wie immer unter den Fenstern der Tanzschule Keller. Der Unterricht war nicht mehr im Gang, nur die Leuchtreklame ließ Neonröhrenpaare über das Parkett wirbeln: die Damen in langem bauschigem rosa Rock, die Herren stilisiert in Weiß. Ida schaute zu den Fenstern im zweiten Stock und rief sich in Erinnerung, was sie dort oft zu früher Abendstunde beobachtet hatte: im Foxtrott-Schritt Marionetten hinter der Glasfront, tonlos, abrupt unterbrochen, auseinandertretend, kein Laut, kein Zuruf, nicht einmal ein Lachen gelangte bis auf die Straße. Ida starrte hinauf, ohne sich abwenden zu können.

Es roch rußig von der S-Bahn herüber. Der Wind kam aus der Gleisschlucht herauf. Ida war auch hier die Einzige, die in der Nacht noch mitgenommen sein wollte. Der Bus verspätete sich. Sie fror. Von einem Bein aufs andere tretend blickte Ida sehnsüchtig in die Richtung, aus der der Bus auftauchen musste, und sie wagte nicht, bis zur ersten Haltestelle auf dem Kurfürstendamm vorzulaufen, um sich aufzuwärmen, weil sie fürchtete, ihn zu verpassen, da er sie, wenn sie im Laufen war, ganz gewiss überholte und auf Fingerzeig und individuellen Wunsch nicht hielt wie in einem südlichen Land. Der Wind schlug Ida ins Gesicht, er biss in ihre Haut.

II

Zwei Monate vergingen. Dann bekam Ida einen in fester, klar lesbarer Handschrift geschriebenen Brief. Er sei in Philadelphia gewesen, teilte Oskar mit, am Ort seiner zukünftigen Aktivität für die unterschiedlichsten musikalischen Unternehmungen von Oper bis Rock, vom Baubeginn werde noch lange nicht die Rede sein, zu vieles sei noch zu besprechen und zu klären, er habe aber seinen Compagnon Georg Maulwieser als Verbindungsmann zwischen den einzelnen beteiligten Büros, Studios und Ateliers vor Ort gelassen. Ida erinnere sich seiner? Er sei der Mann, der sie auf der Party ihres Professors so brüsk und ohne Entschuldigung außer derjenigen von Arbeit habe stehen lassen. Er wolle sie gern wiedersehen. Ob sie das weiße Kleid mit dem Stehkrägelchen seitdem noch einmal getragen habe?

Ida las den Brief erfreut. Das Kleid, auf das Oskar anspielte, hing seit der Party im Schrank.

Sie hatte nicht erwartet, vom dem Architekten außer über Jutta wieder zu hören.

Jutta hatte sie erzählt, dass sie »ihren Professor« in der Wohnung »ihres« Professors getroffen habe, er ihr über sein Klanghaus, über eine neue Flexibilität der Bühnen, eine Nebeneinanderstellung von Räumen zu unbestimmten kulturellen Zwecken und anderes mehr erzählt habe. Hatte er sie nicht auch gefragt: »Trinken Sie gar nicht?« Worauf sie geantwortet hatte, sie schäme sich für ihr Schleiereulengesicht. Das musste Jutta aber nicht wissen.

Ida saß mit angezogenen Beinen, den Rücken gegen die Bastmatte gelehnt, auf dem Bett in ihrem Zimmer, als sie Oskars Brief las. Die Ohren! Ida dachte das Wort, schon spürte sie sie im obersten Bogen auf dem Muschelrand. Die Ohren zogen wie in einen Trichter die Geräusche der vorüberfahrenden Autos in sich, Stöckelschuhe auf dem kleinteiligen Pflaster des Bürgersteigs, Kinderrufe, Frau Walters Telefonstimme, das Geräusch des auf der rauen Sisalmatte im Flur galoppierenden Katers.

Die Ohren. Die Ohren und sein Klanghaus.

Das Haus, in dem Ida bei Frau Walter wohnte, war kein hellhöriges Haus, und doch hatte Ida einmal dagelegen, nachdem ein Joint zwischen ihr und Freunden gewandert war, und bis in entfernte Wohnungen hören können, sogar über den Hinterhof hinweg hatte sie zu hören vermocht, hatte Abendbrotstimmen vernommen, Radiomusik, und in einer Wohnung an der Hofseite hatte die siebte Symphonie von Mahler gespielt. Ein Raumgefühl über die Außenwände des Hauses hinweg hatte sich von innen für dieses eine Mal hergestellt. Die anderen hatten sich geküsst. Sie hatte in die Runde gehört und sich in ihrem benommenen Zustand gefragt, warum »schwerhörig« der Unterschied zu »hellhörig« war, zumindest bei Menschen, warum sagte man aber nicht eine »schwerhörige« Wohnung oder ein »schwerhöriges« Haus?

Ida hatte gelesen, dass zwei der menschlichen Sinne schon im embryonalen Zustand ausgebildet seien, der eine der Tastsinn, das Sensorium der Haut, der andere der Hörsinn: Außenwelt dringe herein, Geräusche, Ketten von Lauten und Tönen ... Auch die Gärung des mütterlichen Verdauungsapparates? Was werde ich damals gehört haben können? Ich, die tief versteckte

Horcherin im Mutterbauch. Sie malte sich aus, wo sie mit ihrer Mutter überall gewesen war, erfand sich die Orte und Plätze. Wen hatte sie getroffen, zu wem gesprochen? Waren sie zusammen in Ägypten gewesen, in Memphis, in Theben, in der Hitze der Wüste, im Sandsturm, unter der Sonne einer Fata Morgana, als ihr Vater dort Botschafter war? Hatten sie Musik gehört, Schubert, immer wieder Schubert, die typisch mütterliche Musik, oder ägyptische Musik? Nein, das war Katzenmusik, das konnte die Mutter nicht ertragen. In Friedenszeiten ... oder im Krieg ausgetragen werden ... ein großer Unterschied auch für die Ohren. »Ausgetragen« ... wieder ein Wort, das sich auf einen Außen- und einen Innenraum anwenden ließ. Der das Buch über Joyce geschrieben hatte, hatte damals auf der Party vom Anzeigenaustragen gesprochen. Jemand in dem Buch hatte Anzeigen durch Dublin getragen. Bloom, hatte er Bloom geheißen? Bevor der Architekt aufgetaucht und sie in seine Augen gefallen war.

Worüber Ida gern mehr wüsste, worüber sie gern ihre Abschlussarbeit schriebe, darüber hatte außer Wels noch niemand etwas gesagt. Vielleicht konnte der Architekt helfen? Doch der half nicht einmal Jutta. Wels hatte die Bereitschaft, Idas Doktorvater zu werden, mit Intimität verknüpft. Nicht einer familiären oder konventionellen, die mehr als eine Generation zurücklag. In der Zeit war Wels für mehrere Jahre Idas Onkel gewesen, ohne dass sie sich kennengelernt hätten. Aber diese Ehe, von Seiten der Frau gebrochen, war längst geschieden. Augenblicklich war Wels Junggeselle. Und Ida wollte nicht mit ihm ins Bett gehen, nur um ihr Studium mit einem faulen Doktor der Philosophie abzuschließen. Wels hatte sich ihr vor der Einweihungsparty angeboten. Habe ich ihm etwa stumme, unbewusste Zeichen gemacht, fragte sich Ida.

»Es beginnt ja ein langes Leben, wenn die Tür aufgeht und offen bleibt …«, sagte Oskar, als er Ida anrief. »Können wir uns sehen?« Gegen den Satz mit der Tür hatte sie nichts einzuwenden, im Gegenteil, doch wann konnten sie sich sehen. Er hatte, aus den USA zurückgekommen, vollauf zu tun und sie eine Seminararbeit zu schreiben über das Heraufdämmern des Bewusstseins in den Bruchstücken des Heraklit: »Der Walkerschraube Weg, grad und krumm, ist ein und derselbe. 59. 60. Der Weg hinauf und hinab ein und derselbe.« Ida schrieb die Seminararbeit. Ohne Welsens Mithilfe.

»Ich wohne nicht weit«, sagte Oskar beim nächsten Anruf, »vielleicht besuchen Sie mich am nächsten Sonntag, oder haben Sie schon etwas vor?«

Sie besuchte ihn vormittags, spät, gegen zwölf Uhr. Spechtstraße, hatte er gesagt. Sie schaute auf der Berlinkarte nach, wie sie gehen musste. Spechtstraße 14. Sie ging durch das Dol und wandte den Kopf zu Boden, weil sie mit dieser Straße und dem Wäldchen dahinter Nachkriegserinnerungen ihrer Wirtin verband. Hier, hier irgendwo war Frau Walter von Soldaten der Sowjetarmee in einer Reihe mit anderen Frauen vergewaltigt worden. Ida wollte nicht daran denken, doch war das das Einzige, was ihr zum Dol einfiel. Wie eine Erlösung: die üppige, weiß gesternte, Kopfschmerz bereitende Hecke weit aufgerissener Jasminblüten vor Oskars Haus. Und vor dem Haus lag der Grunewald. Einmal über die Straße und schon lief man zwischen all den Bäumen dort weiter. Wie wunderbar.

Sie klingelte, blickte an der Hausfassade aufwärts in die Kastanie hinein. Wie lang will ich bleiben, fragte sie sich ein wenig bang, zugleich selbst erstaunt über ihren Mut.

Er kam. Er öffnete ihr selbst die Tür.

»Und hier wohnen Sie.« Er zeigte ihr, wie er wohnte.

Als sie nach einer Stunde ging, verabschiedete er sie mit den Worten: »Das nächste Mal zeige ich Ihnen mein Büro.«

In den dazwischenliegenden Tagen rief Oskar Ida bald jeden Tag an.

Er fährt mit ihr in ein im Westen der Stadt gelegenes Viertel, hält vor einer Villa, die, erläutert er, »im Krieg leicht beschädigt wurde«. Ida liest am Sockel der Pforte das blaue, weithin leuchtende Schild mit Oskars Namen, dem seines Partners Georg Maulwieser und darunter dem eingestanzten BDA, sie geht durch den Vorgarten, an einer Rosenhecke vorbei, steigt fünf Stufen zum Eingang hinauf; sieht sich nach weiteren fünf Stufen in einer dunklen, bis auf die halbe Höhe holzgetäfelten Diele.

Aber dann ist sie von einer aus mehreren Räumen flutenden Helligkeit fast geblendet, die Räume durch Rundbögen miteinander verbunden, und einen Augenblick glaubt sie bei dem Sonnenlicht, sie betrete ein maurisches Haus an einem Sonntag. Vor den Fenstern wachsen jedoch märkische Kiefern und Akazien, mit Efeu bewachsene, halb abgestorbene knorrige Akazien, und hohe Fliedersträucher. Das Licht innen kommt aus Leuchtstoffröhren. Es ist die weiße Welt der Geometrie, der Zahlen, des rechten Winkels, Zeichenstifts, Reißbretts, der Papierrollen, der weißen Tische, des sauberen gewissenhaften Strichs, in der Ida sich umguckt.

An einer Wand hängt das Plakat einer gemalten Stadt. Es wirkt wie der Ausschnitt aus einem viel größeren Bild. Aber sie fragt nicht danach. Sie sagt: »Hier arbeiten Sie. Wie hell es ist!«

»Dort hinten liegt mein Büro«, Oskar weist Ida in Richtung Gartenfront und beantwortet ihre Fragen. Er erklärt ihr, dass er noch vor vier Jahren ein kleines Büro gemietet, sich seitdem durch die wachsende Zahl der Aufträge, Langzeitaufträge, habe vergrößern müssen – an Raum und Mitarbeitern. Sie seien nun fünf, würden durch Philadelphia sich jedoch in Bälde weiter aufblähen. Falls wiederum Auftragsflautezeiten kämen, womit er gewiss rechne, werde er sich erneut verkleinern müssen. Und sollte auch er eines Tags nicht mehr gefragt sein, was ja möglich sei, da Richtung und Trends auch in der Architektur einander abwechselten, nicht nur in der Bildenden Kunst, der Musik, der Literatur, und er auf einen rationalistischen Stil festgelegt sei, könne er das Büro schließen, denn von ihm bekäme man Art-déco-Wintergarten-Gewächshaus-Soap-Opera-Stil, kurzum, den gegenwärtig modernen hässlichen Architekturcocktail nicht geliefert.

Er lenkt Ida zur Gartenseite hin, zeigt ihr das Konferenzzimmer mit den von ihm entworfenen Stühlen und dem von ihm entworfenen, mit ansetzbaren Einzelteilen verlängerbaren Tisch, erklärt ihr, dass er hier hin und wieder arbeite.

»In einem so kahlen, unpersönlichen Raum?«

Es konzentriere ihn, ist seine Antwort, und er denkt an die Typen mit der Aktentasche, die die Sitzungssäle der Welt bevölkern.

Ungeduldig läuft sie in ihrer knielangen Jeans vor ihm auf und ab. Es gefällt ihr nicht, dass er in Möbeln, die er baut, auch selbst arbeiten kann. Dass ihn ein so kalter Raum inspiriert?

Er verfolgt jede ihrer Bewegungen, ihre Blicke, die alles rasch, genau und auf seine Erklärung erpicht registrieren, und etwas Merkwürdiges geschieht: Unter Idas Neugier, aus Verliebtheit sieht Marwig die Räume, die er zur Eintönigkeit kennt und die er den vielfältigsten Klienten schon gezeigt hat, ohne dass ihm dabei neue Augen aufgesetzt wurden, so dumm es klingt, auf einmal sieht er sie von Idas frischen Blicken erleuchtet. Wie er das – er spürt es auf einmal – vermisst hatte!

Eine Kaffeeküche, die in einen Schrank eingebaut ist, hatte sie noch nicht gesehen, moderne italienische Möbel im Studio hatte sie auch noch nicht gesehen, Oskar sagt: »Das ist der letzte Mailänder Schrei«, und er zeigt Ida den Garten, der nach hinten hinausgeht. Sie sagt: »Oskar, darf ich die Tür in den Garten öffnen?«

»Sie dürfen auch in den Garten gehen. Sie dürfen sich die Tulpen dort pflücken, Sie dürfen den Rasen betreten, Sie dürfen sich auf die Bank setzen, aber seien Sie vorsichtig, die Rückenlehne splittert, Sie dürfen in den Apfelbaum steigen, Sie dürfen auch über die Mauer in den nächsten Garten gucken, Sie dürfen sogar in ihn hineinverschwinden, wenn Sie nur nicht zu lange außer – meiner – Sichtweite bleiben.«

Er fand sich in der »Galanterie des älteren Herrn« ertappt. Das junge Mädchen war so gar nicht mit ihm beschäftigt. Er war nur da. Sie entdeckte erst das Büro, nun den Garten – wie Kinder einen Heuhaufen, ein Auto, den Keller oder den Dachboden eines Hauses.

Sie steht in dem Garten auf einer in die Erde eingelassenen Granitplatte, deren Oberfläche leicht geneigt ist, auch nicht glatt, sie ist geriffelt, von Flechten gesprenkelt, grünlich verfärbt. AMI – liest sie in großen Lettern auf dem Stein.

»Warum«, fragt sie, »warum liegt er hier?« Lange hohe Grasbüschel wachsen um den Stein herum, sie bilden einen Kranz, den der Rasenmäher nicht erreicht, ohne seine gezahnte Schneidefläche in Gefahr zu bringen. AMI. Ida setzt sich auf den Stein.

Oskar geht ins Haus. Mit einer Flasche Weißwein und zwei silbernen Bechern kommt er zurück. Er setzt sich vor Ida ins Gras und füllt ohne ein Wort den einen Becher für sie, der noch in dem anderen steckt. Er streckt ihr die Hand entgegen, und sie nimmt das für sie bestimmte Gefäß aus seiner Hand, während sie es zugleich aus dem anderen Becher herauszieht.

»Eigentlich trinke ich nicht«, sagt sie, »und um diese Tageszeit habe ich noch nie einen Schluck Wein getrunken.«

Er würde Ida jetzt gern in den Arm nehmen.

Er tarnt den Wusch, indem er mit Ida anstößt.

Sie küssen!

Sie beobachtet die Becher, die sehr dünnwandig sind. Sie sind nicht blank poliert. Das gefällt ihr. Es erleichtert sie.

Er wartet, dass sie ihn ansieht. »Prost!«, sagt sie, als sie es tut. Er trinkt. Sie zögert noch.

Sie hat keine Strümpfe an. Sie hat die Beine lang ausgestreckt. Die Jeans zerfasert über dem Knie. In der Wölbung der Waden haben sich Gräser abgedrückt, trockene Gräser und zwei längere, grüne Halme, und kleine Erdklumpen haften an der Haut. Ida entfernt sie, wischt und schlägt die Klümpchen ab und zupft die Halme fort.

Seine Haut ist heller als ihre. Seine Haut an den Waden ist milchig, aber die Muskeln sind hart, die Haut spannt darüber, was Idas Haut nicht tut; seine Waden sind unbehaart, bei ihr wachsen hier und da kleine schwarze Härchen.

Er liegt im Gras, auf der Seite. Das linke Hosenbein ist hochgerutscht. Das andere Bein liegt der Länge nach ausgestreckt im Gras. Er trägt Sandalen. Männer tragen keine Sandalen, hört Ida plötzlich die Stimme ihrer Mutter. Und nur am Meer sind männliche Füße nackt. Die Füße in den Sandalen sind nackt. Ida sieht auf und sieht Oskar an.

»Ami«, sagt er, »ich weiß nicht, während des Krieges gehörte das Haus einem Direktor der AEG. Vielleicht besaß er einen Hund, den er sehr geliebt hat und dem er dieses Denkmal setzte.«

»Der Name ist ja nicht ausgefallen«, sagt Ida. Sie habe den

Hund ihrer Großmutter nicht mehr gekannt, aber die Großmutter habe ihr von dem Hund viel erzählt. Er habe auch Ami geheißen.

Die Großmutter sei eine sehr schmächtige, zierliche Person gewesen und der Hund, auf Fotos habe Ida ihn gesehen, sehr groß, bärig, ein Bernhardiner. Er hätte sie umgeworfen, wäre er nicht so gutmütig und zugleich so gut von ihr abgerichtet gewesen. Solange sie noch gehen konnte, sie war eine begeisterte Spaziergängerin, sei sie am liebsten oben bei Schleswig an der Schlei in einem ganz bestimmten Waldstück spazieren gegangen, an einer Tingstätte vorbei, einer aufgelassenen Sandkuhle, einem »Hexentanzplatz«, zu einem Ausguck aufs Meer. Wie die Großmutter es bewerkstelligt habe, den Hund dort zu begraben mit dieser Steinplatte zum Zeichen, wisse sie nicht, sagte Ida, aber die AMI-Platte läge dort oben im Wald. Sie habe sich in die Krankheit geschickt, sagte Ida, sie hätte sich, wäre sie dem Rat ihres Arztes gefolgt, nicht verkrüppeln lassen müssen. Sie habe sich nicht nur in die Krankheit geschickt, sie habe sie sogar als etwas Natürliches empfunden, dem mit Widerstand nicht zu begegnen war.

»Unbegreiflich«, sagt Oskar.

»Sein Fell lag zu ihren Füßen, als sie«, erzählte Ida weiter, »sich schon nicht mehr bewegen konnte, als ich sie kannte, als sie, meine ich, den Kopf schon nicht mehr heben, nur mehr seitwärts von unten heraufdrehen, die Beine nicht mehr ausstrecken, die Finger nicht mehr spreizen konnte. Unter ihrem Schreibtisch, an dem sie oft stundenlang, einfach nur so, saß, dort abgesetzt von einem Pfleger und einer Dienerin, in ihrer Krankheit buchstäblich auf Händen getragen, lag das Fell, und sie, das Kinn auf die eingefallene Brust gesenkt, schaute das Fell an; aus den hohen Fenstern, die auf den Park, den Wassergraben, die Straße und die Wiesen dahinter hinausschauten, konnte sie nicht mehr sehen. Man musste ihr aus der Welt erzählen. Man musste ihr vorlesen.«

»Also, Amis Fell habe ich gekannt, die Glasaugen«, sagte Ida, »die falsche Zunge. Man sah nur ihre rote Spitze. Ich fuhr mit dem Finger über die Zähne, so als liefe ich einen Zaun ab, es war ein spitzer Zaun wie aus aufgestellten Lanzetten. Die Zähne«, sagte sie, »sind wahrscheinlich auch falsche Zähne gewesen. Ich steckte den Finger in das Maul von Amis Fell. Ich spielte mit dem Fell. Ich warf es mir über und versuchte, Ami zu sein. Wenn ich des Spiels müde war, legte ich mich auf den Boden und schaute zu, wie das Fell im Rhythmus meiner Atemzüge atmete, sich hob und senkte, hob und senkte, die Haare bewegten sich.«

Oskar hörte ihr zu, dieser jungen, so leisen Stimme, die zu ihm sprach. Ida fuhr fort: »Und wenn die Sonne durch die hohen Fenster fiel und auf das Fell traf, das in dem Schreibzimmer, in dem niemand mehr schrieb, auf dem Fußboden atmete, fielen Schnitzer Gold hinein, und es erwärmte sich, und ich rückte ganz nah mit meinen Augen heran. Die Welt war so groß wie meine Faust.«

Er fragt: »Und was haben Sie mit dieser Faust vor, was haben Sie vor in Ihrem Leben, haben Sie sich die Frage schon gestellt, was haben Sie mit Ihrem Leben bisher gemacht?«

Sie sagt ihm, was sie studiert. Sie zählt ihm auf, wo sie bisher gewohnt hat in der Stadt. Sie sagt ihm, dass ihre Eltern geschieden seien. Sie erwähnt ihre Schwester.

Er fragt: »Würde Sie das interessieren?«

»Was?«, fragt sie.

»Nun das, was Ihre Schwester interessiert.«

Sie sagt, nein, Architektur interessiert sie nicht, Kunstgeschichte ja, das studiere sie ja im Nebenfach. In Juttas Nähe zu bleiben sei ihr bislang wichtig gewesen, als habe sie bei der älteren Schwester unterkriechen wollen. Jetzt entferne sie sich zum ersten Mal ein bisschen von ihr, weil Jutta mit ihrem Freund nach Hamburg zöge. Ida sagt, sie möchte über gemalte, von Malern gemalte, nicht von Architekten gezeichnete, getuschte und niemals gebaute Architektur schreiben, über das »Als ob«. Das sei schon lange ihr Plan für eine Hausarbeit, über Bauten zu schreiben, die nur aus ihrem Schein bestünden, aus Farbe, Lichtspiel.

Oskar sagt: »Dabei kann ich Ihnen helfen. Ich kann dir Zeit sparen, Ida.« Er fuhr mit seinem rechten Daumen über Idas Lippen, so dass ihre Unterlippe sich umstülpte und die nasse rosa Innenseite zu sehen war. Dann ließ er los und strich Ida nochmals über den jetzt geschlossenen Mund. Diesmal sah er ihr in die Augen.

Sie hatte sich in eine der oberen Reihen an den Mittelgang gesetzt, aber sie war nicht als eine der Ersten gekommen. Sie wartete, die Tasche zu Füßen. Sie wollte Einwände herausfinden, wollte den Auftritt sehen, hören, wie er seine Zuhörer ansprach, ob ihm die Wirkung auf andere gleichgültig war, sie wollte wissen, wie ihr in diesem Rahmen seine Stimme, sein Blick, sein Urteil, seine Erscheinung gefielen.

Als er kam, dachte sie, es kann nicht länger als drei Wochen gut gehen, obgleich sie nicht wusste, weshalb sie sich diese knappe Frist setzte. Sie kannte die Spannung nicht, auf die sie reagierte. Auch an dem Sonntag schon, als sie mit dem Architekten im Bürogarten gesessen hatte, war ihr Ähnliches durch den Kopf gegangen – warum, sie wusste es nicht, immerhin vergingen bis zu ihrer Flucht sieben Jahre.

Er schlenkerte, förmlich ausholend, mit dem linken Fuß. Gott sei Dank ein fester Schnürschuh diesmal und keine Sandale, in diesem Punkt könnte ihre Mutter nichts einwenden. Als Oskar das Podium erreicht hatte, zog er eine Brille aus der Jackentasche hervor, beäugte sie kurz und setzte sie auf. Ida lächelte in sich hinein: diese Bewegung hatte sie an Marwig bereits wahrgenommen. Aber er sprach frei – das Papier als Stichwortgeber vor sich, um eine auch über Blicke hergestellte Spannung zu seinem Auditorium zu erhalten. Und wie nachhaltig er mit seiner rauchigen Stimme spannen konnte. Es war die Stimme des Erzählers, die Ida, so wenigstens empfand sie die Wirkung, und den übrigen etwas zum Sehen gab, »so weit das Auge reichte«. Es war eine Stimme, die Anteilnahme und Neugier weckte.

Oskar sprach über etwas so Abstraktes wie Raum. Seine Stimme offenbarte ihn wie eine Landschaft, die sie bewanderte. Der Raum war mit der Stimme da. Das war etwas Seltsames. Ida erlebte es zum ersten Mal. Sie kannte keine Stimme, die ihr einen vergleichbaren Eindruck vorgeführt hätte. Und in den Raum der Erzählung setzte der Architekt die Analyse. Dies tat er mit Schärfe, entwickelte seine Gedanken beispielsweise zur ausgebliebenen Bodenreform, erklärte, dass einer der Hauptgründe für die Beschwerlichkeit des Bauens in den Städten dies schwerste Versäumnis sei. Die Städte könnten ganz anders aussehen. Das heiße Eisen einer fehlenden, die Städte in ihrem Innersten zerstörenden Eigentumspolitik greife aber auch unter linken Politikern niemand auf. Eigennutz stehe vor Gemeinnutz, nach der Regel lebe man.

Oskar sprach über den baupolizeilichen Vorschriftenkatalog, die einhaltbaren »Auflagen«, bevor ein Stein gewendet werden könnte, erwähnte den ja wohl auch ihnen, die ihm zuhörten, längst bekannten Verschleppungsstau der Behörden; das Dilemma von Kurzsichtigkeit, fehlender Zukunftsanalyse und peinlichem Geschmack auf der Seite der Aktiven: Architekten und Stadtplaner.

Ein die Hälfte der Wand ausfüllendes Schwarzweißfoto zeigte eine Großsiedlung des Typs »Block«, ein anderes zeigte einen zweiten im Land beliebten Siedlungstyp, den der monotonen Einzelhausbesiedlung, den der Streuung, dachte Ida, der Landschaftszersiedlung, der Fleckerln, Kleckse, des Häuslebauers; über den Fotoausschnitt hinaus, jenseits des Hügels, rechts und links seiner Hänge setzte sich der Haustyp fort. Eines Tages, sagte der Architekt, wird er sich von München bis nach Flensburg ziehen oder umgekehrt, auch der andere Typ, ein sich über Kilometer erstreckendes fünf- bis sechsgeschossiges Mietshaus, ein Block wie ein Wurm, der sich von Flensburg nach München frisst ...

Dass hier Geschmack nicht vorherrsche, darüber seien sie sich einig. Er blickte auf. Er setze es wenigstens voraus. So könne er über Architektur und Fragen der Ästhetik schweigen, beide Siedlungstypen stattdessen ein wenig vom Soziopsychologischen beleuchten. Es kam kein Einwand aus der Zuhörerschaft. Die Emotion, die sich mit solchen Wohnungen verknüpft, fuhr der Architekt fort, lasse sich nur mit »kalt« und »lieblos« beschreiben; sie zeige deutlich die Härte einer Gesellschaft, die es verlernt habe oder unfähig geworden sei, sich anders zu gliedern, als sie es in ihren Organisationen tue: schematisch vorgefertigt, »erfasst«.

Beispiele für deformierendes Wohnen, sagte er, gäbe es nur allzu viele. Müsse er sie etwa an die Wand werfen? Die Studenten kennten sie doch aus eigener Anschauung zur Genüge.

Oskar schloss mit dem Appell, über das geist- und rücksichtslose Auffüllen von Baulücken in den Städten nachzudenken.

Ida war fast eingeschlafen. Was hatte das alles mit ihr zu tun?

Als Oskar die Sitzreihen hinaufschaute, während er die Brille in die Jackentasche zurücksteckte, hielt Ida den Kopf so gesenkt, dass Oskar, falls ihm ihr Kopf überhaupt ins Auge fiel, bestenfalls ihren Scheitel erblickt hätte.

Sie wusste nicht, wie ähnlich sie sich einander gegenüber verhielten. War sich zu verstecken denn der Weg, der zwei, die sich zueinander hingezogen fühlten, fragte sie sich, war dieses »etwas« in ihrem Sprachgebrauch, das sie in ihrer Unerfahrenheit nicht näher benennen konnte, dasjenige, was zwei zusammenführte? Oskar hingegen in seinem Versteckspiel wusste es genau: er wollte mit ihr schlafen, er wollte mit ihr leben.

Bevor Oskar das Podium verließ, kündigte er an, dass er sich demnächst über »recycling« oder, wie der Begriff im Französischen laute, »réécriture« äußern wolle, was im Deutschen so viel wie »Rückführung in den Kreislauf«, »Neuschreibung« meine. Wer sich dazu äußern wolle, der sei gern dazu aufgefordert und eingeladen, er betrachte das Podium nicht als eine, geschweige denn seine Bastion.

Er duzte sie nun. Sie kam ihn sonntags wieder besuchen. Diesmal schaute sie beim Verlassen ihrer Wohnung auf die Uhr. Sie ging zügig, fünfzehn Minuten bis zu Oskars Haus.

Sie saß in seinem Schaukelstuhl, wiegte sich hin und her und erzählte ihm von Professor Wels. Sie nannte ihn den reitenden Philosophen im Grunewald. Sie hatte ihn nicht so gesehen, andere: die beiden jungen Frauen, die die Party mit ausgerichtet hatten, auf der Oskar und Ida zum ersten Mal miteinander geredet hatten, Olga Theissen, Luise Claasen. Das Pferd findet seinen Weg allein fort vom Stall und wieder hin zum Stall. Es trottet nur über den Waldboden. Auf einer Lichtung bleibt es stehen und senkt den Kopf und frisst. Wels hat Schlappohren und sein

Pferd hat Schlappohren. Sie schaukelte dabei. Sie sagte, sie plage sich mit einem Referat über den Weltbegriff bei Kant, während sie zusah, wie Oskar sich eine Gauloise anzündete und dann an den Kastenschrank ging, dessen obere Tür er öffnete, wozu er den langen Schlüssel ziehend anheben musste, um sich einen Dry Martini und für sie einen Campari zu mischen. Sie hörte auf zu schaukeln. Sie stand auf und nahm ihr Glas entgegen. Sie wusste nicht, dass Oskar ein Trinker war. Sie sah wieder auf seine Hand – die breite Hand mit den kräftigen, kurzen Fingern, der Mittelfinger braun neben dem Nagel vom Rauchen. Der Daumen hatte ihr beim letzten Mal die Unterlippe geöffnet. Oskar prostete ihr mit dem Martini in der Hand zu.

Ida fiel auf, dass ihr die Hand gefiel. Sie dachte, er kann mich anfassen mit seinen Händen. »Prost!«, sagte sie.

»Prost! Auf uns, auf dich, dass du da bist«, sagte Oskar.

Er fragte nach dem weißen Kleid mit dem Stehkrägelchen, ob Ida es ihm zuliebe wieder anziehen werde und sie es ihm, falls sie es eines Tags satthätte, überließe, also schenkte, dass er es in seinen Schrank hängte.

Ida schaukelte vor ihm und meinte zu dem etwas sonderbaren Angebot: »Ja, warum nicht?«

Ob sie Pläne für ihre Sommerferien habe, fragte Oskar, Reisepläne?

Sie antwortete, dass sie, wie es ihre Gewohnheit sei, erst einmal die Eltern besuchen fahre; erst die Mutter, dann den Vater. Sie fragte nach dem Plakat, das sie in Oskars Büro hatte hängen sehen. Sie fragte, welche Stadt, welchen Ausschnitt es darstelle.

»Jerusalem«, antwortete er lächelnd und wusste, sie würde ihm das nicht glauben. Aber so verhalte es sich.

»Und wo hängt es?«, fragte Ida.

In der Stadt, die darauf zu sehen sei.

»Also nicht Jerusalem.«

»Nein. Näher, viel näher.« Er könne es ihr zeigen. Er fragte, wo ihre Eltern wohnten.

»Die Mutter in Bonn«, sagte sie, »der Vater, wiederverheiratet mit einer jüngeren Frau in Korntal, im Schwäbischen, in der Nähe Stuttgarts«, zurückgesetzt am Rande einer Siedlung, wie Oskar sie neulich in Grund und Boden habe verdonnern wollen, wollte sie anschließen, unterdrückte die Bemerkung jedoch.

Er malte sich, ohne ihr etwas zu sagen, eine Reiseroute aus. Das Ziel lag fest, lag in der Betrachtung der Stadt im Original, einem zweifachen, der Stadtansicht heute und dem Fresko in einer Kirche der Stadt. Auch verschweigt Oskar Ida, dass er den Mut habe, sie an die Hand zu nehmen, mit weit offenen Armen wolle, dass Ida in seinem Leben Fuß fasse – in seinen Sätzen: »Ich kann dir Zeit sparen, ich weiß, wann ich dich wegschicke.«

Um ihr das zu sagen, hatte er sie noch nicht genügend eingefangen. Er ging vorsichtig zuwege. Er wollte keinen Fehler machen. Es sollte nicht einmal der Verdacht eines Fehlers aufkommen und dadurch ein Knacks entstehen.

»Im Hochsommer nach Siena und Venedig zu fahren macht keinen Sinn. Und du weißt ja, dass Menschen sich in Nashörner verwandeln können«, wollte Oskar in seinem in Ida und, endlich!, wieder ins Pläneschmieden verliebten Hochgefühl zu ihr, die da vor ihm in seinem Stuhl schaukelte, sagen – und unterließ es einstweilen noch. Sie ist langsam, sie ist misstrauisch, sie ist rein. So spann er in Gedanken fort, was er ihr nicht sagte. »Es gibt Dinge, die sie mit ihren dicken Füßen einfach zertrampeln!«, hatte Georg gespottet. »Ob solche Menschen weiterhin in einer Stadt leben können, ob es nicht besser ist, für sie ein Gehege zu bauen – ob man sie nicht besser gleich in den Zoo sperrte ...?«, hatte Georg gefragt.

Die Freunde waren im vergangenen Sommer nach dem Besuch der Biennale wider besseres Wissen unter sie geraten. Oskar hatte Geld wechseln müssen, zu spät war es ihm eingefallen – Georg war auch blank. Die Banken waren schon geschlossen, und sie brauchten die Lire, um mit dem Wassertaxi zurück zu dem Parkplatz vor der Stadt zu fahren, auf dem Georgs Alfa stand. So blieb einem von ihnen nur, in der Mittagsstunde bis zu einem Cambio unter den Arkaden des Markusplatzes vorzulaufen.

Georg weigerte sich entschieden. Ihm rann der Schweiß die Schläfen hinab, das Nylonhemd klebte ihm so auf der Haut, dass sich sogar die Brusthaare abzeichneten. Da ging Oskar. Er hatte nicht einmal mehr Landesgeld genug in der Tasche, um sich gegen die stechende Sonne eine der an den Ständen entlang des Canale Grande feilgebotenen Gondolieremützen zu kaufen. So ging er, langsam, in der Hitze die Riva degli Schiavoni hinauf, studierte die Gesichter der ihm Entgegenkommenden, blickte an den Häusern hinauf, die ihm nicht Schatten boten, entdeckte dabei eine für Busoni angebrachte Tafel, ein wenig entfernt davon eine für Tschaikowski. Näher und näher kam er dem Platz und – erst in Grüppchen, dann in Wellen – den Menschen. Schließlich trat er in sie, teilte sie. Die Mauer Mensch. Sie standen auf der Piazzetta, Leib an Leib, und – das war das Ärgerliche – kauften die Hüte und Mützen, die Oskar sich augenblicklich nicht leisten konnte, fütterten Tauben, ließen sich fotografieren oder saßen, Schulter an Schulter, entkräftet am Fuß des Campanile.

»Warst du schon in Venedig?«, fragte Oskar Ida.

Sie verneinte.

»In Siena?«

Sie verneinte ebenfalls. Er hatte die Städte noch ganz anders gekannt, als er in Idas Alter gewesen war – er sah sie an: wie alt war sie überhaupt? –, als er, ungefähr so alt wie sie, Mitte der fünfziger Jahre einen alten VW über die Alpen südwärts gesteuert hatte, mit Georg auf dem Nebensitz und, ja, Helene zu ihren Studienfahrten. Wo damals ein Mensch zu sehen war, halten sich heute, dachte er, hundert auf, und wo es damals einen PKW gab, stehen heute zehn Busse.

Er spürte, wie ihn das Herz stach. Vier-, fünfmal, dann war es vorbei.

Mit Helene war er damals nachts gegen zwei Uhr in Siena angekommen, im offenen VW, in der Stunde der Katzen, der widerhallenden Steine, des schon entfernten, Kälte ausstrahlenden Mondes. Wollte Oskar das alles nun mit Ida wiederholen? Und wenn Ida eifersüchtig auf seine Erzählungen würde? Er hatte Ida aus seinem Leben noch gar nicht erzählt ... Sie war ruhig und schaukelte.

Die Pfirsichhaut, die grünen Augen.

Er wartete, bis er ihren Blick eingefangen hatte, und fing an.

Im Skelett des Domes war er damals umhergestrichen, er ließ Helene erst einmal aus, erzählte nur von sich und seinem Partner, zwei jungen Reisenden, Junggesellen im provozierend offenen VW aus Deutschland.

Im Skelett der Kirche ... der hohe Vollmond schien durch das Sparrenwerk, Orion blinkte durch die Streben des Seitenflügels, die horizontalen Schwarzweiß-Marmor-Inkrustationen leuchteten wie aus einem Traumbild, das sich »Haus« nannte; kalt – kalt und nächtlich wie bei de Chirico ...

Er verlor Helene aus den Augen. Oskar rief seine Frau, ohne Antwort zu bekommen. Als er sie wiederfand, stand sie in einem Winkel des länglichen Platzes vor der Domfassade, betrachtete den Bau aus der Entfernung. Sie zitterte, sie sagte: »Mir ist elend kalt vor Müdigkeit.«

Sie war schwanger.

»Ich« sagte er, nicht wir und Georg und Inge.

Oskar brach ab, schürzte die Lippen zu einem verhaltenen Lächeln und strich mit dem Zeigefinger wieder über Idas Lippen, so dass ihre Unterlippe mit einem kleinen Geräusch zurücksprang. Sie errötete, verwirrt.

Es war noch nicht so weit. Er brachte sie nach Hause.

Er hat sie bis vor die Haustür begleitet. Er hat ihr einen Kuss auf die Hand und auf die Wange gegeben. Und sie ist nun im Treppenhaus verschwunden. Ihr roter Mantel war in der Milchglasscheibe der Haustür nicht mehr zu sehen.

Er hörte ihren Schritt nicht. Er wusste nur, dass sie, nach Berliner Zählung, im ersten Stock wohnte, sie hatte ihm die Fenster von der Straße aus gezeigt.

Er ging an seinen Wagen zurück und stand dort, gegen Tür und Fenster gelehnt, rechnete sich ihre Schritte die Treppe hinauf aus – wann sie den Schlüssel zur Wohnungstür im Schloss drehte; dass sie ihre Zimmertür nicht absperrte, wusste er, er hatte sie nach ihren Gewohnheiten, ihrem Umgang mit der hinkenden älteren Frau so lange befragt, bis er sich ein Bild über ihren Tagesablauf hatte machen können.

So stand er wartend, ob das Deckenlicht oder die gusseiserne Schreibtischlampe in ihrem Zimmer angehe, dem Zimmer, in dem er nie gewesen war, das er sich aber vorzustellen vermochte.

Wartend stand er, hinter den Fenstern ging kein Licht an. Er hatte sie zum Essen ausführen wollen, sie waren bei ihm geblieben, und dann hatte sie entschieden, dass sie zurückwolle, er hatte sie nach Hause gefahren, sich nicht getraut – noch nicht getraut – zu sagen: Bleib! Bleib bei mir! Morgen Vormittag, er sah auf seine Armbanduhr, heute, dachte er, denn es war zwei Uhr, heute Vormittag hatte er einen Termin mit seinem Steuerberater, um neun, in sieben Stunden, und danach ein Bauherrenmittagessen ... Er wartete auf Idas Lichtzeichen, das mit ihr, als sie nach seinen beiden Küssen von ihm ging, verabredete Zeichen, sein Zeitgefühl hatte ihm ein »schon längst« suggeriert, doch nahm ihm der Irrtum noch nichts von dem Frieden des Abends. Er schweifte weiter, weil alles dunkel blieb, obwohl Ida längst die Wohnungstür leise, so leise sie konnte, um die alte Frau nicht zu wecken, geöffnet und geschlossen haben musste. Ida hatte sie auch längst geöffnet und geschlossen, hatte auch längst ihr Zimmer betreten, nur eben nicht, wie verabredet, gleich Licht gemacht.

Aus ihrem Dunkel, dem des Zimmers, sah sie auf sein Dunkel, das der Straße um zwei Uhr, einer Straße, die in weiten Abständen von Laternen erhellt und in ihrem breiten Mittelstreifen von laubenförmig ineinandergreifenden Linden bestanden war, und sie sah Oskar dort stehen, seinen Umriss, gegen den Wagen gelehnt, sie sah nicht sein Gesicht, weil es im Schatten lag, und er sah sie in ihrem vollständigen Dunkel nicht. Er rauchte.

Was wird er tun, dachte sie, warten, bis ich Licht mache, warten, bis ich das Fenster öffne, warten, bis ich mich hinausbeuge und ihm leise zurufe: Fahr, du kannst fahren, Oskar, ich dank dir und komm gut nach Hause.

Es war ein schöner Abend – nein, dies nicht, niemals, das »es war ein schöner Abend« schon gleich hierhinzusetzen, wie ihre Eltern es machten, in das hinein, was noch im Begriff sich zu entwickeln stand, dem Jetzt und Hier mit einem »war« zu kommen.

Dort unten auf der Straße stand ein Mann. Ihretwegen. War es nicht gemein, selbst vom Dunkel geschützt auf den Mann hinunterzustarren, ohne dass er sie sah? Ihn zu betrachten aus der Höhe ihres Stockwerks – da rauchte er, sah auf die Uhr, die Quarzuhr mit dem Stahlrahmen, die sie seit dem Abend bei ihrem Professor kannte. Damals war er gegangen.

Jetzt sah er Ida, sie stand am rechten Fenster, das sie geöffnet hatte, und hinter ihr, eben noch im Fensterausschnitt, sah Oskar den Ansatz der Schreibtischlampe. Der matte Lichtschein, der alles Dunkle, auch dunkle Grübeln unterbrochen hatte, wirkte auf ihn wie etwas Beschützendes, das Ida statt seiner nun beschützte, und er winkte ihr eine vage Kusshand hinauf. Erst jetzt sagte sie ihr »Du kannst fahren, aber ruf nicht mehr an, es weckt die alte Frau«, und sie winkte zurück.

Er drehte sich um, setzte sich in den Wagen, startete und fuhr davon, schaltete die Scheinwerfer nicht sofort ein, dann sah Ida, wie sie die Baumstämme streiften, den Lichtkegel auf der Fahrbahn hielten. Als die roten Rücklichter verschwunden waren, fühlte sie sich ein wenig beklommen. Aber sie würde Oskar ja wiedersehen, am kommenden Wochenende und das Wochenende darauf.

Oskar dachte, dass er mit seiner Zeit geizen, sie an Arbeit und diese junge Person verschwenden werde.

Bis die Ahnung von Tagesanbruch einsetzte, war er zuhause auf den Beinen. Er war glücklich, und so durchwanderte er die vielen leeren Räume.

Ida hatte Ziegel und Bretter und Obstkörbe, um ihre Bücher einzustellen. »Aber doch erst«, hatte sie gesagt. »Aber ich fange doch erst an«, hatte sie Oskar ängstlich fragend entgegengehalten, »ich ziehe herum, wechsle die Zimmer, werfe die Ziegel, Bretter, Obstkörbe fort, besorge mir auf dem Wochenmarkt neue. Aber ich fange mein Leben doch erst an.«

Er würde ihr ein Regal, das die Breite der Wand füllte, ins Zimmer stellen. Er würde ihr Schmuck und Kleider kaufen. Ziemte es sich, in seinem Alter so zu schwärmen? Warum begehrte er gerade sie?

Die Welt ist so groß wie meine Faust – Idas Satz, bei ihrem ersten Besuch im Büro geäußert, vergisst Oskar nicht. Er ist gerade nach Hause gekommen, und Ida erwartet ihn.

Sie ist neben ihm ins Auto eingestiegen. Ihr Kopf liegt in seinem Schoß. Sie hat die Füße angezogen und aufgestellt. Ihr Rücken bildet eine Brücke über der Kurbelwelle. Die Polster sind rot, und das Verdeck des Wagens ist zurückgeklappt.

Sie schaut zu ihm auf. Sie lächelt. Sie schaut in die Bäume hinauf.

Er fährt sie, sie beide, ein neuer Zeitvertreib, durch die Stadt. Nein, nicht durch die Stadt, durch die Straßen, in denen hohe Bäume stehen, die durch Idas Blick ziehen.

Es ist Mai, und die Bäume sind grün. Wenn Oskar halten muss, weil eine Ampel Rot zeigt, beugt er sich zu Ida hinunter und küsst sie auf den Mund. Sie schaut in die Bäume hinauf. Lächelt sie ihn an, fängt sie sich ein halbherziges »Lenk mich nicht ab!« ein. Er sucht nach Baumstraßen mit Ampeln. Es ist Abend, Kunstlicht und Dämmerung. Er beugt sich zu Ida hinunter und küsst sie, sie schließt die Augen dabei nicht, ihr Blick folgt den gesprenkelten Stämmen, die sich in der Höhe in weiße Arme verzweigen, sie sagt: »Diese Bäume sind die Guerilleros unter den Bäumen, die Linden gehören eher ins letzte Jahrhundert.« Er sagt: »Halt den Mund«, fühlt sich leicht und jung, und er denkt, dass er diese Frau gefunden hat, dem Himmel sei Dank, dass er nicht das getan hat, was er im Grunde wollte, als er sie zum ersten Mal sah: fortlaufen, sich davonschleichen …

Weil ihm alles zu viel schien. ALLES. Fünf Buchstaben. Alles. Wie kam es dann aber, dass dieses ALLES durch das Hinzutreten, Hinzukommen einer neuen Person in sein Leben, statt mehr und noch lästiger zu werden, auf einen Blick hin weniger wurde und wegzugleiten begann?

Die innere Unruhe, kürzlich noch wild gegen sein Leben gerichtet, verlor sich unter Bildbeschwörungen an sie.

»Und du hast keine Angst?«, fragt Ida. »Es passiert so viel. Und seitdem ich weiß, dass du so oft dort oben in der Luft bist, hin und her zwischen Berlin und London, Los Angeles und Philadelphia fliegst, scheint noch mehr zu passieren. Es sind jetzt auch Linienmaschinen, die abstürzen. Das Highjacking nimmt zu. Du schwörst auf die Sicherheit der PAN AM, aber die PAN AM ist eine amerikanische Gesellschaft. Ich habe Angst um dich.«

»Hätte ich Zeit«, sagt Oskar, »lernte ich sogar das Fliegen und flöge mich selbst.«

Oskars Angstlosigkeit hat ihren Ursprung im Krieg.

Er erzählte Ida von dem Tieffliegerangriff, als er, zur Organisation Todt eingezogen, mit anderen Jungen damit beschäftigt war, eine Eisenbahnbrücke, die bombardiert worden war, und das Stück Bahnkörper zu beiden Seiten dieser Brücke zu reparieren, als die erste Welle der britischen Flieger herankam. Jemand schrie, er selber war es, und wer sich noch zu Boden werfen oder in Deckung bringen konnte, hatte nicht einmal zehn Sekunden Zeit dafür – »die anderen überlebten es nicht, nur ich – hatte mich in ein Loch in der Erde hinter einem Busch retten können, ein Sprung und ich saß drinnen, zusammengekauert, in Embryostellung, machte mich so unscheinbar, wie ich nur konnte, ohrenkrachend war die erste Welle vorüber, die zweite Welle kam, die dritte, ein ohrenzerreißender Lärm. Und danach war erst einmal nichts, die Zeit tat, als stünde sie still.« Nach einer Weile kroch Oskar aus seinem Loch und rief. Es antwortete niemand. Da lagen sie. Sie waren alle hin. Er hatte schon so viele Tote gesehen. Er sah sie an und bildete sich ein, dass ihm fortan nichts mehr Angst machen könne. Er hatte angenommen, dass das Nichts weiß sein werde, Licht. Es war aus dieser heranjagenden Schwärze gefallen, die nach sich ihren Schatten zog.

Oskar sagte: »Weiße Bomben habe ich aber noch nie gesehen. In dem Augenblick muss die Sonne geschienen haben.« Und er behauptete seitdem, angstfrei zu sein, bis er in den fünfziger Jahren, im Spätsommer 56, auf Sylt in Kampen in den Dünen lag, von der jodhaltigen Luft elektrisiert, erotisiert von einer jungen Frau, als auf einmal ein Tiefflieger aus dem Horizont, dem Glast des Sonnenballs direkt auf Oskar zujagte, weil er das Todesziel war, und genauso war es: »Er jagte mich«, sagte Oskar, »wo mich verstecken? Der jagende schwarze Punkt war ja schon da, und im Sand gab es kein Loch, in das ich hätte springen können, nichts, keine Höhle, keine Vertiefung.« Er fühlte sich geblendet. »Ich schlug die Hände vors Gesicht«, sagte er, »warf mich herum, nackt, wie ich war, wehrlos, ohnmächtig lag ich, den Kopf in Arm und Schulter. Das Flugzeug startete genau über mir durch, ich sah es nicht, ich drehte mich nicht um, ich hörte es nur, und die Frau, die mit mir war, erzählte es mir später. Sie hatte gesehen, wie es sich steil in die Höhe über der Insel hinter uns erhob und sein Schatten über mich wegzog. ›Was erschrickst du vor einem Starfighter der Bundeswehr?‹, mokierte sie sich. ›Oskar!‹ Und sie bewarf mich mit Sand. Als ich wieder zu mir gekommen war, begriff ich erst, was für ein traumatisches Erlebnis dieser gestaffelte Angriff damals gewesen sein muss, und ich konnte gottlob nicht mehr wie ein aufgeblasener Hornesel einherspazieren und sagen: ›Ich? Ich habe keine Angst. Ich weiß nicht, was das ist.‹«

Ida kannte einen Zustand der Angstlosigkeit nicht. Es ging über ihre Vorstellungskraft, sich auszumalen, was das sei. Sie wusste auch nicht, ob sie sich den Zustand wünschen sollte.

Als Ida Oskar wieder besucht, schläft er mit ihr. Er fragt sie, ob sie die Pille nimmt. Sie sagt nein. Er bricht ab, streift ein Kondom über und befriedigt Ida mit der Hand, bis sie unter den Wellen in ihrem Inneren seine Hand wegstößt.

Oskar lädt Ida ein, sooft sie will und kann, ihn auf seinen Reisen zu begleiten – kleinen Sprüngen, weiten Sprüngen. Da Georg, zwischen New York, Los Angeles und Philadelphia hin- und herpendelnd, um das Team auf die Beine zu stellen, unabkömmlich und weit weg ist.

»Ich müsste dich wohl erst meinen Eltern vorstellen«, sagt Ida. »Wenn ich für mehrere Wochen weg bin. Mir macht das nichts. Aber mein Vater, in erster Linie er, würde nach mir suchen. Wenn Jutta nicht wüsste, wo ich bin, würde er Interpol einschalten.«

Hansen hat Oskar eingeladen. Ida begleitet Oskar nach Pelzerhaken. Das Meer ist verschwunden. Die gesamte Lübecker Bucht ist zugefroren, die Leute gehen vor dem Horizont spazieren. Ida drängt es aufs Eis. Oskar hat Hunger. Sie trennen sich. Während er an der Haffkruger Uferpromenade in einem überheizten Lokal am Fenster sitzt und seinen Dorsch isst, spaziert Ida, angezogen von der Leere, zum weißen Horizont hinaus. Oskar hat sie im Blick und lässt nach drei Bissen den Fisch stehen, spuckt sogar den letzten Bissen auf den Teller zurück. Ida: ein kleiner werdender weinroter Punkt. Die Kellnerin hat Oskar so freundlich bedient, dass er es vorzieht, ihr gegenüber keinen großen Hunger vorzutäuschen, statt ihr die Fischplatte zurückzugeben mit der Erklärung: »Falls Sie vorgehabt haben, mich zu vergiften …« Wahrscheinlich ist der Fisch sogar in Ordnung, nur stinkt er auf eine Weise, als wäre er schon halb verwest, und dieser Geruch, der Oskar in die Nase steigt, ist so eklig, so unerträglich … Er möchte nicht, dass er ihm als Geschmack aus dem Magen aufsteigt. Er möchte Ida küssen.

Aber da draußen gingen die Menschen über das Meer. Und Ida. Der Anblick hat etwas überwirklich Friedliches. Oskar genießt ihn.

»Wie schade um den schönen Fisch!«, jammert die Kellnerin, als Oskar zahlen will und fast nichts gegessen hat. Sie trägt einen hellblauen Pullover, in dem ihre großen Brüste straff sitzen. Oskar gibt ihr ein großzügiges Trinkgeld und ist sie los. Er hat sie mit dem Geld stumm gemacht. So räumt sie nun den Teller und die Platte und die Schale mit den Salzkartoffeln ab und quittiert den Fisch mit keinem weiteren Blick, als sie ihn in die Küche trägt.

Oskar steht mit offenen Armen auf dem Eis und wartet auf Ida. Sie läuft ihm in die Arme. Sie küssen sich.

Sie soll ihm nicht von der Seite weichen.

Sie fahren nach Bonn. Sie fahren nach Korntal. Oskar lässt die Antrittsbesuche mit den zynischen Bemerkungen von Idas Eltern gleichmütig höflich über sich ergehen. Auch dass er von oben bis unten in einen taxierenden Augenschein genommen wird, auf sein Geld hin, seine gesellschaftliche Stellung, wie gut er im Bett ist, wie gesund beziehungsweise wie hinfällig er ist.

Einmal und nie wieder, denkt er. Er will Ida.

»Dein Architekt könnte auch mein Mann sein, vom Alter her passen wir gut zusammen, besser als ihr«, sagt Idas Mutter und schürzt die Lippen.

»Du hast doch einen Freund«, erwidert Ida.

Beim Abschied sagt die Mutter: »Wirf dein junges Leben nicht weg.« Und sie wiederholt: »Binde dich nicht an so jemanden, der dein Vater sein könnte.«

Die Mutter ist nicht Idas Verbündete.

Der Vater sagt: »Einen jüngeren hast du nicht gefunden? Jutta hat doch auch einen gleichaltrigen Freund.«

»Und du?«, erwidert Ida. »Sybille ist nur fünf Jahre älter als ich, Papa, sollte dir das noch nicht aufgegangen sein? Warum ist das so? Sie ist zwei Jahre älter als Jutta. Was willst du mit den jungen Frauen?«

Der Vater schweigt.

Ida hatte Oskar ihren Eltern ›vorgetrabt‹, da sie darauf bestanden hatten. Es war ihr peinlich. Wie ein Rassepferd zur Begutachtung vorgeführt, dachte sie. Und sie war in den Augen der Eltern nun nicht mehr nur die Philosophiestudentin, das ätherische Wesen, das die Welt mit dem Kopf erkundete, sondern auch eines, das mit einem Mann ins Bett ging. Auch der Gedanke war ihr peinlich. Sie hatte ihre Eltern eingeweiht in Dinge, aus denen sie sie immer ferngehalten hatte, aber einmal die Kindespflicht erfüllt, hoffte sie, dass sie damit die Eltern abgestreift und wie die Schlange ihre alte Haut hinter sich gelassen hätte. Endlich, dachte sie, endlich, glaubte sie. Endlich spucken sie mir nicht mehr in die Suppe! Endlich denke ich an mich. Endlich frei! Sie sagte es Oskar.

Sie lag in seinem Wagen in seinem Schoß und schaute in die vorüberziehenden Baumkronen oder die vorüberziehenden Wolken oder einfach nur in den blauen Himmel hinauf. Nur wir zwei! Jetzt konnte lauter Neues beginnen. Was auch immer. Alles war neu.

Es kamen die Sommersemesterferien. Oskar war ein bevorzugt behandelter Passagier der PAN AM. Er besaß eine *Life-time-membership*-Karte des Clipper Clubs.

Sie flogen in der ersten Klasse, ohne den Tarif dafür zu bezahlen, in die Welt.

»Merkwürdig, hier Hunde zu hören«, meinte Ida.

»Wenn es Hunde sind«, erwiderte Oskar.

»Das Gebell und Geheul klingt nach Hunden.«

»Es können Coyoten sein.«

»Coyoten«, wiederholte Ida langsam lauschend – ein exotisches Wort.

Coyoten oberhalb Hollywoods in einem Park, der sehr groß war und Griffith Park hieß? In den Oskar Ida hinaufgefahren hatte, in einem rosa blinkenden, irritierenden Zwielicht, das Himmel und Erde in einer jähen Drehung aufwärtsgekippt hatte, im Moment des Mondaufgangs. Flimmerndes Himmelsspektakel, aber die Gegend war davon, seltsam, wie unberührt: felsig, von grauem und weißem Gestein. Kleine Kiefern standen wildwüchsig und krumm darin.

»Wie sehen Coyoten aus«, fragte Ida.

»Wie Hunde.«

»Pudel, Möpse, Dackel? Du nimmst mich hoch, Oskar.«

Sie waren einen Weg hinaufgestiegen, der voller Löcher und spitzer Steine war, und auf einem kleinen Plateau stehen geblieben, von dem aus sie durch einen Felsschnitt in Richtung des Meers sehen konnten, ohne dass sie es jedoch gewahrten. Es lag zu tief. Der Himmel war von einer Unzahl Sterne übersät, die sich bei genauem Hinsehen bewegten. Sie kreisten. Es waren Flugzeuge.

»Schau, Oskar, schau doch nur«, sagte Ida und verwirrte sich mit dem Finger zwischen den fixen und beweglichen Sternen am Himmel.

Oskar, jetzt allein in Philadelphia, wohnt in einem Hotel, zu dessen Eingang zwanzig Marmorstufen hinaufführen. Manchmal, wenn er abends die breite, leere Treppe hinaufgeht, denkt er an sie, Ida, lebhaft, als ob sie ihm entgegenkäme.

Er sieht sie und spricht sie an: »Guten Abend, meine schöne Unbekannte, es ist nachts halb zehn, würden Sie ›liebenswürdigerweise‹«, fügt er dem Vers hinzu, »mit mir schlafen gehen.«

Auf dem Küchentisch in der Berliner Wohnung lag das Foto eines Modells. Ida nahm es und ging damit ins Schlafzimmer, wo sie Oskar vermutete. Doch dort war er nicht. So stieg sie die Treppe ins Wohnzimmer wieder hinab und fand Oskar im Freien auf den Terrassenstufen sitzend.

»Was ist das?«, fragte sie.

»Der erste Entwurf für das Festspielhaus.«

»Und sieht es so aus?«

»Nein. Es hat zu viele Einwände, auch sachliche, gegen diesen Entwurf gegeben.«

Oskar zeigte ihr sein Skizzenbuch, während Ida die Zeichnungen verglich. Er habe, sagte er, auf der Dompiazza einer sizilianischen Hafenstadt Kaffee getrunken und eine Nazionali geraucht und dabei auf die Fassade der Kathedrale geschaut, die schräg an den Platz, ein wenig in ihn hinein gebaut sei. Oskar hatte den normannischen Dom in sein Sudelbuch gezeichnet. Er zeigte ihn Ida mit den beiden unterschiedlichen Ecktürmen, den drei Portalen, den pyramidenförmig darauf zulaufenden Treppenstufen. Schlanke, herrlich wehende Königspalmen standen davor, dahinter ragte ein großer Felsblock auf. »Zelt, Schiff, Arena«, hatte Oskar sich dazu notiert und das »Zelt« mehrfach unterstrichen.

Die Sonne hatte auf die Steine geknallt. Es ging kein Wind, aber die Palmen schwankten, die Treppenstufen rundeten sich. Wo Oskar saß, füllte sich der Platz. Das Dach, es müsste –, dachte er noch, da war der Schmerz. Die Spannung nahm zu, er zog sich in die Bar zurück, die einen Ventilator besaß, wie er gesehen hatte. Er hatte kein Nitrolingual, hatte es im Hotel in seiner Sommersegeltuchjacke vergessen, war nur so, im offenen Hemd, losgelaufen.

»Wenn ich das Spray nicht bei mir habe, hilft Cognac«, sagte er. So stürzte er erst ein Glas und gleich ein zweites hinunter. Der Kellner, der etwas begriff, rückte ihm den Stuhl nah an den Ventilator heran.

»Brauchen Sie einen Arzt?«, fragte er.

Oskar schüttelte den Kopf.

Trotzdem fuhr der Mann freundlich besorgt fort: »Ich rufe Ihnen meinen Bruder, er ist Arzt – wenn Sie es wollen.«

Oskar schüttelte wieder den Kopf.

Der Kellner stellte die Flasche Cognac neben ihn und sagte: »Na schön, dann betrinken Sie sich.«

»Ich hatte mein wildes Dach für den Krieg der Töne in Philadelphia, der Ventilator blies mir Kühlung zu, ich spürte allmählich die gefäßöffnende Wirkung des Cognacs und hatte den Wunsch, meinen Akustiker Tony Wilkins zu treffen, zu ihm zu fliegen, mich mit ihm zu unterhalten, ob denn überhaupt eine Chance in meinen Überlegungen lag.«

Ida hat sich den Satz gemerkt: »Wenn ich das Spray nicht bei mir habe, hilft Cognac.« Sie fragt, ob er diese Herzanfälle oft habe.

Nicht oft, versichert Oskar, er habe einen Infarkt hinter sich, seitdem versuche er, so weit wie möglich aufzupassen, was da komme, abzufangen, bevor es sich aufbaue. Nitrolingual helfe am schnellsten, das Spray noch schneller als die Dragees. Er habe von Haus aus ein starkes, gesundes Herz, die Anfälle bildeten sich, weil er früher in der Lehrzeit einmal von einem Baugerüst gefallen sei und sich in der Höhe des Herzens zwei Rückenwirbel angeknackst habe; unter Stress, unter Verspannung, bei schlagartigen Wetterwechseln oder im Winter, wenn er unbedacht aus überheizten Räumen in die frostige Kälte trete, nur da überall müsse er aufpassen, überall dort liege der Anfall – die Faust, die ihm das Herz presse – auf der Lauer.

Das wilde Dach, das wilde Herz, der Krieg der Töne. Ida hat sich auch diese Bilder gemerkt. Jähe Wetterwechsel, Hitze, Kälte. Sie will vorbereitet sein, falls Oskars Herz einmal in ihrer Gegenwart in Bedrängnis geraten sollte. Aber sie spricht davon nicht. Sie lenkt ab. Sie fragt: »Und kann man eine Heimat in der Musik finden?«

»Da Heimat eine Phantasie ist«, antwortet Oskar und sieht Ida lächelnd, kopfschüttelnd an: »Du verstehst nicht, was ich sage – oder?«

»Nein, noch nicht.«

»Noch nicht?«

»Vielleicht, weil ich mir ein Heimatgefühl noch gar nicht ausgebildet habe«, erwidert Ida. »Ich will noch nicht ankommen oder bleiben wollen.«

Wenn Ida im Freien lesen will, setzt sie sich nun nicht mehr auf die Friedhofsbank. Sie setzt sich in Oskars Garten. Oskar hat sie mit Frau Behm bekannt gemacht. Frau Behm hat sich diesmal mit ihrer Meinung zurückgehalten, unschlüssig, was aus der

Geschichte werden wird. Ida ist keine Frau, wie sie sie aus Oskar Marwigs Umfeld kennt. Georg gegenüber war sie explodiert. »Ein Kind! Vielleicht nicht den Jahren nach, aber der Erfahrung, Herr Maulwieser!«, hatte sie sich empört.

Ida kundschaftet aus, sie umkreist Oskars Besitz. Haus und Garten in der Großstadt sind ihr neu. Sie kennt Etagen und das Gefühl der partiellen Anonymität in Mietshäusern. Hier wohnt Oskar, nebenan Frau Behm. Das ist alles. Niemand, der sich die Treppen bis in den obersten Stock hinaufmüht, weil es keinen Aufzug gibt, wie in dem Haus, in dem Ida noch wohnt. Der Mann, indem er sich am Geländer Schritt für Schritt hinaufzieht, eine Plastiktüte mit wenigen Einkäufen, Brot, Milch, etwas Aufschnitt, die HÖRZU, die er auch wegen des Kreuzworträtsels kauft, einige Schachteln Ernte 23, in der anderen Hand; kurzatmig verschnauft er an jedem Treppenabsatz, vornübergebeugt. So begegnet Ida ihm fast täglich. Sie spricht ihn an. Er wohnt in fünf Zimmern. Bereits für ihn und seine Frau waren sie zu groß, nachdem die Kinder ausgezogen waren. Allein will er nicht mehr umziehen. Wohin nach all den Jahren? Ida hilft ihm die Treppen hinauf, trägt ihm die Einkäufe. Dass sie für ihn einkauft, will er nicht. Er will ja auf die Straße gehen, will im Supermarkt anstehen, bis er an der Reihe ist, will mit der Tabakladenbesitzerin klönen, hat dort neben dem Ladentisch einen Stuhl, auf dem er stundenlang sitzen kann.

Die Zahnarztpraxis im ersten Stock, die Disco, die in die Räume des Eckcafés neu eingezogen ist, aus der manchmal, als stünde das Haus auf Röhrenknochen, der Motorenbeat bis unters Dach dringt. Keine S-Bahn-Züge rumpeln und rattern, kein Fernzug zieht sicht- oder hörbar an Oskars Haus vorbei. Da ist der Walnussbaum, da sind die Birken, die Kiefern, da ist das verkrautete Wäldchen am Ende des Gartens. Hier kann einem niemand in die Fenster gucken. Hier guckt Ida aber auch niemandem, wie in allen früheren Berliner Wohnungen, in die Fenster. Sie guckt nicht auf den Schulhof, auch nicht, wie in ihrer ersten Wohnung mit Jutta zusammen, auf die fensterlose Seitenmauer des Schulgebäudes, worauf mosaikartig der Halleysche Komet dargestellt ist und worunter in derben Blocklettern golden die Jahreszahl 1910 prangt.

Sie blickt auf keine Telefonzelle auf der gegenüberliegenden Straßenseite. Die nächste Zelle steht, nach Oskars Auskunft, am Platz am Wilden Eber. Ein Briefkasten steht zwei Parallelstraßen entfernt. Keine Katzen, keine Sandburg im Hinterhof. Kein Schild SPIELENDE KINDER VERBOTEN! TÜR ZU! Kein Uringeruch im Hauseingang. Keine Hundescheiße, in die man tritt. Dafür sind im Keller noch alte Zeichen an den Wänden. HAUPTWASSERANSCHLUSS. Ein Pfeil: ZUM LUFTSCHUTZRAUM. Eine alte Badewanne ohne Anschluss, auch aus der Kriegszeit. Hatte sie im Falle eines Brandes zum Löschen gedient? Die Apfelablage ist unbenutzt, verstaubt.

Oskar fragt: »Warum interessiert dich der Keller so?«

Keine Putten an der Fassade, keine Karyatiden, auch kein abgeschlagener Putz, keine geschwungenen Balkons, kein Fünfziger-Jahre-Bewurf mit dem Berliner Bären in der Ecke.

Ida inspiziert die Wohnküche. Ein Sofa, zwei Korbstühle um einen Marmortisch. Der Kühlschrank ist mit Lebensmitteln angefüllt wie eine ausgestellte Glasvitrine mit Plastik, Aluminium, farbigem Glas und Papiermaschee. Angesichts des von Frau Behm stramm in Reih und Glied geordneten Depots wirft Ida einen befremdeten Blick auf Oskar. Ist das seine Art, sich zu ernähren? Sie wollte über die Essgelüste und -gewohnheiten des Mannes etwas erfahren, dem sie sich näherte. Etwas in Ida wehrte sich, Oskar mit Plastikbechern und Konserven im Kühlschrank in Verbindung zu bringen. Auf den Regalen standen große Dosen mit Eintöpfen: Kartoffelsuppen, Nudelsuppen, Gulaschsuppen, Tomaten- und Spargelsuppen, Reistöpfe, Kohlrouladen, Klöße, grüne Bohnen, Wiener Würstchen im Glas. Nichts Frisches? Die Vergleichsperson, die der Frage still und stumm unterlag, war Idas Mutter mit ihrer stetigen Ermahnung: Achte auf deine Gesundheit! Iss frische Dinge, iss viel Obst und viel frisches Gemüse. Warum stellt sie sich immerfort zwischen uns, fragte sich Ida irritiert, oder genauer: Warum schleicht sie sich in so vielem, was Oskar angeht, in meine Gedanken ein? Sie schob die Mutter aus den Gedanken fort, frohlockte: So hält Oskar es vielleicht wie ich, studentisch ... steht hier und nascht zwischendrin? Sie würde sich ihm mit Sorgen nicht aufdrängen. Vielleicht geht er gern essen, vielleicht ist dies nur die eiserne Reserve, der Vorrat der Trübseligkeit an Regentagen, Ausdruck seiner Einfallslosigkeit ...

Aber ein Mann wie Oskar einfallslos Radieschen von dem Bund rupfend? Wieder drängte sich das »wie ich« in ihre Gedanken. Wie ich, als wir uns an dem Abend bei Wels trafen. Hätte sie ihn lieber Austern schlürfen sehen? Oder Kaviar mit dem Suppenlöffel essen? Ja, sie gab es zu. Ja, ja. Denn das war das andere. Wonach sie gierte. Nicht einmal, dass sie löffelweise Kaviar hätte essen wollen, es ging ihr in ihrer Phantasie um die Opulenz.

Freunden gehe das Kochen großartig von der Hand, hatte Oskar erzählt, der eine brate einen halben Ochsen am Spieß in seinem Garten, ein zweiter koche Gulasch für hundertundfünfzig Leute, ein dritter Blutsuppe mit Hoden und Kutteln und verkündete, darin läge der Lebensgenuss! Ida hatte bei Blutsuppe sofort das Bild »Schlachthaus« vor Augen. Sie sprach ihr den Lebensgenuss ab.

Oskar aß leidenschaftlich gern Kartoffeln, grüne Bohnen und Klöße und wusste, wie man Klöße macht. Es gab so viele Arten. Der Freund von Idas Vater, über den sie mit Oskar auf der Einweihungsparty von Professor Wels gesprochen hatte, war ein Connaisseur in Sachen Klöße gewesen. Er hatte fünfundzwanzig verschiedene Rezepte für die Zubereitung von Klößen gekannt.

Der zweite Schrank, auf den Idas Aufmerksamkeit fiel, stand im Büro. Es war wiederum ein Sonntag, als Oskar mit Ida dorthinfuhr, als scheute er, die er sich »zugezogen«, seinen Leuten vorzuzeigen und sich samt seiner Verliebtheit dazu, als wollte er sie noch weiter, viel länger, unentwegt und überhaupt für sich allein behalten. Das hatte er von Anfang an gewollt – als sähe er Georgs süffisante Bemerkung voraus, eingeleitet mit einem leichten Pfiff: »Ah so, Oskar! Sie ist doch viel zu jung für dich!«, und er wollte Inges scheeläugige, abschätzige und die eifersüchtigen Blicke seiner Sekretärin noch nicht auf Ida ruhen sehen. Sonntag: das war Niemandsland, Sonntag: Niemandszeit, das humusreiche Zwischenreich. Aber nur, wenn Oskar den Sonntag mit Ida verbrachte.

Der zweite Schrank war ein weißer Wandschrank, der geöffnet – und Oskar öffnete ihn für Ida – unendlich viele Laden hatte. An zwei Stellen waren eine, an drei Stellen zwei Laden herausgenommen, womit Platz geschaffen war für eine größere, höhere Einheit. In dem Schrank waren die Aufgaben versammelt – angegangen, angefangen, unvollendet, alle Aufgaben, die Oskar nicht bewältigt hatte, Entwürfe. Aus wie viel Jahren, fragte sich Ida. Die Fächer reichten bis zur Zimmerdecke. Die Widerspenstigkeit des Objektes manifestierte sich darin.

»Ein Schrank des Scheiterns«, sagte Oskar. »Lauter Fehlgeburten.«

Ida dachte, dass sie bisher Schränke mit dem Körper einer Frau nicht in Verbindung gebracht hatte.

»Ein Schrank voller Widrigkeiten«, sagte Oskar, voller falscher Ansätze, Briefe, die ihm und seinem Partner bei Wettbewerben den Hinauswurf in Vorrunden verkündeten, ein Schrank voller Gedanken-, voller Arbeitsabfall.

Ida reagierte ehrfürchtig, allein schon vor der Menge. War es denn so, dass nur so weniges – sie wagte den Gedanken kaum zu Ende zu denken. Diese Menge – aber da stand er frisch, federnd, ungetrübt, wie niemals zu entmutigen. Sie kannte ihn nicht gut genug, sie konnte nicht sagen, ob sie mit ihrer Vorstellung weit überzog, weil sie ihn sich vielleicht so wünschte.

Sollte sie einmal fünfzig sein und fünfundfünfzig und sechzig und älter, was würde sich bei ihr an Fehlschlägen, Nicht-Fertig-Gewordenem türmen, woraus würde es bestehen und wer würde sie sein? Die junge Kraft, die sich selbst spürt und beweisen möchte, hätte sie sie dann noch? Sie wusste nicht, ob Oskar sie noch hatte. Wenn er sie nicht mehr besäße, hätte er ihr dann den Schrank gezeigt? Sie war mit der Lehre aufgewachsen, Fehler weder sich selbst ein- noch sie anderen zuzugestehen. Die Lehre stammte von ihrem Vater, und er hatte Magengeschwüre bekommen.

Ungebautes. Ein ganzer Schrank voller ungebauter Häuser, was immer sie im Einzelnen waren. Pläne, die niemand gewollt hatte. Ein ganzer Schrank voll ungebauter Architektur. Der Entwurf für ein Theater. Der Entwurf für ein zwanzigstöckiges Hochhaus – die Kombination aus Glas, Stahl, Leichtigkeit und Licht. Ein Entwurf für eine Akademie des Friedens. Ein Kinderheim. Eine waffen- und autofreie Stadt. Der Entwurf für einen Bogen. Der Entwurf für ein Regierungsviertel in einem arabischen Land. Der Entwurf eines Sanatoriums in einer Parklandschaft. Entwürfe für Villen, Mietshäuser ...

Welche Empfindungen, dachte Ida, welche Zeiten rief dieser Schrank wach. Und sie fragt Oskar.

»Qual und Plackerei«, sagt er, »Rauferei, Todeswünsche einerseits, andererseits dies: Ich und wieder ich, das Stufe um Stufe himmelan steigende und taumelnde Genie. Zwanzig Jahre und mehr.« Ihn geniert es, so viele Jahre anzugeben. »Dreißig«, sagt er, »und wenn ich meine allerersten Skizzen, die ich noch als Pennäler angefertigt habe, hinzurechne, akademische Zeichnungen, Übungen in klassizistischen Details unter der Anleitung eines Onkels, der Architekt war, dann sind es noch viel mehr als fünfunddreißig Jahre.«

Zwanzig Jahre und mehr, dreißig, fünfunddreißig. Ida hat für zwanzig Jahre kein Maß, das standhalten könnte. Sie hat keins für dreißig, für fünfunddreißig, vierzig oder fünfzig. Nicht dass sie mit ihrer Jugend, ihrem Unwissen kokettiert, aber für sie zählen ihre ersten fünfzehn, ihre ersten zwanzig Jahre in keine Maßeinheit ... Zehn Jahre dazu, das macht dreißig. So alt ist sie noch nicht. In sieben Jahren ... Um in sich ein Gefühl für sie zu wecken, rechnet sie sieben Jahre zurück. Schule. Aberwitzige ergebnislose Arithmetik!

Auch Oskar rechnet. Er möchte die Trennung überbrücken, die durch seinen großen Vorsprung an Jahren besteht, die Trennung, die sowohl das Reizvolle wie auch das Gefährliche ist. Ida weiß nicht, dass Oskar sich ihr in die Hand gegeben fühlt. Sie spürt es nicht einmal. Sie kennt nur die Kehrseite: sich einem älteren Menschen in die Hand geben. Oskar meint, dass sie nicht wüsste, was sie mit seinem Gefühl anfangen soll, wenn er es ihr sagte. Darum schweigt er. Er will es mit ihr besser machen als mit den Frauen zuvor. Er will ihr Erfahrungen nicht ersparen. Er sagt: »Ich habe mein Leben gelebt.«

Ida weiß nicht recht, wie sie diesen Satz verstehen soll. Schließt er sie aus, stellt er sie in den Mittelpunkt, will er ihr Leben nur mitleben?

Oskar merkt, wie Ida mit ihrer Antwort zögert. Er sagt: »Du musst über den Satz nicht stolpern, du wirst den Satz nicht verstehen, bis du nicht annähernd in mein Alter gekommen bist, du wirst ihn nicht verstehen, bis du nicht vierzig Jahre alt geworden bist. Da du eine Frau bist, wirst du die Erfahrungen, die ich meine, schneller gemacht haben als ein Mann. Du kennst das Lebensgefühl noch nicht, mehr hinter als vor dir zu haben, das Gefühl des Endbaren.« Dass er noch vor kurzem seinem Leben selbst ein Ende hatte setzen wollen, sagt er Ida nicht. »Das Gefühl des Bröckelns und Abbröckelns, wenn ein erster Freund stirbt, der deines Alters ist, dann ein zweiter, das Gefühl auf der Seite der Talfahrt des Lebens zu sein, das Gefühl von Stillstand und Repetition. Für dich ist es noch das: Entfaltung, Aufdeckung, Aus- und Höhenflug, erste Blüte.«

Ida schweigt und bedenkt das, dann sagt sie, wie man ihr aber erklärt habe, lege einer wie Oskar – sie sagt: »in deinem Beruf« – erst richtig los, wenn er die fünfzig, vielleicht sogar erst sechzig überschritten habe. Für ihn sei es doch so.

Er lächelt. Er will, dass sie redet.

»Ich«, sagt sie, »bin damit groß geworden, dass ein Mensch, gleichgültig ob Frau oder Mann, ein Ziel vor Augen haben muss, auf das hin sich sein Leben konzentriert und das er nie aus den Augen verlieren darf, welche Umwege er auch geht, vielleicht gehen muss, um zu ihm zu gelangen, dass es hinaufführt, nicht nur weiter und vorwärts, sondern eben hinauf, dass das Ziel mit Müh und Klettern verbunden ist. Merkwürdig, nicht wahr, es ist ein protestantisches Bild und führt in die Berge: die Wegstrecke führt unweigerlich aus dem Flachland in die Berge und eines

Tages auf den Gipfel. Ich mag dieses Bild nicht«, sagt Ida, »es weist mich ab, und ich weise es ab, es ist das Bild meines Vaters. Ich für mich, ich will nicht kraxeln – kraxeln wie mein Vater mit seinen Magengeschwüren. Er hat sein Ziel nicht erreicht. Ich weiß nicht, wohin es sich verflüchtigt hat. Er ist nicht Staatssekretär, geschweige denn Außenminister der Bundesrepublik geworden. Jetzt lebt er mit einer jungen Frau zusammen. War das immer das unbekannte Ziel?«

Oskar hat seiner Frau Helene, hin und wieder, wenn er sie unausstehlich, als Feind empfand, einen, zwei, drei und fünf Klapse auf den nackten Hintern gegeben. Das brachte sie unter Tränen zur Ruhe, sie beide miteinander. Oskar erregten die Schläge. Nicht jedes Mal, bei weitem nicht, aber häufig danach hat er dann mit Helene geschlafen. Er muss genauer hinsehen: noch gibt es außer ihm selber als Mittelsperson zwischen den beiden Frauen in dem Punkt nichts Vergleichbares. Ida, das spürt er, empfindet ihn nicht als Feind, und sie entfernt sich auch nicht von ihm, nur weil sie für ihre Verhältnisse sehr lange spricht. Sie versucht ihm ja etwas über sich zu erklären, über sich mitzuteilen.

Er hört Ida also zu, die weiter über ihr Gipfelbild spricht. Mittlerweile ist sie bei der »klirrenden Kälte«, der »Einsamkeit«, dem alle Leistung aus dem Menschen herauspumpenden Sinn des Bildes angekommen. »Es ist ein Todesbild«, sagt sie.

Er hört Ida zu und unterbricht sie nicht. Auch in ihn ist dieses Bild von früh auf getrichtert worden, und er hat fast doppelt so lang wie Ida an dem Bild festgehalten, zumindest so einem Bild, wie es Ida mit dem Gipfel zu umschreiben versucht. Die Berge seiner Jugend hatten Willi Trenker und Leni Riefenstahl und Hitler besetzt gehalten. Sie waren nicht seine Berge. Er hat sie sich erst nach dem Krieg auf seinen ersten Fahrten nach Italien erobert. Aber Ida meinte ja nicht ihre Natur, sie meinte die ihnen übergestülpte Natur, wofür sie standen: die Steigerung im Lebensplan, das unverrückliche aufwärtsführende Ziel.

Für Oskar hatte das Leben kein Ziel mehr. Er sah es als eine arbeitsteilige Reise an, übrig blieb das Werk, und das Werk war kein Ziel. Von seiner Fortschrittsgläubigkeit hatte Oskar Abstand genommen.

»Sieh dir diesen Schrank an, ich meine, all die Pläne darin«, sagte er zu Ida. »Und wie ich einmal an sie geglaubt habe! Jedes Mal neu und leidenschaftlich. Die Energie, die Konzentration, die in sie geflossen sind!« Er schloss den Schrank.

»Und weshalb bewahrst du alles doch auf? Du verneinst es – nur weil all das ungebaut blieb?«

Oskar antwortete darauf: »Auch sie sind ein Diagramm meines Lebens.«

Zwei Schmetterlinge flogen durch den Raum, einer folgte dem anderen durch das offene Seitenfenster herein und zum Gartenfenster wieder hinaus, angelockt vom blühenden Flieder.

Oskar schlug angesichts der beiden weißen Falter einen heiteren Ton an. Er sagte: »Und eines Tages, wenn ich mich an den Schrank erinnere und unser Gespräch, werden auch die beiden Schmetterlinge aus der Erinnerung auftauchen, ob du dann auch noch da sein wirst oder nicht. Ich weiß, Ida, oder noch genauer: ich werde wissen, wann ich dich wegschicke.«

»Warum sagst du das?«, fragte sie erschrocken. »Jetzt schon, fast vor dem Anfang?«

Drei Koffer von Goldpfeil, rot-grün kariert und aus Stoff, Geschenke der Mutter, zwei schwere Taschen voller Bücher, die Ida mitschleppte, weil sie auch während der Universitätsferien arbeiten wollte, was sie dann doch nicht tat, ein Grammophon, ein hoher Stoß Schallplatten, eine Schreibmaschine.

Oskars Gepäck bestand aus einem Koffer mit seinen Anziehsachen, einem Metallkoffer mit seinem Arbeitsmaterial, einem Recorder, Kopfhörern, einem Aufnahmegerät, einem kleinen Fernsehgerät, einem Diktaphon, zwei Walkie-Talkies, einer Hängematte.

Oskar zeichnete das Auto und schrieb über das Gepäck: »Weshalb reisen wir nicht in einem LKW?«.

Casa Rosa hieß das Ferienhaus südlich von Rom in den Bergen oberhalb von Ninfa. Ein Haus außer Rufweite. Oskar hatte es gefunden. Er entführte Ida fast hippiemäßig in die Unzivilisiertheit.

»Ich höre heute schon zum sechsten oder achten Mal die Wanderer-Fantasie«, sagt Ida und schaut von ihrem Buch auf.

»Du musst ja schon rammdösig sein«, sagt Oskar. »Die Musik ist ein Ohrwurm. Ich kann Schubert nicht hören. Er quält mich. Mir kommt er vor wie jemand, der die Wände abtastet in einem tür- und fensterlosen Raum, er hat die auswegloseste Musik geschrieben, die ich kenne.«

»Was magst du hören?«

»Bach«, sagt Oskar, »wenn es nur Bach gäbe, fehlte mir nichts.«

»Oh«, meint Ida bestürzt. Dann sagt sie: »Mir fehlte viel.« Sie erinnert sich: Als sie sich bei Wels trafen, hatte er auch Bach genannt.

Der kleine schwarze Skorpion hat unter dem Ziegel im Mittelraum Zuflucht gesucht.

»Wer hebt ihn an?«

»Wer tötet ihn?«

»Man soll Skorpione nicht töten«, sagt Oskar, »da hängt ein Aberglaube dran.«

Das Haus hatte zwei Zimmer, den Mittelraum, eine Küche und ein Bad. Oskar hatte es gerichtet. Er war im ›LKW‹ vorausgefahren, und Ida war von Tempelhof nach Rom geflogen. Oskar hatte grüne Gaze gekauft, zugeschnitten für die Fensteröffnungen in ihren Zimmern und mit Heftzwecken befestigt, gegen die Mücken, gegen die Fliegen.

Siebenschläfer lebten unterm Dach.

Das Haus war versteckt, kaum zu entdecken unter Wein, Haselnuss, Birken, einem Feigenbaum, Lecce, Oliven. Von weit unten, der Straße her, sah man das alte Bauernhaus als rosa Klecks am Hang. In der Dämmerung schwirrten die Fledermäuse über die Terrasse.

»Red mit mir, Oskar, ich bin so stumm«, sagt Ida.

Der erste Stern, der zweite, dritte.

Oskar zeigte Ida alle Sternbilder, die er kannte und ausfindig machen konnte, und er kannte die meisten. »Und einmal zeige ich dir auch die Sterne am südlichen Himmel, und ich will, dass du die Äquatortaufe mit mir erlebst.«

»Lass uns nach Ninfa fahren«, sagt er, »von dort aus hatten sich die Idioten ins Meer gestürzt.«

»Die Idioten?«

»Ja«, sagt Oskar, »einmal, lange her, in meiner Phantasie.«

»Lass uns in die Berge fahren«, sagt er, »und den vierzehnjährigen Heiligen in Roccasecca ansehen, seine wallenden knäblichen Locken, seinen leicht geöffneten Kirschmund, der Kopf ist ihm so schwer nach hinten gefallen, die Risse in der Haut der Zehen, aber er ist alt, ist echt, ist keine Wachsfigur im Schaukasten, ist präpariert, an den kleinen Rissen in der Hornhaut merkst du's, das kommt vom Barfußgehen.«

»Ich zeig dir, wie man einen Reifen flickt. Ich zeig dir, wie man den Gummistopfen im Klo neu dichtet, damit das Wasser nicht ständig läuft, Ida. Lass uns nach Roccagorga fahren und den Mond mit dem langen wandernden Zeiger am Baronalpalast auf dem Marktplatz ansehen.«

Und sie pilgerten zu Thomas von Aquins Grab und ließen sich vor der Schenke der Abtei à la »Tischlein deck dich« in der Sonne Wein, Brot, Schinken und Käse servieren.

»Bist du wirklich nur dann glücklich, wenn ich da bin, Oskar?«

»Bevor ich dich kannte«, und Oskar begann von einer Ecke des Wohnzimmers zur anderen zu wandern, dann auf und ab und auf und ab, »habe ich sehr gut allein leben können, da hat mir nichts gefehlt. Jetzt –« Er sagt: »Ich bin neugierig auf dich, nicht wirklich mehr auf mich.«

Ida sagt: »Du trinkst.«

»Nun ja, ein bisschen, aus Spaß, aus Lebenslust, wenn es einem gut geht, muss man es doch feiern! Und in diesem Land schon allemal! Gott sei Dank nippst du ja nun auch ein wenig. Ich besaufe mich ja nicht.«

Das tat er später, in der Zeit, in der er die Dosis Noludar steigerte und häufiger zu Valium griff. Und auch erst dann würde Ida sagen: »Wenn du nur nicht all die Mittel zum Alkohol dazuschlucken würdest und nicht so viel rauchtest. Oskar, verzeih, ich rede wie meine Mutter.« Und auch erst dann würde Oskar sagen: »Ich habe nie anders gelebt. Ich habe mein Leben lang Raubbau mit mir getrieben. Während des Kriegs stahl ich meinem Vater Evipan aus dem Apothekenschrank, um mich wach zu halten, viele Nächte lang.«

Angst.

Ein Kind sagt: »Nimm mir die Angst.«

»Husserl! Lies das jetzt nicht. *Phänomenologische Untersuchun-*

gen ... Nicht jetzt. ›Das reine Ich‹. Lebe doch einmal. Hör den Zug pfeifen. Und jetzt hör die Blätter, die trockenen, und nun das Feuer flattern und rascheln. Übers Dach galoppiert wer – Mathilda, die Siebenschläferin!«

Beide hatten sie ein Diktaphon. Für die weitere Umgebung, fürs Umeinanderkreisen, Lautgeben, Verlorengehen, Weinen (was Oskar niemals täte, aber vielleicht Ida), Verschollenbleiben (Ida in der *macchia*), zum Lautgeben außerhalb der Ruf- und Reichweite, bei Schlangenbiss etwa (einer Viper), Sturz (Ida), Wespenstich (Ida), Bienenstich (Ida), einem schönen Fund wie einer Babyschildkröte, einer Erdkröte – bei der Ida meinte, so wie das Tier aussah: sumpfig, verfurcht, mit Steinbrocken rücklings besetzt, ist dieser Erdball einmal entstanden –, einem neuen sonnigen Platz, einer bewimpelten Tribüne, auf der die kommunistische Partei des Orts vor drei Wochen ihr alljährliches Fest gefeiert hatte, Aushängen der Neofaschisten oder wenn plötzlich ein Kind aufgetaucht war und Ida mit ihm gesprochen hatte, für diese Zeit des Aus-dem-Auge-aber-im-Sinn hatten sie Walkie-Talkies. Oskar hatte sie gekauft. Die Gehörkontrolle durch die Luft sozusagen, dass Ida bei ihm blieb. Oskar rief sie häufig an, wenn sie durch die Gegend streifte und er im Haus geblieben war, an seinem Tisch. Ida antwortete zuerst. Dann ließ sie es. Sie erzählte Oskar lieber später von dem Erlebten. Nach vier Tagen war eines der Geräte kaputt. Oskar wollte es reparieren lassen. Ida bat ihn: »Nein. Begleite mich doch, dann brauchen wir deine Kontrolle und Kommandohöhe nicht. Ich will nicht ständig kontrolliert sein, bitte.«

Was ist ein Waldaff, was ist ein Meeraff, was ist ein Judenaff, was ist ein Gieraff.

Bis in die tiefen Nächte saßen sie auf der Terrasse.

Ida spielte Oskar die späten Beethoven-Quartette vor, die sie in Aufnahmen des Amadeus-Quartetts besaß. Oskar kannte die Quartette nicht, er legte die Beine aufs Geländer der Terrasse, lauschte und weinte beim Adagio ma non troppo e molto cantabile in op. 127 und dem dritten Satz von op. 132, der mit »Heiliger Dankgesang eines Genesenden an die Gottheit, in der lydischen Tonart« überschrieben war. Molto adagio. Neue Kraft fühlend: Andante.

Es war das erste Mal, dass Ida Oskar weinen sah, für Jahre. Erst als sie von ihm wegwollte, sah sie ihn wieder weinen.

»Ich mache mir nichts mehr aus Menschen«, sagte Oskar, »und der Gedanke an Ruhm, an Erfolg – das ist nichts. Jetzt bist du da.«

Das waren Beteuerungen, und waren sie in ihrer Ausschließlichkeit nicht vielleicht übertrieben? Ida freute sich über solchen Überschwang und blieb trotzdem misstrauisch. Die Tragweite solcher Gedanken konnte sie noch gar nicht ermessen.

Er liebte sie behutsam, liebte sie mit zärtlich und verliebt strahlenden Blicken, jetzt getraute er sich, sie so anzuschauen, aber auch wach, weit sehend wie ein Habicht über seinem Besitz.

Ihr Zimmer, sein Zimmer, die Türen standen über den Mittelraum des Eingangs hin offen, den Raum mit dem lockeren Fußbodenziegel, unter dem sie den Skorpion entdeckt hatten.

Ida stahl sich manchmal nachts aus Oskars Bett, ohne dass er erwachte. Unruhig, wandernd. Ist dies jetzt Leben? Eine Seite. Schön war's! Sie schaute zu, wie er zeichnete, was ihm einfiel und im Auftrag, und er erzählte ihr, welche Menschen und was alles in seinem Leben wichtig gewesen war und eine Rolle gespielt hatte.

Sie spielte gern Querflöte in dem Haus. Im Stehen, auf dem linken Bein nahezu nur zu stehen und mit dem anderen abzuheben und zu fliegen zu der Musik, die sie machte, war schön. Und dazu der Blick durch die offenen Türflügel, über die Terrasse hinweg und die grünen Hügel. Und dort ganz tief im Himmelszipfel das Meer.

Zwei Zettel, die Oskar Ida hingelegt hat, bevor sie vom Spaziergang den Hang hinauf zurückkommt.

»Ich fahre die Post holen, lauf mir inzwischen nicht weg.« Und: »Gott bestraf mich, Ida. Verzeih meine Indiskretion, ich habe eben auf der Post, als ich warten musste, deine Karte an L. gelesen, zufällig, und gelesen, wie sehr du dich auf ihn freust, wenn wir zurück sind und er kommt. Ich wollte es nicht wissen, und am liebsten hätte ich deine Karte eingesteckt.«

»Oskar.« Sie stürmte in sein Zimmer. »Ich kenne dich so nicht, was ist das Albernes? Du kennst doch die ganze Geschichte, du hast Ludwig kennengelernt, und du magst ihn, ich studiere mit ihm, er ist ein Freund! Ich liebe ihn und ich kenne ihn schon so lange und ich gebe ihn deinetwegen nicht auf. Das kannst du nicht verlangen!«

»Natürlich, nur kennen und wissen und dann unverhofft so einen Satz lesen, wo es uns hier so gut geht, ist zweierlei«, erwiderte Oskar. »Das war wie ein Erdrutsch. Ich war plötzlich in grausige Zweifel gestürzt und in Selbstvorwürfe, beschimpfte mich selber, Idiot, der ich war, dass ich so reagierte, trotzdem dachte ich auch, dass ich dich ihm, dass ich ihn dir fortgenommen, da etwas gekappt und unterbunden, dich gebunden hätte.«

»Du weißt, dass ich an Ludwig hänge. Darf das nicht sein? Ich gebe ihn nicht auf«, wiederholte Ida. »Du guckst doch auch die jungen Mädchen und jungen Frauen an, ob sie dir gefallen, hier zum Beispiel die Blasse auf der Post, unten im Laden die und die am Strand, überall, wo wir sind.«

»Das ist etwas anderes.«

»Ja? Aber nur, weil diese Frauen Fremde sind.«

»Und bleiben.«

»Gut, das stimmt. Ich friere.«

»Komm unter die Decke, ich wärm dich. Capra di cielo – das heißt Himmelsziege.«

»Das Leben fängt doch erst an.«

»Deins.«

»Dann weck mir nicht die Neugier und verbiete sie mir, wie du willst.«

»Nein.«

Im Tal bellten die Hunde jede Nacht, und wenn Vollmond war, hörten sie erst auf zu heulen, wenn der Mond hinter den Hügeln verschwunden war.

»Es ist lustig, wie die Spatzen über die Dachrinne gucken, frech, mit langen Hälsen und vier in einer Reihe, guck, Oskar, sie gucken zu, was du machst.«

»Ich denke zurück, ich denke mir ganze Gesellschaften aus, meine Schulzeit, den Krieg.«

»Und weißt du auch immer noch, was die Menschen damals gesagt haben?«, fragte Ida.

»Bei den Lehrern zum Beispiel weiß ich's, wenn ich sie mochte, bei den Mitschülern nicht, da sehe ich sie nur, wie sie aussahen und was sie machten, aber ich weiß nicht mehr alle Namen, kaum einen. Mit einem fuhr ich in die Ferien auf das Schloss seiner Familie, und ich verdiente mir dort mit Heuen Geld. Norbert von Platen hieß er, war der schlechteste und magerste Schüler in der Klasse, aber das Schloss war riesig, Gerümpel, ein – für mich damals – abenteuerliches Kuriositätenkabinett. Es waren nicht einmal alle Räume eingerichtet. Seine Mutter wohnte dort. Eine umständliche, hilflose Frau. Stell dir vor, dass ein Huhn plötzlich zu einem Schloss gekommen ist. Was soll es damit machen? Es verliert sich darin und verwahrlost gackernd allein.«

Ida badete nackt, wenn niemand sonst am Strand war. Sie sonnte sich auch nackt auf dem Rasenstück unterhalb der Terrasse. Oskar wurde ängstlich deswegen, er wollte es Ida auch nicht verbieten, ihren Körper, den er ja selbst gern betrachtete, so zur Schau zu stellen, dennoch fürchtete er, dass die Dorfbewohner schockiert sein könnten, sie aber trotzdem herkämen, um die nackte junge Deutsche anzustarren.

Und er dachte das, während er, übers Geländer der Terrasse gelehnt, auf Ida hinuntersah, die Rippenbögen, die gelockten nassen Härchen unter ihren Armen, die sie sich übers Gesicht gelegt hatte, schweißnasse Kringel, auch auf der Brust hatten sich, als er jetzt genau hinsah, Schweißperlen gebildet, im Sinus, zwischen den kleinen Hügeln der Brüste, und sein Blick fuhr über ihren Bauch und weiter hinab. Er bewachte sie, und es kam trotzdem niemand. Erst eines Tages kam ein Besucher und kam bald darauf mit einem Freund, eines Nachmittags Ende August.

Oskar und Ida waren vom Meer zurückgekommen, hatten auf dem Weg zu ihrem Haus in der kleinen Stadt in den Bergen noch ein paar Einkäufe gemacht und waren gerade dabei, die verderblichen Dinge, da sie keinen Kühlschrank im Haus hatten, in einem roten Plastikeimer tief in den Brunnen zu versenken, der am Hang ein paar Schritte entfernt von der Terrasse unter den Birken lag. Da war Woyzeck gekommen. Er stand vor ihnen und sah ihnen zu, wie sie den gefüllten Eimer am Seil versenkten. Nicht mehr der Jüngste, auch nicht schön, im Gegenteil, fett und ungepflegt, zerzaust und räudig vom Herumstromern auf der Suche nach Nahrung. Und er stand so kläglich da in seiner Mischung aus Airedale und einer Feldphantasie der Gegend und heulte auf einmal auf – sie mussten ihm ein Stück Schinken und ein gebratenes Hühnerbein hinwerfen.

Seitdem kam er jeden Tag wieder, meist gegen Nachmittag, als hätte er eine ganz bestimmte Bettelrute und läge die Casa Rosa erst zu der Zeit an seinem Weg. Er heulte markerschütternd vor der Küchentür, bis Ida oder Oskar öffneten und ihm eine Schale mit Essensresten hinaustrugen. Er kam wieder. Er hatte ein Asyl gefunden. Aber anfassen ließ er sich nicht. Nach einiger Zeit, vier, fünf Tagen vielleicht, tauchte er mit einem zweiten Hund auf, der kleiner war, schwärzer, eine noch ausführlichere Promenadenmischung als Woyzeck selber. Ida nannte ihn den Sohn. »Und wenn jetzt alle Hunde des Tals zu uns kommen, weil sich unser Haus unter ihnen herumgesprochen hat, was dann, Oskar?«

Die Hundefänger, -fütterer unterm Sempre Viso!

Das tägliche Schwimmen war eine große Wohltat.

»Es tut meinem Kadaver so gut«, sagte Oskar.

»Sag nicht Kadaver, bitte, Oskar, du hast einen so schönen Körper, ich mag ihn, und jetzt ist er braun, und du magst ihn – so.«

Sie schwammen weit hinaus, Oskar immer ein wenig ängstlich hinter Ida her, die immer weiter und weiter hinauswollte – weit jenseits der Brandung schwimmen –, wo die Wellen sich noch nicht auf die Küste vorbereiteten, sich noch nicht scharfkantig aufschwangen und im nächsten Moment die Schaumkronen bildeten, sondern große runde Wellen, große runde, lang anrollende Leiber waren, gegen deren Höhe Ida anschwamm, um sich dann in ihr Tal gleiten zu lassen.

Oskar schwamm ihr nach. Er sah ihren nassen Hinterkopf, auftauchend, wie seinen Wegweiser, seine Landmarke, schwamm ihr auch nach, um ihr gegebenenfalls, befiele sie bei ihren Wassereskapaden der Krampf, zu retten. Er strengte sich an, fühlte den Druck in den Lungen, der vom vielen Rauchen kam, und hin und wieder einen Stich im Herzen. Aber ich muss es trainieren, sagte er sich, und sie soll es nicht wissen, es wird ja nicht zu einem zweiten Kollaps kommen, da pass ich diesmal auf, und je besser ich trainiert bin, desto risikoloser ist dieses Schwimmen. Lieber dies, lieber auch hinter ihr her – als joggen.

Die ganze westliche Welt lief – er hatte sie gesehen, alle Altersgruppen – im Central Park, im Tiergarten, auf dem Ku'Damm, um die Oper in Sydney herum, sogar in Costa Rica!

Manchmal wartete Ida auf Oskar, schwamm auf ihn zu wie ein Fisch mit feuchtem wässrigen Maul und küsste ihn mit offenen Lippen, und dann schwammen sie Seite an Seite gemächlich zurück, oder sie schwamm voraus in Richtung des Ufers und wieder zurück zu ihm, hin und her, lockend, ihn umspielend an seiner Seite, und er lächelte, während das Wasser aus seinem Mund sprudelte unter den angestrengten Stößen. Sie ruhte in sich im Wasser, sie war im Gleichgewicht.

Ihre Spaziergänge, bei denen sie manchmal für Stunden verschwand und ihren Weg kaum zurückfinden konnte, so dass sie sich nach dem Sonnenstand orientierte, ließ Oskar ihr allein. Dann saß er lieber im Halbschatten im Freien oder in seinem Zimmer bei geöffneten Türen und dachte nach oder las oder zeichnete oder schrieb etwas. Wenn sie ihn mitzerren wollte, sagte er, sie wisse doch – nur in eine Bar, für einen Grappa, für ein Glas Wein. Sie wisse doch, wie ungern er laufe. Einfaches Turnen – niemals! Und ferner, da sie ihn schon nicht zu überreden vermochte: »Müssen wir denn alles gemeinsam tun?«

»O nein, ganz gewiss nicht, nein.« Und in dem Rhythmus »nein, ganz gewiss nicht, nein« trollte Ida sich dann und hätte ihr Buscherlebnis und ihre Gedanken doch gern mit Oskar geteilt.

Hin und wieder überredete Ida Oskar doch, und sie machten lange Spaziergänge den Strand entlang – vom Eukalyptuswäldchen, bei dem schwarze Büffel grasten – hinter ihren Kuppen ragte das Kap auf –, bis hin zu den ersten kleinen Pensionen und Hotels und Eisbuden. Einmal nahmen sie einen sechsjährigen Jungen aus ihrem Dorf mit ans Meer. Er hatte das Meer bisher nur aus der Höhe gesehen, von einem Baum, in den er gestiegen war, vom elterlichen Dach aus – als er jetzt an seinem Ufer stand, war er verwirrt. Die erste Berührung der Zehen mit dem Wasser, der feuchte Sand, der seine Fußspuren behielt – er wusste nicht, was er damit anfangen sollte. Er ging ein paar Schritte ins Wasser hinein, er betrachtete es, auch die Brandungswellen weiter draußen, all das erschreckte ihn. Lieber ein Eis und stumm zwischen Ida und Oskar im Auto sitzend nach Hause fahren. Und wenn er von dort das Meer wieder sah, zuckte er unsicher wie ein Alter mit den Schultern. Das war's, aber was war's schon gewesen?

»Und jetzt fahren wir zu deinem Bild«, sagte Oskar. »Setz dich ins Auto. Leg deinen Kopf in meinen Schoß und hör mir zu, bis wir angekommen sind. Das Hotel habe ich schon gebucht.«

Die »Legenda Aurea« erzählt, dass Adam, als er schon ganz alt und krank war, seinen Sohn Seth zum Erzengel Michael schickte, um von dem Engel das Öl der Barmherzigkeit zu erbitten, das Adam bei der Vertreibung aus dem Paradies verheißen worden war. Auch Seth erhält nicht das Verheißene – der Erzengel gibt ihm Samenkörner, die er unter Adams Zunge legen und mit ihm begraben soll, so werde ein Baum wachsen und aus dessen Holz eines Tages das Holz gezimmert, das als Unterpfand der Barmherzigkeit für die ganze Menschheit anzusehen sein werde ...

Der Zyklus begann mit Adams Tod: nackt, vom Alter ausgemergelt, weißhaarig, langbärtig und vielleicht blind – in die Unendlichkeit sehend – sitzt er unter einem großen Baum, einer Zeder, und stirbt.

Eva, alt, mit Brüsten, Säcken gleich, die ihr fast bis zum Bauchnabel herabhängen, steht hinter Adam und klagt.

Ein Zeitsprung.

Der Stamm des Baums ist aus Adams Grab gewachsen, von Moses umgepflanzt; tausend Jahre später bringt David den Stamm oder das Holz nach Jerusalem.

Es hat sich für den Bau von Salomos Tempel nicht geeignet, so haben die Juden es als Brücke über den Fluss Siloah verwendet.

Die Königin von Saba, auf dem Weg zu Salomo, macht vor der Brücke halt, in ihrem langen blauen Umhang niederkniend betet die Königin das Holz an. Sie kommt zu Salomo, und sie erzählt ihm von der außergewöhnlichen, auserwählten Geschichte des Holzes. Aber woher kennt sie sie – als Erste?

Man sieht, wie die Brücke fortgetragen wird. Richtig, dass die Königin geredet hat. So erfährt Salomo, dass an das Brückenholz einst einer genagelt werde, dessen Tod das Ende des jüdischen Reiches bedeute. Da befiehlt der König, das Holz oder die Brücke fortzuschaffen und zu vergraben. Drei Arbeiter tragen den schweren klotzigen Balken – wie mühsam das ist. Es ist der Augenblick der ersten Kreuztragung in der christlichen Geschichte und welche Ironie. Er weist im Einklang mit Salomos Befehl hin auf Golgatha. Unter freiem Himmel tragen die Arbeiter das Holz davon. Es ist wellig gemasert, und die welligen Umrisse der Wolken nehmen seinen Rhythmus auf.

Die Verkündigung der Maria – der Engel tritt auf ... Er kniet vor der doch eher Abweisenden, der Jungfrau.

Jeder weiß, wie es weiterging.

Zwei Jahrhunderte nach Christi Geburt setzt die Erzählung mit Konstantins Traum wieder ein, am Vorabend der Schlacht bei der Milvischen Brücke.

Konstantin, in seinem Zelt schlafend, erscheint ein Engel, der ihm verkündet, er werde im Zeichen des Kreuzes über seinen Feind Maxentius siegen. Das Licht strahlt von der Erscheinung des fliegenden Engels nieder, es durchbricht das nächtliche Dunkel, zeichnet scharf die geometrischen Formen der Zeltvorhänge, unter denen Konstantin schläft.

Ein Diener behütet den Schlaf. Er sitzt neben dem Lager, und zwei Schildwachen stehen dort, in Rückansicht der eine, der andere frontal gemalt, wie Kulissen schließen sie die Szene ab. Im Dämmerlicht der Nacht sieht man zwei weitere Zelte. Es ist dies das erste große Nachtstück der italienischen Malerei. Am Morgen darauf: die Schlacht gegen Maxentius. Konstantin siegt im Zeichen des Kreuzes. Er hält es in der Hand und schlägt, man sieht es, den anderen mit ihm in die Flucht. Maxentius ertrinkt im Tiber. Es ist Morgen, Silberwölkchen durchziehen den Himmel, sie spiegeln sich im klaren Wasser des Flusses. Konstantin – treu, loyal – ist Christ geworden. Er schickt seine Mutter Helena nach Jerusalem, das Kreuz wiederzufinden. Nur einer weiß, wo es verborgen liegt, und dieser Mann heißt Judas. Er verrät den Ort erst, nachdem er gefoltert und sechs Tage lang auf dem Grund eines trockenen Brunnens gehalten worden ist. Helenas Boten ziehen Judas mit einer Winde aus dem Brunnenschacht hoch. Einer hat ihn bei den Haaren gepackt. Was tut er: sagt er die Wahrheit, singt er? Das Kreuz wird gefunden und auf die Probe gestellt. Helena mit ihrem Gefolge ist vor die Stadt gekommen, dorthin, wo nach Judas' Aussagen das Kreuz vergraben ist. Aber man hat dort drei Kreuze gefunden. Ein himmlisches Zeichen ist nötig, damit sich das Kreuz Christi von den Kreuzen der Schächer unterscheide.

Ein Leichenzug kommt vorüber. Nacheinander werden die drei Kreuze über den jungen Toten, den jüngst Verstorbenen, gehalten. Sowie der Schatten des wahren Kreuzes auf ihn fällt, erwacht er zum Leben, wie von einem Magneten durch das langsame Drehen des Kreuzes über seinem Körper emporgezogen. Man sieht nicht sein Gesicht, aber sein leichenfahler junger schlanker schöner Körper füllt sich nach und nach mit Farbe, Wärme, mit Leben und Licht. Er breitet die Arme aus und sieht das Kreuz an, in einer Art gebanntem Schwindel. Und das ist fast schon das Ende der Geschichte.

Der persische König Chosroes raubt das Kreuz und baut es, es klingt nach Coda, seinem Thron ein. Die Folge davon: Kaiser Heraklius überzieht Chosroes mit Krieg, besiegt ihn in einer Schlacht am Ufer der Donau. Chosroes weigert sich, Christ zu werden. Heraklius tötet seinen Sohn und lässt ihn danach selbst enthaupten.

Sie durchfahren Umbrien. Oskar, der das Auto steuert, weist Ida auf die Schönheit der Sonnenblumenfelder unter den Oliven hin. »Guck doch«, sagt er, »guck!« Sie sieht sie längst, bewundert die Sonnenräder, die ganz neu für sie sind, die sie so herrlich, so dicht und gelb und satt unter den silbrigen Bäumen noch nicht gesehen hat.

Ida trinkt den Anblick förmlich in sich hinein, ja berauscht sich daran, denkt sogar: Ich will ihn für immer behalten.

Dann sagt sie: »Und du warst schon oft hier!«

»Ja«, antwortet Oskar, »vier-, fünfmal, glaube ich, zuletzt vor zehn Jahren mit Helene.«

»Haben Helene die Bilder gefallen?«

»Ja.« Er nickt. »Helene haben sie sehr gefallen. Ich weiß nicht mehr, ob es beim ersten Mal war. Ich war so häufig dort.«

Es ist düster in der Kirche, und man muss ein Geldstück einwerfen, wenn man die Bilder gut sehen will.

»Es war in der Zeit nach meinem Infarkt. Vielleicht wäre mir die Geschichte sonst nicht eingefallen. Wir waren allein mit einem amerikanischen Ehepaar. Als ich die beiden sah, fiel sie mir ein. Die Frau, eine große, dunkelhaarige Frau, saß dort im Chor auf einem Stuhl und sah sich die Schlacht gegen Maxentius und Konstantins Traum an. Sie wirkte grau und hatte die Wange in die Hand gestützt – wie sein Diener, Konstantins Diener –, auch einen Fuß vor den anderen gesetzt wie er dort am Bett. Ihr Mann fotografierte die Fresken. Mit Blitzlicht. Und wenn das Licht ausging, warf er Geld nach. Sie saß so da, und in meiner Geschichte weiß sie nicht, dass sie krank ist. Blutkrebs, perniziöse Leukämie. Der Mann weiß es. Sie sitzt und schweigt. ›Kommst du‹, sagt der Mann, als er fertig ist. ›Lass mich noch hier sitzen – wie er dort, Konstantins Schlaf bewachen‹, sagt sie, ›ich bin erschöpft.‹ So sollte die Geschichte anfangen, eine Ehegeschichte, in der der eine dem anderen verschweigt, was er weiß – zum Schutz, zum Trotz, aus Schwäche … Aber ich schreibe ja nicht.«

Jerusalem, eine in strahlendem Mittagslicht badende Stadt, die sich hügelan türmt, zweimal auf einem Fresko – in der Entfernung mit Skyline, in der Nähe als Close-up mittendrin im Straßengeflecht der Innenstadt, in der Entfernung als ein in sich verschachtelt aufgebautes geschlossenes Ganzes, ein Ensemble aus Stadtring mit Toren, Mauer und Zinnen, ziegelgedeckten Dächern dahinter, mit Geschlechtertürmen und Kirchtürmen abwechselnd, wobei die Geschlechtertürme in ihrer Spitze gekappt und flach sind, die Türme der Kirchen spitz zulaufen, als Kegel oder Pyramide sich sichtbar gegen höher gelegene Hausfassaden abzeichnen, während die Geschlechtertürme sogar noch gegen den Himmel stehen. Es sind drei Kirchtürme zu sehen, sechs von den anderen. Was die Fenster betrifft, so steht eine kleine Auswahl zur Verfügung, sie reicht von schmalen Mauerdurchschüssen, länglichen Spalten und quadratischen Luken über eine Rosette in einem Giebel bis zu rundbogigen Öffnungen, und dennoch besagt die Aufzählung wenig, da sie über die tatsächlichen Lichtverhältnisse in den Häusern nicht Auskunft gibt – das tut viel eher die andere, aus der Nähe gesehene und im Vordergrund stehende Stadt.

Beiden Städten sind ganz im Sinne des »und dann« der Erzählung zwei getrennte Episoden zugeordnet, sie sind mit Hilfe der Bauten, einer Säulenhalle, einem Palast, streng voneinander geschieden, obwohl sie sich in einem perspektivisch einheitlichen Raum abspielen, und dieser Raum ist das Feld in der Chorwand. Die Anbetung der Brücke und in Salomos Palast der Empfang der Königin. Die Auffindung der drei Kreuze unterhalb der fernen Stadt und die Probe des wahren Kreuzes in ebender Stadt. Die Kadenz der fallenden, einander unterbrechenden Altstadtdächer in der fernen Stadt und Aufstieg in die Stadt durch das Haupttor – Zäsur und Verbindung, Kontrast und Harmonie sind dank meisterlicher Perspektive zugleich möglich. Ein Detail zur Veranschaulichung des fast auf musikalische Weise durchkomponierten Blicks: die Raufe mit dem eingefassten oder eingelegten Balken ist niemals mitten vor eine Fensterfront, sondern jeweils errechnetermaßen ein wenig darüber gesetzt, sie ist in allen Stadtdarstellungen sichtbar außer in Salomos Palasthalle, und keinmal hängt ein Korb daran; nur einmal in der Szene der Verkündung, wenn der Engel vor der Frau kniet, an einem Metallstab eine Schnur, die in einer Schlaufe endet …

Und diese Schnur, der Metallstab, diese eiserne Stange, dafür da, einen Korb oder anderes Gewicht dranzuhängen und hinaufzuziehen, ist das einzige Zeichen, das Irdisches zu erkennen gibt, eine Welt, in der gehandelt und gearbeitet wird, in der es Gegenstände gibt, die man mit Schweiß und Geld bezahlt. Denn der Ort der Verkündung ist so ideal, die Szene selber von so erhabener Feierlichkeit, dass nichts, buchstäblich nichts außer der Schnur, des Metallstabs, dieser eisernen Stange an ein Haus und die Frau eines Zimmermanns erinnert. Statuengleich zwischen zwei Säulen stehend, nimmt Maria den Bericht des rotbestrumpften Engels entgegen, eines Engels, der wie Maria in der Säulenvorhalle eines griechischen Palasts steht, nicht der Frau des Zimmermanns, sondern schon der Königin, Gottesmutter verkündet – das grüne Lilienblatt in der Linken, Zeigefinger und Mittelfinger der Rechten zur bannenden Ansprache erhoben. Die vordere Säule trennt den Engel, der nicht kniet, vielmehr sein Gewicht auf das vordere Bein – das linke – verlagert hat, von der statuengleichen Gestalt der Maria.

Beide Säulen tragen Kompositkapitelle: über Akanthusblättern rollen sich ionische Schnecken, dazwischen reiht sich ein Eierstab auf. Die Säulen baden im strahlenden Mittagslicht. Und auf der Wolke über dem Engel kniet bärtig, weißhaarig, die Szene vor dem Palast unter sich segnend, Gott.

Das theoretische Denken der Renaissance gipfelte in der Entdeckung der Perspektive; es ging von der Überzeugung aus, dass Gott die Welt *numero, pondere et mesura*, nach Zahl, Gewicht und Maß, geschaffen habe – »eine Kaufmannswelt«, sagte Oskar, »eine errechenbare Welt, Welt des Intellekts«, und Piero war nicht nur ein Liebhaber geometrischer Formen, die er stereometrisch darstellte, er war ein Meister der Perspektive. »Die Malerei ist nichts anderes«, schrieb er als älterer Mann in seinem Traktat »De prospectiva pingendi«, »als ein Aufzeigen von Oberflächen und von abnehmenden oder zunehmenden Körpern ... und da der Verstand keinen richtigen Begriff von ihren Maßen zu geben vermag ... sage ich, die Perspektive ist notwendig als echte Wissenschaft, die alle Quantitäten nach ihren Verhältnissen erfasst und ihr Abnehmen und Zunehmen durch die Kraft der Linie ausdrückt.« Eine komplexe Perspektive begnügte sich nicht mit der Fixierung des Schönen, mit der Fixierung von Fluchtpunkten, sie ging über zu prismatischer Brechung, wagte sich darin hervor – so kommt Wiederholung ins Spiel, und das Auge freut sich darüber. Es freute sich sichtlich und deutlich bei Piero. Wiederholung, ein geläufiges Bauelement in Musik und Architektur, selten hingegen in der Malerei. Es war schwerlich einem Mangel an Inspiration zuzuschreiben, ließ sich genauso wenig mit Eitelkeit erklären, sondern, so wenigstens schien es Ida, war vielmehr der Ausdruck eines Gefühls für Ausgewogenheit, Balance, ja Ruhe und noch weiter: Ritus und Zeremonie, wenn sich wie ein Orgelton, wie bei einer Bach'schen Fuge Gesichter, Haltungen, Gesten und Bauten »wiederholten«. Wenn sie einander ähnelten, sich gegenseitig evozierend ins Gedächtnis riefen, obgleich Handlung, Ort und Zeit gewechselt hatten. Ausschlaggebend für solche Wirkung war der Grad der Abstraktion oder der Reduktion auf gewisse einfache geometrische Formen. Und eben in der Bemessung dieses Grades war Piero della Francesca ein Meister.

Ob es ausreiche, fragte Ida, wenn sie für ihre Hausarbeit sich einzig und allein mit diesem Maler beschäftige? Oskar verneinte. Sie brauche eine Vergleichsfigur, behauptete er, das erleichtere ihr vieles, und wies Ida, um die Komplexität Piero'scher Perspektive über das Malerische von Form und Farbe hinaus noch zu unterstützen, auf die geschichtlichen, sozial- und religionsgeschichtlichen Zusammenhänge seines Werks hin. Er sagte, dieser Maler sei wie fast kein anderer unter den alten eine Erfindung des zwanzigsten Jahrhunderts. Es sei an der Zeit, diese

Erfindung ihrer Zeit zurückzugeben. Ida verstand nicht, was Oskar damit meinte.

Er sagte: »Stell mit Oskar Schlemmer und de Chirico den Unterschied her, gib in deiner Betrachtung Piero seiner Zeit zurück.«

Ida verstand immer noch nicht.

»Die Reihe derjenigen ist lang, die das Rätsel, die Rätsel vielmehr zu lösen versucht haben, die dieser Maler uns aufgibt«, sagte Oskar, »du bist nicht die Einzige, die sich zu ihm auf die Reise begibt. Noch viele werden es tun. Ich bin zu ihm gereist, wie ich dir gesagt habe, viele Male. Ich, der Architekt, bin zu dem Maler gereist, dem malenden Architekten, der ein untrügliches Gefühl für das Ideale einer Komposition besaß und für Raum und Dauer, dem es meisterlich gelang, die Kunst, die so hoch intellektuelle analytische Kunst in der Darstellung von Proportionen, in der Darstellung der Perspektive wieder umschlagen zu lassen in die Mystik der Form und Farbe.«

Oskar war auch nach Urbino gefahren, um sich dort die »Geißelung Christi« anzusehen, auf der die räumliche Wirkung der Architektur noch perfekter und auch enigmatischer vorgeführt war wie auch das prachtvolle, strenge und klassische Spiel, das sie mit dem Licht einging. »Die Säule eines griechischen Tempels, nach mathematischen Gesetzlichkeiten gezeichnet und zum Leben erweckt durch feinste Schwellung, scheint das Modul aller seiner Formen zu sein.«

»Und was weiß man über den Mann?«, fragte Ida, neben Oskar in der vordersten Bank des Chors sitzend.

»Nicht viel«, antwortete Oskar, dass er der Sohn eines Schuhmachers oder der Sohn eines Tuchhändlers gewesen sei aus San Sepolcro, Borgo San Sepolcro in Umbrien, nicht weit von hier, dass man nicht wisse, wann er den Freskenzyklus begonnen habe, man könne das Jahr nur durch Beweisschlüsse anderer Art, durch eine Reihe von Konjekturen einkreisen. Dass man jedoch wisse, dass reiche Gewürzhändler aus Arezzo die Auftraggeber gewesen seien, Vater und Sohn Bacci, Humanisten, Francesco Bacci und Giovanni Bacci, sein Sohn. Das könne sie nachlesen, sagte Oskar, er habe die Bücher zuhause. Und zuhause könne Ida auch nachlesen, welche komplexe religionspolitische Geschichte Piero über die simple Neubebilderung der »Legenda Aurea« hinaus an den Wänden von San Francesco in der Familienkapelle der Bacci erzählt habe, wenn denn die Interpretation des Kunsthistorikers stimme.

Piero habe sich, behaupte er, sowohl mit diesem Zyklus wie mit der »Geißelung Christi« für Propagandazwecke einspannen lassen. Da er es zweimal unterschiedlichen Auftraggebern gegenüber so gehalten, müsse – wenigstens ein logisch möglicher Schluss – seine Haltung bezüglich des Falls von Konstantinopel, das die Türken erobert hatten, nicht sehr abweichend von derjenigen seiner Auftraggeber gewesen sein, und so müsse auch Piero zu einem Kreuzzug gegen die Ungläubigen, die Barbaren aufgerufen haben, die sowohl das alte Griechenland wie die Christenheit zerstörten.

»Das mal dir aus und nun guck die Fresken neu an.«

Die Säule: Stamm (Baum, Bäume), Nacken, statuengleiche Körper, Beine, Beine von Menschen und Tieren (Pferde), Türme.

Ida sah sich Eva an, ihre faltigen langen Brustsäcke, die in ihrem Ende, wo früher der aufwärtsstrebende Nippel gewesen war, mit Körnern oder Steinchen angefüllt schienen. Der eingesackte untere Kiefer. Eva, die Urmutter, die Nackte.

Ida prägte sich die Türme in der Stadt der vorderen Bildebene ein, die Türme der Ostwand, Ausschnitte innerhalb der Pyramide des Gesichtsfelds, der zunächst stehende Turm, ein fensterloser, schmuckloser ockerfarbener Turm, mitten im schieferblauen Himmel gekappt, wohingegen die beiden entfernteren Kirchtürme, ein Campanile und einer, der kuppelartig mit einer daraufgesetzten Laterna endet, höher im Himmel des Bildausschnitts stehen. Oskar legte Ida die Hand auf die Schulter und zog sie mit sich fort. »Du wirst noch Zeit genug haben, dir die Fresken anzusehen«, sagte er. »Wir sitzen in Arezzo fest.«

Das Auto musste für ein paar Tage in die Werkstatt.

Ida hatte nichts dagegen, für ein paar Tage in dieser Stadt festzusitzen. Ihr gefiel auch das altmodische Hotel, das Oskar für sie gebucht hatte. Hotels der Art des Continentale staffieren sich mit durchbrochenen Gardinen aus. Sie passten zu den Messingbetten, die eine Imitation des Pariser Betts waren.

»Zieh dich aus, mein Liebling, und komm ins Bett.«

Da sie nichts zu tun hatten, außer sich die Fresken anzusehen und am Abend durchs Zentrum zu schlendern, liebten sie sich ausführlich. »Dazu sind die Nachmittage da«, sagte Oskar. »Papa Hemingway hat es vorgemacht.«

Die Türme, dazwischen Wohnhäuser. Ida schaute zu ihnen hinauf, neben Oskar auf der Bank. Gegen dieses Gefüge ist frontal der Marmorpalast gesetzt mit dem dreibogigen Eingang und den runden, bullaugenähnlichen Fenstern, von denen nur das größte über dem mittleren Bogen von gläsernen Kreisen wie bleigefassten Fensterscheiben eingegrenzt ist, die anderen dagegen Attrappe aus Alabaster, Attrappe aus Marmor, obwohl sie alle nur aus Gründen des Spiels, Farbenspiels und aus Lust an der Geometrie vorhanden sind. Und davor die Menschen, die hinter diesen Steinen, die hinter den Mauern wohnen.

Und die Fremden, die Kaiserin Helena, Mutter Konstantins, samt ihrem Gefolge ...

Er war tief in sie eingedrungen und stieß sie in die Bettkuhle, jeder Stoß schmerzte, die Hände um seine Schultern gelegt, den Kopf abgewendet im Kissen, den Mund offen, wünschte sie, dass der Schmerz nachlasse, dass sie Lust empfände, dass sich einstellte, was ihr in Filmen so oft vorgeführt worden war, er warf keuchend den Kopf hin und her, sie umklammerte seine Schultern, die Stöße kamen in kräftigeren kürzeren Abständen, und dann, dann hörte der Schmerz auf.

In Florenz hatte er während des Konzils 1439 als junger Mann, in der Menge stehend, den griechischen Kaiser Johannes Palaiologos vorbeiziehen sehen, am Tag seines Einzugs in die Stadt, am 15. Februar 1439, der Kaiser von Byzanz, so steht es bei Carlo Ginzburg, »hatte ein weißes Gewand auf dem Leibe und darüber einen Mantel aus rotem Tuch und ein weißes, nach vorn zugespitztes Hütchen, auf dem er einen mehr als taubeneigroßen Rubin mit vielen anderen Edelsteinen trug«. Die schaulustige Menge drängte sich in den Straßen, um den Zug des Griechen und den ehrerbietigen Empfang zu sehen, den ihm »die Signori, die Collegi, die Partei-Kapitäne, die Milizbeamten, die Steuerbeamten, die Mercanzia, die sieben Oberen Zünfte und viele andere Bürger mit dem Wappenbanner, sodann sieben Kardinäle mit ihrem ganzen Hofstaat und alle Barone und die anderen Griechen besagten Kaisers« bereiteten. »Es war eine schöne und große Gesellschaft ...«

»... indessen begann es in Strömen zu regnen, so dass das Fest zunichte war ...«

Vielleicht hatte er tatsächlich am Tag des Einzugs in der Menge gestanden, es ist nicht belegt mit einer Quelle, nur scheint er sich doch an das »weiße, nach vorn zugespitzte Hütchen« erinnert zu haben, als er ungefähr zwanzig Jahre später Kaiser

Konstantin mit so einem Hütchen bekleidet, das kleine weiße Kreuz in beiden Händen, gegen das Heer des Maxentius anreiten ließ, als er dem Kaiser auch die Gesichtszüge Johannes' VIII. Palaiologos gab, des griechischen Kaisers, der damals nach Italien gekommen war, um an dem Konzil teilzunehmen, das über die Vereinigung der christlichen Kirche des Ostens mit der des Westens beriet.

Der steife Glanz der alten Welt.

Der letzte Glanz der alten Welt war mit dem Kaiser durch die Straßen gezogen.

1453 hatten die Türken Konstantinopel erobert.

Die Kreuzeslegende, die sich – aber gesichert ist es nicht – als ein Hilferuf des byzantinischen Kaisers gegen den Türkenschrecken liest, die Legende an den Wänden von San Francesco in Arezzo.

Das Hütchen, das so viele so nachhaltig beeindruckt hat.

Unter ihnen Ida, unter ihnen Oskar.

Er schlief, und so lag er da in dem alten Messingbett, auf dem zerwühlten Laken, ein wenig schnarchend, auf seiner Hälfte des Betts, aus dem Ida sich vorsichtig erhob. Den Blick unablässig auf den Schlafenden gerichtet, arbeitete sie sich weg von ihm, ohne ein Geräusch zu machen, und trat dann ans Fenster. Mit nackten Sohlen auf den Fliesen verbarg sie sich hinter der Gardine und sah auf den Platz hinaus. Und stand dort lange Zeit, während Oskar schlief.

Da unten, sah sie, gingen Menschen, da fuhren Autos, der große Zeh im Sand war noch weit, noch sieben Jahre fern.

Nach dem Fall von Konstantinopel kamen griechische Gelehrte nach Italien. Emigranten, die gern aufgenommen wurden, denn die Nachfrage nach ihrem Wissen war schon vor ihrer Ankunft groß.

Noch im selben Jahr rief Papst Nikolaus V. zu einem Kreuzzug auf. Auch seine Nachfolger riefen zu Kreuzzügen auf, nicht mehr mit dem traditionellen Ziel, die Heiligen Stätten zurückzuerobern, sondern um den Türken ein weiteres Vordringen nach Europa zu verwehren. Und heute, dachte sie, kommen nach wie vor die Migranten nach Europa, mehr oder weniger gern empfangen, und um Jerusalem wird zwischen den Israeli und den Palästinensern gekämpft ...

Der Platz war rund, auf den Ida hinunterschaute. Und die Gardine war nicht nur an der Stelle, an der Ida sich festhielt, ergraut. Es war ein hohes Zimmer, und Ida gefiel seine Schäbigkeit. Rechts neben ihr an der Wand war das Waschbecken, hoch angebracht; das Porzellan, um den Abflussring gesprungen und rissig, hatte auch etwas von dem Grauton an sich.

Ida stand nackt an der Gardine. Sie hatte, nicht erst seitdem sie in das Zimmer hinaufgegangen waren, ihr Zeitgefühl verloren; es hatte einem Raum Platz gemacht, und in diesen Raum, den Raum ihres Hirns, den Raum dieser Reise, stopfte sie erst einmal alles, was auf sie eindrang, unsortiert, konzeptlos, fließend.

Sie hatte sich umgewendet, und ihr Blick glitt über das Gesicht des Schlafenden, auch über sein Gesicht hinzugleiten war, weil es Oskars Gesicht war, eine Reise, eine Reise unternahm auch der auf den Fliesen wandernde Sonnenrhombus, der durch die Brechung des offen stehenden Fensters in die Länge gezogen war. »Komm, mein Liebling, komm zurück ins Bett«, hörte sie Oskar, doch warf er sich bloß herum und schlief weiter. Der geköpfte, niedergemetzelte Junge, ging Ida wieder durch den Kopf, der mit dem Kopf zwischen seinen eigenen Beinen liegt, ein Kommilitone sah so aus, Markus von Bayer, mit dem Ida

Geschichte studierte, das Stadtrecht in Freiberg im ausgehenden Mittelalter, schwarze Engelslocken ganz links am Boden neben den Beinen der Pferde und der Soldaten. Und er hatte Ludwigs Mund. Hätte ich Macht wie das wahre Kreuz, könnte ich den Jungen mit den Engelslocken stupsen und zum Leben erwecken, mit meinen Augen aus dem Tod ziehen, immer weiter empor, bis er vor mir stünde, und dann fiele ich ihm um den Hals und küsste ihn ins Leben hinein. Am Rande der Schlacht rechts kniete schwer, schwerfällig alt, ein Perser, bereit, den Kopf zu verlieren, ein Schwerthieb, ein einziger, der ihn trennt, von Heraklius' Dolch, dem christlichen Dolch getroffen …

Das Plakat hing links neben dem Tor der Autowerkstatt: Ab 1. September wird die Jagd eröffnet. Klein gedruckte Gesetzestexte auf hellem, fast gelbem Papier. Schonzeit vorbei für Amsel, Drossel, Fink und Star.

»Die Garibalditypen sind dann unterwegs«, sagte Oskar. »Jagdunfälle kommen vor, es sind unaufklärbare Fälle der ersten Tage hauptsächlich, Todesfälle der Ehre in grün zusammengestellter Jagduniform mit breiten Patronengürteln über breiten Ärschen, dazu breite Visagen, auch ein Tod dieser Art, sich abknallen zu lassen, als wärst du ein Schwein in deinem Küchengarten, sie kommen so dicht ans Haus, dass sie dir bis vor die Füße schießen.«

Gestern hatte sie die Beine unter ihm, der sich dazu anhob, weggezogen, während er bereits ihre Brust, diese flache, unweibliche, knabenhafte Erhebung, für seinen schlaftrunkenen Kopf suchte, und so hatte sie ihn gehalten …

Sie bauen sich aus Laub, Esskastanien-, Steineichen- und Lecce-zweigen Ansitze, nicht Hochsitze an Feld- oder Waldesrändern wie bei uns oder in einzeln stehenden Bäumen, sondern im allgemeinen Grün des Waldes unscheinbare, laubenartige Sitzgelegenheiten mit Sehschlitzen im Gezweig, aus denen heraus sie schießen. Zusätzlich zu diesen Ansitzen oder Unterständen, um die bald ein dichter Ring roter und grüner und blauer Patronenhülsen liegt, spannen sie nach einem komplizierten Locksystem weite Netze, in denen die getroffenen oder angeschossenen Vögel sich verheddern.

Oskar erzählte von Georg und Inge, die den 1. September in Umbrien einmal miterlebt hatten. Sie gingen in gelben Gummistiefeln, mit gelben Regenschirmen, nein, roten, bewaffnet durch den Wald, und sie sangen, sagte Oskar, damit glaubten sie, den ballernden Jägern genügend bedeuten zu können, dass sie nicht Freiwild, sondern Menschen, Spaziergänger waren.

Er schlief in Idas Armen, kaum dass er den schlaftrunkenen Kopf auf ihre Brust gelegt hatte, und sie hielt ihn, sie drückte ihn an sich, einen Arm unter seine Achsel geschoben, den anderen um seine Schulter gelegt. Ihr erstarb allmählich unter dem Druck seines linken Arms, der gegen die Innenseite ihres rechten Oberarms drückte, jedes Gefühl in der rechten Hand. Das Prickeln setzte an der Außenkante ein, überzog vom kleinen Finger her die anderen, schließlich den Daumen. Sie versuchte den Arm in eine andere Lage zu bringen, was kaum möglich war unter dem Gewicht des schlafenden Mannes, sie drückte ihn an sich, und dann schlief auch sie ein, erschöpft von zu vielen auf sie einstürzenden Eindrücken dieser Reise.

Jerusalem, du hoch gebaute Stadt. Natürlich war Oskar dort gewesen. Vor dem Sechstagekrieg war er in der geteilten und jetzt wiedervereinigten, unbefriedeten, von den Palästinensern beanspruchten, zurückgeforderten Stadt gewesen.

Jerusalem hatte ihn beeindruckt. Er hatte eine Weile in einem Kibbuz gearbeitet, aus Gründen der Sühne, aber auch um ein Gemeinschaftsgefühl kennenzulernen, das auf Freiwilligkeit beruhte.

Mit der Zunge strich er innen an ihren heißen vollen Lippen entlang, als streichelte er sie andächtig, den Kopf zwischen ihren Beinen, tippte sie mit der Spitze der weit vorgestreckten Zunge an, lockend, verspielt.

Der Sonnenstrahl wanderte langsam über die unebenen, quadratisch schwarzen und wie von blauen Äderchen oder Wolken durchzogenen weißen Fliesen aus Marmor, es war heiß, sie schwitzten in der Umarmung.

Das Auto stand mit geöffneter Motorhaube im Hof. Der Monteur war nach Hause gegangen, er hatte einen neuen Keilriemen eingebaut, er hatte das Thermostat herausgenommen. Er würde ein neues später einbauen, »nicht jetzt, nicht in der Hitze, Signori«. Aber das Ersatzteil für die Lichtmaschine des Typs Ford fehlte. Er telefonierte. Den Hörer in die Beuge zwischen Schulter und Wange geklemmt, säuberte er sich mit dem kleinen Finger der Linken den schwarz umrandeten Fingernagel der Rechten, schnipste den öligen Dreck mit dem Daumen fort. Er redete mit seiner Frau, er redete mit seinem Sohn und starrte vor sich auf das Plakat mit den Jagdbestimmungen. Er war ein passionierter Jäger. Er telefonierte die umliegenden Werkstätten ab bis Montevarchi, Pieve al Toppo, Castiglion Cortona, gutmütig, freundlich versichernd, und sollte es drei Tage dauern, dass sie hier festsäßen, oder länger. Das Land war in den Ferien. Er würde das Ersatzteil beschaffen, auch im August. Er, kein anderer, er.

Was tun die Arbeiter rechts neben dem Fenster oberhalb Konstantins Traum? Sie tragen auf Salomos Befehl hin die Brücke fort. Sie vergraben das Holz im Teich Betsaida. Tun sie nicht etwas ganz anderes, was nur in der berechneten Symmetrie dasselbe ist? Richten sie nicht das Kreuzholz auf? Die drei Arbeiter, das ist die zweite Antwort, richten das Holz so auf, dass es zum Bau des Kreuzes verwendet werden kann, an dem dann Christus hängen und krepieren wird, des Kreuzes, das dem Ort Golgatha seinen Namen leihen wird, wie auch umgekehrt der Vorfall »Die Kreuzigung zu Golgatha« in alle Ewigkeit sich dem Ort verbinden und als ein Codewort eingehen wird in die Geschichte und so auf uns kommen, die wir weder von der Kreuzes- noch der Erlösungsgeschichte fortgetragen und aufgerichtet werden.

Was für eine mühevolle Arbeit, aus Glauben oder weil sie dafür bezahlt werden. Wollen sie frühe Jünger sein, Hoffende vor der Zeit, früheste Anwärter auf das dermaleinst paradiesische Nirgendwo? Es ist ein wuchtiger, über Kraft und Masse gehender Balken, den der erste Arbeiter mit der Schulter stemmt. Damit ihm die Knochen nicht zerdrückt werden, hat er sich seine veilchenfarbene Joppe zwischen Leinenhemd und Holz geschoben. Der Stoff polstert nicht viel, fängt wenig Druck ab. Der Mittlere der drei stemmt gestreckten Arms, halb in der Hocke sitzend, das schwere Holz mit einem Pfahl, den er tief unten mit den Händen gefasst hat. Der Dritte steht aufrecht und stemmt beide Hände fest gegen das Holz, damit es sich nicht senke, sie drei unter sich erschlüge. So gehen sie hin …

Ihren Beinmuskeln ist die Anspannung abzulesen. Ihren Blicken und Händen ist sie abzulesen. Und dem aus dem hoch angesetzten weißen Leintuch heraushängenden Hodensack des Ersten ist abzulesen, wie der Mann sich schindet, wie der Sack da heraushängt, weil die Muskeln so zusammengezogen sind. Als trügen die drei ein Stück Himmel fort, ein Stück gemaserten Himmel, der sein Gegenspiel in den welligen Umrissen der Wolken treibt, hoch im Einschnitt grün übersonnter Berge, als richteten die drei ein Stück Himmel auf, der Fluchtpunkt des Himmels im Holz.

Dreihundert Jahre später taucht eine Helena auf, nicht die Helena, sondern Helena, Mutter des konvertierten Konstantin. Sie sucht das Holz. Nur ein Jude namens Judas weiß den Ort, wo es vergraben liegt, aber der Jude namens Judas schweigt.

Die kaiserliche Mutter lässt ihn von ihren Schergen foltern, bis er redet. Und nach sieben Tagen redet er. Das Holz liegt unter einem der Venus geweihten Tempel vergraben. Was, hätte dieser Mann namens Judas nicht »gesungen«? Was, wäre dieser Mann namens Judas mit seinem Geheimnis am Boden des Brunnens elendiglich erstickt?

Helena lässt den Tempel der Venus zerstören. Die drei Kreuze von Golgatha kommen ans Licht.

»Lass uns gehen«, sagte Oskar neben Ida. »Du kennst die Fresken doch jetzt.«

Ein alter Mann war gekommen, er gab einen dumpfen, unheimlichen Laut von sich. Es war wie ein Schluchzen. Er stieß Ida von der Stufe zum Altar. Die Kerze in seiner Hand war aus dem Stapel der Kerzen zu 500 Lire.

Sie trat erschrocken zurück. Wieder, schon wieder war jemand gestorben oder es war ein naher Mensch sehr krank … So viel Leid in der Welt.

Sie sah ein letztes Mal zu Eva und ihren schlaff und faltig herabhängenden Brüsten hinauf, die niemals Korsett, Mieder, Büstenhalter oder dergleichen moderne Erfindungen getragen hatten, es war, als habe an ihnen das gesamte ungeheuerliche Menschengeschlecht gehangen, sich geschlossenen Auges voll Milch gesaugt, die jetzt versiegt war, an ihnen gehangen, um diese Brüste sabbernd, schmatzend und quengelnd allmählich in sandige Unfruchtbarkeit zu verwandeln, auszudörren, diese erste Frau für alle Mal, und sie dachte an die Brüste ihrer Mutter.

»Lass uns gehen«, sagte Oskar noch einmal

Der gesuchte Spalt, weiter zu stoßen, einzudringen, mit emporgerissenen Armen und geschlossenen Augen auf dem Höhepunkt der Lust sich zu entladen und die Augen dann, der verschleierte Blick und die Hand.

Sie ging ans Fenster und sah auf den Platz. Sie hatte häufig in diesen Tagen an dem Fenster gestanden und, was sie sah und was sie tat, niemals als Wiederholung empfunden. Oskar legte ihr die Hand auf die Schulter und stützte seinen Kopf auf die Hand. Sie entdeckte die Straßenlaternen, das elektrische grünliche Licht der kugelförmigen verschnörkelten Laternen rings um den Platz, und der Platz lag da im Kindbett seines künstlichen, allabendlich neuen Leuchtens.

»Ja, Schatz«, sagte Oskar zärtlich, leise fast in ihr Ohr, die Stimme, die sie so liebte, die Stimme, in der sie sich zuhause fühlte, »das war es nun. Das Auto ist repariert. Wir können weiterreisen.«

Sie streichelte ihm über den Kopf, über die Wange.

»Erinnerst du dich noch an die Sonnenblumen unter den Oliven, die Felder gelber trunkener Räder, diese Invasion von

Licht, womit die Anfahrt auf die Stadt begann?«, fragte er. »Und wenn du sie morgen verlässt, wenn wir sie morgen verlassen und du zurückschaust, an was erinnerst du dich dann?«

Als Ida nach diesem Sommer wieder in Berlin war, kündigte sie bei Frau Walter und zog bei Oskar ein.

III

Ich sagen. Wir sagen. Aus welchem Zugehörigkeitsgefühl entsteht ein Wirgefühl und aus dem Wir wieder das Ich? Wie vergrößerte sich, nach Idas Inseltheorie, die Basis der Bindung und was entzog das Gefühl der Gemeinsamkeiten wieder? Und woher stammte der Impuls, der einen Menschen auf einmal zu Handlungen befähigt, die ihm vorher nicht im Bewusstsein waren? Was ist das für ein Impuls – hell, musikgleich, in jubelnden Tönen: »Wie ruhig und leicht ich geschlafen habe, wie glücklich ich aufgestanden bin und die Sonne gegrüßt habe das erste Mal seit vierzehn Tagen, mit freiem Herzen und wie voll des Danks gegen dich, Engel des Himmels, dem ich das schuldig bin …?« Oskar aus Philadelphia an Ida in Berlin.

Ida lief durch sein Haus und probierte sich das »Engel des Himmels«, das Wirwort an und wartete sehnsüchtig und ungeduldig auf Oskars Rückkehr. Probierte sich das »Engel des Himmels« und Wirwort an, wenn sie zur Universität fuhr, wenn sie im Kino saß, im U-Bahn-Abteil neben der Tür stand und die anderen Fahrgäste beobachtete, wenn sie einem Kind ins Gesicht sah. Sie schrieb es Oskar und schickte ein Gedicht mit über den Ozean, worin von einem Architekten die Rede war, der nach Amerika entflohen war, und das »Der Lattenzaun« hieß. »Es war einmal ein Lattenzaun, mit Zwischenraum, hindurchzuschaun …«

Oskars Rückkehr verzögerte sich. Die Koordination aller an Projekt und Bau Beteiligten bereitete Schwierigkeiten. Es mangelte immer noch am nötigen Geld. Georg Maulwieser rechnete und rechnete und grübelte über weitere Sponsoren nach.

Als Oskar zurück war, ging er als Rausschmeißer durch sein Haus, anders als Ida, die gern alles für sich gelten ließ, wie es war, und nichts antastete oder entfernte, nicht einmal das, was ihr fremd war. So viel in seinem Haus ödete Oskar auf einmal an, es wies ihn als »getragen«, »alt« zurück.

Das schwarze, mit Kordsamt bezogene Sofa, das an vielen Stellen seine Riffelung verloren hatte; die mit Zebrafell bespannte Corbusierliege, die ebenso große Stellen, nackte, blinde Placken aufwies; die knarrenden, im Holz verzogenen Safaristühle. Der Inhalt seines Kleiderschranks. Oskar durchforstete ihn auf Vorrat an Zukunft, und wie er durch die Kleider streifte, befand er, er stehe vor einem Kasten, der ihm nur abgelegte Zeit bereithielt – abstrakt und in die Ferne gerückt, dünn, billig, missverständlich, falls nicht sogar unverständlich geworden, etwas, dem er entwachsen war. Die dicken Tweedjacken mit den eingenähten Schweißblättern unter den Achseln ... Du lieber Gott, er schämte sich dafür ... die durchgescheuerten Hosen ... die Piqué-Jacken von Pierre Cardin.

Oskar leugnete Idas Einwirkung auf seinen neuen Blick nicht – sie war der Anlass, aber sie ebnete Oskars Sicht auf die Zeit nicht ein. Er sah auch mit Sentimentalität auf die Sachen. Moden, Kleidermoden kamen und gingen. Sie hatten ihre berechenbaren Zyklen, wenn sie in ihrer Aufeinanderfolge auch nicht so präzis vorherzusagen waren wie die allmonatliche Wiederkunft des Neumonds, wobei merkwürdigerweise gar nicht die Tatsache, viel eher die Kulisse dieses Himmelsereignisses in der Erinnerung haften blieb. Oskar beschrieb Ida nämlich, wie der helle dünne Schnitz über einer Straßenschlucht New Yorks gestanden habe – etwas anderes war es, den Mond nachts über der Weite des Atlantiks zu sehen. Das Ereignis wechselte nicht, nur der Ort.

Mit den Tweedjacken, die wieder in Mode kamen, verhielt es sich anders. Die neuen waren nicht deckungsgleich mit Oskars alten Jacketts, etwas Spezifisches an diesen alten Kleidungsstücken war nicht wiederholbar, etwas, was nicht den Stoff oder die Qualität des Materials betraf, auch nicht den Zuschnitt anging, sondern sich in einem kleinen verborgenen Detail festgezurrt hatte: den eingenähten Achselblättern. Sie knüpften Zeit. Ida hatte dafür kein Gespür. Sie sah die Jacken rundheraus für Stücke aus einem Secondhandshop an. Was sie mit Secondhand umschrieb, um eine Zeit außerhalb der ihr greifbaren Zeit anzugeben, umschrieb Oskar mit einem anderen Sprachspiel: dem des Winters. Was er nicht mehr tragen, was er aus seinem Schrank entfernt sehen wollte, verbannte Oskar in den »Winter«. Der war vorbei, schien zumindest in den Regeln des Spiels vorbei. Im kommenden Winter trüge Oskar andere – neue – Kleider.

Oskar liebte, und in seiner Liebe gab es keine Jahreszeit. Sie war ein Zustand, der Kommen und Vergehen nicht umgriff. Sie beflügelte ihn. Er liebte, das war das Wichtige. Er liebte wieder. Weniger wichtig erschien, zumindest am Anfang, wie sehr er geliebt – zurückgeliebt – wurde. Und nun, vor dem Schrank stehend und die Jacken vor sich in die Höhe haltend, inspizierte er ihr Inneres, Unterfutter und Wattierung. Es war ja entschieden, dass sie weggehen sollten. Daran war kein Zweifel. Oskar war nur angesichts der Schaumgummiblätter die Zeit, aus der die Jacken stammten, eingefallen.

Helene tauchte auf. Auch damals eine Zeit des Liebens. Am Wiedergeliebtwerden hatte es bald gehapert. Die Männer hatten sich tubenweise Brillantine ins Haar gestrichen, damit es wellig glänzte. »Warum macht ihr das?«, hatte Helene gefragt. Nach dem Staub und der Asche der Trümmerzeit? Es waren die Jahre, in denen Drogerien noch kleine bescheidene Läden gewesen waren, Tante-Emmas im Vergleich zu den Supermarktketten heute, Läden, in die Helene ihre Fotoarbeiten trug, wo sie auch eine Sonnenbrille – die Auswahl war bescheiden – und eine Bademütze – die Auswahl war ebenfalls bescheiden und überhaupt nicht extravagant – erstehen konnte. AGFA warb vor der Tür, nicht LEICA, NIKON oder CANON. Eine Zeit, der, im Unterschied zu heute, Körpergeruch noch nahe war, noch spürbar in der Nase lag; eine Zeit, die erst anfing, mit dem Codewort »bewusst« – körperbewusst etc. – diese Nähe zu verdrängen, auch hierin auf »Saubermann« setzend, und Oskar hatte Helenes Nussgeruch gemocht. Damals war weder in Zeitschriften noch in der Fernsehwerbung schon der Deodorantstift zum König des todsicheren Auftritts, ob im Büro oder am Abend, ausgerufen, zum todsicheren Überwinder in der Not des Nicht-mehr-weiter-Wissens, der Phase, in der der Mensch hin und wieder ins Schwitzen gerät, der Hormonhaushalt wechselt, angepriesen als der Überwinder des bewussten Minderwertigkeitskomplexes, kurz, als der engelgleiche Helfer in jeder Rolle. BAC, TABAC und wie sie alle hießen, SIR, GIVENCHY, ARMANI – die neue Körperpflegegeneration, die keine dreißig Jahre dauert, sondern nur so lange das Produkt sich hält und verkauft, war noch nicht eingeläutet. Was hatte Helene benutzt? Oskar erinnerte sich nicht. Sein Blick fiel auf die schweren, klobig geschnittenen Stiefeletten ... die Skistiefel ... Er bückte sich und nahm den rechten Stiefel in die Hand. Wie rissig das Leder war! Tief gefurcht.

Seit den Jahren mit Helene hatte Oskar nicht mehr auf Skiern gestanden. Sie damals war das Ass gewesen, sie hatte ihn alljährlich zum Skilaufen überredet. Als Kind war Oskar gesprungen, einmal hatte er dabei, als Siebenjähriger, sogar den ersten Preis gewonnen.

Er räumte aus. Frau Behm übernahm es, die Sachen dem Roten Kreuz zuzuleiten. Er habe die Sachen längst dem Roten Kreuz geben wollen, sagte er, und sie nickte: »Ihre letzte Entscheidung war das aber nie.« Sie kannte den Schrank und die Ordnung darin. »Mir machen Sie nichts vor, Herr Marwig«, sagte Frau Behm. »Ich weiß immer, warum Sie was machen.« Oskar ärgerte ihre plumpe Aufdringlichkeit.

Aus seinem Leben verschwand, was ihm einmal symbolisch mit dem großen blauen Niveaball, hoch in der Luft über dem Strand schwebend, so etwas wie Sommer bedeutet hatte, wobei dieser Sommer so gar nicht stattgefunden hatte und der Ball vielleicht auch nur ein anderer Ausdruck für Leben gewesen war, die Verbundenheit mit Helene und dem Kind, das Gefühl einer Zugehörigkeit.

Frau Behm packte die Kleidungsstücke, die Oskar ihr über den Arm legte, in große Kartons und brachte sie auf die Post, wie mit Oskar abgesprochen, obwohl sie zuvor Maria gefragt hatte. Aber Maria hatte keine Verwendung für die Sachen gefunden, außer sie ihrem alten Vater nach Lagos, das Fischernest an der Algarve, zu schicken. Nur: was sollte der alte Mann, was hätte jeder andere seines Alters in der Gegend mit den schweren deutschen Wintersachen anfangen sollen? Marias Mann war zu grazil und schmächtig, er, sagte sie, wäre in den Sachen schon allein vom Gewicht her ertrunken.

»Und wo stand der Niveaball über dem Strand?«, fragte Ida.

In Travemünde hatte er über dem Strand geschwebt, in Niendorf, am Timmendorfer Strand. Und der Strand, sagte Oskar, war kaum begehbar, so besetzt, so bebaut war er allerorts von

Sandburgen, in deren Mitte meist ein Strandkorb stand, den Erwachsenen vorbehalten, während die Kinder sich ihre Handtücher gegen die Hänge der Sandwälle legten und sich auf ihnen ausstreckten. Die Kinder schmückten ihre Burgen mit Steinen und Muscheln, die sie in der Form von Fischen, Schiffen, Meerjungfrauen, Algen, Kraken, Medusen und Stadtwappen in den feuchten Sand drückten, und sie gewannen in Wettbewerben Preise für die schönste Burg.

»Heute sind diese Burgen verschwunden«, sagte Oskar, sie sind verboten. Das Landnahmespiel hörte auf, als zu viele Leute, da die Strände im Laufe der Jahre immer voller wurden, keinen Platz mehr fanden, es keinen Weg mehr zwischen den aneinandergrenzenden Burgwällen zum Wasser hinunter gab, sich Geschrei erhob, weil die Wälle eingetreten, die mit Steinen und Muscheln geschmückten Außenseiten zerstört wurden. Die Kurverwaltungen schritten ein und untersagten das Burgenbauen, das aus der Luft wie eine endlose krause, sich an der Küste hinziehende Kette aneinandergereihter Ringe ausgesehen haben muss. Oskar sagte: »Die Körbe für die Erwachsenen sind geblieben.«

Und die DLRG-Kioske damals, schmale Bretterverschläge auf einem niedrigen Podest über dem Sand, mit einem Fahnenmast, einem DLRG-Wimpel obendran, einem Stuhl in der Tür, auf dem einer der Wachhabenden oder wechselnden Ordnungshüter, ein Fernglas in der Hand, saß und das Wasser nach Badenden, die zu weit hinausgeschwommen waren, absuchte, nach Schwimmunfällen, nach Ertrinkenden, und sie beobachteten die kleinen Kinder, die im seichten Wasser planschten. Die DLRG-Kioske waren auch festeren Einrichtungen gewichen, teilweise sogar kleinen Häusern. Auf seinen verschiedenen Fahrten zum Bauplatz in Pelzerhaken hatte Oskar das festgestellt. Er hatte sich die Badeorte aus seiner Zeit als junger Mann angesehen, da sie am Wege lagen, wenn er nicht die Autobahn, sondern die Straße entlang der Küste fuhr. In den Wandel mit einbezogen hatte er, als er zum zweiten Mal in Pelzerhaken war, um noch einmal allein den Bauplatz für Hansens Villa in Augenschein zu nehmen, versehentlich, wie er dann feststellte, eben auch den Leuchtturm, den alten Leuchtturm, der den Fischern zur Orientierung gedient hatte und nun von einer Reihe silbriger Pappeln überwachsen war. Wahrscheinlich hatte Oskar deshalb der hohe, der Marine dienende Turm aus Beton mit der Radarstation obenauf so verwirrt. An ein massenweises Camping mit Hunderten von Stellplätzen, wie Oskar es auch auf der Fahrt zu Hansens Bauplatz gewahr wurde, hatte in den Jahren der Achselblätter oder seinen Jahren als verheirateter junger Mann niemand gedacht.

»Und hättet ihr ein Kind gehabt«, sagte Ida, »hätte es auch Preise gewonnen – mit dem Berliner Bären auf der Sandmauer?«

»Wir hatten ein Kind«, sagte Oskar, »und es gewann – auch das noch – wegen des Bären, du hast recht.«

»Ihr hattet ein Kind! Warum hast du mir gesagt, ihr hättet kein Kind gehabt? Du hast mir bisher – im Gegenteil – gesagt, wenn ihr ein Kind gehabt hättet, dann –«

»Wir hatten eine Tochter«, fiel Oskar ihr ins Wort, »sie starb mit zwölf an Lungenentzündung, und ihr Tod – Helene kam darüber nicht weg – beendete letztlich unsere Ehe. Helene hat mich nicht nur für Melanies Erkrankung verantwortlich gemacht, sondern auch für ihren Tod. Sie selbst war zu der Zeit auf einer Reise, in Ägypten, in Theben. Ich telegrafierte ihr. Sie brach die Tour ab und kam sofort zurück – nichtsdestotrotz – was konnte ich dafür, ein Kind, das merkte ich dann – dieses Kind hatte uns beieinandergehalten.«

Oskar zog sich nun für Ida an. Er bat sie, ihn zumindest anfangs bei seinen Kleidereinkäufen zu begleiten, so dass sie den Grundton des gemeinsamen Geschmacks finden könnten. Es war eine verkleidete Bitte nach zusätzlichem Zusammensein.

Sie betraten Herrengeschäfte, die sie zuvor nicht betreten hatten. Sie streiften durch die Läden und grenzten schließlich die in Frage kommenden, die italienische Herrenmode führten, auf drei, vier Läden ein.

Ida erinnerte sich an Kleidereinkäufe mit ihrer Mutter oder mit Jutta: Erstere meist eine Tortur, Letztere eher ein schnelles, griffsicheres, im Wesentlichen sehr praktisches Erstehen, wobei Jutta das Urteil der Verkäuferin meist dringlicher war als das ihrer Schwester, zumindest beeinflusste es sie mehr. Für Jutta war Ida als Begleitung wichtig. Sie langweilte sich allein.

Die Streifzüge mit Oskar waren ganz anderer Art. Sie arteten in Liebesspiel aus, bei dem das Finden, Anprobieren, Verwandeln, erneute Bekleiden, Bedenken und Bereden und Betrachten genüsslicher als der Schlussakt war: der Kauf. Obwohl Ida, wenn sie die Tüte in der Hand hielt, sich schon darauf freute, Oskar in dem neuen Pullover oder Mantel, der neuen Hose oder Jacke, was immer es war, wiederzusehen. Oskar drehte sich. Er schritt, schritt auf Ida zu, entfernte sich, betrachtete sich im Spiegel, bot sich Idas Blicken dar und wollte nur eins von ihr wissen: Gefall ich dir so oder so? Ida beriet ihn und befeuerte ihn, wenn er zögernd sein Alter vorschieben wollte, sie suchte und wühlte selber, blätterte an den Kleiderstangen entlang, eifrig, als müsste sie es sein, die fand, und nicht ein Verkäufer, der sich zwischen sie und Oskar mit Blicken und einer Sprache schob, die nicht die ihre war.

Sie staunte, wie unzählbare Male er die Sätze wiederholen konnte: »Ich liebe dich« und »Ich will für dich schön sein«. Den ersten Satz konnte er, obwohl »unzählbar« sich nicht steigern lässt, in aller Maßlosigkeit noch häufiger hersagen, unermüdlich, nachdrücklich, bis an das Ende – es war eine Liebe, die unerschöpflich strömend sich verströmte und selbst noch in dem Satz – traurig da, entsagend – enthalten war: »Du wirst mich überleben.«

Ich will für dich schön sein.

Ich will für dich jung sein.

Das hatte ihr bisher niemand gesagt: Ich will für dich schön sein! Das Wort »schön« hatte sie bisher, wenn es im Zusammenhang mit Reizen gesehen werden sollte, die der Anblick eines lebenden Körpers auslöste, an die mütterliche, die Grenze des Befehls streifende Aufforderung geknüpft, eine Aufforderung zu einem Schönsein, dem sie sich innerlich sofort widersetzte, was sich kaum um Sekunden versetzt auf ihrem Gesicht spiegelte. »Mach dich schön!« Nein. »Mach dich schön!« Nein.

Sie machte sich, da sie selber niemand Besonderes im Auge hatte, wenn die mütterliche Ermunterung, diese Art mentaler Klaps erfolgte, für alle Welt, für jedermann beliebig schön. So war denn das mütterliche »Gefalle!« in Idas Augen die Aufforderung zu einem »Zieh dich aus!«. Nein. Sie wollte nicht gefallen. Sie wollte nicht gesehen und beobachtet werden. Sie wollte sich nicht preisgeben. Sie wollte sehen, wollte beobachten – andere, nicht sich, nicht einmal, wie sie auf diese anderen wirkte. Ein »Mach dich schön, Ida!« kollidierte damit. Mach dich so hässlich, zumindest so unscheinbar, wie du kannst, war ihre Antwort darauf.

Oskar sagte: »Dann gib dir jetzt Mühe, mir zu gefallen. Lass uns für dich etwas finden. Ein Kleid, einen Rock. Einen Hosenanzug, was du willst, ich schenke es dir. Etwas Lustiges, Junges, Flippiges.«

Er schnippte dazu mit den Fingern. Idas Kleider waren ihm zu melancholisch und monoton.

»Ich möchte, dass du mir gefällst. Ich möchte dich auch morgen lieben.«

Und dann sagte er: »Ich will sehen, wie du mich überraschst. Es ist nicht schwer, sich etwas einfallen zu lassen.«

Und dann sagte er: »Meine schöne Taube.«

Und nun zog sie durch die Läden und kaufte sich helle, lustige, leichte Kleider und Hosen und zog sich für Oskar an und fand das »schön« gespiegelt in seinen Augen. Er sagte: »Ich liebe dich«, und sie dachte es auch, aber dachte es nur, ich liebe dich, Oskar. Es war so leicht, aber als wäre Ida der Mund dazu verhext, brachte sie das Geständnis nicht über die Lippen. Reichte es, wenn einer von ihnen es immerfort wiederholte? Ida legte die Wiederholung in ihren Blick.

»Du weißt nicht, was Liebe ist«, sagte Oskar.

Sie glaubte Oskar.

»Welche Qual«, sagte er.

Sie glaubte Oskar, sie wusste es nicht. Auch wenn sie in der gelben Leinenhose und dem blauen Hemd, für ihn schön gemacht, vor ihm stand.

Ihre Erfahrung füllte das Wort nicht aus. Liebe. Sie traute dem Wort noch nicht. Sie liebte Ludwig, doch führte diese Liebe zu nichts, weil sie von ihm so wenig erwidert wurde. Sie war eine Qual. Insofern hatte Oskar recht mit seinem Urteil.

Oskars Veränderung fiel seinen Freunden und Mitarbeitern auf. Oskar war an manchen Tagen auffällig elegant gekleidet. Sie neckten ihn, er, gerade er gehe auf einmal mit der Mode. Sie hatten nicht genau genug hingesehen. Er ging nicht mit der Mode. Er ging durch sie hindurch. Er ging auf Ida zu.

Georg witterte, wie ein alter Fuchs Beute, den Grund.

Oskar zögerte eine erste Begegnung hinaus, bis ein erstes Zusammentreffen unvermeidlich war.

Sie trafen sich im Garten.

Ida sah mit dem ersten Blick, dass sie den Mann, der da plump und unförmig und groß auf sie zukam, nicht mochte. Und sie sah, dass es ihm mit ihr nicht anders ging. Er wehrte sie ab. In aller Form. Dabei wirkte er, als könne er niemanden tatsächlich hassen, geschweige denn in Schärfe oder von ganzem Herzen, und niemals eine Frau, eine viel jüngere, attraktive, biegsame Frau, aber er war sentimental, und die an Oskar hängende Sentimentalität klagte von ihm ein, was Oskar ihm vermeintlich mit Ida entzog. Es war, als konkurriere Georg mit ihr.

Im Büro, mit Oskar allein, versuchte er, ihm Ida auszureden. Sie sei doch viel zu jung für ihn, sie sei ja noch ein Kind!

Oskar begegnete dem mit einem stummen, wissenden Lächeln. Gab es eine Norm, fragte er. Ida war kein Kind. Ida reizte Georgs Ordnungssinn, sie reizte die Gewohnheit, sie verwies Georg in die Grenzen der Konvention, da er niemand anders als Inge wollte. War trotzdem Neid dabei? Oskar war ihm in seiner Freiheit wiederum voraus. Das war der Stachel. Und Oskar setzte dem noch eins drauf, indem er bemerkte: »Diese junge Frau, Georg, die dir missfällt, ist viel älter, als sie aussieht.«

Wenig später lernte Ida Inge kennen, bei Maulwiesers zuhause. Auch mit Inge war der Umgang eher förmlich. Inge hatte in Helene eine Freundin gesehen, und sie hatte einigen Einblick in Oskars Affären und sie als Ereignisse betrachtet, durch die der Wind blätterte.

»Muss ich sie erobern«, fragte Ida Oskar im Auto auf dem Nachhauseweg, »sie alle, samt ihrer Vergangenheit, in deinem Büro, Oskar?«

»Lass, wenn du mich liebst, die Hände da raus«, war seine Antwort.

Ida widersetzte sich nicht. Und war still.

»Schatz«, sagte er nach einer Weile.

»Was?«, fragte Ida.

»Nichts«, sagte er.

»Doch, was?«, fragte sie wieder.

»Ach«, sagte er, »nichts. Nichts!«

Und sie wieder: »Du würdest nicht so aufstöhnen. Nichts? Ich glaub dir nicht.« Sie streckte sich über die Kurbelwelle hinweg, legte den Kopf in seinen Schoß.

Er daraufhin: »Ja, das ist gut, bleib da, bis wir zuhause sind.«

Was er dachte, war: Sie werden versuchen, sich ihr zu nähern. Inge, Georg, wer auch immer und wie sie auch immer heißen, ihre Kommilitonen. Sie werden versuchen, sich zwischen uns zu drängen. Und sie werden sich Ida aussuchen, um, was sie wollen, über sie zu erreichen, weil sie unerfahren und beeinflussbar ist, wie sie glauben, dumm sicherlich nicht, stumpf ebenfalls nicht, höflich in den Dingen der Verhaltenszumutungen. So ist sie erzogen. Sie werden sich an Ida heranmachen, sie, sie, sie! Ich denke im Plural, in Horden, als rücke ein Heer heran, als ob nicht eine einzige, nicht einmal böswillige Person hinreichte, gleichgültig ob Mann, ob Frau. Er musste das verhindern. Zumindest im Büro kannten sie seine Wut. Hatte er einen Beweis? Nicht einmal den Zipfel eines Taschentuchs. Ging es ihm um Ludwig? Trotzdem dachte Oskar in dem Zusammenhang fort: Sie werden versuchen – wieder die Horden, als rückten Heerscharen heran –, sie in Geheimnisse vor mir zu ziehen und sich Spalt um

Spalt die Tür öffnen in unser Leben, in unser Bett. Gewiss nicht morgen. Gewiss auch noch nicht in einem Jahr … Dass ich sie so schlecht und klein mache plötzlich, meine Freunde. Aber bisher war ich allein. Sie kannten mich allein. Die Damen, die ich anschleppte, zählten nicht. Inge hatte immer recht. Ich ging, wenn ich ging, trotz so einer Frau neben mir, auf sie allein zu. Jetzt vernachlässige ich sie, denken sie. Und haben recht. Ich habe an Ida einen Halt, der mir entglitten war.

»Schatz«, sagte er, »da bin ich wieder, verzeih, und wir sind da.«

Ida rappelte sich aus Oskars Schoß. Sie stiegen aus.

Halt, der mir entglitten war, wiederholte er in Gedanken. Wie viele Male bin ich diese Treppe hinaufgestiegen, am Schlüsselbund nach dem Haustürschlüssel suchend, und nun denke ich dies zum ersten Mal: Ich kehre gern heim. Dass sie mir niemand entführt. Doch eines Tages werde ich dafür zahlen, dass ich mich ihr nicht fernhalten kann, sie nicht wegschicke, wie angekündigt, jetzt schon.

Es war eine stürmische Nacht.

Ida sagte: »Sieh, Oskar, die Äste des Kastanienbaums pflügen auf und ab.«

Eine Bö schlug ihren roten Mantel aufwärts und wirbelte ihre gelbe Ballonmütze vors Haus. Sie flog über die Steine.

»Guck, Oskar«, rief Ida, lachend, dass das geschehen war, sie die Mütze nicht mehr hatte festhalten, auch in der Luft nicht hatte auffangen können. Die Mütze flog weiter, und Ida rannte ihr nach. Sie wollte vermeiden, dass die gelbe Mütze, ein Geschenk Oskars, unter ein Auto geriet wie ein Fußball und auf der Fahrbahn platt gewalzt wurde. Aber gleichzeitig rief Ida: »Es ist wie in Ceccina, Oskar. Sieh doch!«

Oskar hörte es und schüttelte nicht überzeugt den Kopf:

»Deine Vergleiche, Ida! Du legst dir die Welt zurecht, wie du willst. In Ceccina flog die Mütze ins Meer.«

»Ich weiß ja«, sagte Ida, »ja, ja« – als sie, die Mütze in der Hand, zurück war. Sie klopfte sie ab. Die Mütze war schmutzig geworden. Aber Ida schlug den Dreck nicht heraus. Hundescheiße. Sie würde die Mütze in die Reinigung geben müssen. »Ja«, sagte Ida, »ich habe es nicht vergessen. In Ceccina flog die Mütze ins Meer und du sprangst hinter ihr her –«

»... und erwischte sie auch nicht«, führte Oskar ihren Satz weiter, »zog sie dann triefend aus dem Wasser ...«

»... und botest mir daraus zu trinken an.«

»Ja, das tat ich.«

»Und stülptest sie mir dann über den Kopf, den ich beim Schwimmen ja ständig über Wasser zu halten versuche –«

»Ja, deswegen«, sagte Oskar und schob Ida mit einem zärtlichen Klaps durch die Haustür. »Du hattest es gar nicht gern. Am liebsten hättest du mir eine gelangt, aber du beherrschtest dich – leider.«

»Leider?«

»Leider und trugst mir meinen Spaß nach ...«

»Und dann hast du mir ...«

»Ich habe dir drei, vier Klapse auf deinen nackten Hintern gegeben, und dann war es gut.«

»Nichts war gut! Meine Wut auf dich – du hattest auf mich übergegriffen, du hattest mich mit dieser blöden Wassermütze lächerlich gemacht«, steigerte Ida sich, »weil ich längst eingesehen hatte, wie lächerlich ich mich benahm, aber dir dies zuzugeben, das konnte ich nicht.«

»Schade«, sagte Oskar. »Hättest du es nur gekonnt.«

Wenn Oskar, solange er allein gelebt hatte, von langen, anstrengenden Arbeitsreisen zurückkam, war ihm sein Haus oft als etwas lästig Hinterlassenes vorgekommen, das er mit keinem gegenwärtigen oder heimkehrenden Gefühl mehr ausfüllen konnte. Die Hotelzimmer hatten es ihm abgenommen und ersetzt, ohne dass er großartig darüber nachgedacht hätte – ihr Raum mit übersichtlichen vier Wänden, absperrbar, die Aufdringlichkeit der dezenten Allerweltsbilder an den Wänden verdrängte er, sein aus bestimmten Stücken bestehendes Eigentum, auf ein Minimum reduziert, streute er wie mit einem Salzfass in dem Raum aus, um ihn zu seinem zu machen, und kam er zurück, konnte er davon ausgehen, dass das Zimmermädchen Ordnung gemacht hatte, und es beruhigte ihn, seine Sachen, so dass er nur mechanisch hinzulangen hatte, an bestimmten Stellen der Schränke und Kleiderhaken untergebracht zu wissen. Das hatte ihn über die Stillosigkeit oder Einförmigkeit der Zimmereinrichtung hinweggetröstet und ihm wenigstens den Hauch eines Gefühls von einer neuen, unverbrauchten, zu Besserem bestimmten und jederzeit verlassbaren Existenz gegeben. Er hatte sich in dem kalten Grab eines Hotelzimmers am rechten Platz gefunden.

Nun war Ida da, und Oskars Gefühl war umgeschlagen. Er freute sich, nach Hause zu kommen. Nach ermüdenden, überdehnten Bürostunden Idas Gesicht, von den Händen schirmartig umspannt, an der Fensterscheibe des Studios ins Dunkle hinausspähen zu sehen, weil sie ein Motorengeräusch oder Oskars Schritte auf dem Kiesweg gehört hatte. Diese Freude war Oskar neu. Derart hatte er sich noch niemals auf einen Menschen gefreut. Derart erwartet zu werden! Oskar arbeitete nachts ruhig – alte, liebe Gewohnheit, die er beibehielt – in der Gewissheit, dass Ida schlief, und arbeitete ihres Schlafs wegen desto entschiedener, ja sogar mutiger, ihm schien dann, als sei Ida ganz seiner Sorge übergeben, hilflos und hilfebedürftig in gesundem Schlaf, von dem sie viel brauchte, und als arbeite er für sie, ihre Träume und ihr Wohl. Geliebte Nachtwachen! Wie sollte ihm bei solchen Gedanken die Arbeit stocken. In diesen Nächten arbeitete er an etwas, das er seine Denkübung nannte, seinem Berlin-Projekt, an dem er seit vier Jahren saß und zeichnete. Niemand hatte ihm das Projekt in Auftrag gegeben – kein Senator, Stadtplaner, Immobilienlöwe, kein bundesdeutscher Militärstratege, kein Projektspion der Alliierten, kein türkischer Geheimdienstler. Kein Hund, wie Oskar frotzelnd sich Ida gegenüber ausdrückte. Aber wenn ihn niemand beauftragt oder darum gebeten habe, fragte Ida weiter, warum sitze er dann oft halbe Nächte durch, statt zu ihr ins Bett zu kommen oder sich auf die Couch zu legen und zu schlafen?

Aus Enttäuschung, entgegnete Oskar. Aber es war Passion, es war Obsession, offen heraus, Hingabe. Die Enttäuschung über die Gewohnheiten im Städtebau, die Unarten, die mit Filz, Schlamp, Steigbügelhalten und dem üblichen Handschmieren deutlicher werde, die ästhetischen Ausrutscher, Entgleisungen, Geschmacklosigkeiten und Unbedachtheiten, wie man ihm selber all das gewiss auch vorhalte.

Ida konnte sich schwer vorstellen, dass jemand jahrelang Arbeit an etwas setzte, ohne einen augenscheinlichen Nutzen daraus zu ziehen oder Geld dafür zu bekommen – aus Enttäuschung!

Dafür wird sich niemals einer finden. Oskar zeigte Ida die Mappe. Sie trug ein Etikett auf dem Vorderdeckel und darauf stand: »Visionen über das gesamte Stadtbild«. Oskar klopfte mit dem Zeigefinger darauf, klopfte den gesamten Titel Wort für Wort ab und sagte, dass es mit dem, was er in der Mappe sammle, noch nicht so weit sei, er habe den Mund noch zu voll, auch das Auge zu voll genommen.

Ida knotete die Mappe auf. Sie glich einem faltbaren Pappkasten von zwanzig Zentimeter Dicke, der Länge eines Malerbestecks. In dieser Mappe hatte Oskar genau ausgearbeitete Pläne, einen Stoß Skizzenbücher gezeichneter Entwürfe und niedergeschriebener Gedanken und großartige Panoramastudien gesammelt. Eine Studie beschäftigte sich nur mit den Wasserstraßen, dem Kanalsystem, den Seen und Flüssen der Stadt, eine andere mit den Wassertürmen, eine dritte verglich das gegebene Straßennetz mit Oskars Entwurfseingriffen, eine vierte hatte sämtliche Kirchen notiert, und eine fünfte tilgte Straßen zeilenweise, quartier- und bezirksweise, beseitigte und baute entwerfend um.

Dass er sich das getraute! Als gelte es, einen Schnitt zu machen mit dem Flickwerk der Nachkriegszeit, als geschehe der Schnitt hier, das Alte falle zurück, und in jungem Anfang stünden Zeit und Stadt. Welche Macht, welche Kraft, welche Ermächtigung, ganze Straßen zu versetzen, in den Himmel zu langen und Neues auf die Beine zu stellen – groß, allgemein, bestimmt und erhebend? Und doch! Er hatte bei allem Neuerungsgefühl nicht gewalzt und rigoros brutal reinen Tisch geschaffen, er hatte ausgewählt und gelten lassen, was seinem Urteil nach ästhetische und historische Bauqualität bewies. Urteil sprechen über eine ganze Stadt? Ein gewaltsamer Vorgang. Bewundernd schaute Ida auf Oskars Ausführungen, aber der Bewunderung mischte sich auch ein Gefühl von Beklommenheit bei, und dieses Gefühl widersprach Oskar im Stillen.

Betraf das Oskars Eingriff, das An-und-für-Sich daran? Nein, nicht an und für sich. Das, was Ida zuvor mit Eigenmächtigkeit umschrieben hatte? Unterstellte sie ihm Selbstherrlichkeit? Lief ihr zuwider, dass Oskar sich nicht nur redend, schwätzend Gedanken gemacht, sondern diese, wenn auch nur vorerst auf Papier, in Aktion verwandelt hatte – und das in gewaltigen Zügen? Er hatte Gott gespielt per Federstrich wie nach ihm der König. Idas Gefühl sträubte sich gegen das Totalitäre. Ihr Verstand auch. Ganze Straßenzüge – die Bundesallee zum Beispiel, das Nachkriegswiederaufbau-Flickschusterstückwerk par excellence – waren Oskars Plänen zum Opfer gefallen, spur- und spurenlos. Oskars neue Wohnanlagen sollten zurückgesetzt von der breiten Verkehrsader und im Grünen stehen, hoch und aufgelockert, Fremdkörper ihrer Einheitlichkeit, siedlungsartigen Geschlossenheit nach, als wären sie die neuen Mieter mitten in der geschundenen, verbrauchten Stadt, an einem Ort, an dem ein Haus niemals wie seine Nachbarn war. Die Entwürfe nahmen zwar die Bauten auf, die Oskars Urteil standgehalten hatten – und das waren viele, wie die Panoramastudien zeigten –, und gliederten sich in sie ein, ohne dass sie dabei den Anschein touristischer Fixpunkte bekamen, aber Oskar passte sich nicht an. Seine Entwürfe waren ketzerische Entwürfe; sie führten den Stil der Moderne fort und pflegten ihn. Letzteres veranlasste Ida denn auch zu der Frage: »Von der jetzt immer stärker werdenden Strömung, die sich als Nachfahr deines Stils sieht, hältst du nicht viel?«

»Das ist naiv gefragt«, antwortete Oskar, »was soll ich dir sagen? Ich müsste weit ausholen.«

»Dann hole weit aus.«

»Wir müssten verreisen.«

»Dann werden wir verreisen.«

»In andere Städte.«

»In andere Städte? Das kann ich nicht. Ich habe meinen Uni-Stundenplan. Jeden Tag.«

»Es geht also nicht. Dann verreisen wir in Bilder. In Abbildungen.«

»Wie schade.«

»Im Grunde brauchst du nur zuzuhören, denn fast jeden Tag führen Georg und ich mit zwei neuen jungen Mitarbeitern – sie sind nicht viel älter als du – Tendenz- oder Trendgespräche. Die beiden wollen uns ummodeln, zum Historismus bekehren. Georg und ich setzen uns hartnäckig zur Wehr.«

»Wer sind die beiden?«, fragte Ida.

Oskar nannte ihre Namen. Und Ida merkte sie sich mit einem zwiespältigen Gefühl, Oskars halber voreingenommen, aber um ihrer selbst willen mit einem Mal auch, als wäre sie zur Verteidigung von etwas aufgerufen, was sie gar nicht kannte, nicht einmal zu benennen imstande gewesen wäre. Was für ein Unsinn und wie absurd. Als müsste sie sich, weil sie mit zwei jungen Männern ihres Alters konfrontiert wurde, definieren, sich ihren eigenen Steckbrief ausschreiben. Wie sie ihn allerorts auf den Suchplakaten der RAF-Mitglieder hatte lesen können. Egon Hammer, Günter Fassmann.

Es war Bergwerksarbeit, was doch im Tageslicht stehen und zu sehen sein sollte. Die Entwürfe, Skizzen waren Nachtgeburten. Nachtgeburten, die Oskar zwischen Corbusierhaus und Olympiastadion, Philharmonie, Brandenburger Tor, Siegessäule und Funkturm an Linien und Verbindungspunkten spann. Die Stadt wurde ihm dermaßen zur Nacht unter der Lampe, zu seiner Jugendnacht, dass er sich schon mit dem Gedanken befreunden wollte, Verbotenes zu tun, wo es sich doch nur um die missverständlichen und unsinnigen Bilder seiner überreizten Nerven drehte. Sie gaukelten ihm den Vergleich mit damaligen finsteren, von Fackeln erleuchteten Nächten vor, zugleich ein anderes

Bild, das des fahlen ausgemergelten, kasteiten Mönchs, der das Tintenfass dem nächtlichen Auswurf seiner hitzigen Phantasie nachgeschmettert hatte.

Die Stille, ja Vergrabenheit in den Nächten, in denen nur er Ideen und Kraft investierte, unterstützten seine Großmannsträume, förderten und beflügelten sie – die Erdkugel mit einer von ihm erbauten Stadt zu verlassen. Partner Georg bezeichnete diese aus der jüngst vergangenen deutschen Geschichte resultierende und weiterwirkende Sehnsucht oder schwache Stelle als Oskars beruflichen Lungenschatten. Der Schatten, behauptete Georg, beeinträchtige ihm Elan und Vitalität. Die heldischen, das Tausendjährige oder Dritte Reich in Stein verewigenden Bauten, die, Gott sei es zutiefst gedankt, zumeist unausgeführt, Papier oder Modell geblieben waren, spukten dem Architekten eben doch durch den Kopf, und die totalitäre Geste solcher herrischsten der Federstriche, die Anmaßung jeglicher Gewalt, die Quartiere und Stadtgründungen ausmerzte oder anordnete, also als Masse en masse Menschen dirigierte, ließ Oskar im Rausch seiner nächtlichen Freiheit nicht zurückschrecken. Am Tag war er dann wieder der Mann der spielenden Besonnenheit.

Ida störte Oskar nicht bei der Nachtarbeit; aufgewachsen in der Anschauung, dass dieses Arbeiten besondere Beachtung und Wertung verlangten und verdienten – Idas Vater hatte nächtelang über Akten gesessen –, hatte sie es für sich, unterstützt durch mütterlichen Einfluss, als etwas typisch Männliches eingestuft. Dass Jutta dann ebenfalls nächtelang am Tisch saß und schrieb oder zeichnete, sprengte den Rahmen; und dass es Ida dann selbst so gefiel, sich wie Jutta zu verhalten, warf die Einteilung in Weiblich oder Männlich schließlich ganz über den Haufen.

»Tesserow«, fragte sie, »wer war das?« Oskar sagte, »Albert Speers Lehrer«, und er sprach über das Parteitagsgelände, die Reichskanzlei, ja die Große Halle ... Wie hätten die Städte in Deutschland wohl ausgesehen, wenn die gigantischen Bauvorhaben aus jenen Jahren tatsächlich von Speer verwirklicht worden wären, was wäre dieses Land für ein Land?

Sie sah, dass er in den Nächten stark rauchte, aber sie wusste lange Zeit nicht, wie viele Aufputschpillen er nahm und wie viel er dazu trank.

Nach solchen durcharbeiteten Nächten fand Ida oftmals einen Zettel auf dem Teppich in der Nähe der Türschwelle. »Weck mich nicht«, stand drauf, »lass mich bitte schlafen, ich bin erst mit den Vögeln schlafen gegangen. Die Finken schlugen schon an, als die Tauben mit ihren Gurruhs einsetzten.« Oskar schlief dann auf der Couch im Studio.

Auch wenn er Ida nicht in sein unmittelbares Interesse hineinzog oder hineinsehen ließ, so schrieb er ihr doch von der Peripherie seiner so wach und konzentriert verbrachten Stunden: »Ich bin ein Stückchen weitergekommen«, »Besuch mich in der Fasanen-/Ecke Kantstraße« oder »Ich habe elend gearbeitet, du solltest an mir verzweifeln (weil ich es tu), nicht mich lieben (obwohl das das Einzige ist, was ich will)«. »Es geht langsam voran, drück mir die Daumen. Ich bin zum Gartenarchitekten geworden. Ich habe das Pflaster gesprengt und rund um die Gedächtniskirche Gras gesät.« Oder: »Ich bin, Liebste, einen großen Schritt vorangekommen: Ich habe das Portal neu entworfen.«

Über die Pillen, die Oskar schluckte, und den Rotwein, den er trank, bemerkte er in seinen Mitteilungen niemals etwas. Ida sollte ihn so nicht sehen, förmlich in sich zerfallen und nicht von der Stelle zu bringen.

»Von der Couch zu bringen« – im Sprachgebrauch von Frau Behm, die ihn an manchem Morgen so überraschte. Sie war hereingekommen, um die Fenster zu öffnen. Schnell zog sie jedes Mal die Tür, ehe Oskar erwachte, wieder zu. Sie sah einen gefüllten Aschenbecher auf dem Fußboden neben der Bettstatt, das Glas und die Flasche. Wenn er sich nicht mal verbrennt, wenn er nicht mal Feuer fängt, und wir hier alle, die junge Frau und ich auch, das ganze Haus, in Flammen stehen, das war Frau Behms erster Gedanke. Ida sagte sie von ihren Entdeckungen kein Wort.

Auf dem Teppich, dicht vor der Couch, untersuchte sie die Brandspuren, eingebrannte Löcher, die das Auslegematerial verkohlt hatten. Die Löcher nahm Frau Behm ernst. Nicht dass sie daran dachte, dass man den Teppich auswechseln könne. Frau Behm dachte an damals, als er sich das Leben nehmen wollte. Vor bald vier Jahren hatte sie noch kühn mit Hilfe ihres Anwalts gegen Marwig vorgehen wollen. Nun zupfte sie die Löcher, so gut es ging, zusammen.

Ida las Oskars zettelnde Liebesnachrichten oder Morgengrüße aus den Nächten, in denen er sich in einen Bergarbeiter verwandelte. Sie waren Signale einer ihr ungewohnten Anrede und Redeform – Einladungen, die ihr zur Kenntnis gaben, wie es ihm ergangen war. Als sollte der Kontakt niemals abreißen – oder dürfe es nicht?

Wie war Oskar reich oder ganz erbärmlich dran in seiner Gier, dieses junge Wesen namens Ida zu besitzen, und dies mit ebender Intensität, wie er sie in der Arbeit hatte. In seinem Auge brannte etwas, tief innen, es hatte an dem Abend, an dem Oskar

Ida auf der Türschwelle zwischen Diele und Wohnzimmer ihres Professors in ihrem weißen Kleid zum ersten Mal sah, schon dort geglommen: tief und verhohlen, hilflos vor Indirektheit und – vielleicht – Scheu, aber diese schwarze Intensität des Blicks war nicht zu verhehlen gewesen.

Und so schaffte er sich die Illusion von Idas Teilhabe, dass sie ihn überallhin begleitete, denn ohne solche Intensität schien ihm sein Leben nutzlos, nicht lebenswert. Ida lebte unter seiner Illusion und lebte auf unter ihr, öffnete sich und erblühte förmlich unter dieser Liebesforderung. Lange Zeit ...

Ja, er wollte dieses junge Wesen besitzen. Bei anderen war es ihm nicht gelungen, wie bei einer missglückenden Organverpflanzung hatten sie sich abgestoßen – schließlich und endlich, letztendlich. Diesmal sollte es Oskar gelingen, bis zum Schluss, auch wenn er seinen Wunsch mit einem saloppen, überschauenden und nüchtern-kühlen Spruch getarnt hatte: Ich weiß, wann die Zeit da ist, und dann schicke ich dich weg!

Oskar klagte auf den Zetteln ebenso nuancenreich und genau, wie er seinen Jubel auf ihnen auszudrücken vermochte. Ida nahm auch die Klagen entgegen und sorgte sich. »Ach, Schatz, ein Kampf um – ja – was?«, las sie oder: »Wieder eine zufällige Nacht« oder »Ich habe die Nacht schlecht verbracht.«

»Warum weckst du mich nie in dem Zustand?«, fragte Ida.

»Aus Selbsterhaltung«, entgegnete Oskar, »ich könnte mir am nächsten Morgen nicht ins Gesicht sehen.«

Oskar richtete sich nach Idas Terminplan. Er überredete sie nicht, in der Semesterzeit, sofern er verreisen musste, mit ihm zu kommen, schlug Ida nicht einmal vor, dass sie ihn begleite; inzwischen hatte er seine vielfältigen Daten, Termine und Flüge über den Atlantik. Aber er reiste nicht mehr gern allein. Ida brachte ihn zum Flugplatz. Wenn Oskar den Nachtzug nahm, begleitete sie ihn auch zum Bahnhof. Nur tat sie dies sehr ungern. Die lange Warterei auf den Fernzug, der aus Richtung Friedrichstraße kam! Berlin, Bahnhof Zoo. Die Halle windig düster. Die Ein- und Ausfahrt der Halle gleich grau, nachtverhangen.

Abschiede!

Die Qual der Überbrückung der Zeit bis zur Abfahrt des Zugs. Oskar schaute auf dem Gang seines Schlafwagens aus dem Fenster. Ida stand zu ihm aufblickend vor ihm, ohne Grimassen zu schneiden oder die Zeichen der Taubstummensprache – die Qual der Einfallslosigkeit! Fast wünschte sie da, er wäre schon fort, von der Dunkelheit geschluckt.

Abschiede!

Und Oskar sah auf Ida hinunter und dachte, dass er den Schaffner um Wasser bitten müsse, er vergessen habe, der Sekretärin zu sagen ...

Alles wollte sich zwischen sie legen, die ganze nächtliche Bahnwelt hatte es darauf abgesehen, vor allem die spät kommenden letzten heranhastenden Reisenden mit ihren Packen: Plastiktüten, kordelverschnürten Kartons, Taschen und Koffern, und zwischen allen hindurch schlenkerte der Imbissverkäufer mit seinem Wagen, mit seinen schrillen und doch allemal heruntergeleierten Anpreisungen: Cola – Brötchen – Kaffee – Obst – Schokolade – Bier – Wein!

Abschiede, wenn sie sie nicht in ein Spiel auflösen konnte!

Ida vertrat sich die Beine, sprang zu Oskars Fenster hinauf, als wollte sie aus der Luft seinen Mund erwischen, und er warf Ida Kusshände zu. Sowie der Zug sich in Bewegung setzte, begab Ida sich in Laufschritt, fiel in Trab und rannte schließlich wie toll: so schnell sie konnte unter Oskars Fenster her – er lächelte amüsiert, zugleich hilflos und so mit verzerrter Miene auf sie herab –, bis sie sich dreinschicken musste, nicht nur weil der Zug zunehmend beschleunigte, auch weil der Bahnsteig aufhörte, das alleinige Geflecht der Schienenstränge begann – und hätte auf dem Laufbrett von Oskars Wagen die Fahrt mitmachen wollen. Aber da stand sie, am Ende des Steigs, keuchend, immer noch winkend, jetzt erst winkend, und sah die Schlusslichter des Zugs rot in der Kurve der Nacht verschwinden. Sie hasste diese Abschiede.

War Oskar längere Zeit fort, suchte Ida sich sehr bald über die Filmbilder hinaus, die ihr das Gedächtnis auf die großzügigste Weise lieferte, äußerliche Anhaltspunkte, die ihr Gefühl und die Phantasie für diesen Mann erneut anspannen sollten. Oskar besaß eine dicke Mappe Fotos, die zu den unterschiedlichsten Anlässen von ihm geschossen worden waren, aber es waren unter der Menge, die mit Arbeit und dem der Gesellschaft und Öffentlichkeit zugekehrten Gesicht zu tun hatte, auch Fotos, die Oskar nicht ganz so abgeschlossen oder geglückt anekdotisch hatten festnageln können, Fotos eher vorsichtiger Art, lebendiger, erzählend, die Zeit in ihrer Chronologie außer Kraft setzend.

Auf zwei kleinen Fotos, Bruststücken in schwarzem und weißem Rollkragenpullover, wirkte er um zwanzig Jahre jünger. Die Bilder waren wohl im Süden aufgenommen. Oskar wirkte braungebrannt und heiter, der melancholische Zug eines anderen Bilds gab sich hier als fröhliche Scheu. Die Gesichtshaut war straffer, obgleich die Falten da waren. Ein Sportskerl, der Herr Architekt! Und er guckte nicht in die Kamera, sondern nach unten und zur Seite nach oben mit einem Vogelblick.

Ida fand zwischen den Fotos einen Zettel mit Oskars Handschrift. Wie war der hierhergeraten? Er sah nach Tagebuchblatt aus, enthielt jedoch kein Datum. Führte Oskar denn ein Tagebuch? Ida musste ihn fragen.

»Ich möchte in die Zukunft verliebt sein«, las Ida, »schaff es noch immer nicht. Rückfall? Vor einem Jahr war ich weiter. In Vancouver.« Hatte er das in Vancouver notiert? Wann war Oskar in Vancouver gewesen?

»Ein Altenheim, ohne Himmel, November – das ist Berlin …«

Ida drehte das Blatt um und sah, dass fest daran gepresst, statisch förmlich aufgeladen, noch ein Zettel klebte. Sie zog ihn hörbar unter dem ersten hervor. Auch er war übersät mit Notizen.

Ich habe kein Recht, hierin zu lesen, überhaupt in dieser Mappe herumzuwühlen, nicht dass Oskar es mir untersagen würde oder es mir untersagt hätte, aber ich tue es heimlich, ohne ihn gefragt zu haben, und das ist unrecht. Ich werde ihn anrufen. Ich muss es ihm sagen. Ich will keine Geheimnisse vor ihm haben. Ich will mich nicht ängstigen müssen. Und Ida rief Oskar an, nachdem sie noch ein wenig in der Vergangenheitsmappe gestöbert hatte.

Im Wedding, dies unterstrichen, war der Zettel bezeichnet.

»Berlinkarte«, las Ida, Eintrag vom 2. November 1969: »Luisenstraße, Pflaster, Mauer und Straße, Friedhof, Dorotheenstädtische Friedhöfe, im Westen kleines Podest, Wachturm mit 2 Volkspolizisten, die 2 weißen, knienden Engel hinter dem Zaun, die Kapelle in Ruinen im Gestrüpp, Pappeln staubig weh, der Bruder erscheint zwischen den Engeln schmutzig, gelbe Blätter, Birken, Karl!

1. Treffpunkt der Brüder

2. Treff: Ende der Bernauer Straße

Hohes Podest, zwei Maurer, bewacht von zwei Volkspolizisten, im Sperrstreifen hinter einem Gitterzaun, die die Brandmauer eines alten Mietshauses dort anbohren, der Krach. Club der ›Volkssolidarität‹, Kinderwagen schiebende Frauen, wirken vereinzelt, als stolperten sie die Straße entlang, gucken nicht auf.

Westbruder auf dem Podest, Bruder jenseits des Streifens, Passant sagt ihm: ›Red besser nicht hinüber.‹

Schmutzige Linden

Ein Bus Japaner mit ihren Kameras

Das Herzklopfen des Westbruders oben auf dem Podest, wenn er in den Osten guckt.«

»Ich habe eine komplizierte Liebe zu dieser Stadt. Sie ist ein Provisorium für mein Leben, nicht mehr, nicht weniger. Ich hasse das Kasernenhafte an ihr, ich liebe den Sand, liebe das Schilf an den Rändern der Seen und die lauen Sommer, die Rosengärten, die Kiefern, das Farnkraut und die Birken im Wald.«

»Inge gab gestern Abend eine ihrer Berlinanekdoten zum Besten über 10 alte Männer, die in einer der Spreekolonien eine Kommune gegründet hatten, mit verteilten Aufgaben. Sie brachte mich damit sehr zum Lachen. Einer kümmerte sich um die Hunde, ein anderer um die Lebensmittelversorgung, ein dritter um den Müll, ein vierter um den Garten, ein fünfter um die abendliche Skatrunde mit Bier, ein sechster um Frauen und Besuch hin und wieder …«

»Bin von einer törichten Unausgeglichenheit getrieben, nur seltsam naiv … Der Sex mit I. mittwochs gleicht mich aus. Berlin ist mehr ein Weltteil als eine Stadt. Mein Herzensfreund Georg hat recht.«

Ida fand einen Skizzenblock. Oskar arbeitet an Mauergeschichten! Sie war so verwundert darüber, dass sie den Satz laut vor sich hinsprach. Da war der Alte mit dem fäusteballenden Blick. Oskar hatte notiert: »Ein pensionierter Klempner. Ich habe ihn in der Brunnenstraße getroffen. Der Mann hat mir seine Wohnung gezeigt. Die Wohnung hat in sich kehrtgemacht.«

Oskar hatte sie gezeichnet – eine Fensterfront und in jedes Fenster guckte die Mauer. Was tun? Der Alte hat sich's einfallen lassen: die Küche zur Straße und das Wohnzimmer nach hinten verlegt. Kleine Spuren, die auf ihre vorherige Lage rückdeuten: ein Rechteck nachgemachter Delfter Kacheln an einer Wandseite im Wohnzimmer. Spülsteinkacheln. Und in der Küche war nun viel mehr Platz als vorher, aber die verwilderten, verwahrlosten, schmutzigen Teller stapelten sich vor den Fenstern, Dill wuchs aus dem Bismarckkopf, die Vorhänge waren des grausamen Ausblicks wegen zugezogen, Tag und Nacht künstliches Licht ...

Eine andere Bildgeschichte in Ostberlin.

Eine junge Frau sieht grübelnd aus dem Fenster auf die Straße. Groß auf einmal ihre Augen. Blicke schärfen sich, falls sich Gedanken auf einen Punkt konzentrieren und wenn dieser Punkt Flucht heißt, Abhauen, Flucht in drei Wochen mit vertauschtem Mantel und gefälschtem Pass, Weggehen heißt, für immer ... So sah sie, wie sich unten auf der Straße am Rand der Fahrbahn fast in der Höhe ihres Hauses der Deckel eines Gullys hob. Ein blonder Haarschopf kam zum Vorschein. Augen. Großaufnahme: sie äugen rechts, sie äugen links. Der Deckel hebt sich weiter. Ein nackter Mann steigt aus dem Untergrund, schwitzend, verdreckt, seine pendelnde Scham. Er verharrt für einen Moment neben dem Loch, vergewissert sich, dass die Luft rein ist, ehe er taumelnd glücklich losrennt, über die Straße springt und hinter der nächsten Hausecke verschwindet ... Sie dort oben am Fenster lacht vor Hysterie. Hi, macht sie, hihi. Er glaubte sich im Westen!

»S. hat mir die Geschichte erzählt. Sie hat sie wohl selbst erlebt. Wäre sie sonst so hysterisch gegen Ende geworden? Der Riss war wieder da: obwohl sie längst im Westen lebt, kam das Hihi von ihrem Ostfenster her.«

»Tour d'horizon durch die Stadt von Kreuzberg zum Wannsee; bin am Teltowkanal spazieren gegangen, habe die Sprüche an der Mauer dort gelesen: ›Hugo liebt Edith‹ – ›Helft denen, die in Isolationshaft sitzen‹ – ›Mörder Haig‹. Auf einer hölzernen Fußgängerbrücke über den Kanal schoss ein Junge mit einer Platzpatronenpistole, die einen langen Lauf hatte, auf zwei Polizisten im Wachturm jenseits der Mauer. Mir stockte im ersten Moment das Herz: Ich glaubte, die Pistole mit dem seltsam langen Lauf sei eine echte. Der Junge wirkte wild und meschugge und hatte doch so recht, ein kleiner türkischer Junge. Er nahm immer Anlauf, mit beiden Händen seinen zielenden Schießprügel haltend, dabei brüllte er sein ›Bäng Bäng!‹ heraus. Ein zweiter stapfte auf die Brücke. Er warf Hölzer gegen die Volkspolizisten. Die Spieße und Scheite landeten nicht jenseits der Mauer, sie fielen diesseits der beiden Wachtürme ins Wasser oder auf dem gegenüberliegenden schmalen Uferstreifen nieder. Man konnte ihre beiden MGs sehen. Sie hatten sie auf die beiden jungen Spaßvögel gerichtet. Auf dem Kinderspielplatz dort am Wasser spielten keine Kinder.«

»In den Morgen hinein arbeiten – Gewohnheit aus Kriegszeit.«

»Wozu merkt sich ein Schwachhirn wie meines diesen Unsinn beispielsweise, dass ich die Läden in der Reichsstraße zwischen Kastanienallee und Theodor-Heuss-Platz auf beiden Seiten aufzählen kann samt Räumungen, Erweiterungen, Umbauten und Wechseln in den vergangenen fünfzehn Jahren ...«

Es ist wahr, dachte Ida, er hat ein phänomenales Gedächtnis und leidet unter dem Registrieren(müssen), als wäre der Hirnspeicher ein Computer, der sogar mit optisch hintereinander schichtbaren Tabellen von Hausfassaden zu arbeiten vermochte. Dennoch war Oskars Gedächtnis in manchem auch ganz schlecht, sich die Namen lebender Personen einzuprägen fiel ihm schwer. Er sagte zur Rechtfertigung, seiner Meinung nach sei es primitiv, eine Person durch einen Namen kenntlich zu machen. Da müsse schon einer, trumpfte Oskar leichthin auf, wenigstens fünfmal in persona auftreten, also hartnäckig werden, ehe er anfange, auch in seinem Gedächtnis mit ihm Umgang zu haben. Einen Bauherrn wie den Lübecker Hansen mit dem strengen Pfeifengeruch und dem roten, von kleinen geplatzten Äderchen durchzogenen Gesicht merkte sich Oskar jedoch sofort – trotz seines Allerweltsnamens.

Ida ließ Oskars Namenstheorie auf sich beruhen. Stell nicht alles und jedes in Frage, sagte sie laut zu sich, während sie die Mappe der Vergangenheit an ihren Platz zurückstellte. Danach rief sie Holger Fuchs, Rudi Menzel, Karl von Waldersee und Angelika Tasch und Louise Gebhardt an, deren Namen Oskar sich nicht merken konnte, und verabredete sich mit ihnen im Big Eden zum Tanzen. Ludwig tanzte nicht. Ludwig war ein Geschichtenerzähler. Sie kifften in der Disco und tanzten unter den bunten Spotlights. Es war ein Austoben nach dem vielen Lernen und Denken tagsüber. Ida ging auf der letzten Strecke von der Bushaltestelle bis zu Oskars Haus in der Mitte der Fahrbahn, weil dort das Licht der Laternen von rechts und links zusammentraf und die Straßenbäume ihre Äste herüberreichten, selig, glücklich, singend *on the road.*

Und sie bereitete sich auf ihre Dissertation vor, den Weltbegriff bei Kant. Und wechselte, da ihr klar war, dass ihr ehemaliger Onkel ihre Verbindung mit Oskar nur gegen sie ausspielen würde, nicht nur den Doktorvater, sondern auch zugleich die Universität, schrieb sich mit ihren Fächern in der TU ein und verließ die FU. So hatte sie den Ex-Onkel, die zu langen schleifenden Volants seiner Wohnung und seine Klagen über die Zeit im Schloss oben an der Schlei, in dem er für ein paar Jahre als Flüchtling glücklich untergekommen war, hinter sich. Idas Tante, die die jüngste Schwester ihrer Großmutter gewesen war, hatte ihn damals verlassen. Sie hatte einen Kollegen von Wels geliebt. Eine Dreiecksgeschichte. Welsens Vorwurf an seinen Tübinger Kollegen, dass er die Tante zur Bettlerin machte, da er sich schließlich doch nicht scheiden ließ, und der Vorwurf an sich selber, dass er sie hatte gehen lassen, statt zu versuchen, sie zu halten. Wie oft hatte Ida diese Geschichte gehört.

Oskar kam von einem Vortrag nach Hause, den er sich an der Bayerischen Akademie der Schönen Künste in München angehört hatte: »Wird die Entwicklung des 21. Jahrhunderts im Zeichen Japans und seiner Technologie stehen, wird der Pillenknick das deutsche Volk auslöschen. Ist die Fortsetzungsunwilligkeit nur auf einen hohen Lebensstandard zurückzuführen, spielen auch andere, etwa gruppendynamische, tiefenpsychologische, selbstauslöschungswillige Motive eine Rolle.« Auch Ida wollte kein Kind, noch nicht, dachte er, erst wollte sie ihren Beruf. »Würde die deutsche Nation an der Faulheit ihres Samens zugrunde gehen, das Land den eingebürgerten ausländischen kinderreichen, zukunftsreichen Staatbürgern überlassen ...«

Die Demographen konnten mittlerweile vorausberechnen, wann der fünfmilliardenste Mensch die Erde bevölkern würde. Die Vermehrung von zwei auf drei Milliarden hatte noch einunddreißig Jahre gedauert. Die Vermehrung von drei auf vier Milliarden war bereits in fünfzehn Jahren geschafft. Die weitere von vier auf fünf nähme nicht einmal zwölf Jahre in Anspruch. Der Bevölkerungsfonds der Vereinten Nationen hatte schon angeregt, die weltweite Geburt einzuleiten und den Tag als »Tag der fünf Milliarden« zu begehen. Wo würde das kleine Wesen auf die Welt kommen?

Wie er vor seinem Haus stand, freute er sich auf Ida. Er sah Licht im Wohnzimmer, im Flur, in Idas Zimmer. Er fingerte nach dem Schlüssel und klingelte nicht. Er wollte hinzutreten, unangekündigt durch Lärm, was seine Ankunft verlängerte, wollte in Idas Miene lesen, wie sie sich über seine vorzeitige Rückkehr freute. Oskar wollte seine Frau in seinem Haus suchen. Lag sie genüsslich in der schwarz gekachelten Badewanne, die für drei Platz hatte? Vielleicht stand sie in der Küche am Arbeitstisch, wie Frau Behm den langen, mit einer dicken schwarzen Schieferplatte belegten Tisch nannte, und bereitete sich etwas zu, vielleicht saß sie, den Kopf in der Hand, dösend, schläfrig, im Wohnzimmer oder immer noch arbeitend an ihrem Schreibtisch.

Oskar zog leise die Haustür zu. Und wenn sie nicht allein wäre? Wenn Ludwig da wäre oder ein anderer ihrer Studienfreunde? Wenn er sie mit Ludwig in seinem Bett anträfe?

»Ida?«, rief er. Der Name war halbwegs so gerufen, dass sie ihn gar nicht hören konnte. Aber es war still. Oskar machte sich auf die Suche. Er würde jeden Finger rühren, wenn er sie mit jemandem erwischte – was aber, wenn ein Kommilitone auftauchte, mit dem sie tagsüber zu Hause büffelte oder zu arbeiten vorgäbe, wenn er, Oskar, im Büro, auf einem Bauplatz in der Stadt oder außerhalb von allem – hoch in den Lüften und drüben, was dann, wenn er – der Gedanke brach, fiel in sich zusammen; verdrückte kleine Hintergeschichten, Lügengeschichten, Falschheiten, aber Ida wäre vielleicht nicht so geschmacklos wie damals am Ende Helene.

»Ida?«, rief er.

Die Tür zu ihrem Zimmer stand offen.

»Ja!«, rief sie. »Ja! Oskar! Bist du zurück! Das ist schön!« Sie fuhr auf ihrem Drehstuhl herum. Stuhl und Schreibtisch und Lampen stammten aus Oskars Büro. Es war ein lichtes, helles Zimmer, das er und Ida für sie eingerichtet hatten.

Da stand er, leise gekommen, drehte sie auf ihrem Stuhl zurück und stellte sich hinter sie und sah und las, legte ihr das Kinn auf den Kopf, flüsterte: »Du bist da!«, und tauchte mit ihr in das Buch, in das sie schaute, und sagte nach einer Weile: »Aber das kennst du doch längst!« Sie fiel ihm ins Wort und sagte: »Ja, aber das macht nichts, ich liebe diese Toren hier, sieh sie dir an, die Blödköppe und Berauschten auf ihren Pferden, sie verlieren nichts durch häufiges Betrachten.«

Ida sah zu ihm auf. Er las das Vertrauen in ihrem Blick, während er dachte, dass er ihr vor kurzem noch unrecht getan habe mit seinen eifersüchtigen Unterstellungen, er sich diese Frau immer wieder freischälen müsse von dem Gedankengewebe, das andere Frauen in ihm zurückgelassen hatten. Sie hat mir bisher die Phantasie erweitert, sie hat sie beflügelt, sie hat sie mir gegeben, statt sie mir zu nehmen, nicht weil sie die jüngste von allen ist. Und ganz deutlich sah er mit einem Mal die Gefahr: Er sah, womit Ida ihn zerstören würde.

Er fuhr mit dem Bleistift über das Blatt und erläuterte Ida das Gesetz, während er noch dachte: Ich könnte sie nicht einmal am Lügen hindern, erläuterte vielmehr die Wirkung des optischen Magnetismus darin, ausgehend von dem umkreisten Tier in der Mitte der Tiefe der Bäume ...

Egon Hammer, Günter Fassmann, Egon Hammer, Günter Fassmann.

Präg dir die Namen ein.

Günter Fassmann: wulstlippig, krummbeinig, untersetzt, sehr energetisch, ein blauäugiger, blondsträhniger Hartgummiball.

Egon Hammer: hager, dunkelhaarig, weich, introvertiert, mit einem leichten Silberblick: das linke Auge hing etwas verschleiert nach unten; es war schräg ins Gesichtsfeld gesetzt und machte den Eindruck, als würde es immer gern ein wenig träge sein, als würde es immer gern ein wenig schlafen.

Das waren die Neuen. Egon Hammer aus Hamburg. Günter Fassmann aus Cuxhaven. Günters Eltern führten in Cuxhaven ein kleines Hotel. Egons Vater war Anwalt, die Mutter Lektorin für französische Literatur, ihr Spezialgebiet: der *nouveau roman*, ihr Lieblingsautor: Claude Simon; aber der Verlag, in dem sie arbeitete, verlegte ihn nicht mehr; die Bücher, die übersetzt waren, lagen wie Steine im Land, unverkäuflich.

Das waren die Neuen.

Der unwiderstehliche Hang zu babysprachlicher Verniedlichung, den manche Menschen haben, hatte aus Egons Vornamen vor Urzeiten »Egi« gemacht. Er selber, Egon Hammer, schob die ursprüngliche Sünde seiner Mutter zu. Derart verstümmelt lief er auch durch Oskar Marwigs Büro. Er kämpfte nicht – nicht mehr – dagegen an, ließ sich von Günter Fassmann, der das Kürzel ins Büro getragen hatte, Inge und Oskars Sekretärin bald auch unwidersprochen so nennen. Aus Günter Fassmann hingegen wurde in kurzer Zeit »Fass«. Selbst Oskar und Georg fingen an, ihn so zu nennen.

Da sie frisch von der Hochschule kamen, wollten sie dieses Leben vorerst so weiterführen, was in Oskars und Georgs Augen meinte: einen Debattierclub aus dem Büro machen. Fass spielt den Fuchs, den Anstifter und Ideengeber, meinte Georg, bei genauerem Hinsehen hält er die Rolle doch nicht lange durch, er ist ein intellektueller Schwächling, verquast, ein Quatschkopf, man darf ihn nicht so weit kommen lassen, muss ihn vorher stoppen, sonst verrennt er sich. Egi kann gut zeichnen, es lohnt sich, den eine Weile zu behalten. Beide, das gibt Bewegung in unsere alten Köpfe, man muss sie nur im Auge behalten, dass sie nicht über die Stränge schlagen in ihrem Übermut, ihrer Unerfahrenheit. Aber Georg hatte es sich zu leicht vorgestellt, wie er die beiden jungen Leute einsetzen und festhalten – »einbinden« war sein Wort –, welche Aufgaben er ihnen zukommen lassen wollte, ohne dass sie dagegen muckten.

Sie erinnerten ihn, sie seien nicht gekommen, damit er sie verbrauche, ihre Kraft, ihren Namen, und sie gedächten nicht, wenn sie auf eignen Füßen stünden, schon zum alten Eisen zu gehören.

In ein anderes Büro zu gehen war ihnen unbenommen gewesen. Sei ihnen sogar jetzt noch unbenommen, sagte Oskar. Wer nicht will, der geht. Oskar weigerte sich, die Einführung oder Kompetenzstreitigkeit in Gegenwart der beiden weiterzutreiben. Er verweigerte ihnen auch die Mitbestimmung bei Projekten, die er und sein Partner ins Auge fassten. Nicht die Mitsprache, erläuterte er, Mitsprache, Argumentation sei etwas anderes und habe mit Recht nichts zu tun. Falls sie sich damit nicht einverstanden erklären könnten, stehe es ihnen frei zu gehen.

Sie blieben.

Der Stachel saß.

Oskar kam mürrisch nach Hause. Mürrisch und misstrauisch gemacht. Wie grün und wirr Fassens und Egis Autoritätsprobleme auch immer seien, dachte Oskar, oder ihre Durchsetzungskomplexe – sie kommen mit ihnen zu mir, was mir schmeicheln könnte bei allem beträchtlichen Ärger, den sie mir zugleich damit schaffen; sie gehen nicht zu Georg. Oder weiß ich's nur nicht? Er verbündet sich mit ihnen und erst dann kommen sie. Er schickt sie vor? Was verliere ich, wenn es sich so verhielte? Was soll man denken? Dass dies ganz dumme Gedanken sind, dumme Mutmaßungen einem Mann gegenüber, dem ich seit Jahr und Tag – unvordenklicher Zeit! – traue. Georg möchte ja am liebsten alles hinschmeißen und die paar Kopeken zusammenklauben, die er besitzt, wenn er die Frau, die Kinder versorgt hat, und abhauen. Typisch, dass das jetzt kommt. Ich sag ihm, er soll sich eine Freundin suchen. Leicht gesagt. Reicht nicht, erklärt er, wehrt ab, zu anstrengend, vielleicht haute er dann tatsächlich von »allem« ab. Allein niemals. *Niemalen de la vie*. Schwör ich; geb's ihm schriftlich. Aber dann sitze ich mit den beiden da, nein. Da muss mir jemand einen neuen holen, einen neuen Georg Maulwieser, allein mach ich's nicht. Schwör ich, geb ich auch schriftlich. Ja, so was – schwätzen da und reden. Ich sei ein Tyrann. Ein Verknechter. Einer, der niemand anders ranlässt. Einer von der alten Sorte. Ein Frühkapitalist. Was für ein Quatsch. Der Grund ist ein ganz anderer. Linienstreitigkeiten. Und dann sind sie später genauso wie ich. Soll'n das mal abwarten. Sie wollen bei mir lernen. Gut. In Ordnung. Aber wie? Und ich will ja auch von ihnen was.

Und wenn Oskar nun häufig spät nach Hause kam, lag es daran, dass er sich mit Egi und Fass in lange Diskussionen verwickelt hatte in den Büroräumen oder der »Lindenwirtin«, der Eckkneipe am Platz. Oskar schockierte die beiden oder er schien für sie frivol zu sein. Er stellte fest, dass er sich nur mit den Architekten seiner Generation angenehm unterhalten konnte, und er trug den Gegensatz aus.

Ihm schien, dass er immer deutlicher etwas nachzutrauern begann, was seinen Abschluss noch gar nicht gefunden hatte, so grundlegend stritt er mit Egi und Fass, so von ihnen grundlegend verschieden betrachtete er die Zukunft, die Entwicklung, generell die Zeit. Wo Egi und Fass Bewegung, Rückgriff und Neues sahen, sah Oskar Entwertung. Sie diskutierten, was ihnen am nächsten war, ihren Beruf, sie fachsimpelten, und Oskar verwies auf den Geschichtsverlust des gegenwärtigen, mit der verschwommenen Bezeichnung »postmodern« gekennzeichneten Bauens. Geschichte werde dabei zum Verstummen gebracht!

Egi widersprach. Was da jetzt in Mode sei, sehe er als eine Folge – in unserem Lande zumindest –, als eine Reaktion auf die Geschichtslosigkeit des Wiederaufbaus an, seine Gesichts- und Trostlosigkeit, seine gesichts- und trostlosen »Neutralbauten«, und diese ihrerseits waren nichts weiter als schnellste pragmatische Reaktion auf die städtischen Trümmerwüsten, die Folge des totalen Zerstörungswerks des Zweiten Weltkriegs.

»Neutralbauten?«, rief Fass. »Bist du bei Trost? Egi? Sieh doch mal hin, ›hässlich‹ ist das Wort dafür, abgrundtief hässlich.« Als wäre den Leuten, sagte er salopp und meinte seine Berufskollegen, zu denen er sich jedoch noch nicht recht zählen mochte, nur vorlauterweise, als wäre den Leutchen die Phantasie flöten gegangen, schon lange, seit 1945 oder vorher, dem großen Exodus bei uns, als fiele ihnen, von gewissen Ausnahmen natürlich abgesehen, nichts sonderlich Interessantes ein, nichts Innovatives, wie es doch einmal – und das offensichtlichste Beispiel sei das Bauhaus – in diesem Lande geschehen wäre. So sehr laste das Dritte Reich!

Fass war in Fahrt. »Als Speer Hitlers neues Berlin zu entwerfen anfing, war er wenig älter als ich. Dieser Mann, der ab 1940 Kriegs-, genauer: Rüstungsminister wurde. Ein junger, ehrgeiziger, der Megalomanie verfallener Mann: der Rüstungsminister eines Regimes, das sich für tausend Jahre in den Monumentalbauten, die auch von ihm waren, verherrlicht, für tausend Jahre ermächtigt sah – den Fall dieser Geschichte sind wir nicht los. Den Fall Speer, Aufstieg und Fall, mit unserem Fall ist er verknüpft. Hat nicht er mit der abgründigen Geschichtslosigkeit der Bauten begonnen?«

Das neue Berlin: Die Große Halle, die 180 000 Parteimitgliedern stehend Platz und Schirm geben, der halbkreisförmige, von Hitler entworfene Triumphbogen, der siebenundachtzig Meter überspannen sollte ... ein Federstrich von fünf Kilometern Länge: die Nord-Süd-Achse, rief Fass und entwarf seinen beiden Zuhörern das Berlin Speers (das Oskar zumindest bis ins Detail kannte), diese Achse, bei der Großen Halle beginnend, am Südbahnhof endend, die Prachtstraße, die nach Hitlers Wunsch nicht nur die Champs-Elysées ausstechen, sondern alle Prachtstraßen aller Hauptstädte überhaupt in den Schatten stellen sollte. DAS WORT AUS STEIN zwischen Alt-Berlin und Moabit, zwischen Friedrichstadt und Tiergarten, der Neuen Friedrichstadt und Charlottenburg, zwischen Kreuzberg und Wilmersdorf, zwischen Tempelhof und Schöneberg – »Der Aberwitz!«, warf Oskar ein, »eine Straße der dümmsten Superlative!« – Fass reagierte auf seinen Einwurf nicht. Hätte man sie vom Südbahnhof her betreten, fuhr er fort, hätte man sich in einer Allee auf Sockel gestellter Geschütze, je zwölf Kanonen auf beiden Seiten, bewegt, wäre dann unter dem von Hitler schon 1925 entworfenen Triumphbogen hindurchgeschritten, dann unter Bäumen, dreireihig stehenden Bäumen zu beiden Seiten, hätte den Runden Platz überquert, an dessen Stelle sich heute die Nationalgalerie Mies van der Rohes erhebt – »Sic!«, warf Egi schelmisch ein, »siehst du!? Als wär's die Farce der Geschichte!« –, an der Stelle, wo das OKW stand, einer der wenigen tatsächlich erstellten Bauten, und wäre weitergeschritten zum Großen Platz vor der Großen Halle.

»Du wärest nicht geschritten, Fass«, sagte Oskar entschieden.

Die Kuppel der Großen Halle setzte bei achtundneunzig Meter Höhe an, ihr höchster innerer Bogen erreichte eine Höhe von zweihundertzwanzig Meter. Achttausend Maurer und Handwerker, aus allen Teilen des Reiches herangetrommelt, sollten diese große Lichtkuppel errichten, und in Spandau sollte für die achttausend Maurer und Handwerker eine neue Stadt errichtet werden, in der sie wohnten, solange sie an dem gigantischen Bau arbeiteten.

»Maurer und Handwerker! Sklaven?«, fragte Oskar. »Sklaven, Fass?«

Die Pläne für die neue Stadt waren in Auftrag gegeben. Speer: der Über-Haussmann. Berlin: die Metropole der FESTUNG EUROPA, aus dem Sand der Mark mit Granit, Marmor, Travertin, Bronze und Stahl in die Höhe gewuchtet, Fokus der Herrschaft, symbolisches Zentrum der Macht über einen Kontinent: das war der futuristische Plan.

»Hitlers Triumphbogen und Auschwitz«, sagte Oskar, »der Himmel und Hölle erstürmende Plan, als ließe sich Tod durch den Willen eines wahnwitzigen Hirns auch noch besiegen, denn auch noch in ihren Ruinen sollten die kommenden Generationen die Erbauer ihres Reiches feiern, ehren und bewundern.«

Touristik im trauten Daheim wie sonst und anders das Gepilgere zu den Stätten der Ägypter, Assyrer, Perser, Griechen und Römer. Am 30. Januar 1937 ernannte Hitler Albert Speer zum Generalbauinspektor des Reiches, schloss Fass.

»Eine kurze aberwitzige Karriere, nicht einmal zehn Jahre«, warf Oskar ein. »Karriere des Nachhalls, wie man sieht bis heute, der Verurteilung, der Lüge, und wie Speer die Nachwelt belogen hat, um sein kleines Leben zu retten! Unfassbar! Unfassbar mickerig angesichts dieser megalomanen Pläne. Eine Karriere schließlich der Legende. Nicht einmal die gönne ich ihm.«

»Du schreitest, habe ich gesagt«, sagte Fass, »auf dieser Propagandastraße –«

»Was fasziniert dich daran so?«, fiel Oskar ihm wieder ins Wort, »du hast dich nach Berlin geflüchtet, weil du keinen Wehrdienst leisten willst!«

»Propagandastraße, die als Hauptverkehrsader, als gewaltsame Schneise der neuen Zeit, als Aufmarschstraße für die Truppenparaden des Regimes, als die Paradestraße bei Staatsempfängen gedacht war.«

»Du würdest auf ihr nicht schreiten«, unterbrach Oskar Fass wieder, »ich wiederhole mich, ihre Ausmaße bedrohten dich, sie verschluckten, verzwergten dich, diese Achse wäre für Menschen niemals gebaut. Du wärest darauf ein Wurm.«

Und es ginge an den Fenstern der kolossalen Neubauten vorbei, malte Fass das Bild weiter aus, die hinter den dreireihigen Baumketten stünden, rechter Hand, vom Südbahnhof kommend, am Haus der NSDAP, dem Haus der Nationen, dem Großen Filmtheater, das sechstausend Sitzplätze gehabt hätte, dem Finanz-, dem Erziehungsministerium, der Reichsoper, der Philharmonischen Halle, dem Außen-, Justiz- und Propagandaministerium, dem Gebäude der Hermann-Göring-Werke, dem der Henkelwerke, dem Haus des Weins, dem des Biers – »Welche Zusammenstellung!«, warf Oskar wieder ein –, dem Gebäude der Allianz, dem Reichsmarschallamt, dem Luftfahrtministerium, dem Wehrmachtskino, der Reichskanzlei, dem Haus der I. G. Farben, dem Ministerium Todt, dem Museum des Weltkriegs – »Des Ersten wohlgemerkt«, fiel Oskar Fass wieder ins Wort, »obgleich ohne Zweifel der Zweite zur Zeit des Planes, der Speers Unterschrift vom 9. Februar 1942 trägt, längst im Gange war« –, am erweiterten Reichstagsgebäude vorbei, so hätte man sich allmählich der Großen Halle genähert, die im Modell, wie Fotos zeigen, fast fünf Meter hoch war, sagte Fass, und kehrte man der Großen Halle nun den Rücken, um auf der anderen Seite in Richtung des Südbahnhofs – »Wurm, du«, sagte Oskar wieder, »Würmerspeise, du, wie Hamlet sagt« – zurückzugelangen, fuhr Fass aus der Fassung gebracht fort, zurückzugelangen, so käme man am Führerpalast vorbei, am Gebäude der Wehrmacht, den Botschaften Italiens, Frankreichs, Japans, Finnlands, Argentiniens, der Slowakei, Norwegens, Jugoslawiens – »eine sehr kleine ausländische Welt oder?«, sagte Oskar –, dem Gebäude der Gestapo, dem OKW, dem Gebäude der AEG, dem Transportministerium, dem Ministerium, in dessen alleinigen Zuständigkeitsbereich die deutschen Kolonien gefallen wären, dem Kolonienministerium – »Also«, lachte Oskar auf, »ich bitte euch: dem deutschen Kolonienministerium!, malt euch das doch mal aus, wo sollten die denn herkommen?« –, ferner dem Wirtschaftsministerium, dem Gebäude, in dem industrielle Gruppierungen ihren Sitz gehabt hätten, dem Gebäude der Automobilindustrie (Daimler-Benz, Messerschmidt) –

»Und weißt du, wie hässlich das alles gewesen wäre, so hässlich! Hässlich! Abgesehen von aller Disproportionalität. Von einer grauen Uniformität sondergleichen! Es waren ja auch die Jahre meiner Uniform. Dabei kann einem einfallen, dass die Alliierten mit der Bombardierung dieser Stadt sogar diese Pläne hätten treffen wollen! Nun, sie haben sie ja auch getroffen. Sie haben sie in Grund und Boden und zurück in die Utopie gebombt. Gott sei Dank.«

»Kommt, lasst mich doch ausreden«, beharrte Fass, »ihr wisst doch gar nicht, worauf ich hinauswill. Dem SS-Hauptquartier, der Komischen Oper« – »Beide so eng nebeneinander, da wird einem schlechter als schlecht«, warf jetzt Egi ein – »... der Arena, dem Varieté, dem Theater, der Oper, dem Postministerium«, jetzt fing auch Fass an zu lachen, an der Rückfront des Südbahnhofs hätte die Reichsbahn ihr Verwaltungsgebäude gehabt, und ihm gegenüber war ein Hotel mit dreitausend Betten geplant.

»Und im Jahr 1950 sollte alles fertig, sollten die Kolossalbauten errichtet sein«, setzte Oskar, der nun definitiv genug hatte und sich danach sehnte, nach Hause zu Ida zu fahren, unter die Liste einen Punkt, »bis 1950 wollte Hitler Zeit geben.«

»Wie die Welt wohl aussähe, wenn das alles stattgefunden hätte, das alles gebaut worden wäre?«, fragte Fass. »Prost!«

»Also, nun komm schon endlich auf deinen Komplex, Fass«, sagte Egi. »Ich warte – längst.«

»Das noch nicht Vergangene, immer wieder stoßen wir darauf, kauen, knurren an dieser Vergangenheit herum, Nachgeborene, und denken über sie nach. Oskar hat noch geschippt und gebuddelt. Was uns von der Zeit trennt, ist ein kleiner Abstand; doch haben Gedanken bekanntlich Flügel, zugleich Wurzeln, die im Zurückliegenden stecken. Die Hitlerbauten, ob gebaut oder nicht, verbinde ich mit in der Geschichte beispielloser Todesdrohung. Ich könnte ja auch bewegt sein von den Fotos oder Filmbildern, die ich kenne, bewegt von der Majestät und Monumentalität, der Größe und Erhabenheit dieser Bauten – ich finde sie billig«, sagte Fass, »ihren, was ihre Bewunderer ihnen auch nachsingen, imposanten, beschützerischen, mütterlichen und männlichen Gestus. No! Ich kann die verführerische Schönheit nicht entdecken. Und wenn da einer sagt, dass die Hingabe, mit der nach dem Krieg NS-Bauten und -Embleme zerstört wurden, ihrer magischen Kraft den letzten Tribut gezollt hätte, zugleich aber auch Tribut ihren tiefsten ideologischen Ambitionen, so meine ich, dass die ›Hingabe‹ viel eher einem Gemenge aus Triumph und Rache bei den Siegern entsprang, die Selbstdarstellung in Stein und sich selbst feiernder Zeichen eines Regimes, das die Welt mit Krieg überzogen hatte, in Schutt und Asche fallen zu sehen. Ein Witzwort, dass aus den angekündigten tausend nur zwölf Jahre wurden, kein Gegenstand ideologischer Verwirrung.«

Egi wusste, als Fass jetzt schwieg, erst nichts Stichhaltiges einzuwenden, was er unbedingt wollte. Aber Fass sprach auch schon weiter.

»Und trotzdem bleibt ein Rest hinter aller Erklärung«, brachte er hervor, »das Gesagte gegen sich selbst einwendend, ein metaphysischer Rest vielleicht, obgleich ich nicht weiß, ob man das Metaphysische überhaupt in eine so kleine Einheit wie einen Rest aufteilen kann, also bleibt wohl ein metaphysisches Problem bestehen. Wie beschreibe ich es, ohne mich zu belügen? Also gut, ich will keine Umstände machen. Meiner festen Überzeugung nach ist das historische Beispiel Hitler und Speer, Bauherr und Baumeister – ein Bauherr, der Verbrechen gegen die Menschlichkeit beging, und ein Baumeister, der ebensolches tat – gescheitert. Die sinnstiftenden Symbole der Nazis taugten nicht für die Nation, und dennoch will meine Phantasie sich so damit nicht zufriedengeben, und ich enge sie jetzt auf die kreative, architektonische Phantasie ein, der Verstand will sie verbieten, und das bringt mich ja ins Schleudern, und dort – regelrecht – sitzt der Rest. Will verbieten ein für alle Mal aus Angst vor Wiederholung. Könnte ich denn dahingehend verführt werden? Ich bin ein Individualist, sage ich und sehe mich als Bürger dieses Landes, als so einen. Mein Zugehörigkeitsgefühl ist verstümmelt. Wessen *architectus maximus* sollte oder wollte wohl einer heute sein? Da, irgendwo in dieser Zone, liegt der Punkt der Berührung, der Versuchung – und zugleich lähmt mich die Vorstellung, dass es doch wieder einen geben könnte, einen, der seine Chance darin sähe, einen, der diesen hybriden Versuch unternähme, Baumeister der Nation und ihr Rüstungsminister zu sein, aber vielleicht ist dafür heutzutage verfassungsrechtlich Vorsorge getroffen, also ›vorgebaut‹, und wäre vielleicht ein Architekt gar nicht gefragt; das Rüsten erledigt seine Zerstörung ja mit Fernstreckenraketen, ach, eigentlich seit dem ersten Abwurf der Atombombe allein.«

Egi lachte auf. »Den Schandfleck, ein Deutscher – ein deutscher Architekt – zu sein, wirst du noch nicht los, selbst wenn du dich als Engländer, Amerikaner oder Japaner camoufliertest. Lass Speer und seinen Bauherrn, lass sie in ihren modrigen Gräbern, wo immer die liegen, lass deinen Komplex eine abgelebte Erinnerung sein.«

»Nein, Egon«, mischte sich jetzt ernsthaft Oskar ein und nicht verkleinernd mit Egi, »das wäre tatsächlich zu leicht gemacht und einfach und obenhin. Ein Oberflächenritz, nicht mehr, zwei Gräber. Was Fass meint, er hat von der Angst der Wiederholung geredet, die in seiner Phantasie liege. Er weiß noch nicht, was Korrumpierbarkeit ist, er hat sie am eigenen Leibe noch nicht erfahren, aber er hält seine Nase in die richtige Richtung, er wittert – wittert Rausch und Verführung des Dürfens, nicht, gar nicht erst der Macht, vielmehr erst dieses, das Ausschlaggebende: dir ist alle Macht gegeben, nimm sie in deine Hände, setze sie um, fang an.«

»Du, Egi«, stichelte Fass, »wenn du einen so gigantischen Auftrag erhieltest? Du würdest den Auftrag annehmen und die Fachkräfte finden, die du brauchtest, um die neue Stadt zu planen, und du würdest auch die anderen finden, mit denen du sie erbautest. Das weiß ich. Du würdest nicht nein sagen. Warum auch?«

»Muss ein solcher Auftrag der Regel gemäß vom Teufel kommen, könnte er nicht auch zu friedlichem Zweck erteilt sein?«, schaltete sich jetzt Oskar wieder ein. »Die Zerstörung damals im Zweiten Weltkrieg, die Tatsache, dass die ›blühenden deutschen Städte‹, die seit dem Mittelalter ein Geschichtszeichen, ein Deutschtumszeichen waren, in Schutt und Asche fielen, hat einer wie Speer gelassen mit angesehen, er selbst als Rüstungsminister des Reiches unterstützte ja noch, dass es so und in solchem Ausmaß geschah, malt euch das mal aus! Der Bombenkrieg tat das Nötige, die nötige Vorarbeit, der Bombenkrieg gab den Grund frei, auf dem ›danach, in den tausendjährigen Friedenszeiten‹ er und die anderen, von ihm Berufenen, neu bauen konnten.« Oskar verbesserte sich: »Neu hätten bauen können«, und zog an seiner Zigarette, tief, süchtig. »Ich bin ein Pragmatiker, Egi.«

Er gab den Rauch frei, und Egi dachte: Ich möchte nicht wissen, wie Oskars Bronchien aussehen, Kettenraucher, der er ist, seine Lunge ein rabenschwarzer, stinkiger Lappen.

»Der Traum«, sagte Oskar, »des Neuanfangs ist ein Menschheitstraum. Ein unmöglicher Traum. Ein junger Mensch träumt ihn, ein alter Mensch träumt ihn. Noch einmal oder einmal die Möglichkeit haben oder zugewiesen bekommen, anzufangen, etwas anders zu machen, zu leben – je älter man wird, desto deutlicher sieht man, was daran sein kann. Das Anfangen-Dürfen in der ganzen Jungfräulichkeit des Moments. Ich nähme die Chance wahr, ich packte die Gelegenheit beim Schopf, ich würde der Versuchung nicht widerstehen. Mein Lehrer hat mir einmal gesagt: Du musst dir die Musen schon auf den Schoß setzen, Oskar, sonst kommen sie nicht zu dir.«

Egi lachte auf.

»Ich glaube«, fing Oskar wieder an, jetzt lächelnd und ruhig, er war auf dem Weg nach Hause, hatte sich von Egi und Fass in Gedanken schon verabschiedet, »wenn euch jemand sagte, baut mir eine Stadt – ja, genauso wie im Märchen, und ich will einen Königspalast in ihrer Mitte sehen, kein Parlamentsgebäude oder dergleichen, denn wir leben nicht in einer westlichen Demokratie –, ihr zögertet nicht, ihr griffet zu. Wie Le Corbusier. Und dass dann vielleicht der Teufel in dem schönen Gewand der Verheißung versteckt wäre? Und ihr erkenntet es zu spät? Wer weiß. Ich bin Pragmatiker, der Traum des Neuanfangs hängt mir an, ein Traum, der mich auch in einer Kapsel zum Mond fliegen lassen würde. Dort oben würde ich gern spazieren gehen, bevor ich sterbe.«

»Ida!« Sie horchte auf. Jemand rief sie in der Delikatessenabteilung des Kaufhauses. Weil die »Fressabteilung« auf dem Weg vom Hals-Nasen-Ohren-Arzt zur Universität lag, war Ida auf der Rolltreppe rasch in die oberste Etage gefahren, um dort eine von Oskar bevorzugte Sorte schwarzen, sehr kräftigen Tees namens Royal Blend der Marke *Fortnum & Mason* zu kaufen, die es sonst in den teeführenden Geschäften der Stadt nicht gab, und noch ein wenig geräucherten Lachs. Der augenblicklichen Diätregel zum Trotz wollte Ida Oskar verwöhnen. Er lag mit einer Bronchitis im Bett.

»Ida!«

Sie wandte sich um und sah »die beiden«, wie sie sie nannte, Günter Fassmann, Egon Hammer, Fass und Egi. Sie saßen an einer kleinen Theke neben dem Fischstand auf Hockern und guckten zu Ida hinüber, die gerade ihr Päckchen mit geräuchertem norwegischem Wildlachs aus den Händen einer dicklichen Verkäuferin entgegennahm. Der Preis hatte Ida bestochen: 9,80 DM für hundert Gramm.

Sie ging auf Oskars junge Mitarbeiter zu. »Guten Tag«, sagte sie.

»Wie geht es ihm, immer noch außer Gefecht und ganz allein im Bett?«, fragte Fass und musterte sie von Kopf bis Fuß. Sie spürte, wie sein taxierender Blick ihren Körper abtastete und sich vor allem in der Gegend ihrer Brüste aufhielt. Sie errötete.

»Was esst ihr da?«, überspielte sie die Fragen.

»Siehst du doch«, sagte Egi, »Lachs.«

»Das sehe ich«, sagte Ida und versuchte witzig zu sein, »bin ja nicht blind, aber ich kann nicht unterscheiden, ob ihr norwegischen oder schottischen oder Schweizer Lachs auf dem Teller habt.«

»Dies ist schottischer Lachs«, erwiderte Fass und hob sein Glas Chablis. »Und dies ist ein Glas Chablis und bleibt ein Glas Chablis.«

»Norwegischer, schottischer oder Schweizer Lachs, als ob's ein Unterschied wär!«, lachte Egi. »Der Preis ist der gleiche, die könnten auch die Namensschilder vertauschen. Das merkte doch niemand.«

Es war Bürozeit, vier Uhr. Egi schaute auf die Uhr und musterte Ida jetzt auch. Sie spürte an den Blicken, dass sie etwas beschäftigte, was sie nicht aussprachen, und sie glaubte zu wissen, was sie dachten: Die Frau ist so alt wie wir, doch ist sie die Frau des Chefs. Spioniert sie für ihn? Da weder Oskar noch Ida einen Ring trugen, wussten die beiden nicht mit Sicherheit zu sagen, ob Ida und Oskar tatsächlich verheiratet waren. Doch da es immer »die Marwigs« hieß, »die Marwigs« sind dort und dorthin eingeladen, »die Marwigs« haben abgesagt, »die Marwigs« sind verreist, ›die Marwigs‹ wollen in diese Ausstellung gehen et cetera, gingen sie davon aus, dass Ida und Oskar verheiratet waren. Selbst wenn es nicht so gewesen wäre, hätte es keine Bedeutung gehabt, da Ida nicht mit einem Gleichaltrigen, sondern eben mit Oskar zusammenlebte. Sie verstummten für einen Moment. Seit ihrem ersten Zusammentreffen im Büro, als Oskar sie einander vorgestellt hatte, spürten sie es: Ida entzog sich ihnen, sie vermied die Konfrontation, schob sie weg und wies ihre Jugend zurück. Was Wunder, dass Fass und Egi solche Behandlung wenn auch nicht offen aggressiv, so doch sarkastisch machte. Es war ja nicht nur irgendein älterer Mann, dem Ida da hübsch und jung an der Seite ging. Es war der Boss, dem gegenüber sie ihre eigenen Selbstbehauptungen aufzuführen hatten. Und Ida dachte: Schütze ich mich mit Oskar denn vor meinen Altersgenossen?

»Was treibst du eigentlich?«, fragte Fass Ida unvermittelt. Sie störte ihn im Genuss seines Snacks. Er bot ihr nicht einmal den freien Hocker neben sich an.

»Ich schreibe an meiner Dissertation«, antwortete sie, »im nächsten Semester mache ich die Prüfung, dann bin ich fertig«.

»Und nach der Prüfung?«, fragte Egi jetzt wieder. »Was ist dann?«

Ida sagte: »Ich habe einen Traum. Ich träume davon, die Philosophie zu revolutionieren.«

»Die Philosophie! Tat das nicht schon Marx?«, fragte Fass.

»Gratuliere trotzdem«, sagte er nach einer kleinen Pause. Egi schwieg. Er nestelte an seiner Packung Marlboro, zog schließlich eine Zigarette heraus und steckte sie sich an. Er wandte sich immerhin ab, um den Rauch Ida nicht ins Gesicht zu blasen. Da endlich kam ihr die Idee, sie hatte begriffen, sagte: »Auf Wiedersehen«, und dachte: Hoffentlich auf lange hin nicht mehr, wandte sich um, griff nach ihrem Wagen und suchte eine Kasse.

»Die Philosophie revolutionieren! Was findet der nur an ihr?«, sagte Egi, als Ida ihn nicht mehr hören konnte. »Aber du hast wohl auch ein Auge auf sie.«

»Vielleicht. Hat 'ne schöne Figur, vielleicht ist sie gut im

Bett«, konstatierte Fass verwundert, »vor allem hat sie wunderschöne grüne, ganz ausgefallene Augen. So schnell –«

»Komm, Fass, sie ist gegangen«, sagte Egi. »Hast du das nicht mitgekriegt? Wir wollen sie vergessen. Prost! Trink deinen Chablis, ehe er ganz warm ist. Aber eigentlich möchtest du sie verführen, sag's doch, ehrlich, Fass. Um es dem Chef zu beweisen?«

Ida saß mit dem Räucherlachs, der Dose Tee und ihren Büchern in ihrer Plastiktüte in der U-Bahn und fuhr zur Universität. Am Ernst-Reuter-Platz stieg sie aus. Im Lesesaal der Uni-Bibliothek ließ sie sich die für sie zurückgelegten Bücher aushändigen. Sie setzte sich an einen freien Fensterplatz und begann ziemlich unkonzentriert über den Weltbegriff in der Kant'schen Philosophie zu arbeiten. Ihre Gedanken schweiften ab. Sie dachte eher über ihre eigene Welt nach, die Begegnung eben mit Fass und Egi und dann über Oskar, ihr Leben mit ihm, ihr Leben mit älteren Männern, Oskars Freundeskreis, mehr oder weniger interessante, lustige, bornierte oder aufgeschlossene Leute aus der Generation ihres Vaters. Zuhause hatten die Diplomaten- oder Jagdfreunde ihres Vaters mit ihr geflirtet, und Ida hatte mit ihnen geflirtet. Oskars Freunde fragten sie, was sie studiere. Sie befragten sie über das Thema ihrer Dissertation, doch über kurze Höflichkeiten ging ihr Interesse nie hinaus, da ihnen das Fachwissen fehlte oder ihnen die Kant'sche Philosophie außer dem *sapere aude* oder den abgeklapperten geflügelten Worten des Imperativs etwa so wenig im Sinn lag wie ein Gericht mit Birnen, Bohnen und Speck. Und Ida ihrerseits, eher zum Zuhören als zum Fragen erzogen, drehte den Spieß auch nicht um. So saß sie unter Oskars gleichaltrigen Freunden meist eher stumm dabei. Du vernachlässigst deine Jugend, dachte sie. Hatte ihre Mutter ihr das nicht auch gesagt? Sie sah auf die Uhr. Noch lang, bis sie nach Hause gehen wollte.

Dieser Körper, den er träge, sinnlich mit sich herumträgt, das linke Auge, dieses schlaksig, separat guckende Auge und die lässige Eleganz, die er in der weißen Leinenhose hat, jung, schön, stark, er bietet sich jedem an, der ihn will. Wie machte man das? Wie verdiente man sich Fass? Wie machte man das, einen so gelassenen, Ida dachte, einen so schönen faltenlosen, straffen Körper zu berühren.

»Hirngespinst! Selbstanmaßung! Und dies bei mir, nach vier Jahren! Ich Hornesel«, rief Oskar und warf sein Feuerzeug auf den Tisch.

Georg stand vor ihm und sagte: »Du trinkst.«

Oskar sagte: »Das geht wieder vorbei.« Er sagte: »Ich trinke zu meiner Betäubung.«

Georg sagte: »Sie sind siebenundzwanzig Jahre alt, Oskar, deine Frau ist nicht älter. Sie sind erwachsene Leute. Das ist kein Dummer-Jungen-Streich.«

Oskar fragte: »Was soll das – die Zusammenstellung, die beiden und Ida in einem Satz?«

»Ich wollte dich nur darauf hinweisen, dass sie alle drei sehr viel jünger sind als du und ich, dass Fass und Egi doch wohl eigene Luftschlösser im Kopf haben dürfen, andere als du und ich, das sei ihnen doch zugestanden.«

»Gewiss«, sagte Oskar.

»Aber?«

»Ja, aber. Sie haben mich nicht nur enttäuscht.«

Oskar betrachtete es als Verrat, dass Egi und Fass sich an einem öffentlichen Ausschreiben beteiligt hatten, wohl wissend, dass Oskar dem Unternehmen niemals zugestimmt hätte. Es handelte sich um die Neugestaltung einer großen, stark frequentierten Einkaufsstraße in der Hamburger Innenstadt.

»Ein internationaler Wettbewerb. Na und?«, sagte Georg.

Darum ging es nicht. Das Internationale machte die Beteiligung nicht schlechter und nicht besser. Sie hatten es heimlich gemacht. Das erbitterte Oskar. Hätten sie ihn gefragt und eingeweiht, ihm ihr Modell gezeigt und erläutert, argumentierte Georg, es war doch vorauszusehen gewesen, welche Antwort sie erhalten hätten. Sie waren in dem Punkt die Klügeren gewesen.

Dass sie Oskars Namen in die Sache gezogen hatten, missfiel ihm stark – solcher Missbrauch stand gegen sein Arbeitsethos. Ein Vertrauensbruch! Nach so langer Zeit! Sie tendierten in eine andere – die postmoderne – Richtung. Die Beteiligung an der Hamburger Geschichte schien nicht nur geschehen, um sich auszuprobieren, die eigenen Kräfte zu messen. Egi und Fass hatten einen Anerkennungspreis bekommen. Das war neu, bei anderen Wettbewerben hatten sie niemals etwas gewonnen und waren auch nicht in die engere Wahl gezogen worden.

»Auch davon habe ich nichts gewusst«, rief Oskar. Er kam hinter dem langen, von ihm entworfenen Bürotisch hervor, um vor Georg auf und ab zu gehen. »Du sagst es mir jetzt«, rief er und setzte sich wieder. »Ihr solltet euch zusammentun, Georg, ich habe es immer gewusst, seit ich dich das erste Mal mit ihnen sah, als ich euch den Aufgang zur Bibliothek und die Anordnung der Informationsräume im Music Center diskutieren hörte. Du wolltest sie zu deinen Verbündeten. Es stand in deinem Blick.«

»Was?«

»Verrat.«

»Oskar, du verrennst dich!«

»Gib mir noch einen Jack Daniels. Ich Hornesel.«

So tobte er in seinem verletzten Stolz. Georg schenkte Oskar nach, dann ging er still, nur den Kopf schüttelnd, in sein Zimmer hinüber, zog die Tür hinter sich zu. Er verteidigte sich nicht. Wozu?

Oskar blieb hinter dem langen Tisch sitzen. Mit ausgestreckten Händen fasste er ihn an. Der erste Dampf war abgelassen. Oskar suchte sich in stoischem Gleichmut zu fassen.

Bin ich ihm im Weg?, grübelte er. Ist Georg es leid, auf ewig den zweiten Mann zu spielen?

Auf dem Bord neben den beiden Bänden über Andrea Palladio stand das kleine Tonbandgerät. Das Onaniemaschinchen, wie Oskar es nannte. Er stellte es auf den Tisch, schaltete es ein, schaltete es wieder aus. Ihm fehlten die präzisen Formulierungen. Er hatte getrunken. Eine Gauloise also. Er starrte gegen die Wand. Dort hingen die Schwarzweißfotos, großformatig aufgeblasen, sie zeigten Bauabschnitte vom Music Center im Modell. Und wann wäre es einmal fertig? Oskar stand auf und stellte sich ans Fenster. Sein Blick fiel auf den Stein im Garten, auf den AMI geschrieben war. Er dachte an Ida und ihre Erzählung über den Hund ihrer Großmutter, ihren ersten Sonntagsbesuch. Ihre nackten Beine damals. Die silbernen Becher voll Wein im Gras. Idas erster tastender Versuch, einem Grauburgunder etwas abzugewinnen. Ja, aber mich beiseitezuschieben, dachte er unvermittelt und war damit wieder in der Gegenwart, dazu gehört mehr. Nicht mit einem Satz – so nicht, niemals. Auch nicht Georg.

Es klopfte. Oskar wandte den Blick zur Tür, nahm noch einen tiefen Zug. Sagte er ja, sagte er ruhig nein? »Herein«, rief er.

Georg trat ein. »Stör ich?«, fragte er förmlich. »Ich muss mit dir reden.«

Es kam Oskar plötzlich so vor, als ob alles, was er hier tat, ein schrecklicher Kampf war, richtig zu funktionieren. Abgeklärt. Wem erweise ich irgendwelche Dienste? Mir? Ihnen? Er musterte Georg, wie er auf ihn zukam, am Ende brülle ich doch nur und möchte nicht brüllen.

Georg stellte sich neben Oskar ans Fenster. Er sah hinaus, blickte auch auf den AMI-Stein. Schwieg.

»Setzen wir uns doch«, forderte Oskar Georg auf. Der schüttelte den Kopf.

Oskar hob müde die Schultern, ließ sie schnell wieder sinken. »Dann nicht. Also?«

»Sie sind immerhin vier Jahre hier.«

»Dauer ist kein Verhältnis«, fiel Oskar Georg ins Wort.

Dauer ist kein Verhältnis – Georg war so verdattert, dass er den Satz wiederholte, um ihn sich begreiflicher zu machen. »Sie sind bald achtundzwanzig Jahre alt.« Er schluckte. Dann sagte er: »Du misstraust mir.«

»Ich misstraue deinem Doppelspiel.«

»Nein! Ich weiß, was ich nicht machen will, und ich weiß, was ich will«, konterte Georg, »und das habe ich auch in diesem Fall gewusst. Du scheinst deinen Durchblick zu verlieren. Warum, frage ich und mache mir Sorgen, da ich das nicht weiß. Seit du diese junge Frau hast, ziehst du dich von mir zurück, scheint mir. Werden wir dir in diesem Haus zu viele? Wir brauchen sie alle, zusätzlich zu denen drüben. Sie sitzen jetzt schon in den Mansarden, und ein Kellerraum ist frei gemacht worden für fototechnische Arbeiten. Auf Zeit! Du weißt das sehr genau. Kümmerst dich wenig drum, okay, ich stell die Leute ein, so haben wir's abgesprochen. Regst du dich deshalb so über die dumme Straße auf? Lass sie doch gewonnen haben! Bauen werden sie's doch nicht. Und das nicht nur, weil sie bis zur Fertigstellung unseres

Music Centers unter Vertrag stehen. Ich lass sie nicht raus. Damit kannst du rechnen.«

Oskar locker schwitzend im weiß-blau gestreiften Hemd und in beigen Turnschuhen.

Es war ein lauer Sommerabend, wie man ihn nur in Berlin erlebt, so lau matt, ohne jede Schwüle, grün hängend, die Mücken spielten im Licht, die Erde schien eine grasbewachsene Scheibe zu sein. Der lange Tisch war vor das Apfelspalier geschoben, bedeckt mit einem weißen Tuch, das aus vier Leintüchern gebildet war. Oskar hatte sein beiges Jackett ausgezogen und über die Lehne seines Stuhles gehängt.

Er griff es bei den Schultern und musterte die ankommenden Gäste. Das Büro bestand mittlerweile aus fünfundzwanzig Mitarbeitern ohne die Amerikaner, und vier Jahre würde es noch so aufgebläht sein. Es war Halbzeit.

Oskars Zahl war die Vier. Er spielte sie als häufigste Zahl im Lotto, jedes Mal zweimal unter den sechsen, immer die Zusatzzahl. Die Vier musste unbedingt im Nummernschild seines Wagens vorkommen, sie verhinderte Unfälle. Es fand sich eine Vier in Oskars Kontonummer. Er legte Verabredungen gern auf den 4., 14. oder 24. eines Monats. Ida hatte er an einem 24. getroffen.

Georg war mit Frau und Kindern da. Fass zum ersten Mal mit einer Freundin. Oskar fand sie, als Fass sie ihm vorstellte, ein bisschen verklemmt und düster, doch war es gut, dass er überhaupt mit einer kam; da hätte er nicht nur Augen für Ida. Frederike, die langjährige Sekretärin, kam mit ihrem Mann, der sich um die PR für das Music Center kümmerte. Frederike hatte nun in von Oskar bezahlten Fachkursen Englisch gelernt. Egi kam allein. Er nahm sich der drei Lehrlinge, der Hochschulfrischlinge Gert, Kurt und Horst, an. Tony Wilkins, der Akustiker, war mit seiner molligen Frau Margret gekommen. Man könnte in ihrem Busen versinken, dachte Oskar, als er sie begrüßte. Ida sprang herum und organisierte, dass Getränke gereicht wurden, seine Ida, ein Hühnchen, ein Junge, sie ginge immer noch als Junge durch. Oskar schüttelte den beiden Statikern namens Otto, Otto Lange und Otto Wagenknecht, die Hand. Sie hatten Ursula Maas, Tony Wilkins' Sekretärin, mitgebracht, eine Dunkle, Wilde mit Kirschmund, in Ohio aufgewachsen. Alle anderen Gäste des Sommerfestes kamen später. Ein ganz schön aufgeblasener Apparat plötzlich, na, würde auch wieder kleiner, dachte Oskar, dauerte aber noch, es hing von den Anbauten und den noch fehlenden Geldgebern ab.

Oskar warf einen prüfenden Blick in den Himmel. Es sah nicht nach Regen aus. Die Kurbel fehlte, um die Markise herunterzudrehen. Sie reichte auch nicht für alle, und einen so großen Schirm gab es im Büro nicht. Es wäre schade, wenn man ins Haus gehen müsste.

Als Kind hatte Oskar lange Reden gehasst. Sein Vater pflegte sie bei jeder Gelegenheit zu halten. Es war Oskar peinlich, dem Vater zuzuhören, wie der sich ins Zeug legte, wie ein altes Pferd, nein, nur wie ein Pferd, schwächte er ab, denn der Vater kam sich großartig bei seinen geschraubten, gedrechselten Formulierungen vor, imitierte, glaubte er, Thomas Mann. Ein skurriler Holzhändler.

Ida paukte für ihre Examina, sie hatte dunkle Augenringe. Versuche, auch für sie geistreich zu sein. So schön ihr gelbes neues Kleid, hat sie für mich das Kettchen am Fuß, der Orden mit dem Klunker dran – Chrysopras –, ich behänge sie so gern mit Schmuck, meine Augenweide, wenn sie bloß nicht nach den Prüfungen durchdreht und den großen Freiheitskoller kriegt, hoffe, sie schlägt sich's wieder aus dem Kopf ... So viele Jahre, hänge an ihr, meine letzte große Liebe, ahnt sie nicht, ist aber so.

»Es gibt keinen Anlass, außer dass heute vor vier Jahren das Telex kam. Wir lagen als Erste im Rennen. Heute Grund genug für uns alle, uns alle zu feiern. Vier Jahre. Im Kopf geht alles viel weiter zurück«. Und Oskar begann auszuholen, redete über sein Verhältnis zur Musik, über seine Mutter, die ihm als Pennäler E. T. A. Hoffmanns Erzählungen zu lesen gegeben habe, erging sich ein wenig über die Puppe Olympia und sagte, dass er seit damals der Musik ein Gebäude habe errichten wollen.

»Ich versteh nicht, warum er uns den Vortrag hält«, zischelte Fass zu Egi hinüber. Der legte den Finger an den Mund. »Psst«, machte Fassens Freundin Alice, »seid doch still, auch wenn es euch langweilt, ich will zuhören.«

»Ist doch immer so, die Bosse wünschen für sich allein den Spielplatz«, meinte Egi, »nach ihm kannst du ja erklären, wie du zu der Zusammenarbeit kamst.«

»Psst«, machte wieder die Freundin.

»Ich glaube, als ich schon auf die vierzig zurückblickte, warf ich diesen romantischen Mantel ab. Ich habe mir viele Konzertsäle der Welt angesehen, ja, ich kann sagen, ich habe sie studiert, habe ihrer Akustik nachgelauscht. Warum betone ich das? Klassik, versteht sich von selbst. Bin in Rock- und in Popkonzerte gegangen, in Jazzschuppen, suchte die Verbindung, den integrierenden Raum, nicht das Ghetto der einen Zuhörerschaft und der anderen. Ich trieb damals durch die Straßen, in dem Jahr, in dem ich mich in die USA abgesetzt hatte. Alleinsein ängstigte mich nicht, ich war allein, genoss es, dachte nicht zurück. Das Modell für das Opernhaus fiel mir ganz woanders ein. Und was ist Musik?«

»Eine Zusammenstellung von Geräuschen«, warf Fass ein.

»Er faselt«, sagte er leiser, »er sollte aufhören zu faseln. Ich kann das Gesabbere nicht leiden. Nicht bei ihm. Das geht mir so auf den Sack, dass ich nicht mehr hierbleiben will.«

»Sei doch ruhig«, sagte seine Freundin, »er kann doch nicht mehr lange reden, er muss doch gleich fertig sein.«

»Ach«, machte Fass und winkte ab. »Das denkst du mit deinen blauen Augen. Hinterher frag ich mal nach, Alice.«

Fass ging ins Haus. »Pardon«, murmelte er, »aber ich muss mal einen gewissen Ort aufsuchen. Bin gleich wieder da. Bitte keine Pause, bitte mir nicht weiter Beachtung zu schenken.«

»Eine Zusammenstellung von Geräuschen, ja«, nahm Oskar Fassens Einwurf auf, er sah ihm nach, wie er sich entfernte, ich wette, der kommt erst wieder, wenn ich fertig bin, dachte er, geht pinkeln und amüsiert sich so lange allein, mag keine Festreden, konnte ich in dem Alter auch nicht ertragen, immer noch nicht, eine ganz künstliche Situation, stehend, hinterm Stuhl, in der Bemühung, nicht ins Fettnäpfchen, die feierlichen Phrasen, zu fallen. »An dem Bau hängt mein Herzblut«, sagte er.

Fass kam mit einem großen leinenverhängten Bild zurück. Er lehnte es Oskar gegenüber jenseits des Tisches an einen Pflaumenbaum.

»Man muss warten können in unserem Beruf, auch auf das, was nicht kommt. Das zu lernen und mit sich zu vereinbaren ist das Schwierigste. Dass ein großer Teil Phantasie bleibt. Das aber auch ist das Wunderbare. Und wenn es dann doch nach zwanzig Jahren auf den Weg kommen sollte, hat es so viele Metamorphosen erfahren. Davon ließen sich endlos Geschichten erzählen. Das sage ich an die Adresse der Jungen, die ich bei dem Wort Geduld, Ausdauer, Langmut aufstöhnen und in Tiefschlaf verfallen sehe, Egi, Fass, Kurt, Gert, Horst, aber dann, meine Lieben, habt ihr den falschen Beruf gewählt. Es gibt Aufträge, die man gewissenhaft durchführt, aber sie bedeuten einem nichts, sie halten nur über Durststrecken hinweg am Leben. Für mich fallen diese Aufträge unter die Rubrik der Brotarbeit. Nennt ihr sie, wie ihr wollt. Überbrückungsarbeiten zur Deckung der laufenden Kosten in Überbrückungszeiten. Wir sind im Augenblick glücklich dran, wir profitieren von den Börsenspekulationen anderer: der Dollarkurs steigt, ich bete die Macht des Schicksals an, dass es beim Klettern bleibe, möge der Dollar erst wieder fallen, wenn wir ausgezahlt sind, wenn unser Bau steht.«

Alle saßen oder standen um Oskar herum, während er sprach, oder sie hatten sich ins Gras vor den Obstbäumen und den gelben und austernfarbenen Iris und Phloxstauden gelagert, niemand entfernte sich, auch Fass hatte seinen Platz neben Alice wieder eingenommen. Niemand ging Tischtennis spielen, obgleich der Tisch aufgebaut, mit gerichtetem Netz, Schlägern und Bällen zu einem Vierermatch bereit, windgeschützt auf der Seite des Hintereingangs stand. Einzig die Vögel hatten sich aus dem Garten verzogen, die Anwesenheit so vieler menschlicher Wesen hatte sie verschreckt.

»Der Lindenduft ist betäubend«, sagte Frederike zu Inge Maulwieser, die ihr gegenübersaß, »Kopfschmerzen macht das beinahe.«

Inge wandte sich um, um den Baum, der den schweren Duft verströmte, zu entdecken. Drei Linden standen auf dem Nachbargrundstück jenseits der Mauer, vor der die Tischtennisplatte aufgebaut war.

»Es sind amerikanische Linden«, erklärte sie, »deren Duft ist noch öliger, noch schwerer.« Sie sog ihn tief ein und sagte: »Ach, wunderbar! Und wie wunderbar auch ihr Honig!«

Oskar sah zu den beiden Frauen hinüber. »Warum sitzt du so weit weg?«, fragte er Frederike. Sie zuckte lächelnd mit den

Schultern und gab Oskar zurück: »Ich sitze neben meinem Mann.«

Inge lachte, um zu zeigen, dass sie Frederikes Antwort witzig fand. Oskar erschrak, als er ihr Lachen hörte. Es ging in Husten über. Da Inge seit einem Jahr nicht mehr im Büro arbeitete, hatte er sie lange nicht gesehen. Sie sah mürrisch aus und hatte abgespannte Gesichtszüge. Sie rauchte zu viel. Kein Wunder, dass es Georg anderswohin trieb, dachte Oskar, und er behauptet, aus Arbeitsüberlastung – er sitzt ja tatsächlich oft bis Mitternacht – im Büro geschlafen zu haben. Sie sollten trotz der Kinder die gemeinsamen Zelte versuchsweise abbrechen und Lust am Abbruch gewinnen. »Inge will nicht«, sagte Georg. »Hindert dich das?«, hatte Oskar geantwortet.

Wo ist Ida?, kam ihm plötzlich durch die Maulwieser'sche Krise in den Sinn. Eben hatte er sie doch noch gesehen. »Ida?!«, rief er.

»Hier sitze ich, hinter dir«, sagte sie, »ich habe mich in den letzten Sonnenstrahl gesetzt«, und sie wippte und kippelte auf ihrem Gartenstuhl, der dadurch so weit in die Erde einsank, dass sie aufstehen musste, um die hinteren Beine des Stuhles aus den Erdlöchern zu ziehen. Sie setzte sich um. Sie setzte sich ins Gras und sah zu Oskar auf. Oskar wollte ans Ende seiner Ansprache gelangen, unsäglicherweise war ihm jedoch eingefallen, auch etwas über die Zeit zu sagen. Die Zeit und Dauer von etwas, die Dauer der Zeit, einer bestimmten, genau und deutlich bestimmbaren, auf Handwerk und kleine Schritte begrenzbaren Zeit, die in Gesichtern ablesbar sei, nach vier oder sechs Jahren und drei- und vierfach so vielen – er sah, als er diese Jahre erwähnte, zu Georg und Inge hinüber.

Fass schüttelte enerviert den Kopf, zog eine Grimasse und fuhr sich mit seiner großen, fleischigen Hand durch die schwarzen Haare. Er wiederholte die Bewegung, während er sagte – leise, flüsternd, so dass es nur Egi verstand: »Er kann es nicht lassen, wenn er erst einmal in Fahrt kommt. Er redet zu viel. Er kann es nicht lassen, das meine ich, wenn er in Fahrt ist: Er redet zu viel.«

»Er ist schon in Ordnung, lass man«, tuschelte Egi zurück. »Gestern ist er furchtbar aus der Haut gefahren, hat Georg, den armen, geplagten, übernächtigten Georg, unseretwegen angefahren. Im Übrigen darfst du dich hier nicht so verraten, du darfst dir in seiner Gegenwart nicht anmerken lassen, dass dir Ida gefällt. Er hat den siebten Sinn, wie du weißt. Du hast zwar Alice mitgebracht, aber er hat dich im Auge.«

Oskar blickte zu den beiden Tuschelnden hinüber. Egis Stimme erstarb. Als Oskar sein Glas in die Hand nahm, um einen Toast auf Tony Wilkins auszusprechen, langte Wilkins ebenfalls nach seinem, dessen Standfläche auf dem Tisch eine Weinlache umgab. Er hob das Glas, und ein paar Tropfen fielen auf seine Hose. Ich bin eine alte Sau, ich bekleckere mich, dachte er, als er, die Augen auf Oskar gerichtet, sein Glas leerte.

Fassens Augen suchten Ida. Er sah sie nicht, da Oskar sie im Gras hinter sich gänzlich verdeckte.

»Mit seinem ständigen Neinsagen gräbt er mir das Wasser ab«, zischte Fass in Egis Richtung. Er bewegte die Lippen dabei so wenig wie möglich. »Er macht alles zu seinem, als wäre alles seins.«

»Dann spring ab, überleg dir's, wenn du das meinst, spring ab«, hielt ihm Egi entgegen. »Überleg es dir reiflich. Ich bin nicht deiner Meinung.«

Auf dem Tisch, vor Oskars Platz, stand das Modell des Music Centers als Torte. Margret, Tony Wilkins' Frau, war auf den Einfall gekommen. »Typisch Maggy«, sagte Tony und fuhr sich dabei über den nackten Eierkopf, »wo hast du die Torte backen lassen, hier?« »Hier«, bestätigte sie, »in einem Laden, der nur Torten macht, in der Nähe unseres Hotels, aber frag mich nicht, wo, weil ich mich in Berlin nicht auskenne, Tony.«

Tony stand auf. Er krempelte sich die Ärmel seines weißen Hemdes herunter und knöpfte sie an den Handgelenken zu, dann rieb er sich die Handflächen, bis sie heiß und rot waren. Erst dann begann er zu sprechen. »Warum stehe ich, ich wollte keine Rede halten, ich habe dich nur kopiert, Oskar, es war mir gar nicht bewusst, seltsam. Aber wo ich nun schon stehe, sage ich auch einen Satz. Du hast in deinem letzten Telegramm von meinem *ius primae noctis* gesprochen, wenn am Eröffnungsabend der erste Ton erklingt, übergibst du mir das Haus, und dann ist die Nacht meines Orgasmus ausgebrochen. Hoffen wir's.« Tony nickte und setzte sich wieder. Alle klatschten ihm Beifall.

Man lachte. Oskar sagte: »Man lacht. Du hörst, Tony, man lacht bis hinauf ans andere Ende des Tisches.«

Fass wusste, dass es sein letztes Fest in Marwigs Bürogarten war. Er würde um vorzeitige Kündigung seines Vertrags bitten, er hielt es nicht noch drei weitere Jahre aus – und so lange, bis zur Übergabe des Music Centers, hatte er sich verpflichtet. Aussteiger, ohne Arbeitsmoral! Fass hörte Oskar schon.

Er hatte keine Lust mehr weiterzumachen. Es lag nicht am Streit mit Oskar des Projekts »Hamburger Einkaufsstraße« wegen oder anderen Meinungsverschiedenheiten. Fass fand sich nicht begabt genug für den Beruf. Er würde auf lange Sicht nicht in ihn hineinwachsen. Gewiss – er konnte zeichnen, mit und ohne Taschenrechner rechnen, er liebte die Geometrie, aber er hatte, so kritisierte er sich selbst, zu wenig kreative Phantasie, um ein einzigartiger »Gestalter von Massen und Räumen« zu sein, und er wollte nicht in der Grauzone der Architekten mit

Büroarbeit und der wachsenden Zahl der Arbeitslosen in diesem Beruf stecken bleiben und in Tran und Suff und Geschwätz dahinvegetieren, und er hatte, da es ihm an eigener Entwurfskraft fehlte, zu wenig Gegenwehr, die Trends und Moden betreffend. Er hatte ein waches, kritisches Auge, er sah sofort die falschen Noten im Entwurf. Es drängte Fass auf die journalistische Seite. Er wollte über die Leute schreiben, die er bislang seine Kollegen genannt hatte. Ein solcher Wechsel entsprach auch der Ungeduld seiner Jahre: siebenundzwanzig, weg, springen, abspringen, auf ein anderes Pferd, einen anderen Bock setzen.

An diesem Abend fällte er die Entscheidung. Er sprach nicht darüber, nicht einmal mit Egi. War er deshalb ein Verräter, würde ihn jemand, der heute Abend hier im Garten feierte, als solchen ansehen können? Alice? Fass sah, wie ihr der Abend, die bunt zusammengewürfelte Gesellschaft, das Spielerische, Maggy Wilkins' Torteneinfall zum Beispiel, zusagte. Sie sah sich die Frauen an, die um den Tisch saßen, und unterhielt sich mit Inge und Frederike. Ja, sie würde gern als zweite Sekretärin kommen. Alice hatte, was Frederike fehlte, eine Ausbildung am Computer. Sie käme so mit einer Befähigung ins Büro, die allen dort Arbeitenden noch abging. Fass hörte ihrer Unterhaltung mit Frederike zu. Es war nicht seine Sache, hierin zu befinden. Er hatte sie mitgebracht. Das Mitbringsel machte – siehe da, wie rasch sich manchmal die Dinge weiterspielen – schon eigene Schritte, tastete für sich.

Und Ida?

Sie bliebe hier. Er dachte, wäre sie in ihn verliebt, wäre alles vielleicht anders.

Er setzte sich nicht zu Ida ins Gras. Betrachtete sie nur, malte sich aus, was sie dachte. Gut, dass sie hier nicht arbeitete. Er hätte sie jeden Tag ansehen müssen. Es gefiel ihm, in der Wunde zu bohren – eine Tätigkeit, die er sonst Egi überlassen hatte, um ihn daraufhin »Schwein!« nennen zu können und ihm an den Kopf zu werfen: »Du hast ein Gefühlsleben wie ein Bunker, Egon!«

Ida sah zu Fass hinüber. Er gewahrte es und blickte ostentativ zu Boden. Aber er wurde rot. Er spürte es und dachte ärgerlich ertappt: Das ist doch nicht möglich, in deinem Alter, so viel Scham – wie ein Mädchen, verlegen wie sie im KaDeWe. Du bist der rote Apfel, und sie ist der Junge. Als er glaubte, dass die Wallung, die vom Kinn aufwärts sein Gesicht überzogen hatte, abgeflaut wäre und die Hitze in den Wangen nachließe, sah er wieder zu Ida hin. Warum habe ich auch eine so sensible Haut, versuchte er sein Gefühl zu versachlichen.

Ida schien den Anflug von Röte in seinem Gesicht nicht bemerkt zu haben. Es dunkelte längst. Fass hatte die Dämmerung auf seiner Seite. Sie half ihm, sie beschützte ihn. Nach Jasmin sollte sie duften, diesen Duft von Frische an sich tragen, schwelgte er, von Jungfräulichkeit und angesammelter Zeit, aber sie riecht nach nichts, ich bin vorhin ganz dicht, extra dicht an ihr vorbeigestrichen und habe eine sehr gute Nase und nichts bemerkt. Vielleicht riecht sie nach sich, nach wildem Tier, rau unter den Achseln. Lächerlich, die Frau des Chefs, aber es ist so. Egi gegenüber hatte er sich einmal erklärt, er hätte es nicht zu tun brauchen, denn sein Freund sah sehr deutlich, worin Fass fest- oder womit er bislang unlösbar durchhing. Egi hätte ihm gern aufgeholfen, er wusste nicht, wie.

»Weißt du, Egon«, hatte Fass bei der Gelegenheit zu ihm gesagt, »ich bin einer von denen –«

»Wenn du so anfängst, versuchst du doch nur wiederum von deinem Gefühl wegzulenken!«, hatte Egi eingeworfen.

»Nein, lass mich weiterreden«, hatte Fass erwidert, »ich bin einer von denen … Jetzt hast du mich aus dem Konzept gebracht.

Ich hätte Seemann werden sollen, das Meer kann man auch nicht lieben, was willst du damit machen, nicht wie eine Frau – was ich meine, ich hab den Faden wieder, ist Folgendes: Ich gehöre zu denjenigen, diesen unpraktischen Leuten, die sich in das Unerreichbare verlieben, diesen Dreiecks-, diesen Triangeltypen, diesen Typen der verstellten Wege. Wenn ich die beiden angucke, stehe ich wie der Sohn da, eifersüchtig auf den Alten, rebelliere innerlich und fühle mich schlecht weggekommen. Sie könnte meine Schwester sein und meine Frau. Ist unser Alter, aber er hat sie. Wie verdreht das ist. Die Frau des Chefs, lächerlich, aber so ist es.«

Oskar fängt an, Ida auszuhorchen. Argwöhnisch will er wissen, wo sie so spät und so lange gewesen sei, wenn sie erst gegen zehn oder halb elf Uhr abends zurück ist. Sie hat sich mit ihren Studiengenossen auf die kommenden Prüfungen vorbereitet oder sie ist mit ihren Freunden im Kino gewesen, wohin Oskar, wenn die jungen Leute dabei sind, niemals mitkommt, und wenn Ida tanzen geht, macht er sowieso auf dem Absatz kehrt und bleibt zuhause.

»Schade«, sagt Ida, »aber du musst mich bitte nicht so abfragen, du bist doch nicht mein Vater. Er konnte es damals nie lassen. Ich weiß nicht, wessen er mich verdächtigte, und er nahm, leider, seinen Verdacht auch niemals zurück. Das verletzte mich.«

Es sind wieder Semesterferien. Ein paar Wochen davon, von Anfang August bis Anfang September, verbringen Ida und Oskar wieder in Italien, längst nicht mehr in der Casa Rosa in den Bergen südlich von Rom, sondern in einem Bungalow in der Maremma, einen Steinwurf vom Meer entfernt, auf der Höhe der

Insel Elba. Das Haus gehört einem Hamburger Anwalt, einem Freund von Oskar, der ihn auch berät und seinerseits jeweils für drei Wochen Urlaub zu ihnen stößt. Auch Tony Wilkins hat sich diesmal angesagt. Er will mit Oskar einiges, was für Philadelphia noch unklar ist, besprechen und klären. Ida hat die Gegend längst lieb gewonnen. Sie kann in dem Haus ungestört arbeiten, das Meer ist fünf Minuten entfernt, Oskar ist bei ihr, sie sind zusammen, fast empfinden sie den Anwalt als Eindringling, so eingespielt ist ihre Zweisamkeit. Ablenkungen außer denen, die sie sich selbst voneinander weg schaffen, gibt es nicht. Das Haus liegt einsam im Grünen. Die nächste Stadt ist zehn Kilometer entfernt.

Ida läuft den Sandweg hinauf. Sie sucht den Alten, der oben am Waldrand mit seinen Ziegen haust und selbst wie ein Bock aussieht: mit struppigem grauem Kopf, der Mund steht ihm immer ein wenig offen, der Unterkiefer hängt. Seinen Namen weiß Ida immer noch nicht. So kann sie ihn nicht rufen. Der Alte ist Schrottsammler, er wohnt am anderen Ende des Sandwegs, den Ida in den Wald hinaufgelaufen ist, unten an der Straße, neben der Bar, in einem ausrangierten Bus. Der Alte hat sich ein Feuerschutzdach an den Bus gebaut, über dem ehemaligen Einstieg mit den drei Treppenstufen, und über leckende, rostige Stellen im Dach hat er zwei Regenschirme gespannt. Sie leiten das Wasser ab. Der Mann – Ida nannte ihn das Ziegengesicht – konnte ein Auto fahren. Ob er einen Führerschein besaß? Den LKW, den er zu seinen Transporten benutzte, fuhr er nur nachts, ganz genau: am späten Abend im letzten Licht, und frühmorgens, wenn es wieder Licht gab. Wo er sich den LKW auslieh? Ida wusste es nicht. Jedes Mal nach so einer Fahrt hatte er auf seinem Gelände Neues angesammelt: Autoreifen, Marmorstücke in unterschiedlichen Größen und Farben, Rohre, Benzintonnen, und vom Meer, vom Strand, der Häuserzeile, die dort zerfiel, Sockel, Betonpfeiler und Holzplatten. Ida war jeden Tag an der Stelle am Meer und sah doch nie, wenn sie den Strand entlangging, dass über Nacht etwas abhandengekommen war. Erst wenn sie die Dinge am Sandweg und um den Bus herum entdeckte, erkannte sie sie wieder beziehungsweise setzte erst dann das Kombinationsrädchen in ihrem Hirn ein. Holz interessierte ihn offenbar nicht, jedenfalls nicht, um damit umzugehen, damit weiterzubauen, nicht einmal, um es in seinem Bus zu verfeuern – er gab es seinem Sohn, sollte der die Latten zerhacken und in den Ofen werfen.

»Hat er keine Frau?«, fragte Oskar.

»Doch, er hat eine«, sagte Ida. Aber die Frau war im Haus wohnen geblieben, mit der Familie des Sohns. »Sie arbeitet in der Küche«, sagte sie, »hast du sie dort noch nie gesehen?«

Ida ist erhitzt nach vier Stunden gehen. Sie ist durch die *macchia* gegangen, gekrochen, geirrt. Sie hat sich am Stand der Sonne orientiert. Sie sah durch das Laubdach zum Himmel auf, danach errechnete sie sich die Lage des Hauses, die Lage des Meeres.

Das Ziegengesicht hat um seine Busschlafstelle herum einen Zaun gezogen, daran züchtet er Wicken und Kürbis. Seine Welt ist staubig, nicht nur im Sommer, und sie ist stumm. Nur hin und wieder gibt der Mann ein Äh von sich, ächzend, krächzend, ein vieldeutiger Laut. Er hetzt den Hund auf die Tiere, wirft ihnen einen Knüppel nach. Dieses Äh entschlüpft ihm unvermittelt, ein halbes anstoßendes Husten, das vielleicht vom starken Rauchen kommt. Es entschlüpft ihm, wenn er allein im Bus sitzt, es entschlüpft ihm oben am Waldrand bei seinen Ziegen im Gehen, im Stehen, ganz gleich.

Der Alte in dem Bus war Idas und Oskars nächster Nachbar. Manchmal borgte er sich für die Nacht bei seinem Sohn, der die Bar und das Restaurant unten an der Straße besitzt, ein Transistorradio, und dann erklang Tanzmusik aus dem Bus. Eine schwach brennende Funzel erhellte den Wohnraum.

Er sammelte nur, er weidete aus, er verkaufte nicht. Ida hatte einmal, im ersten Sommer, da sie die Sprache des Ziegengesichts nicht sprach, ihm per Zeichen deutlich machen wollen, dass sie ihm eine Marmorplatte mit grünlich weißer Äderung gern abgekauft hätte, die sich in ihren Augen als Tischplatte eignete und dem Bus gegenüber auf der anderen Straßenseite im Graben lag und dort verdreckte. Daumen und Zeigefinger aneinanderreibend, schnell, so schnell sie konnte, die offene, hingehaltene Hand danach. Er sagte kein Wort. Er blinzelte sie hinterhältig an, in seinem rechten Mundwinkel saß ein kleiner Hohn. Dann schüttelte er wohlüberlegt den Kopf und schloss die Augen.

So wuchs seine Habe den Feldweg zum Wald hinauf, rechts und links des Wegs, wobei der Mann Obacht gab, dass sie nicht in den Gräben zu beiden Seiten verschwand. Vielleicht war Ida die weißlich grüne Marmorplatte, die sie gern gehabt hätte, auch nur aufgefallen, weil sie im Graben förmlich ausgestellt war, abgerückt von allem anderen – durch einen Zufall, den der Alte nach dem ausgeschlagenen Geschäft sofort beseitigte. Er ging und zog die Platte aus der Vertiefung, er lehnte sie gegen den breiten Fuß einer Olive am Weg. Und seine Ziegen trieb er den Weg hinauf und hinunter, als sollten auch sie an seinen gesammelten Schätzen teilhaben.

Sticht die Sonne zu sehr, trägt er einen Hut, zerbeult und durchlöchert, als wäre er mit dem alten Ding oft irgendwo hängen geblieben. Und er raucht filterlose Zigaretten, Marke National, seine lückenhaften bräunlichen Zähne sieht man sehr gut, wenn er den Rauch tief in die Lungen zieht. Zusätzlich kaute er Tabak, von weitem war zu hören, wie er den ganzen Vorrat an Katarrh ausspuckte.

Auch im Sommer trägt er Stiefel, alte geschnürte Stiefel von der Armee, die aussehen, als zöge er sie auch im Schlaf nicht aus, als brauchten seine Knöchel jederzeit den Halt.

Der Sohn war selbst ein Vater von drei Kindern, einer Tochter und zwei dicklichen Söhnen, die auch in dem Laden bedienten. Er ließ dem Ziegengesicht seinen Spleen, ließ ihn all die abgelegten Dinge sammeln, ließ ihm dieses Vergnügen, das er sich auf seine alten Tage ausgedacht hatte. Franco, Franz mit deutschem Namen, ließ den Vater unter den zwei Regenschirmen hausen, und der Alte genoss es. Er war offenbar ein friedlicher Alter, kein Jäger, einer, der nur hin und wieder mit dem Knüppel nach dem Hund und seinen Ziegen warf. Und der Wind strich um die Herde. Das sind unsere Nachbarn, die da unten an der Straße, dachte Ida, und die da oben im offenen Wellblechunterstand im Wald.

Sie war stehen geblieben und hatte das Ziegengesicht angesehen, ihm aus zwanzig Metern Entfernung in die Augen geguckt und zugleich seine Hand verfolgt, die Bewegung der Abkehr, den stummen Wink mit dem Kopf, und sie hatte sehr wohl begriffen, dass er sie mit dem Zeichen des Kopfes, augenblinzelnd und mit der heranwinkenden Hand in den Unterstand – den Ziegenstall – locken wollte, er hatte den Reißverschluss geöffnet und ihr, hell und nackt, seinen Schwanz gezeigt, den er mit der rechten Hand anhob, um ihn ihr, Ida, mit einer zwischen Kreisen und Schaukeln liegenden Bewegung anzubieten, all das mit seinem Starren und wiederum begleitet von seinem unentwegten Äh, äh, das sie von ihm kannte. Etwas in meinem Blick muss ihn darauf gebracht haben. Etwas muss ihn darauf gebracht haben, echote es hinter ihren Schläfen, etwas muss ihn darauf gebracht haben. Er meckerte jetzt, sie hörte ihn lachen – höhnisch über sie, die Blöde, die die Gelegenheit nicht ergriff, und er fing an, sich zu wichsen. Sie rannte. Er meckerte sein Lachen hinter ihr her. Raus aus dem Wald, dem Teil, in dem die Ziegen waren. Fortan würde sie einen Bogen um die Stelle machen, sagte sie sich, die ja auch kaputt und hässlich war – Wellblech, Stacheldraht, Autoreifen, eine zweite Mülldeponie. Wie eine Flechte wuchs der Schrott unter den Bäumen in den Wald.

»Ich dich verteidigen? Was willst du?«, sagte Oskar. »Du brauchst keinen Schutz. Der Mann ist alt. Ich kann ihm nicht sagen, was für ein Flegel oder Narr er ist, er ist blöde. Du kannst sprinten, das kannst du sehr gut, und dann schreist du. Ich höre dich.«

»Aber etwas, was von mir ausging, muss ihn ja aufgefordert, gereizt haben, seinen Reißverschluss zu öffnen, der Reiz, als ein Sexobjekt angesehen zu werden und es zugleich empörend zu finden, der Reiz, es zu wollen und zugleich nicht zu wollen, aus gesichertem Abstand.«

»Schlafen wir zu selten miteinander?«

»Ich finde nicht.«

»Ich meine schon. Wenn Walter hier ist, genierst du dich.«

»Wir wohnen so eng beieinander.«

Als Ida das Ziegengesicht wiedersah, saß der Alte in der Küche des Sohnes neben der großen offenen Feuerstelle, er schaute von dem Teller Nudeln auf und blickte Ida an, als habe er sie nie zuvor gesehen. Nichts war da in seinem Blick, das mit dem Ereignis am Waldrand in Verbindung zu bringen gewesen wäre, nichts, und der Mann senkte den Kopf wieder, um die nächste Gabel Spaghetti aufzudrehen.

Franco sagte: »Es geht dem Vater gut, der Vater ist zufrieden damit, dass er seinen Müll in den Wald schwemmen und sich alle Stämme zurechthacken kann, wie er sie braucht, dort, bei den Ziegen.« Er sei ganz bei sich, nicht allein, sei bei ihnen. Sein Pionier- oder Indianerspiel draußen im Bus sei seine Sache, ausschließlich seine. Und ehrfürchtig fügte Franco hinzu, dass es ihn erschüttere, wie frei sein Vater und wie redselig er manchmal sei, er selber wünsche sich, dass sein Sohn ihm auch später die Freiheit lasse, ihn nicht abschiebe in eine der Konserven zum Sterben.

Redselig! Der Fidele! Ida war erstaunt, die Seite an dem Alten kannte sie nicht, aber da sah sie, wie er im Radau der Bar, so dass sie nur seine Lippenbewegungen wahrnahm, lautlos, unermüdlich und zugleich behutsam, wie es ihr schien, auf die Schwiegertochter einredete. Wenigstens hellte sich das teigige Gesicht der Frau hinter der Theke auf, er fuhr sich dabei über die struppigen Haare.

»Wie kann man das sammeln«, sagte sie, als sie neben Oskar zum Haus zurückging, vorbei an den übersäten Straßenrändern, »dieses traurige Ausgekramte, diese Eingeweide von Häusern, dieses Innere von Fabrikhallen, diese ausgestreute, verstreute Fülle von anderen.«

Oskar legte ihr den Arm um die Schulter und drückte sie an sich. »Mein Schatz«, sagte er, »Menschen sind wunderlich oder sie werden es im Alter, wie ich sicherlich auch, aber du guckst sie immer noch mit Kinderblicken an. Hat dir das dein Vater nicht schon gesagt?«

»Nein«, sagte sie, »hat er nicht. Er hat mich im Stillen bewundert – für mein Studium, für meine Noten, aber er hat mich immer klein gemacht. Ich werde dich schon noch überraschen, dachte ich dann jedes Mal bei mir, wenn es wieder geschehen war. Doch habe ich ihn wenig überraschen können. Wir sehen uns ja kaum. Das letzte Mal, als ich dich vorstellen musste. Und wie viel Jahre ist das jetzt her? Er sucht keinen Kontakt mehr zu mir, er hat ihn nie von sich aus gesucht, bei Jutta hat er sich anders verhalten, und ich weiß nicht, wie ich es anstellen sollte. Meine Briefe beantwortete er auch nicht mehr. Da habe ich aufgehört, mich bei ihm zu melden, ich glaube vor vier oder fünf Jahren.«

Tony Wilkins war da. Er hatte sich am Flugplatz in Pisa ein Auto gemietet und war auf der Küstenstraße zu Ida und Oskar gefahren.

»Hier also versteckt ihr euch«, sagte er bei der Begrüßung. »Man sieht ja nicht einmal euer Dach von der Straße aus. Hätte ich nicht gewusst, wo ich von der Aurelia auf den Schotterweg zu euch abbiegen sollte, hätte ich dieses Anwesen niemals gefunden.«

»Oskar versteckt mich hier«, sagte Ida. »Ich soll ihm nicht weglaufen. Hier könnte ich nur in den Wald oder« – sie machte einen Witz – »ins Wasser.«

Während die beiden Männer architektonische und akustische Probleme des Music Centers diskutierten und eine weitere Kostenexplosion bis zum tatsächlichen Baubeginn rechnerisch einzudämmen suchten, legte Ida sich in die Hängematte, die zwischen zwei ausladenden Eukalyptusbäumen gespannt war, und las oder arbeitete.

Abends saßen sie zu dritt auf der Terrasse, die meerwärts lag, genossen die kühler werdende Luft, tranken Rotwein und unterhielten sich.

Eines Abends, als Oskar sich schon zurückgezogen hatte, fragte Tony Ida, was sie nach der Promotion zu machen gedenke.

Sie habe ein Angebot, an die Universität von Gainesville als Assistentin der dortigen Philosophieprofessorin zu gehen, die deutscher Abstammung sei und, da sie hauptsächlich über den deutschen Idealismus lehre, gern auch jemanden mit genauen Sprachkenntnissen neben sich hätte. Ein verlockendes Angebot.

»Und Oskar? Nimmst du das Angebot an?«, fragte Tony.

Er sei ja auch oft lange weg und so oft drüben, erwiderte Ida, »Wir treffen uns dann halt irgendwo in der Luft.«

Tony nahm den Witz auf: »In der Luft – das heißt, ihr trennt euch?«

»Das habe ich nicht gesagt«, antwortete Ida. »Er will sich ganz bestimmt nicht trennen.«

»Gleichberechtigung?«

»Nein, darum geht es nicht«, entschied Ida. »Mein Leben. Ich will mein Leben beginnen.«

Sie musterte Tony. Verhörte er sie als Abgesandter Oskars?

»Was hast du für ein Verhältnis zu deinen Eltern?«, fragte Tony weiter.

»Ein distanziertes.«

»Zu beiden?«

Ida nickte.

»Und die größere Spannung zu wem?«

»Zu meinem Vater.«

»Also, ein ungelöstes Verhältnis. Willst du es nicht lösen? Man kann den Spieß auch umdrehen, wenn er sich nicht um dich kümmert, und seinerseits die Initiative ergreifen.«

»Ja, das kann man«, pflichtete ihm Ida trocken bei.

»Dann tu's doch«, suggerierte Tony. »Ich glaube – ich will dir aber nicht zu nahe treten –, es ist an der Zeit.«

»Woher weißt du das?«

Tony zuckte mit den Schultern. »Ich glaube, ich bin ein ganz guter Menschenkenner. Tu es, bevor es zu spät ist und du falsche Zuweisungen machst.«

»Zuweisungen?«

»Schuldzuweisungen zum Beispiel. Hat er eine neue Frau?«

»Ja, eine sehr junge, verglichen mit seinem Alter.«

Ida gingen die Sätze nach. Falls sie die Promotion bestünde und nicht durch die mündlichen Prüfungen fiele, könnte sie ihrem Vater ja vorschlagen, sich wenigstens danach, und sei es, wenn er es so wollte, an einem neutralen Ort zu treffen, sogar am Bahnhof, dem Stuttgarter Bahnhof oder in Korntal. Ida lag nichts daran, bei dieser Gelegenheit auch die Stiefmutter zu treffen.

Ida wollte Tony am nächsten Vormittag mit an den Strand nehmen. Sie fing an, ihm zu beschreiben, wie es dort aussah.

»Also keine kleinen Hotels oder Pensionen, sondern Elendshütten«, fiel Tony ihr ins Wort.

»O nein«, widersprach Ida heftig, »nein, es sind keine Elendshütten dort unten am Meer, Wellblech und Pappe, Bretterverschläge und seitlich ein rostiges, verbeultes Rohr, nein, wenn du einmal zum Baden mitkommen wolltest, könntest du die Häuser sehen.«

»Ich bin leider, zu meiner Schande, ein notorischer Nichtschwimmer.«

»Es sind Pfahlbauten, bunte Häuser auf Stelzen, und die Stelzen sind dicke Säulen aus Beton. Außentreppen führen hinauf, und es gibt Balkons und Rundgänge aus Holz. Die Häuser stehen teilweise dicht nebeneinander, und ihre Reihe bricht ab, wo Meer und Wind sie abgerissen haben. Dort liegen dann die Betonsäulen im Sand, keine Schönheiten, in voller Länge oder in Stücke gegangen. Es sieht dort unten aus wie ein unechtes altes

Ruinenfeld. Jedes Jahr werden es weniger Häuser. Man kann sie mieten, den Sommer über. Und alle sind vergeben, an kinderreiche Familien hauptsächlich. Der Strand dort ist ein freier Strand, sie zahlen nicht für Schirm und Stuhl, es ist ihr eigener Schirm oder Stuhl, unter oder auf dem sie sitzen. Die Leute fischen in Booten, die sie meist mitbringen, und sie pflücken auch die letzten kleinen Muscheln von den Bänken dicht am Ufer in ihre Eimer. Es sind geborstene Betonblöcke aus Kriegszeiten, an denen die Muscheln wachsen – und sie fürchten sich nicht vor Cholera.«

»Warum soll ich mir die Häuser ansehen, wenn du sie mir so genau beschreibst?«

»Aber es sind meine Worte. Ich könnte ja lügen.«

»Hättest du dann nicht auch mir zuliebe gelogen? Du liebst den Anblick dieser Häuser auf Stelzen und lügst. Gut, das ist doch in Ordnung.«

»Ja? Ach!, und die Leute kommen mit ihren Hunden. Es fehlte noch, dass sie auch Hühner hielten. Ein ausgefallenes, sonderbares Treiben da unten. Die Leute – Männer, nicht die Frauen oder nur ganz wenige – waschen sich allmorgendlich auf den Rundläufen ihrer Balkons im Angesicht des Meeres in Schüsseln aus Plastik oder Emaille mit Seife, dass es schäumt, oder sie waschen sich im Meer, und die älteren Frauen laufen in Morgenröcken über den Strand, die jungen stehen in langen Nachthemden auf den Balkons, über die Brüstung gelehnt, und gucken, beobachten, was die anderen tun. Die Transistorradios laufen. Für die Abfälle steht ein offener LKW bereit, der einmal wöchentlich wegfährt und alles entsorgt. Dieses Gelände der Wohnhäuser, die weder die eiserne Keule noch eine Planierraupe brauchen, um eingeebnet zu werden und im Sand zu verschwinden, hat keinen Namen. Ein Stück Strand von fünfhundert Metern. Der Ort ist ortlos. Und eines Tages wird es ihn nicht mehr geben. Da unten liegt diese Reihe.« Ida wies über die Terrasse mit der Hand in Richtung Meer, direkt in der Verlängerung von Walters Grundstück. »Aber du kannst sie von hier nicht sehen, und wenn du nicht dort gewesen bist, Tony, wenn du sie nicht gesehen hast, kannst du nicht wissen, wohin du deinen Blick richten sollst. Du kannst nur meinem Finger folgen, aber mein Finger deutet jetzt auf einen Punkt in den Bäumen. Du siehst nicht einmal das Meer, Tony. Ein Ort, der schrumpft.«

»Warum beschäftigt er dich so?«

»Weil, das fällt mir jetzt auf Anhieb ein, er drei Monate im Jahr voller Leben ist und doch mit Leben nichts zu tun hat, weil er gegenläufig aller Regel für menschliche Ansiedlung ist. Er dehnt sich nicht aus, er wächst nicht einmal wie ein Baum, der sich Ring auf Ring zulegt, Jahr für Jahr, er schrumpft, nimmt ab und stirbt. Deswegen vielleicht. Er ist nicht wie alle übrigen Badeorte, die sich von Jahr zu Jahr wie ein Bauch weiter und hässlicher und stinkiger aufblähen. Die Namenlosigkeit ist nicht sein Schicksal. Er entstofflicht sich. Das Meer mit seinen Herbststürmen erobert ihn zurück, Haus auf Haus. Aber noch ist der Kampf nicht entschieden. Oskar wartet jedes Jahr darauf, dass ein neues Haus gebaut oder eins, das am Einstürzen ist, renoviert wird. So wird es kommen, sagt er, eines Tages ist es so weit. Und ich behaupte das Gegenteil. Ich sage, eines Tages wird auch das letzte Haus verschwunden sein, vielleicht hat man dann auf den Feldern dahinter Hochhäuser gebaut oder einen Campingplatz und Tennisplätze, aber die bunten, kleinen, schrägen Häuser werden verschwunden sein. Das heißt: Die Menschen, die jetzt kommen, kommen dann nicht mehr, und der Zauber ist verloren.«

IV

Ida hatte ihre Arbeit über Kants Weltbegriff abgegeben, sie hatte die mündliche Prüfung in allen Nebenfächern hinter sich, sie hatte die Promotion sehr gut bestanden. Auf der Abschlussfeier war natürlich auch Professor Wels. Das hatte er sich nicht nehmen lassen.

»Du, die Fackel Holsteins«, sagte er, »da ich dich für immer mit dem Gut deiner Großeltern dort oben an der Schlei verbinde, zu weiteren Annäherungen kam es ja nicht, also, darauf muss ich mit dir doch anstoßen, Ida.«

Ida musste mit allen Prüfern und Professoren, um ihren Doktorgrad zu feiern, anstoßen. Ihre Hände zitterten, während sie das Glas Sekt hielt, vor Anspannung und Erschöpfung. Sie hielt es mit beiden Händen fest, als umklammere sie den Steuerknüppel eines Traktors oder LKWs. Trotzdem strahlte sie. Sie hatte die Prüfungen, die sie hasste, hinter sich, sie hatte die Universität hinter sich, sie war jetzt frei zu einem neuen Leben. Prosit! Prosit! Prosit!

Idas Vater lag im Sterben. Das Telegramm der Stiefmutter. Was tun?

»Komm in mein Bett«, sagte Oskar.

In der Nacht, gegen Morgen stand Ida auf und ging in ihr Bett. Weil ihr Auszug so leise geschah, wachte Oskar nicht davon auf.

Ida fuhr nicht mehr ans Krankenbett des Vaters. Als sie das Telegramm ihrer Stiefmutter in der Hand hielt, war der Vater schon tot. Ida flog so nur zu seinem Begräbnis nach Stuttgart. Jutta war auch da. Oskar kam nicht mit. Er ging nicht auf Beerdigungen. Oskar blieb in Berlin.

Es war ein merkwürdiges Erlebnis, am Grab eines mehr oder weniger Fremden zu stehen und ihm die Rose nachzuwerfen, eines Mannes, mit dem sie das, was sie in das Wort Vater hineinlegte, nicht verband. Die Stiefmutter hatte angeordnet, ohne Jutta oder Ida davon in Kenntnis zu setzen oder sich mit den beiden fast gleichaltrigen Frauen zu besprechen, dass der Vater ein Urnenbegräbnis erhalte.

Oskar blieb, nachdem Ida zu ihm zurückgekehrt war, noch vier Tage in Berlin, dann flog er wie lange im Voraus geplant zurück nach Philadelphia, zu seinen dortigen Verpflichtungen.

Idas Vater hatte sich nicht an die strikten Anordnungen des Arztes nach der Bypassoperation gehalten, die nach zwei Infarkten notwendig geworden war. Er hatte zu Hause sehr bald wieder Holz für den Kamin geschleppt, weil er körperliche Betätigung nun einmal liebte – als Ausgleich zum intellektuellen Wege- und Auswegesuchen, das er zeitlebens berufshalber trainiert hatte. Der Idiot, dachte Ida, wozu hat er das gemacht. Holz! Sich mit Holzstücken umbringen! Wollte er nicht mehr? Bei der zu hohen physischen Anstrengung war die Aorta gerissen. Eine neue Operation war nicht angeraten gewesen, das Gewebe zu brüchig. Ida sah sich die schematische Darstellung einer gesunden Ader im Vergleich zur verengten, von Verkalkung an der Arterieninnenwand befallenen Ader in der Region der Herzkranzgefäße an. Sie las: Auswirkung überhöhter Cholesterinkonzentration etc.

Oskar telegrafierte Ida über den Ozean: Armer Schatz. Setz dich ins nächste Flugzeug. Komm her und bleib.

Ich kann nicht länger als drei Tage kommen, telegrafierte sie zurück, ich riskiere meinen Job. Aber ich komme!

Oskar nahm nicht an, dass der Tod von Idas Vater umwälzende Folgen auf ihr Verhältnis haben könnte. Ida ihrerseits hielt es plötzlich für möglich. Da war ein Riss. Sie klammerte sich an den Telegrammtext, die Sprache Verliebter oder vor einer Endgültigkeit wie diesem Tod hilfloser Liebender, und flog zu Oskar. Es war ein falscher, viel zu gewaltsamer Schritt: Oskar steckte bis zum Hals in Arbeit, er hatte für Ida, die, ein brütender, stumm in Vergangenem, Abgelebtem und nicht Unternommenem wühlender Kloß, ihm nur beschwerlich war, nicht hinreichend Einfühlungsvermögen und Zeit. Nach drei Tagen flog sie zurück.

»Nanu?«, machte nur zu runden Augen Frau Behm, als Ida nach so kurzer Zeit wieder in die Haustür trat. »Sind Sie schon wieder da, wie kommt's? Ich habe noch nicht einmal die Küche ordentlich aufgeräumt, und seine Hemden habe ich auch noch nicht gebügelt. Ist denn etwa der Herr Architekt auch schon wieder zurück?«

»Nein, nein«, beschwichtigte Ida Frau Behm, »ich bin allein zurückgeflogen. Unruhe, ich weiß nicht«, antwortete Ida, »ich habe außerdem zu tun.«

»Oskar kommt noch längst nicht, wenigstens noch nicht zu dem Zeitpunkt, den er im Auge hatte«, sagte Ida nach ein paar Tagen. »Ich gehe vielleicht auch für eine Weile fort. Im Moment erinnert mich alles, auch hier, an die Zeit zuvor. Mein Vater hat dieses Haus zwar niemals betreten, zugleich ist es von ihm, von der vergangenen Zeit, derjenigen, in der er noch lebte, erfüllt. Verstehen Sie? Ich kann hier nicht zur Ruhe kommen. Ich ziehe so lange zu Studienfreunden. Hier ist die Nummer. Oskar kommt frühestens in drei Wochen zurück.«

»Wie Sie wollen, Ida, was Sie für richtig halten«, antwortete Frau Behm und hielt sich mit einer weiteren Meinung zurück. Sie holte Bügelbrett und Bügeleisen heraus, ging in die Waschküche hinunter und fing an, Oskars Wäsche zu plätten. Für alle Fälle. Falls er morgen doch in der Haustür stünde? Und während sie mit dem heißen Eisen über Oskars weiße Hemden und Taschentücher fuhr, murmelte sie: »Und ich hüte das Haus. Mein Haus ist es ja auch.«

Ida hat Geld von ihrem Vater geerbt. Sie ist nun im Vergleich zu ihren ehemaligen Kommilitonen eine wohlhabende Person. Doch um nicht zu sehr oder auf gefährliche Weise allein zu sein, ist sie zu Freunden in eine WG gezogen. Die Freunde heißen Tilman Krause, Markus von Bayer und Ulla Wassermann, Idas Mitschülerin im Internat, mit ihren zwei kleinen Kindern. Pfingsten ist gekommen, und Ida will mit Tilman und Markus nach Marokko fliegen (was die beiden trotz der studentischen Billigflüge nicht zahlen können, will Ida dazusteuern). Als die beiden Tunesien als Zielland vorschlagen, wehrt und winkt Ida ab. In Tunesien ist sie mit Oskar gewesen. Sie möchte jetzt nichts unternehmen, was auch nur in die Nähe einer Wiederholung käme. Sie einigen sich auf einen zehntägigen Trip durch Ägypten, Idas heißer Jugendliebe, denn in den Jahren wollte sie in Sein und Zeit buddeln und Ägyptologin werden.

Die neue Wohnung, die WG, liegt in der Stadt: in Charlottenburg in der Gervinusstraße, im dritten Stock eines aus der Gründerzeit stammenden Mietshauses. Gegenüber, auf der anderen Straßenseite, befindet sich ein Kinderspielplatz und hinter ihm, nach Büschen und Bäumen, steigt der Bahndamm von S- und Fernbahn an. Eine Schule liegt in der Nähe.

Ida bezieht bei ihren Freunden hinter der Küche ein Zimmer zum Hof.

Oskar war über Idas Auszug, wenngleich sie ihm nur eine Entfernung auf Zeit angekündigt hatte, es erübrigt sich zu sagen, mehr als unglücklich. Er dachte an die Anfänge: die Tage, an denen er nichts als Idas weißes Kleid im Kopf gehabt hatte. Was sie jetzt tat, warf ihn um Jahre zurück. Sie entzog sich seinem Einfluss. Wollte sie ihn nicht in ihre Gedanken lassen, als ermangelte es ihr an Vertrauen, an Offenheit oder als gäbe es in ihr Gebiete, ganze Länder oder Verstecke, die sie ihm, Oskar, niemals offenbarte, weil sie ihn dafür nicht genügend liebte? Er würde sie schon wieder einsammeln, sagte er sich, wenn er zuversichtlicher gestimmt war.

Als sie sich kennenlernten, hatte sie ihm einmal gestanden, sie wisse nicht, ob sie es länger als drei Wochen mit ihm aushalte, sie sei es nicht gewöhnt. Weshalb kam ihm die Erinnerung daran jetzt in den Sinn? Ida hatte doch bewiesen, dass sie es zu Jahren mit ihm gebracht hatte – ohne »Knacks«, wie ihr Ausdruck damals gewesen war. Was hatte ihrer Erfahrung damals denn zugrunde gelegen: Internatsjahre – ungeliebte –, in denen sie sich ihre Zimmergenossinnen nicht hatte aussuchen oder selbst wählen können, es herrschte das Prinzip der Zuteilung von Menschen, dasjenige der Ration – und so rationiert waren sie denn auch miteinander umgegangen. Wen sie geliebt hatte oder liebte, Ludwig ausgeschlossen, wusste Oskar nicht so genau. Also? Die Folgerung lautete: Ida hatte, bis sie Oskar traf und zu ihm zog, noch niemals mit einem anderen Menschen gelebt. Wenn nun aber er die meiste Zeit fort war und es mehr und mehr sein würde, so wie sich ihm die Perspektiven hinsichtlich seiner beruflichen Tätigkeit zu seinem Frohlocken eröffneten?

Er würde Ida wieder einsammeln. Er war sich dessen sicher. Sie grollte ihm ja nicht. Was war es – ein Spiel, um wieder aufeinander zuzugehen?

Ida träumt in ihrem neuen Bett. Eine Stimme sagt unbeteiligt, als nenne sie die Überschrift eines Vortrags, den sie daraufhin halten werde, oder als lerne sie die Wörter wie in einer fremden Sprache Vokabeln: Die Kanalisation. Sofort setzen die Bilder ein: Der Keller. Der Tunnel. Die Ratten kommen. Das Wasser steigt. Sie steht in dem Tunnel. Sie hat den Geschmack angerosteter, grünspanbesetzter, grünspanzerfressener Rohre im Mund. Die Beine sind in dem Wasser zu schwer. Sie hebt sie nicht weit genug heraus, um laufen, weglaufen, fliehen zu können.

Ihre Trauer um den toten Vater nahm sehr überraschende Wege. Für eine Weile erklärte sie den Todestag samt der Todesstunde zu ihrer neuen Zeitrechnungseinheit: davor, danach.

Bis wann hatte der Vater die Nachrichten des Weltballs wahrnehmen können, was hatte er nicht mehr erfahren, in Erfahrung bringen, erleben dürfen. Und so, in dieser begleitenden Vorstellung, ging es eine Zeitlang mit Ida hin. Sie hatte den Vater in den letzten Jahren kaum gesehen. Die Gründe dafür ließen sich nicht auf ihre Verbindung mit Oskar, die des Vaters mit einer um dreißig Jahre jüngeren Frau abdrängen; gewiss hatte der Vater seine Vorbehalte gegen Idas Liaison mit Oskar gehabt – er sah sie in ihrem Leben wiederholen, was er in seinem Leben tat. Zuletzt – und sie erinnerte sich dessen genau – hatte sie ihn gesehen, als sie nach der Promotion nach Korntal gefahren war. Er hatte sie eingeladen, um mit ihr diesen Abschnitt in ihrem Leben mit einem Mittagessen zu feiern. Er hatte sie von der Bahn abgeholt. Er hatte auf dem Bahnsteig gestanden. Ida hatte ihn eher gesehen als er sie. Er hatte gegen das Treppengeländer der Unterführung gelehnt, die eine Hand auf dem Rücken, die andere auf dem Knauf seines Stocks, und die fast im Schritt vorbeiziehenden Fenster – Waggon für Waggon – des einlaufenden Zugs gemustert. Ida war aus fünfzehn Metern Entfernung auf ihn zugeschritten, inmitten anderer, die ihr Gepäck schleppten. Das erkennende Aufblitzen in seinen Augen. Die Hand immer noch auf dem Rücken, hatte er sich von dem Geländer gelöst und war mit linkischen Schritten ganz langsam, um nur keine Bewegung des Überschwangs merklich werden zu lassen, mit einem Grinsen auf sie zugekommen. Als er vor ihr stand, hatte er ihr, ehe er gemäß Ritual ihre Wange küsste und sie die seine streifte – ein Küssen war es nicht, auch sein Wangenkuss war nur ein flüchtiges Streifen des Gesichts –, hatte er ihr also, was er hinter seinem Rücken in der Hand verbarg, übergeben: einen Strauß Rosen, Kopf an Kopf saßen sie im Grün ihrer Blätter. Er war allein gekommen. Er hatte die Frau zu Hause gelassen. Die Rosen waren das letzte der spärlichen Geschenke des Vaters gewesen. Und Ida hatte nicht das Gefühl gewonnen, als ob es ihm mit der jungen Frau miserabel ging, wie ihre Mutter beteuerte, er einer verlorenen Ehe nachtrauerte oder am liebsten von allen Menschen isoliert und allein gelebt hätte. Als Ida Kind war, war dies hin und wieder in seine Rede eingeflossen: in einer Zelle, in einem Kloster leben und dort auch, hinter den Türen, den meterdicken Mauern, sterben. Mein Vater, dachte sie, ein Eigenbrötler, einer der alten, verschrobenen, der aussterbenden Sorte.

Ida war im Todesmoment ihres Erzeugers nicht bei ihm gewesen. Sie hätte es auch, anders als Jutta, niemals gewollt. Trotz

Tony Wilkins' Anmahnung war sie vor seinem Tod keinen Schritt auf ihn zugegangen. Der Vater hatte den Schritt gemacht, einen förmlichen Schritt an einen Tisch in einem Restaurant in Korntal, den Strauß Rosen in einer Vase des Restaurants neben Ida. Er hatte auf Idas Leistungen getrunken, auf ihre wissenschaftliche Karriere. Er hatte gesagt, er sei auf sie sehr stolz. Mit den rosa Rosen war Ida nach Berlin zurückgeflogen. Sie hatte den Strauß auf das Fensterbrett ihres Arbeitszimmers gestellt, so dass ihr Blick, jedes Mal wenn sie von der Schreibmaschine oder ihrem Blatt Papier aufsah, auf die kleinen rosa Köpfe gefallen war, bis sie eingeknickt, fahl geworden und abgestorben waren.

Manche Menschen, junge vor allem, können sich in einem Todesfall vor Lachen nicht halten. So jung war Ida nicht, nicht mehr und nie gewesen. War es nur dies: welche Rolle man gerade ergriff? Gewiss nicht. Ihrem Vater konnte sie keinen Vorwurf machen. Wofür? Dass er sie sein Leben lang auf Distanz gehalten hatte? Er war tot. Der Mutter den Vorwurf? Sie stand mittlerweile als ein sehr entfernter Stern in Idas Leben. Also auch: wofür? Jutta? Niemals. Klage führte Ida gegen sich selbst. Auch das stimmte nur zum Teil. Sie führte Klage gegen die Unordnung des Lebens, das letztlich doch im Tod endete, ohne dass man zuvor das Wichtigste trotz präziser Ankündigung geregelt oder zur Sprache gebracht hatte. Sie weigerte sich, diesen ungeordneten Wirrwarr von Entstehen und unwiderruflichem, stummem Verschwinden einerseits und Versagen und Vorwurf andererseits anzuerkennen. Kein Weg führte aber daran vorbei. Etwas in ihr wünschte sich, ewig zu leben, nicht nur wegen der so möglichen Chance eines ewigen Aufschubs beziehungsweise, ins Positive gewendet, eines endgültigen Ordnungmachens, Aufräumens und Mit-sich-ins-Reine-Kommens. Dieser manische Wunsch war nur die Kehrseite seines depressiven Bruders, weil der Gedanke, tot zu sein, zu schwer und unerträglich war.

Ida stellte sich das väterliche Bild, das die Schwiegermutter verschickte, nicht auf. Er war der, die Person, der Mann, den sie im Gedächtnis trug.

In ihrem Gedächtnis erstand er neu, jetzt erst ging sie, mit sich hadernd, auf ihn zu und nahm ihn in sich auf. Und wegen dieser Symbiose über den Tod hinaus begriff sie lange die Äußerung eines Freundes nicht, Markus von Bayer, mit dem sie studiert hatte und nach Ägypten gefahren war: »Er ist auf die andere Seite getreten«, und dieser Symbiose wegen wies sie auch lange Zeit den Satz ihrer Mutter zurück: »Wir sind nur Wegbegleiter.« Beide hatten recht, gewiss, aber Ida mit ihrem Wunsch, ewig zu leben, nicht auch? Die meisten Fragen, die sie sich ihres Vaters wegen stellte, blieben offen. Sie unterhielt sich nun mit ihm. Sie soufflierte ihm. Er war ihre Phantasie.

Ida erklärte Oskar in einem langen Brief nach Philadelphia, warum sie es in seinem Haus allein unter veränderten Umständen nicht mehr ausgehalten, weshalb sie dieFlucht zu gleichaltrigen Freunden ergriffen habe, Freunden, die Ida ihm, Oskar, gegenüber oft erwähnt hatte. Sie hielt inne im Schreiben. Da erkläre ich, um mich zu entschuldigen, so wirkt es, so muss es auf ihn wirken, als hätte ich ein schlechtes Gewissen und rieb es ihm wiederum unter die Nase. Denn der nächste Satz, den sie hatte schreiben wollen, hätte gelautet, vorwurfsvoll: »Aber du hast von ihnen ja niemals Notiz nehmen wollen.« Das entsprach zwar der Wahrheit, doch war es vielleicht nicht klug, dies auch brieflich zu erwähnen, so wie es Ida mit einem Mal als überaus unklug erschien, alle ihre Gründe für den vorübergehenden Auszug schriftlich zu fixieren. Sie zerriss den Brief. Ehrlich war es, Oskar mitzuteilen, wo sie war, und ihn zu bitten, sich zu melden, sowie er zurück war. Sie rechtete plötzlich auch mit Oskar. Sie warf ihm in Gedanken sein Alter vor, den großen Unterschied zwischen ihnen. Plötzlich floh sie das Alter, als habe sie immer schon zu nahe am Tod gelebt, floh das Alter, das ihr bislang so viel Schutz gewährt hatte.

Verplempere ich mein Leben, ging ihr durch den Kopf, als sie den Stift ansah, mit dem sie geschrieben hatte, und dann zum Briefkuvert griff, dessen Verschlusslasche sie anleckte, um sie zu schließen. Oskar tut es nicht. Er hat über sich eine unsichtbare Hand, die ihn führt, einen Engel.

Ich weiß, was ich will. Ich will Philosophie lehren, ich will mich nur auf mich konzentrieren, will junge Menschen zum Denken anleiten, ich will über Kierkegaard und Heidegger forschen und schreiben, aber ich sitze da und habe Oskar gegenüber ein schlechtes Gewissen dieses Wunsches halber, dass ich mein Leben auf meine Füße stellen will, auf ein Leben ohne ihn, so muss es zuerst sein, es reicht mir nicht, nur sein Anhängsel zu sein, wie auch immer geliebt. Ich habe jetzt die Universitätsjahre hinter mir, nun sehne ich mich nach Neuem und sehe ich mich nach Neuem um. Wenn er sich sperrt? Er wird sich sperren, und wie er sich gegen meinen Schritt wehren wird.

Ulla Deighton hatte nach der Scheidung ihren Mädchennamen Wassermann nicht wieder angenommen, aber sie war ein Dreivierteljahr danach mit ihren beiden Söhnen, Ian, fünf Jahre alt, und Gavin, sieben, mehr auf das Drängen ihrer Eltern hin, hauptsächlich des Vaters, als aus eigener Entscheidung, nach Deutschland zurückgekehrt. Dennoch konzedierte sie ihrem Vater dies: Das Leben drüben allein mit den Kindern war zu teuer und kompliziert geworden. Sie hatte Glück gehabt, an der amerikanischen

Schule in Dahlem gleich eine Anstellung als Sprachlehrerin zu erhalten; sie unterrichtete Deutsch und Amerikanisch. Noch von Mill Valley aus hatte sie zu Ida, ihrer ehemaligen Mitschülerin, Kontakt aufgenommen. Ida hatte die Wohnung in der Gervinusstraße für sie gefunden, in der sie jetzt selbst für eine Weile untergekommen war. Ulla war es gewohnt, auch als sie sich mit ihrem Mann noch gut verstanden hatte, in einer größeren Gemeinschaft zu leben, mit einem befreundeten Ehepaar und dessen Kindern zusammen, wie sie Ida geschrieben hatte, oder mit Singles, Männern oder Frauen, ganz gleich. Ihr Muster hatte sie sehr bald in der Berliner Wohnung wiederhergestellt: Nach drei Wochen war eine Russischstudentin bei ihr eingezogen, eine Woche darauf ein Studiengenosse ihres Bruders aus Freiburger Zeiten, später kamen Markus und Tilman für sie. Dass es Ida in das Zimmerchen hinter der Küche verschlagen hatte, gefiel Ulla außerordentlich. Für sie stand fest, dass sie nach zwei, spätestens drei Jahren in Berlin zurück nach San Francisco ginge.

Ulla zog schließlich auch Oskar in die Wohnung, wenngleich er Idas wegen kam. Manche Menschen haben die Begabung, rasch andere um sich zu versammeln und sie so zu locken, dass sie gern wiederkommen. Ulla hatte diese Eigenschaft schon auf der Schule gezeigt. An Wochenenden hatte sie Partys für ihre Mitschüler und Mitschülerinnen veranstaltet, und auch in der Schule hatte Ulla im Mittelpunkt gestanden. Ida hatte sie dieser Leichtigkeit ihres Umgangs wegen nicht neidfrei bewundert.

Ulla maß sich auch an Ida. Aber es dauerte eine Weile, ehe die beiden Frauen sich über ihre gegenseitigen Wertungen, Wertschätzungen und das, was sie aneinander ablehnten, unterhielten, denn dazu mussten sie die alten Schultage ins Gedächtnis rufen.

»Du wirst dich übernommen haben, Ida«, sagte Ulla. Und als Ida sie daraufhin ziemlich verständnislos ansah, rief Ulla voller Erstaunen aus: »Du weißt wohl noch gar nicht, was das ist! Was für ein gemütliches Leben hast du denn bisher gelebt?«

»Oskar hat mir die Welt zu Füßen gelegt, und seine Welt war die Welt, und er hat mich eifersüchtig bewacht.«

»Möchtest du lieber mit einem Mann leben, der nicht eifersüchtig ist? Aber bewacht? Wie kann er dich bewachen, wenn er selbst wochenlang fort ist? Er wird in der Zwischenzeit nicht Spitzel auf dich angesetzt haben. Er hat dich vielleicht zu sehr dir selbst überlassen, und dieses Selbst hast du nicht ausgefüllt, nur mit Leere, dem Gefühl zu warten, und gegen deine Leere klagst du. Du antwortest seiner Liebe mit Leere, nicht mit Erwiderung, das kann nicht gut gehen.«

Sie brachen die Unterhaltung ab.

Ida fühlte sich verlassen, und sie übertrug willkürlich die Leere, die der Tod des Vaters in ihr aufgerissen hatte, auf Oskar und tat dies in solchem Maße, dass Oskar über sie keine Macht mehr besaß – sie selbst hatte sie ihm entzogen, so dass Oskar Ida aus dem Bannkreis nicht fortziehen konnte. Oskar stand neben ihr: einssechsundsiebzig groß, rothaarig, mit Sommersprossen und schwarzen Augen und vielen Falten im Gesicht, und ihnen gegenüber stand der Tote. Und damit nicht genug des Gespinstes, denn zugleich forderte Ida wortlos und stumm von Oskar, er möge zwar nicht das Todesgeschehen, aber ihr eigenes Konstrukt für sie beide rückgängig machen, möge es rückgängig machen können – mit einem Einfall, mit einem Hieb –, andernfalls werde sie von ihm abfallen, sei der Bruch gekommen, der so lang hinausgezögert war.

Oskar schickte Ida mit jedem neuen Tag einen Brief in die neue Wohnung.

Beschreib mir die Gerüche der Straße.
Beschreib mir die Lage der Wohnung.
Beschreib mir den Schnitt der Wohnung.
Beschreib mir das kleine Zimmer! Ist es hell?
Ist Platz darin für uns?
Beschreib mir die Augen deiner Freundin.
Was für Träume träumst du?
Ich hole dich, wenn ich zurück bin.

Ida zeigte Ulla die Briefe. »Und du beklagst dich! Du quälst diesen Mann«, folgerte Ulla kopfschüttelnd.

Oskar berichtete Ida über alles, was er tat, was noch in der Schwebe hing, womit er sich weiter beschäftigen müsse, ob die Tiefgarage zehn oder elf Stockwerke haben, das Restaurant neben der Bar auch eine Brasserie und eine Art Wiener Café anbieten solle und man ihm den Kammerkonzertsaal zugunsten eines zusätzlichen Vortragsraums verkleinern wolle. Was Tony, der von Herzen grüße, Gott sei Dank mit großem Protest auf den Plan gerufen habe. Denn er ... Mein Schatz, mein Liebling ... Ida las das wie aus weiter Ferne. Etwas in ihr hatte einen Knacks bekommen. Sie konnte das Gefühl nur schwer beschreiben. Jeder Schritt verlief jetzt jenseits einer neuen Grenze, und hätte Ida anderes behauptet, hätte sie gelogen. Sie wehrte sich gegen das leere Gefühl. Die Leere ging einher mit einer großen Traurigkeit.

Ida besucht Oskar, als er zurückgekehrt ist. Oskar lässt sie gewähren, bei ihm zu wohnen, zurückzukehren in das Zimmer der Freundin in der Gervinusstraße, nicht ohne Einwand, aber letztlich doch, wie Ida will.

Er fragt sie: »Sag mir, was habe ich falsch gemacht? Bist du verliebt und verschweigst es mir?«

Sie schüttelt den Kopf und glaubt doch an Luftlosigkeit zu ersticken, als säße sie in einem Käfig.

Sie telefonieren.

Oskar fährt fort, Ida fast täglich oder nächtens einen Brief oder einen Zettel zu schicken. Manchmal schreibt er nur: »Ich habe in deinem Zimmer gesessen. Ich sitze an deinem Tisch und schreibe dir dies, spätnachts, ich habe dein Zimmer noch einmal angucken wollen. Schlaf gut, love, O.« Oder: »Komm bald wieder, ich halte die Einsamkeit nicht aus.« Oder: »Wir sind von Tony Wilkins, der hier ist, und Margret, sie wohnen beide bei uns, zum Essen eingeladen, kommst du mit? Sie würden dich gern sehen.« Oder: »Schatz, komm schnell! Es ist so herrlich hier draußen im Garten, der Goldregen blüht, das Gras duftet, die Erde duftet modrig, humusversetzt – kennst du Darwins Schrift über die ›Bildung von Humusboden durch die Tätigkeit von Regenwürmern‹? Eine Lehre von der Wichtigkeit auch der kleinen Dinge.«

»Was willst du, wirres Hirn«, sagte er eines Abends, als Ida wieder bei ihm blieb. »Ich habe dir, was deine Arbeit angeht, bisher geholfen, ich helfe dir gern weiter, falls du es nicht weiter erträgst, dann brauchst du es nur zu sagen. Aber dann sag es auch und zieh nicht nur ein Gesicht. Vielleicht willst du doch weiterstudieren? Deinen Vater kann ich dir nicht wieder lebendig machen, also das ist das Einzige, was du von mir nicht verlangen kannst. Ansonsten steh ich dir mit Rat und Tat zur Seite.«

Aber Ida wollte sich von Oskar nicht mehr helfen lassen.

»Du willst gar nicht geliebt werden«, sagte er.

Sie sah ihn stumm an. Das stimmte nicht.

Hin und wieder blieb Oskar nachts in der Wohngemeinschaft. Es tat ihm gut. Umgang mit Leuten, auch sichtlich jüngeren als er, zu haben, die nichts mit seinem eingeengten, auf Arbeit und Berufliches zugeschnittenen eingefahrenen Leben zu tun hatten. Es lockerte ihn auf. Ida war sich darin ganz sicher, ohne Ullas Gegenwart hätte sie diese Öffnung nicht bewerkstelligt.

Schlug Ida Oskar vor, Altersgenossen von ihr zu treffen – so zumindest war es vorher gewesen –, mit ihnen ins Kino zu gehen, in eine Studentenkneipe, eine Disco, hatte Oskar abgewinkt. Er hatte mit ihr bei ungeteilter Aufmerksamkeit zuhause sitzen wollen. So hatte Ida sich in einem Salto der Phantasie oft fünfzig- und sechzigjährig gefühlt, für Kur und Sanatorium bereit, und war noch keine dreißig Jahre alt. Es war ja gut, Ulla – in ihrer impulsiven, selbstsicheren, verschmitzen Art Männern jeden Alters gegenüber – nahm ihre Chance und ihren Einfluss auf Oskar wahr. So war es Ulla, die Ida half, da Ida doch jetzt alles allein zuwege bringen wollte. Ulla ging auf eine flirtend mütterliche Weise auf Oskar ein – so einfach war es, schon fühlte er sich wohl.

»Ich gehe mit ihm um, wie ich mit meinem Vater umgehe, wenn ich gut aufgelegt bin«, sagte Ulla, »und für das ›gut‹ kannst du auch ›sicher, meiner sicher‹ sagen: die Verhältnisse sind sicher. Mein Vater meckert immer noch sehr viel, aber letztlich gehe ich doch über ihn weg und tue, was ich will. Du triffst ihn bald, Ida, die Wohnung wird ein Lager werden, mein Freund und dessen Schwester, Helen, die mein Vater sehr mag, kommen auch, die beiden aus Mill Valley, der Vater aus dem Schwarzwald. Einem Kuhdorf oberhalb von Freiburg, dort wohnt er jetzt.«

»Dein Vater«, sagte Ida, und sie versuchte, sich an Ullas Vater zu erinnern, sie schloss die Augen, um die Bäume draußen und die Bahntrasse dahinter vor ihrem inneren Auge verschwinden zu machen und andere Bilder auftauchen zu lassen. Ullas Vater im Wohnzimmer des kleinen Hauses außerhalb von Plön, am Hang in Richtung Ascheberg – Ullas Vater liebte es anscheinend, außerhalb und in Hanglage zu wohnen, wenn Ida sich richtig erinnerte. Man hatte von dem Haus aus auf den kleinen Plöner See geblickt, das bewaldete Ufer des Sees, auf eine Wiese, auf Knicke, die zu beiden Seiten die Straße bebänderten, und auf die Auffahrt, die in einem leichten Bogen auf das Haus zuführte. Der Hang an seiner obersten Grenze war beidseitig von Hochwald bestanden, so dass das Haus erhöht wie auf einer grünen Zunge lag. Ullas Vater, der Major war, liebte es anscheinend, an einem erhöhten, strategisch gelegenen Ort zu wohnen. Ullas Vater, damals Major Ulrich Wassermann, heute Major Ulrich Wassermann a. D., war in Abständen in das Wohnzimmer gekommen, in dem Ida und Ulla sowie andere Schüler und Schülerinnen des Internats tanzten. Er war niemals länger als drei, vier Minuten bei ihnen geblieben, er hatte sie ins Auge gefasst, dann war er wieder hinausgegangen, und er hatte die kurzen Kontrollgänge in seiner Uniform ausgeführt. Jetzt, als Ida sich an sein Gesicht zu erinnern versuchte, tauchte das Gesicht nicht auf. Ida sah nur die Uniform, sie sah einen Mann ohne Gesicht, sie sah ihn sich bewegen, aber die Stelle des Gesichts blieb leer.

Sie sagte zu Ulla: »Ich weiß nicht mehr, wie dein Vater aussieht.«

»Du wirst ihn wiedererkennen«, versicherte Ulla, »sofort, wenn du ihn siehst. Sein Gesicht ist unverwechselbar, du weißt es wieder, wenn du ihn triffst.«

»Ich dachte, du erinnerst dich an alles«, warf Oskar ein, der dem Gespräch der beiden Freundinnen zugehört hatte, »ach, Ida, ich hätte es auch niemals für möglich gehalten –«

»Was?«, fiel ihm Ulla ins Wort.

Oskar: »Was ich nicht aufschreibe, vergesse ich.«

Ulla: »Oh, tatsächlich?! Sie übertreiben. Dann könnten Sie nur noch aufschreiben und aufschreiben, am Tisch sitzen, was Sie denken, im selben Nu niederschreiben, das ist unmöglich.«

Oskar: »Es ist viele Jahre her, gut, ich war auch damals älter als ihr beiden, aber ich war noch nicht vierzig, als mir ein Onkel erklärte, dass man anfangen müsse, sich die Dinge – Dinge, an die man sich erinnern wolle, sagte der Onkel, Dinge, die man für wichtig halte – aufzuschreiben, mit welchem Schlüssel auch immer, denn wenn man die Hürde der vierzig hinter sich habe, lasse das Gedächtnis nach, es versage nachgerade. Ich habe ihn damals ausgelacht, habe gedacht: Gut, dir mag es passiert sein, mir geschieht das nicht. Ich verstand nicht, dass das Gedächtnis nachlassen würde. Der Onkel erzählte mir Dinge aus einer Welt, die ich nicht kannte.«

»Was versagt, wenn das Gedächtnis versagt?«, fragte Ida.

»Ich kann es dir nicht sagen«, antwortete Oskar, »etwas Physisches versagt. Alles versagt.«

»Abgestürzt?«, fragte Ulla. »Nein, es löst sich wohl auf?«

Oskar spürte, wie er unter den Fragen der beiden Freundinnen aggressiv wurde.

Ida, im Schutz und Geleit von Ulla, nahm sich einen Ton heraus, der ihn, Oskar, zum Onkel machte. Sie reizte ihn. Er spürte, wie ihm heiß wurde. Um ihr den Mund zu stopfen, hätte er ihr gern seinen Schwanz hineingestoßen. Nackt in ihren jungen Mund.

Trotzdem, da saß er dann wieder allein zu Hause, starrte ins Kaminfeuer oder in den Garten hinaus und dachte: Ich habe ihr Zeit sparen wollen, sie hat nicht begriffen, was ich meinte, vielleicht begreift sie es doch, eine Chance …

Ach.

Inge und Georg besuchten ihn.

»Trennt euch, Oskar«, sagte Inge. »Gib sie auf. Lass sie los.«

»Sie zerstört dich«, sagte Georg. »Sie ist es nicht wert, dass du so leidest, Oskar. Pass auf, dass sie nicht auch noch deine beziehungsweise unsere gemeinsame Arbeit zerstört.«

Er gab nicht auf, obwohl er dunkel ahnte, dass er mit Ida an eine Frau geraten war, bei der er den Satz anwenden konnte: Alles ist möglich, nur nicht Aufrichtigkeit, weil sie nicht in sich gefestigt ist. Ihre Gefühle sind zu wirr.

Was halfen ihm diese banalen Einsichten.

Er warf ein Glas ins Feuer. Trank sein Bier weiter, indem er die Flasche an den Mund hob und, ohne abzusetzen, das Bier geräuschvoll in sich hineinschüttete.

Er schlief auf der Couch, das war Nirgendwo, das gewünschte Nirgendwo wie ein Hotelbett.

In vier Tagen flog er dorthin, wo es ihn schon jetzt zu sein verlangte. Er konnte es nicht erwarten, die aufgezogene Glasfront des Eingangs zu sehen, die neun Säulen, die die Glashaut trugen.

Ulla erzählte, dass sie in Mill Valley in einem einstöckigen Holzhaus mit flachem Dach gewohnt habe. Ihren ersten Mann hatte sie in Gainesville, Florida, verlassen.

»Also bist du zweimal geschieden«, sagte Ida

Die Kinder waren von ihrem zweiten Mann, Henry, dem Lehrer, der in dem Holzhaus wohnen geblieben war und mit einer neuen Frau dort lebte.

»Ich wollte mir einreden und einträumen, dass ich Frank mochte«, sagte Ulla, »aber ich schaffte es nicht, ich mochte seinen Körper nicht, was willst du da tun? Er ist in Gainesville geblieben und hat dort zu Ende studiert.«

»Erzähl mir etwas über dein Gainesville«, sagte Ida. Ulla wusste, dass Ida ein Angebot vom philosophischen Department der dortigen Universität erhalten hatte und die Assistentenstelle gern annehmen würde. Sie hatte es Oskar nur noch nicht gesagt.

Ulla schwärmte von ihrem Holzhaus, der Straße, an der es lag, die nicht gepflastert war, ein breiter Sand- oder Waldweg, das Haus lag unter Bäumen. In den Bäumen spielten Eichhörnchen, und im Garten blühten blaue Blumen, die Ulla nicht kannte. Das Laub war trocken. Die Erde war sehr weich. Ulla sank tief ein, wenn sie die Glastür des Hauses beiseiteschob und in den kleinen Garten hinausging. Die Sonne kam durch die Baumkronen. Eichen, sagte Ulla, die man dort allerorts fand, auch auf den Weiden, vereinzelt und ausladend, mit aufwärtsgeschwungenen Astspitzen, oder sie standen im Pulk auf den Weiden, Eichen, aber nicht Eichen wie in Deutschland, etwas wie Bärte oder Schwänze oder graugrüne Rispen hing von ihren Ästen, teilweise mit ganz langen Wedeln, *spanish moth* hieß das Zeug. Ulla fand es schön. Sie meinte, die Bäume, die überall in der Gegend zu finden waren, auch auf den Weiden, auf denen Rinder grasten, wirkten, als wären sie gerade aus dem Wasser gezogen, als hätten sie eine sintflutartige Überschwemmung überstanden und sich dabei an Meeresschlick und -schlamm etwas aufgegabelt, was nun an ihnen herunterhing, weil es zufällig, als das große Wasser wieder fiel, so hängen geblieben war. Für die Ewigkeit. Bis es sich selber fallen ließe. Sehr weich. Ulla war oft unter diesen Bäumen auf und ab gegangen und hatte sich das *spanisch moth* durch die Handfläche streichen und streifen lassen.

So flach und grün und nirgendwo war also Gainesville?

Klein und dick, die Erinnerung an seine Statur war verschwunden, als er zur Tür hereinkam, aber sie war Ida mit dem ersten Blick wieder präsent. Die zackige Schulterbewegung: auch vergessen. Nur die Stimme. Die Stimme dechiffrierte ihn. Auf Anhieb. An dem über die Maßen lauten, fidelen, westfälisch daherrollenden Klang erkannte Ida den Fremden auf Anhieb als Ullas Vater wieder. Er hatte die Uniform vertauscht. Sie war, im Vergleich zu damals, grüner, aus leichterem Stoff, und er trug ein Hütchen mit Gamsbart. Major Wassermann war pensioniert. Statt um Beine, die damals vor ihm strammgestanden hatten, kümmerte er sich jetzt hobbyhalber um Bäume. Er sägte, lief in ledernen Stiefeln, er mochte den Wald.

Er nahm Idas Hand, ließ sie eine Weile nicht los und redete auf Ida ein. Sie erinnerte sich nicht, dass damals an den Wochenenden, wenn sie auf ein paar Stunden in sein Haus hatte kommen dürfen, alle Stunden aller Wochenenden zusammengenommen, er so viel mit ihr gesprochen hätte. Aber die Zeit war weitergerückt, das klang aus jedem Satz heraus, den der Major sprach. Jetzt war es das Rauschen der Bäume, nicht mehr ein kommandogebendes Gebrüll, waren es die gerade ausgerichteten Stämme, war es statt des damaligen Schliffs und lärmigen Drills das rauschende Schweigen. Ida sah immer noch so aus wie früher, aber aus ihr war etwas geworden, stetig, Schritt für Schritt, was sie bezweifelte – »doch«, erwiderte er, »ich widerspreche aufs Heftigste, Ida!«. Er wisse es von Ulla, aus ihren Briefen –

Sie hatte einen Beruf.

Ich habe vielleicht Aussicht auf einen Beruf.

War selbständig.

Habe die Möglichkeit, mich selbständig zu machen.

Nun, immerhin, immerhin, kam herum.

Das ist wahr, sie nickte, sie war mit Oskar herumgekommen. »Ich war mit ihm in Sydney«, sagte sie, »er hat mich mitgenommen, hauptsächlich um mir das Wunder des dortigen Opernhauses zu zeigen, in San Francisco wie Sie war ich nie, aber in Chicago, in Philadelphia und eine Woche in New York, Oskar hat mich auch dahin mitgenommen, ich war in Los Angeles, und wir waren, wenn er Urlaub im Sommer machte und ich Semesterferien hatte, meist ein paar Wochen in Italien.«

Ida schwieg, und Major Wassermann hielt ihre Hand. »Ich trete Ihnen meine Hand ab«, scherzte sie, »ich schenke Sie Ihnen. Wollen Sie sie?«

»Oh, Entschuldigung«, erklärte er rasch und ließ Idas Hand los, »ich war in Gedanken. Hin und wieder passieren mir solche Dinge, die ein wenig außer Reih und Glied sind.«

Ida nahm die Hand wieder an sich und legte sie auf ihren linken Schenkel.

»Meine Tochter«, sagte er, »weshalb hat sie es nicht geschafft, weshalb hat sie nichts aus ihrem Leben gemacht!«

»Aber Herr Wassermann!«, rief Ida perplex. »Das ist väterliche Meinung! Wie können Sie so etwas sagen. Sie lebt ihr Leben, sie hat zwei Kinder – ich habe mein Leben fast noch gar nicht angefangen. Und Ulla hat doch einen Job, sie ist hier an der Schule. Das mag Ihnen alles so nicht passen.«

»Sie hat keine Antriebskraft«, nörgelte der Major weiter, »sie ist passiv, sie ist nicht ehrgeizig, sie hat keine«, er wusste nicht, was er weiter sagen wollte, ihm fielen die Wörter nicht ein, aber dass Ulla alles fehlte, was sie mit dem Bild hätte versöhnen können, das er sich von seiner Tochter gemacht hatte, war zu spüren.

»Probleme, die nicht zu lösen sind, nenne ich nicht Probleme«, witzelte Ida, um den unwirschen Vater etwas aufzulockern, »das Problem ist Ihr Bild!«

Er schob die Lippen vor, so dass sie eine kleine Schweineschnauze bildeten, fuhr sich mit der Zunge über die Schneidezähne und sagte dann: »Hm, das hilft mir nicht. Aber Ihnen geht es gut?«, womit er den Gesprächsgegenstand wieder zurück auf Ida verschob.

»Nicht sonderlich«, meinte sie, »sonst wäre ich nicht hier.«

Darauf konnte sich der Major nun keinen Reim machen. Er fragte auch nicht weiter. Ida sah an seinem Blick, dass Ulla ihm über die Auseinandersetzung mit Oskar nichts mitgeteilt hatte.

Ulla brachte auf einem Tablett Kaffee und Erdbeerkuchen herein. Ida ging. Eine Gruppe Studenten wartete im Philosophischen Institut auf sie.

Als Ida zurück war, machte der Major sich Ullas wegen wieder an sie heran. Einerseits rührten Ida des Majors Gefühle für Ulla, die Ratlosigkeit, die Anhänglichkeit, andererseits ärgerte sie die Sturheit des Mannes immer mehr. Sie fuhr aus der Haut: »Aber was wollen Sie denn«, rief sie, »Ulla ist jetzt für zwei Jahre hier, danach wird sie entscheiden, was sie tut. Sie will zurück in die Staaten. Ihr Egoismus kann es ihr doch nicht verbieten! Ihr Egoismus kann sie doch hier nicht begraben! Ich verstehe Sie nicht, Sie sind ein Besserwisser, ein Panikmacher. Entschuldigung, ich wollte Sie nicht –«

»Ehrenwort«, fiel ihr der Major ins Wort, »es macht mir nichts, wenn Sie mich beschimpfen. Ich sehe daran nur, wie sehr Sie Ulla mögen.«

»Sie machen es immer schlimmer. Mit jeder neuen Antwort schlimmer«, sagte Ida.

»Warum?«, fragte der Major. »Vielleicht begreife ich durch Sie oder über Sie ein wenig mehr, was doch wichtig und notwendig wäre, wie Sie doch meinen, oder haben Sie mich mit Ihrem

Wutausbruch nun aufgegeben als einen nicht verbesserbaren Fall, vielleicht auch Vaterfall?«

»Was wollen Sie?«, fragte Ida irritiert.

»Ich will mich mit Ihnen unterhalten.«

»Unterhalten?«, fragte Ida. »Wir streiten doch nur. Ich sage Ihnen jetzt, wie ich es empfinde, das führt zwar auch noch zu keiner Unterhaltung, nur zu einem – meinem – Monolog. Ulla ist zweimal geschieden. Sie hat sich zweimal von ihren Männern getrennt. Oder diese Männer sich von ihr. Und es gibt Sie, ihren Vater. Hat Sie die ganzen Jahre der beiden Ehen gegeben. Sie waren immer da, nah oder nicht, ist auch nicht wichtig, aber da, am Leben, und haben verfolgt oder beobachtet, was im töchterlichen Leben vor sich ging. Sie lieben Ulla und haben ihr stets die Meinung gesagt. Ihre Rolle ist immer weniger die des verschmähten Vaters als des verschmähten Liebhabers gewesen. Ulla hat mir erzählt, wie Sie sie nachts im Hafen von Sausalito geküsst haben, als Sie neben ihr saßen und ihr von eurer Bank über die schwarze Bay nach San Francisco hinübersaht. Ein magischer Moment, auch zwischen Ulla und Ihnen. Sie sehen, nicht wahr, jetzt habe ich mein Bild, mein Bild über Sie, und weiß es besser! Das ist langweilig! Finden Sie nicht? Dass sich etwas ändert, wollen Sie nicht. Oder? Was Ihrem Bild nicht entspricht, Sie aber dennoch gutheißen könnten? Nein!«

»Was tun?«, wollte der Major wissen.

»Damals haben Sie nie das Wort an mich gerichtet, Herr Wassermann«, begann Ida.

»Ihr wart alle junges Gemüse«, antwortete der Major. »In meinen Augen. Über Integralrechnung konnte ich mich mit Ihnen nicht unterhalten, das verstehen Sie, Ida.«

»Der Krieg«, sagte Ida.

»Tja«, machte der Major und nickte. »Der Krieg.«

Die Siebenmeilensteine, -stiefel, Stulpenstiefel der Erinnerung: Stahlhelm, Koppel, Hundemarke, ein Pykniker, blauäugig, kurzhaarig, Ulrich Wassermann, Infanterist. Seine Füße marschierten in Aalborg, in Nettuno, später in Todendorf da oben an der Ostsee in der Nähe von Kiel, in Munsterlager in ... in ... in ... der Lüneburger Heide bei Nato-Übungen ... Ulla hatte es Ida erzählt.

Die Zeit nach Kriegsende verbrachte der Major in einem Lager in Holland, einem Umerziehungslager, es war schwierig gewesen, die Familie ausfindig zu machen, ebenso wie es für die Familie, was heißt: seine Frau, schwierig gewesen war, ihn zu finden.

»Aber warum sind Sie beim Militär geblieben, ich meine«, versuchte Ida, ihre Frage zu präzisieren, »weshalb sind Sie dann, als es die Bundeswehr gab, dorthin gegangen? Hatten Sie nicht genug, salopp ausgedrückt, von der Ballerei?«

»Es war das Einzige, was ich gelernt hatte«, erwiderte der Major zuvorkommend, lächelnd, »Soldat sein, Soldaten ausbilden.«

Ida bohrte nach. Sie versuchte zu verstehen, seinen Überlegungen näher zu kommen. »War das Grund genug?«, fragte sie. »Sie hätten doch auch umsatteln, Tischler werden können, zum Beispiel, und bis 1956 lebten Sie doch a. D., immerhin neun Jahre.«

»Wenn Sie so fragen«, entgegnete er, »nein, Tischler, nein, ich wollte fürs Alter vorsorgen, ich wollte eine Pension, immerhin hatte ich vier Kinder, und ich bin gern mit Jüngeren zusammen, bin es schon immer gewesen, wie jetzt mit meinen Enkeln.«

»Also glauben Sie nicht an Abrüstung«, sagte Ida, die ihren Gedanken über den Krieg nachhing. »Sie glauben an den Krieg. Er ist sicherlich nicht Ihr Lebensinhalt, aber doch der Arbeitsinhalt Ihres Lebens gewesen, und der macht für einen Mann den Löwenanteil in seinem Leben aus. Irre ich mich etwa?«

»Nein. Es wird immer Luftangriffe geben und Kasernen und Unteroffiziere, und eines Tags werden in allen Ländern auch die Frauen eingezogen werden.«

»Der grüne Spruch: Stell dir vor, es ist Krieg und keiner geht hin, was halten Sie davon?«

»Blaues Hirngespinst!«

»Sie glauben also an Abschreckung, an die Angst, den Kalten Krieg. Und halten es nicht einmal für möglich – den Gedanken könnte man doch einmal denken –, dass es zwischen den Amerikanern und den Sowjets eines schönen Tages, hoffentlich baldigen Tages, zu einer historischen Vereinbarung über Rüstungsstopp, Abbau und Vernichtung aller Kernwaffen kommen könnte? Dass damit eine neue Zeit, ein neues Goldenes Zeitalter in der Geschichte der Menschheit beginnen könnte?«

»Nein«, sagte der Major. »Ich bin Realist. Kein Utopist. Die Courage wird kein Staatsmann haben. Was geschieht dann in und mit der Dritten Welt? Dann wird sie der neue Umschlagplatz. Bei uns wächst das Gras, und sie wird vor Waffen starren. Nein. Wohin sollte die Rüstungsindustrie sonst liefern, wenn nicht in all die Länder? Denn ich denke nicht, dass die beiden Supermächte, selbst wenn sie keine Waffen mehr gegeneinander richten, die Produktion ganz einstellen. Das käme zumindest im Westen einem ökonomischen Desaster gleich. Die Russen könnten das natürlich nicht nur auffangen, sondern von vornherein vermeiden.«

»Ist ein Mensch, der seine Meinung ändert, von vornherein moralisch verwerflich oder charakterlos?«, fragte Ida. »Wenn ein strammer Aufrüster zu einem engagierten Abrüster, ein Hartliner zu einem Softliner, ein Falke zu einer Friedenstaube wird, etwas Schöneres, Lebensermutigenderes kann es doch gar nicht geben! So denke ich.«

»Sie sind eine Frau, und Sie gehören einer anderen Generation an als ich«, schloss der Major.

»Daran liegt es nicht, das ist in meinen Augen nicht der Unterschied. Meine Haltung ist eine andere als Ihre. Daran, glaube ich, liegt es«, sagte Ida, »so sehe ich es.«

Am nächsten Morgen – Ulla war mit den Kindern zu Kindergarten und Schule aufgebrochen – setzte der Major seine Unterhaltung mit Ida fort, am Küchentisch, am Fenster zum Hof.

»Ich möchte meine Enkel vieles lehren«, sagte er. »Ich habe auch Ulla vieles gelehrt, mag sie es auch nicht zugeben wollen. Ich weiß es nicht. Ich habe sie nicht gelehrt strammzustehen, aber ich habe sie gelehrt zu gehorchen. Der Vater ihrer Kinder ist ein Hippie-Vater, wenn Sie verstehen, was ich damit meine. Nett, schwach und, wenn er könnte, ein Nichtstuer. Vielleicht verstehen Sie nun, weshalb ich so darauf dränge, dass Ulla mit den Kindern in Deutschland bleibt.«

»Nein«, sagte Ida.

»Sie ist unsere einzige Tochter«, fuhr der Major fort, »und wir haben nur die beiden Enkel. Sie sollen deutsch aufwachsen, verstehen Sie: deutsch, europäisch, falls Ihnen das ein lieberer Ausdruck ist, das Amerikanische kommt noch früh genug auf sie zu, Superman morgens ab sechs im Kinderfernsehprogramm, wenn die Eltern aufstehen und sich fertig machen, um zur Arbeit zu fahren, die Wolkenkratzer, Disney Land und dass sie nie mehr zu Fuß gehen werden, die Drogen, die Ghettos, die Slums und dass sie ein Messer in der Brusttasche tragen und nur noch von Papptellern und aus Konservenbüchsen essen und sich nie mehr konzentrieren, weil sie es als Kinder nicht gelernt haben.«

Oskars Blick! Brennend, schwarz, irrlichternd, als er von seiner Reise, die zwei Monate gedauert hatte, zurückkam (Los Angeles, Honolulu, Sydney, Hongkong, Macao). Hatte man ihn nicht auf der Musik-Baustelle gebraucht? Georg und Tony hatten ihn, so gut sie konnten, ersetzt.

Ich hasse mich für meinen Verrat. Aber ist es Verrat?, schrieb Ida in ihr Tagebuch.

> In meiner Unbeteiligtheit bin ich unschlagbar, in meiner Unsicherheit, in kleinen Lügen. Was für eine Anstrengung: nächste Schritte!
>
> Oskar hat den Fluchtweg versucht. Ich habe mir das Gehirn erschüttert bei einem Autounfall. Da stand er im Zimmer, besuchte mich mit meinem lädierten Kopf; sehr mager geworden, fahrig, in einem neuen Mohairanzug, den er sich im Laufe eines Nachmittags in Hongkong hatte machen lassen. Gezeichnet. Wie ich ihn ansah. Sein Blick auf mich. Die Sekunden neu aufblitzender Liebe, und dann bei mir: der Fotoblick. Er würde niemals aufhören, mich zu lieben. »Ich weiß, wann der Zeitpunkt gekommen ist, dann schicke ich dich weg« – sein Satz vom Anfang. Es gab den Moment nicht, es würde ihn niemals geben. Oskar war gekommen, um mich zu holen, zu bitten, dass wir es beide nochmals miteinander versuchten. Seine Pupillen waren so klein und so schwarz und so stechend, als stünde er unter Drogen, und ich war feige genug, ihn nicht zu umarmen, ich verriet ihn und mich in Anwesenheit von Ulla und ihrem Freund, wir haben uns nur förmlich einen Kuss auf die geschlossenen Lippen gestupst. Er hatte meine dunkelblaue Leinentasche, die ich immer zum Einkaufen benutze, dabei, für die Geschenke, als hätte er es nicht gewagt, ohne etwas in der Hand zu mir

zu kommen: ein langes, grünes baumwollenes Kleid aus Singapur, ein Flugplatzkleid, ein Zwischenlandungskleid, eine Halskette, eine schwarze Kordel, an der ein wunderschöner Jadestein hing, eine Liebeshand aus matt glänzendem braunem indischem Edelholz, einen chinesischen Witwenanzug, wie Oskar sagte, aus Macao, dessen Hose bis auf die halbe Wade hing, ein Wäscheband diente als Gürtel, man zog daran, bis sich die Hose eng um die Taille legte, und machte über dem Bauchknopf einen Knoten hinein. All das zeigte Oskar im Kreis gespannter Blicke, auch meiner. Nicht nur sehr häufig hatte er in den zwei Monaten an mich gedacht, nach seinen Erzählungen, Briefen, Anrufen von unterwegs beinahe ständig. Wie er mich behütete und zugleich nicht aus dem Sinn ließ. Er legte mir seine Welt zu Füßen, er schenkte sie mir. Und was tat ich? Ich trat darauf.

Er hatte sich auf das Wiedersehen gefreut wie ein Kind, dem am Heiligen Abend die Glocke geläutet wird und die Bescherung ist da. Und ich – ein Mischmasch aus kühler Rührung, Beobachtung, Abwehr, Mitleid, Selbsthass, aber ohne jede Gnade, ohne jegliche Barmherzigkeit. Nichts davon! Ich hatte Ketten an den Füßen, konnte nicht zulaufen auf ihn wie früher und ihn umarmen, wie ich es noch bis vor kurzem so gern getan hatte. Das war der Mann, mit dem ich sechs Jahre lang zusammengelebt hatte, ging mir durch den Kopf. Er fuhr dann allein ins Haus zurück, das ich mit Plastiktüten und dem nötigsten Handgepäck verlassen hatte. Und danach begann es wieder. Wir telefonierten, und ich fuhr zu ihm, wohnte auch bei ihm, schlief mit ihm. Es hatte mit dem Abend angefangen, als er allein Ullas Wohnung verließ. Das Bild will mir nicht aus dem Kopf: Seine Geschenke lagen zu meinen Füßen am Boden oder noch auf meinem Schoß –

auch das grüne Kleid lag dort –, und er schlich sich traurig, nun mit leeren Händen, fort, der Blick wie auf dem Foto in seiner Mappe, das ihn im Schaukelstuhl zeigt.

Oskar betrank sich abends allein in seinem Haus. Das steckte Frau Behm Ida, um sie zur Rückkehr zu bewegen. Er wollte außer Ida niemanden um sich haben. War sie da, trank er weniger.

»Er verwildert«, sagte Frau Behm, »Sie sollten zurückkommen, Ida, es geht so nicht. Er hält es nicht durch. Wobei ich nicht mal seine Leber meine, die auch natürlich, wobei ich ihn, seine Seele, das, was den Mann ausmacht, was ihn so großartig macht, meine. Er säuft sich um den Verstand, er säuft sich um sein Leben. Einmal, da hat er schon nicht mehr wollen, und wer so ist, der probiert's vielleicht auch noch einmal. Er macht mir Angst. Ich liege nachts wach und höre auf die Geräusche.«

»Wenn ich nicht da bin?«

»Ja, na ja«, sagte Frau Behm. »Immer weiß ich's ja auch nicht, wann Sie kommen, wann sie gehen. Manchmal ist er die Nacht ja jetzt auch fort.«

»Bei mir, bei meiner Freundin.«

»Ich dachte mir das. Ich sehe es an seinem Gesicht. Er sollte drüben bleiben, in Amerika, bis das Haus da steht und fertig ist, aber hier sind Sie.«

Oskar wartete auf Ida. Ulla hatte ihm einen Schlüssel zu ihrer Wohnung gegeben. Er war allein dort. Ulla war mit den Kindern zu ihren Eltern gefahren, die beiden anderen Mitbewohner hatte Oskar noch nie in diesen Räumen angetroffen. Zahlten sie nur für eine Deckadresse, um sich vor dem Wehrdienst zu drücken? Er wollte Ida einmal danach fragen.

Er hatte sich sein Tagebuch mitgebracht.

Er glaubte, Idas Schritte schon auf der Treppe zu hören, aber es war nur sein Wunsch, es war noch ein Tag bis zu ihrer Rückkehr. Sie war nach München geflogen, in Begleitung ihres Professors, der in Tutzing auf einer philosophischen Tagung einen Vortrag über Descartes hielt.

Oskar ging in die Küche hinüber, um sich einen Kaffee zu kochen. Im Hof nahm eine dicke Frau, die ein lindgrünes Kopftuch trug, Wäsche von der Leine. Der Hof war grau und schmutzig, die bunte Wäsche – rote, blaue Tücher – bildete einen wie aus einer anderen Zeit herrührenden Kontrast zu den braunen Mauern. Die Bäume waren nicht kahl, trugen aber nur sehr vereinzelt Blätter, die meisten hatten es immer noch nicht geschafft, ihre Kronen über die Dächer ans Licht zu strecken; sie waren vorzeitig verkrüppelt. Die dicke Frau verschwand mit einem weißen Handtuch in der Hinterhoftür gegenüber. Die übrige Wäsche war offenbar noch nicht trocken. Ich mag Berlin nicht mehr, dachte Oskar, seit Jahren ist es ein Provisorium für mich, ich nenne es so, gleichwohl es ein fester Bestandteil meines Lebens ist. Wohin soll ich sonst ziehen? Früher zogen wir hier nur Mauern hoch, jetzt betonieren wir auch alle Plätze, als hätten wir nichts Besseres zu tun, jedes bisschen Leben erstickt, jedes bisschen Raum, das noch bleibt, im augenblicklichen gusseisernen Zierrat der Eckchen und Erkerchen und kleinkarierten Wandelgänge, bepflanzt mit Rosen von der Blütengröße einer Stecknadel. Die Vergangenheit in dieser Stadt ist übermächtig. Da hilft auch nicht der neue Stil der Postmoderne.

Ich möchte in die Zukunft verliebt sein. Was nur habe ich so grundsätzlich falsch gemacht? Ich sähe es gern ein.

Wie schrecklich, sich zu trennen, wenn man weiß, dass man

liebt und dass man die Trennung selbst verschuldet hat. Ich entführe sie wieder!

Idas Zimmer ist tatsächlich sehr klein, als was mag es gedient haben – als Speisekammer allein ist es zu groß, als Wäschekammer ebenfalls, als Dienstmädchenzimmer vielleicht, am Hintereingang gelegen, den es nicht mehr gibt.

Am nächsten Morgen, als Oskar am Küchenfenster stand und darauf wartete, dass das Kaffeewasser kochte, hingen die roten und blauen Tücher immer noch auf der Leine.

Er fing an zu pfeifen. Ida, wo gehste hin, wann kommste wieder ... Heute! Es war ja heute.

V

Seitdem es Ida zu Spielraum drängte, verkürzte sie die Sommerwochen mit Oskar in Walter Gardenius' Haus. Walter hingegen passte es weiterhin sehr gut, dort die Marwigs um sich zu haben, eventuell andere Freunde mehr.

In Oskars Notizen las sich die Verschiebung so:

> Diesmal war es vielleicht ein Fehler hierherzufahren. Ich habe darauf bestanden. Ich habe ihr gesagt, am ersten Abend auf der Terrasse zum Meer hin: Lass es uns noch einmal versuchen. Wenn du ehrlich bist und dich nicht so stilisieren würdest, müsstest du doch spüren, was du dabei bist zu zerschlagen, nicht nur mein Leben oder den Rest davon. Du hast in diesen Jahren die Verantwortung für mich gehabt, selbst wenn es dir nicht klar war, und kannst jetzt nicht einfach so abhauen, weil du dein kleines Leben leben willst. – Lass uns bleiben, antwortete sie schnell, ich wollte doch auch her, mit dir. – Jetzt weiß ich nicht mehr, ob es gut und richtig war … In dem anderen Haus, das hoch oben wie auf einem Feldherrnhügel lag, an unserem Anfang in der Casa Rosa haben wir auf nichts gewartet, was war, war, was kam, ergab sich, der kleine Junge zum Beispiel, sechs Jahre war er alt, der eines Tags in der Tür stand und mit ans Meer genommen werden wollte: »Ich war noch nie am Meer«, unglaublich schüchtern und

leise brachte er es heraus, er wurde sogar rot, als habe er mir mit seiner Neugier, die Unkenntnis war, eine Liebeserklärung gemacht, und hatte er das nicht? Als er sich am Meeressaum die Schuhe ausziehen sollte und die weißen Socken, schämte er sich, aber er tat es, weil er einsah, dass die erste Berührung mit dem Meer mit bloßem Fuß geschehen, er das Wasser empfinden, auf nackter Haut spüren sollte. Oder der verluderte, geprügelte Hund, der kam, den Ida an der Böschung hinter der Küche fütterte – ich gab ihm den Namen Woyzeck. Oder wir packten unsere Zahnbürsten ein und schlossen das Haus ab, versteckten den Schüssel unter einem Stein in der Nähe des Brunnens und fuhren für eine Nacht oder zwei nach Rom, nach Arezzo, wie viele Male? In das vergammelte Hotel am Platz, nach Neapel. Die Zeit war wieder zu einem unerschöpflichen Füllhorn geworden. Sie ließ sich mit den Händen greifen. Ich hatte damals nicht das Gefühl zu warten, auch Ida wartete nicht. Aber heute wartet sie, kann aber auch nicht sagen, auf was, wenn sie mir nicht ihre Gründe verschweigt … Als würde sie ihr Leben mit mir versitzen. Was sie darunter versteht? Ich verstehe es nicht. Sie will ja nicht weg, nicht wirklich, behauptet sie. Spielraum – als hätte ich ihr den nie gegeben. Selbst ihre unverhohlene Schwärmerei für L. habe ich ihr durchgehen lassen und nichts dazu gesagt bis auf das eine Mal in der Casa Rosa. Er ist ja kein wirklicher Gegner. Oder doch? Verschweigt sie es mir? Ich wäre sehr traurig, wenn es so wäre, traurig, dass sie nicht im Laufe der Zeit so viel Vertrauen in mich entwickelt hätte und nicht so offen zu mir werden konnte, um es mir zu sagen. Aber vielleicht ist die Geschichte gar nicht vorbei? Vielleicht sehen sie sich in Ullas Wohnung oder bei ihm? Und vögeln wie verrückt? All das, was sie mir jetzt vorenthält? Alle Frauen früher habe ich betrogen, dieser hier, zum ersten Mal, bin ich treu. Wie kommt es, dass es mich nach keiner anderen verlangt? Weil ich so alt bin? Wir wollen bleiben. Es ist uns hier schon sehr gut gegangen. Diese Unruhe, ihre, meine – wie Kabbelwasser ...

Und eine andere Eintragung lautete:

Du hast mich nicht überredet (Ida). Ihr Einfall war es gewesen hierherzukommen. Ich wollte dich hier verstecken, denn du wolltest untertauchen, niemand sollte dich in diesem Jahr an dem Tag, an dem du geboren bist, finden können (Ida).

Und ich habe gelächelt, als Ida es sagte, mühsam zwar, aber gelächelt. Also, darauf war es ihr angekommen! »Lass uns an Berlin nicht denken« (Ida). Ich schwieg dazu und dachte nur: Sie sieht die Qual nicht mit ihren jungen, nicht eben einfühlsamen Lenzen. Sie kann zwar sehr liebenswert und sanft sein, aber ein Mensch lebt ohne Hoffnung in innerer Armut. Diese Erfahrung hatte sie doch auch gemacht, damals mit L., als ich die Postkarte an ihn gelesen hatte, damals hatte sie gelitten, tatsächlich, wie man sagt, wie ein Hund. Doch wenn jetzt etwas zwischen ihnen läuft? L. ist jung. Er ist nur vier Jahre älter als Ida.

Die Notiz endete mit einem hoffnungsvollen entschlossenen Aufruf:

Jetzt muss uns was anderes einfallen! Sie weiß, was ich will, oft genug habe ich es ihr wiederholt, zu häufig vielleicht, das stumpft ab: dass du zurückkommst, Ida, oder wieder so bei mir bleibst, dass du die andere Wohnung, diesen Durchgangsverkehr durch dein Leben, nicht mehr brauchst.

Sie öffneten bei ihrer Ankunft die Türen und Fenster und ließen frische Luft in das Haus. Franco, der Barista unten an der Straße, hatte ihnen die Schlüssel ausgehändigt.

Das Haus war sich lange Monate selbst überlassen gewesen, wenigstens so lange, dass die Tiere eingezogen waren, an deren Vertreibung Ida jetzt ging. Tote Käfer und Spinnen konkurrierten mit Taschen, Plastiktüten und Koffern, die Oskar schwitzend heranschleppte.

»Ich helfe dir«, rief Ida, als sie ihn mit dem Gepäck auf dem Kiesweg in der lockeren gelben Badehose und den breit ausgetretenen Sandalen, die er nur in diesen Wochen trug, herankommen sah.

»Du hast mich nicht überredet«, rief sie, »aber das weißt du ja!« Dann nahm sie wieder den Besen zur Hand und fegte im Innenhof weiter, der schmal wie ein Handtuch war und einen kleinen Brunnen hatte, in dem das Wasser nicht lief – niemals war es gelaufen.

Sie fegte auch in den Zimmern.

Wie hatten die Spinnen überlebt, die Ida nun zu entfliehen versuchten – schwingende Kraxlerinnen, Schneiderspinnen und kleinere, kurzbeinige, prallleibige, an ihren Weben in den Zimmerecken baumelnd, in den Schränken. Ihre zerrissenen Netze kitzelten über dem Arm, Häutchen, graue Häutchen, graue und altjüngferliche. In Idas Phantasie wurden sie zu grünen Netzen im dampfenden Unterholz des Waldes hinter dem Haus. Es roch muffig in den Zimmern. Und die Falter hatten sich an den Fensterscheiben zu Tode geflattert, verführt bei Tag von der Sonne, die sie hinter der Jalousie ahnten, verführt bei Nacht vom Mond, der hinter der Jalousie vorüberzog. Schwärmer, zu Boden gefallen, an Schwäche gestorben, an Auszehrung und aufgelöst – bepuderte Skelette, wie lockere Asche. Vor einem

Jahr waren sie in dem Haus eingesperrt worden. Oder noch nicht einmal so lang. Vielleicht, als wir es zuletzt verließen, dachte Ida. Ein Haus vertiert, dachte sie, nein, es ist für Menschen gedacht, und sind sie nicht da, nisten sich die Tiere ein, nur dass sie darin sterben, ist dasselbe.

»Ich säubere das Haus, soweit ich kann«, sagte sie, »befreie es von seiner Tiernacht, seiner Kerbtierzeit-Vergangenheit?« Kann man das sagen? Während Oskar eintritt und die Dinge bringt, die wir brauchen, solange wir hier sind: Stifte, Zahnbürsten, Schallplatten, Zeichengerät, Diktaphon und den Mini-Sony. Er leert das Auto, und ich leere das Haus.

Eine Taube war durchs Kaminloch gestürzt.

Ida zeigte sie Oskar.

»Dummes Tier«, erklärte Oskar. »Was hält sie sich auch im Schornstein auf? Wärme wird sie nicht gesucht haben. Ein Zuhause auch nicht. Neugier, vielleicht war es das. Tauben, die lieben Friedensengel, sind ja so dreist wie blöde, auch hier, nicht nur in unseren, von ihnen vollgekackten Städten. Sie sind unser Ruin, der Kot zerfrisst den Stein.«

Halb zernagt von Ameisen lag die Taube auf dem Rost, eine graue Taube mit zwei schwarzen Streifen in den Federn ihrer Flügel. Die Taube mochte erst ein paar Tage tot sein, denn noch bevölkerten die Ameisen sie wie einen Berg, den sie eingenommen hatten und von allen Seiten erklommen, und sie hatten sich eine Straße gebaut, die nur aus Leben bestand: ihnen selbst, ihren schwarzen, wimmelnden kleinen Körpern, eine Straße, die unter einer Tür zur Südterrasse des Hauses hinaus ins Freie verschwand und sich jenseits der Steine im hohen Gras in erdigen Hügelchen und Löchern verlor, eine Straße, die sechsbeinig schwarz in die Tiefe verlief.

»Aber sie stinkt, und zwar ganz entsetzlich«, sagte Oskar,

»riechst du das nicht? Pfui Teufel!« Er nahm die Taube und trug sie in einer Plastiktüte zur Müllgrube, die nur ein Loch im Feld war.

Es knallte in den fernen Feldern. Jemand jagte. »Ist es schon die Zeit?«, fragte Oskar, als er durch den trockenen Acker wieder dem Haus zuschritt. Jemand übte. Legal, illegal? Ida hat mich bei all ihren Erkundungen über die Zeit nie gefragt, ob ich im Krieg Menschen getötet habe oder auch nur einen. Wieder fiel ein Schuss. Rasch folgte ein zweiter. Zielschießen, Scheibenschießen, dachte Oskar. Ob sie mich schonen wollte?

Ida kehrte immer noch. Sie kehrte Asseln in ihrem Zimmer zusammen. Unter einem lockeren Ziegel hatten sich die schnellen grauen Tierchen eingenistet. Ein paar, in wilder Aufregung, entwischten ihr wieder, stoben auseinander, unter den Borsten des Besens hervor. Wenn wir kommen, habt ihr zu verschwinden, dachte Ida, ihr kleinen wieselnden Ekel.

Um die toten Falter und Schmetterlinge tat es ihr leid. Sie hörte auf zu fegen und hauchte eins der Pfauenaugen, das am Vorhang hockte, an. Das Tier schwang in ihrer Atemluft, die Flügel öffneten sich. Eine mehlige Schicht wurde über den dunklen Augen sichtbar, als wären sie nur eben erblindet oder, auch das konnte man sich einbilden, als würden sie wieder glänzen, wenn man die Schicht wegwischte.

Der Krieg gegen die Mäuse, konzentriert auf die Küche, dauerte länger. Ida pflückte den Schmetterling vom Vorhang, vorsichtig, da sich seine Beine im Stoff verhakt hatten, und warf ihn ins Freie. Wieder grau gefaltet, legte er sich auf den langen, dürren Grashalmen zur Seite. Ida betrachtete den Puder von seinen Flügeln auf der Kuppe ihres Daumens und Zeigefingers. Was war das, eine Spur von Leben oder eine von Tod? Und dann wischte sie die Finger an den Jeans ab.

Oskar bog um die Hausecke. Sein Gesicht glänzte. Die Brust war nass. Die alte griechische Silbermünze, worauf die Göttin Athene mit einem Perikleshelm abgebildet war, klebte in den Brusthaaren.

»Du solltest einen Hut tragen, Oskar.«

Er hatte sie nicht gehört. »Ich habe die Taube begraben«, sagte er, »und die Wasserpumpe angeworfen und bin auch aufs Pumpenhaus gestiegen. Jetzt gehe ich duschen. Länger als ein Jahr habe ich nicht an diese Freiluftdusche gedacht und an die Wespen oben am Duschkopf. Pass auf, Ida, falls du dich später darunterstellst, dass sie nicht auf dich nieseln.«

Ida versuchte es noch einmal. »Du solltest einen Hut tragen, Oskar.«

Er wehrte ab. »Das habe ich auch in der allergrößten Hitze niemals getan. Erinnere dich, in den Hundstagen auf Long Island. Nie! Den Sonnenstich hattest du. Und ich habe mich um dich gekümmert.«

Es regnete in dieser Küstengegend kaum während des Sommers. Anfang Herbst setzten Gewitter ein. Dann wären sie längst fort, obgleich das gemeinsame Wie und Wohin nicht zu sagen war.

Ida kehrte in dem Zimmer, in dem Oskar sich jedes Mal einrichtete, wenn sie kamen – das in Zweifel zu ziehen oder zu wechseln, stand ganz außer Frage, es war ein Ritual, dass Oskar in dem größeren Zimmer und keinem anderen wohnte. Das Zimmer hatte blaue Vorhänge, ihres rote. Wie Kinderzimmer, nur eben rot und blau, klatschmohnrot und preußischblau, im neumodischen Jargon: optimistischblau. Es waren auch die ehemaligen Kinderzimmer – von Walter Gardenius' jetzt längst verheirateter Tochter Beatrix und seinem Jura studierenden Sohn Felix. Die Zimmer lagen im spitzen Winkel Wand an Wand. Trotzdem hörten Oskar und Ida sich nicht. Jedes Zimmer hatte eine hohe Doppeltür ins Freie.

Mit der frischen Luft, die ins Haus drang, kamen sofort die Mücken. Auch in den Schlafzimmern war keine Ruhe vor ihnen. Es gab keine Fliegenfenster, auch keine Klebstreifen an den Türen. Walter Gardenius gab vor, von den Tieren nicht gestochen zu werden, was er auf Idas Anzweiflung hin schnell in ein »Nun, ich bin nicht immun, aber mir macht es nichts aus« abschwächte.

Nachts kamen die Mücken sogar aus den Schränken. Ein Haus am Rocksaum des Waldes, zwischen Wald und Meer, *macchia* und Meer, auf ehemals sumpfigem Boden, Malariaboden.

Oskar würde gegen Urlaubsende einen der sogenannten großen oder runden Geburtstage feiern. Er sah dem wie einer mittelschweren Katastrophe entgegen. Es deprimierte ihn schon Wochen vorher, dass der Tag auf ihn zukam. Unweigerlich. Unabwendbar. Er konnte ihm nicht entkommen. Nirgendwo auf der Erde. Wohin er auch reisen wollte. Er konnte dem Tag nicht entfliehen.

Oskar verdrängte ihn. Doch nicht einmal das gelang ihm. Ida durfte nicht fragen, was er sich wünschte, wie er den Tag zu feiern gedächte. Die Tatsache des Älterwerdens brachte Oskar schier an den Rand der Verzweiflung. Wenn er auch sonst die Konventionen des bürgerlichen Lebens mit Grandezza spielend überging, hier, bei den Zahlen, den Jahreszahlen, holten sie ihn wieder ein. Sie nagelten ihn fest. Das Alter, das Altern, die Alterszahlen – hier lag sein Pferdefuß. Was machte es aus, ob er sechzig, fünfundsechzig, siebzig oder fünfundsiebzig würde? Oh, viel, unermesslich viel. Und die Zeit ließ sich ja nicht wie ein Uhrwerk zurückdrehen. Hätte er das nur gekonnt. Hätte er die Schöpfung entworfen, hätte er diese Möglichkeit als eine erste Option mit eingebaut. Er haderte mit Gott, der so unerfindlich gewesen war, die Zeit nur in ihrem chronologischen Fortschreiten zugelassen zu haben.

»Ich verstecke dich, komm«, sprang Ida ein, »wir verwischen die Spuren, so wird weder einer deiner ehemaligen Studenten und Assistenten noch jemand aus dem Büro oder dem Architektenverein wissen, wo du bist. Auch kein Journalist, kein deutscher, kein amerikanischer. Niemand. Auf Walters Haus verfällt niemand. Alle werden glauben, du hieltest dich in einem der Superhotels an der Riviera auf. Wo es ja sehr schön ist.«

Oskar hatte Ida machen lassen, auch Georg gegenüber, und sie zugleich doch auch belogen.

Sie stehen auf der nach Süden, dem Meer zu gerichteten Terrasse. Oskar hat eine Hand auf Idas Schulter gelegt. Die Hand beginnt ihre Wanderung an Idas Nacken hinauf. Ida spürt das zärtliche Streicheln. Sie betrachtet die Bäume, die Walter rund um sein Haus gepflanzt hat. Wieder sind sie ein Stück gewachsen, sie benennt sie im Stillen: Lecce, Albatros. Die Hand fährt ihr sacht in den Haaransatz. Oskar horcht auf das Geräusch eines als langer Strich durch die Ebene ziehenden Zugs. »Da ist es wieder«, sagt er, »ich habe es vermisst.« Er schweigt und horcht und erwähnt den stummen Vergleich nicht, den er anstellt mit den an den Fenstern von Idas Zimmer vorüberziehenden oder holpernden Fern- und S-Bahn-Zügen. Er schweigt und horcht. Je nachdem wie der Wind steht, kommt das Geräusch herauf. »Es ist sehr sexy. Wie schön, gleich zur Begrüßung!« Er möchte lächeln, unterdrückt den Impuls aber, als habe er sich mit der Bemerkung zu weit vorgewagt. »Findest du nicht?«

Ida bleibt still. Sie möchte jetzt nicht mit Oskar schlafen. Sie möchte überhaupt nicht mehr mit ihm schlafen. Ist er darauf aus?, fragt sie sich, zu feige, ihn zu fragen. »Für einen Mann vielleicht«, sagt sie dann und versucht, sich einen forschen Ton zu geben. »Für mich ist es ein Geräusch, das ein Zug macht, den ich nicht sehe.«

»Schaf«, sagt er.

»Gehen wir hinauf, zu meinem Platz, kommst du mit?«, fragte Oskar. Ida kam mit.

Der Platz lag oben am Waldrand und war kein Platz. Er war ein Standort an einem Feldweg, der in einem rechten Winkel auf einen anderen Feldweg führte, ein Standort an einem Gatter. Oskar hatte diesen Platz seinen Cézanne-Platz genannt. Die Arme aufs Gatter gelehnt oder nur die Rechte auf den alten rissigen Pfahl, über den die Drahtschlaufe gehängt war, stand er nun dort und schaute. An manchen Tagen kam er mehrfach hierher. Ein unerklärlicher Zauber ging für Oskar von der Stelle aus.

Er dachte darüber nach, was ihn an diesem Blick so anzog, seit dem ersten Mal vor Jahren, als er und Ida nur zwei Tage hier waren, auf der Durchfahrt Walter besuchten. Die Form?, fragte er sich, das Muster, die abgezirkelte Ordnung der Felder? Ein Genuss lag in der Wiederholung dort. Aber, sagte er sich, das ist nicht nur mein Blick. Diese Ordnung haben andere den Feldern gegeben. Die Bauern, die sie sich angelegt haben, die ihren Ertrag genießen, Maisfelder, Kornfelder, und sie schießen darin. Wein, an den Spalieren gezogen, Aprikosen-, Olivenbäume dazwischen. Ich kann, mein Blick, besser gesagt, kann die Eigentumsverhältnisse auflösen, indem er von Olive zu Olive über die ganze Ebene hinschweift und die Weinfelder zählt. Die Felder fallen sacht ab, und dahinter sehe ich das Meer, das andere Element, den Kontrast, das ist ganz wichtig für die Spannung, die der Platz auf mich ausübt, das Meer, von dem ich weiß, dass es da ist, von dem ich weiß, dass es ständig in Bewegung ist – aber von hier wirkt es bewegungslos, nicht einmal bleiern, nicht einmal schwer, und vor dem Himmel ist es auch nur eine andere helle, leichte Farbe. In den nahen Feldern dagegen herrscht die kontrastreiche und herrliche Abwechslung.

Oskar war niemals in den Feldern spazieren gegangen. Nicht einmal den Feldweg, der an ihnen entlangführt und auf seinen Platz stößt, hatte er betreten, selbst wenn das Gatter offen stand, er hätte nur weitergehen müssen. Er hatte immer an dem Gatter haltgemacht und seinen Entwurf oder seine romantische Phantasie betrachtet.

Hohe Berge schlossen die weite Ebene rechter und linker Hand ab. Sie wuchsen auf, sommers im Glast wie blaue Schatten in den Augenwinkeln.

»Walter hätte das Haus hier bauen sollen«, sagte Oskar, wie oft habe ich das schon gedacht, dachte er, ich wiederhole mich, aber Ida sagt nichts; was das Ganze nur schlimmer macht, denn am Anfang hat Ida ihn, auf seine Bitte hin, auf Wiederholungen hingewiesen. Vielleicht denkt sie: Ich muss aus diesem Kreis ausbrechen, sie denkt es gewiss!

»Am Ende seines Grundstücks, an dieser Stelle«, sagte er. »Nein?«

»Doch, ja. Finde ich auch.«

Ida spielte das Spiel mit. »Aber dann wäre sie besetzt gewesen, du hättest diesen Punkt niemals entdecken und er hätte auch nicht zu deinem Lieblingsplatz werden können, du hättest ihm keinen Namen gegeben, ihm keinen geben können«, sagte sie.

»Ja«, sagte Oskar, »das Erregende andererseits, für mich wenigstens, ist, dass das Haus ganz in der Nähe ist und man es nicht sieht. Man weiß es nur: hinter den Bäumen, hinter den Pinien.

Die Luft, es ist die Luft. Es ist das Blau. Auch deshalb bin ich auf den Maler gekommen. Wäre ich vor zwanzig, fünfundzwanzig Jahren Walters Architekt gewesen, hätte ich ihm zwei Häuser gebaut, immer ein sichtbares und ein unsichtbares, und immer wäre das bewohnte dasjenige gewesen, in dem man nicht war.«

Ida lachte. So hatte Oskar die Hausfrage wieder in die Blickfrage auf- oder zurückgelöst.

Ihr Freund Walter hatte selbst lange überlegt, wohin er das Haus setzen sollte, als er das Grundstück kaufte. Fest stand nur, es sollte ein Flachbau, ein Bungalow sein. Walter hatte ebenfalls zwischen den beiden Möglichkeiten geschwankt, die Oskar erwog, und, anders als Oskar, zu einem Entschluss kommen müssen, denn er hatte in dem Haus wohnen wollen. Vorauszusehen war es nicht gewesen, als der Grundstein gelegt wurde, dass Walter immer seltener kommen würde – letztendlich nur im Sommer, da das Haus keine Zentralheizung besaß. Es war kein Mietobjekt, es bot keinen Komfort, war nicht einmal an die kommunale Wasserleitung angeschlossen worden, als es sie endlich gab. Walter hatte es nicht gewollt. Die Brunnen auf seinem Gelände reichten ihm. Eine Bruchbude nannten seine Freunde sein Haus. Die Bemerkung traf ihn, aber solange die Freunde kamen und ihm Gesellschaft leisteten, wenn er dort war, vermochte er über ihre kleinen Sticheleien großmütig hinwegzusehen.

Ida fand Walter unterhaltsam und witzig, belehrend war er auch, sie schickte sich darein, sie forderte diesen Zug bei Männern wohl heraus. Was ihr vor allem gefiel, war Walters diffizile, intellektuelle Argumentation. Er konnte in einer Unterhaltung im Nu ganze Denkgebäude entwickeln und trotz ihrer Abstraktheit doch auch anschaulich und plausibel, in Sätzen, die genauso kompliziert gebaut waren, wie es Walters Gedankengang war, vor sie hinsetzen. Für Ida ein intellektuelles Vergnügen, Walter zuzuhören oder sich mit ihm zu streiten. Oskar ärgerte das, weil nicht nur der Ton, sondern auch Walters immenses Wissen seine Eifersucht hervorkehrte. Schon klaffte es zwischen Ida und ihm, und er misstraute ihr. Wie oft sollte sie ihm beteuern, dass sie Walter gern zuhöre, sich gern mit ihm unterhalte, aber Oskar darum nicht das Leiseste zu befürchten habe: Sie ginge mit Walter nicht ins Bett, obgleich der sie eines Nachts weinselig schon einmal dazu aufgefordert hatte. Und etwas rührte Ida geradezu an dem Mann, was mit seinem Verhältnis zu der Bruchbude, die von ihm selbst entworfen worden war, und der Anordnung der Natur drum herum zu tun hatte. Walter, der Kopfmensch, hatte in einem fast goetheschen Sinn versucht, nachdem er das Grundstück gekauft hatte – zu dem Zeitpunkt nur ein Stück abschüssiger, verwilderter Acker zum Meer hin –, an Ort und Stelle sein eigener Allesplaner, -entwerfer und -bestimmer zu sein. Womit er ohne fremde Hilfe, ohne beratende Eingriffe seitens seines jüngeren Bruders kläglich gescheitert wäre.

Walters romantisches Ich hatte in puncto Hausbau für Oskars Lieblingsplatz plädiert, sein asketisches Ich für die Stelle, an der das Haus jetzt stand. An dem Zwiespalt nagte er damals, unfähig, ihn zu lösen. So war ihm sein Bruder Hermann beigesprungen, der im Gegensatz zu Walter, dem Großstadtmenschen, auf dem Lande lebte und ein Forstexperte war. Unzählige Male war Hermann das Grundstück abgeschritten, grübelnd, sich in Walter versetzend, aufs Praktische aus und auf das, was Erholung und Gesundheit guttat. Von dem Blick oben am Waldrand wollte er nur so viel wissen, so zumindest fasste er seinem Bruder das Problem, dass die erhöhte Stelle eine Ablenkung war, ihn, Walter, unentwegt der Gegend aussetzte, aber nicht dem Besitzergefühl und dem noch wichtigeren, dem Gefühl, angekommen und zu Hause zu sein.

So hatte denn der Wald entschieden, das romantische brüderliche Ich des Waldgängers Hermann. Und Walter hatte zustimmen müssen: ein allmählich über die Jahre hin von Grün umwachsenes, umschlossenes Haus hatte auch seine Reize, und wenn es dann noch in der Mitte des Eigentums lag, war es förmlich auch ein Ding, das Strahlen in alle Richtungen aussenden konnte, also auch bis an das Gatter dort oben am Weg. Der Bruder hatte Walter noch beraten in der Anpflanzung von Bäumen und Büschen. Dann war er gestorben.

Oskar atmete tief durch. Es gab immer noch kein Telefon im Haus. Gott sei Dank! Und Zeitungen – bei dem Gedanken war Ida gerade angekommen, als er ihr Schweigen brach.

»Oh, ich möchte noch viele Sommer verreisen, hierher und anderswohin, Ida, mit dir!«

Aber wenn sie die Zelte hier abbrachen und nach Berlin zurückkehrten, was dann?

Und Zeitungen kommen hier nicht an, deutsche Zeitungen. Das beruhigt mich, dachte Ida. »Ich weiß, dass du das willst, Oskar«, antwortete sie ihm, »wenn ich nur wüsste, was ich will!«

»Langweilst du dich?«

»Ich weiß nicht. Du bist mir so weit voraus.«

»Womit?«

»Selbstauskundschaften durch Arbeit, Menschen –«

»Also langweilst du dich doch mit mir?«

»Nein, ich erschrecke vielmehr vor der Leere in mir, ich vergleiche mich mit dir, deiner Welt, dem, wie reich dein Leben ist, und erschrecke.«

»Warum bist du dann hier, auch wieder ›ich weiß nicht‹?«

»Nein.«

»Nein?«

»Nein. Wirklich.«

»Du lügst. Du bist feige. Du bist halb. Du hast eine seltene Art, einem die Lust zu verderben. Was kann ich dafür, wenn du zu dumm dafür bist, zu wissen, was du willst und was gut für dich ist? Es hieße nicht, dass ich es dich auch tun ließe. Um was es geht, musst du wissen. Du willst weg, ich weiß. Du weißt nur nicht, wie. Du willst höflich sein und mich nicht beschädigen. Ich bin zu alt für dich, sag es doch endlich. Und du liebst mich nicht mehr. Ich gehöre zum alten Eisen, und nach meinem Geburtstag schon allemal. Ich bin ein Wrack, es stimmt, ich weiß es längst, auch wenn du es nicht sagst.«

Ja, sie konnten solche Sätze jetzt einander zuwerfen, als würden sie Pingpongbälle wechseln. Mittlerweile konnten sie das.

Ida möchte nun endlich im Meer baden, denn schwimmen, im Meer schwimmen ist es, worauf sie sich, die Kompliziertheit der gesamten Reise und des langen, pausenlosen Zusammenseins mit Oskar eingerechnet, am meisten gefreut hat, und Oskar ist gern bereit, mit ihr ans Meer zu fahren. Er weiß, dass schwimmen auch ihm guttut, also zieht Ida Oskar mit, für die das Schwimmen zu einer ihrer Lieblingsbeschäftigungen geworden ist (neben dem halben Verirren beim Spazierengehen im Wald hinter dem Haus). Trotzdem sind die Verschiedenheiten nicht ineinander aufzulösen. Ida ist im Gegensatz zu Oskar, der das Schwimmen mehr und mehr als Kalkül, von der Lebenserwartung her berechnet und deshalb auch eher als eine lästige gesunde und gymnastische Übung betreibt, eine begeisterte Langschwimmerin.

Ida hört das Wort Wrack nicht gern. Es ärgert sie nicht nur bis zum Mürrischwerden, es ist da noch etwas: Sie spürt, wie eine Art Lähmung von diesem Wort auf sie ausgeht. Sie fühlt sich davon gestoßen, als wäre im nächsten Moment auch ihr Leben vorbei. Glücklos sucht sie das Wort zu verbieten. Sie findet Oskar, seinen Körper ansehnlich, sie findet ihn sogar schön, er ist schlank und sehnig, nur auf den Hüften sitzen jetzt kleine Polster, die, wenn Ida ihn von hinten in der Badehose betrachtet, seinem Schritt gemäß Gehfalten bilden, er ist eben nicht mehr ganz jung. Will sie mit einem Kadaver schlafen? Noch so ein Wort, das stört. Oskar, sagt sie. Er gibt nach und verbannt einstweilen das Wort. Aber es ist da: Es ist nun einmal da. Es hat sich eingeschlichen und kehrt immer häufiger zurück. Das hat mit dem kommenden Geburtstag nichts zu tun. Das Wort findet sich schon seit längerem in Oskars aktivem Sprachschatz. Es ist ein Sommerwort wie für andere Leute das Braunwerden. Er kann noch so fit sein – was er vielleicht wünscht, wozu er aber nicht neigt, denn er unternimmt nichts dafür, außer den Strand fünfhundert Meter weit auf und ab zu laufen und Ida hinterherzuschwimmen. Nein, das Wort beschreibt oder umfasst in seiner Phantasie für sich viel mehr als nur einen körperlichen Übergang, einen erneuten Schub ins Alter und einen Blick auf Haut. Es ist ein Wort, in dem sich gewissermaßen zwei Seiten gegeneinanderstellen, auf der einen Seite der befremdliche, auf sich selber gerichtete Blick, gemischt mit Abstoßung, dennoch bei aller Selbstbefremdung ein scharfer, sezierender Blick, auf der anderen Seite eine meerweite Melancholie angesichts dessen, was in der Sprache als Leben, das unwiederholbar vergeht, bezeichnet wird. War es das Vorrecht des Älteren, war es überhaupt ehrlich, sich Kadaver zu nennen? »Du willst meine Jugend«, sagt Ida, »und ich will deine.«

Sie schwamm weit hinaus. Eine halbe Stunde gegen den Horizont an ermüdete sie ihren Körper. Oskar auf Abstand, aber doch immer in ihrer Nähe, dann kehrten sie beide zurück.

Es war zum Ritual geworden, nach dem Baden am Strand entlangzugehen. Aus den unterschiedlichsten Gründen:

Erstens brauchte man das Handtuch nicht zu benutzen. Ein überaus wichtiger Gesichtspunkt für den sparsamen Walter Gardenius, da die Wassertropfen während des Gehens auf der Haut trockneten. Des Weiteren sah Walter in der Handtuchsache zu, dass sie, falls sie alle in seinem Wagen zum Baden gekommen waren, für die Rückfahrt sich nicht, ohne ihr Tuch dazwischenzulegen, auf die Ledersitze seines Carreras setzten, da das Salz, das an ihren verklebten, nur mit Bikini und Badehose bekleideten Körpern haftete, sich in das rote Leder fraß und es brüchig machte.

Ein zweiter Grund für den Strandgang war die zusätzliche Bewegung. Auch in diesem Punkt war es der Freund, der vordringlich darauf pochte, da er derjenige von ihnen war, der am kürzesten im Wasser blieb.

Ein dritter Grund war der Blick auf Leute und Meer, das Flanieren.

Und der vierte Grund: ausgiebige Gespräche, Unterhaltungen zu zweit oder dritt oder streitende, einander widersprechende Meinungen der beiden Männer, was Ida fast automatisch in die Rolle der Schiedsrichterin oder Mittlerin verwies. Walter war ein ehrgeiziger, machtbewusster, scharf urteilender Jurist, der eher dualistisch, also in schwarzweißen Mustern, als dialektisch dachte, ein entweder hoch lobender oder vernichtender Mann. Jemand ohne Geduld, jemand, der nichts auf sich beruhen oder ohne seinen Eingriff sich entwickeln lassen konnte. Er spuckte seine Meinung wie gestanzt aus. Ida verblüffte das, doch wirkte

Walter auf sie auch wie unter Zwang deformiert. Deformiert durch den enormen Erwartungsdruck, den er an sich selber stellte. Ihr gegenüber bemühte er sich zuvorkommend, nachgerade charmant zu sein. Doch Oskar und er gerieten oft aneinander. Da stieg der Adrenalinspiegel bei beiden. Da sie sich lange kannten, ihre Freundschaft schon über Jahrzehnte währte, glätteten sich auch sehr bald die im Gespräch erhitzten Wogen. Schwerer wog, wenn Ida Walters Meinung beipflichtete. Das nahm Oskar ihr übel. Das galt ihm als Verrat. Ida mochte sich verteidigen, wie sie wollte: dass sie doch verdammt nochmal auch ihren eigenen Kopf habe! Dass ihr Kopf nicht Oskars Besitz sei.

Noch war Walter nicht da.

So unternahmen die Marwigs die Spaziergänge ohne ihn. Wenn Walter kam, brauchte er sich ihnen nur anzuschließen. Wir wiederholen auch hier nur noch, dachte Ida. Und Oskar dachte Ähnliches. Er drückte es nur anders aus: Wir warten nur noch, auch hier, nicht mehr auf uns, auf etwas, das geht nicht gut. Aber sie sprachen nicht darüber. Oskar wusste ohne Ida nicht weiter.

Der Strand war überfüllter als ein Jahrmarkt. Sie gingen bis zu den Zementblöcken, die an der Kanalmündung ins Meer hinein ragten, übereinandergetürmt und hoch, um die Mündung bei heftigen Stürmen vor dem Andrang des Wassers zu schützen.

Hinter dem Pinienwald lag nun versteckt ein Campingplatz, und den Strand säumten die Häuser, die lustigen, bunt gestrichenen Holzhäuser auf Betonpfeilern.

»Wie sie verfallen«, sagte Oskar, »guck, die Lücken. Vor zwei Jahren war es noch nicht so. Da war die Front geschlossen. Als Tony hier war.«

Ida nickte. »Und eines Tages oder eines Sommers werden sie alle fort sein, aber den Sommer werden wir hier nicht mehr erleben. Es ist der letzte Sommer hier.«

Oskar hat sich bei Ida untergehakt. Ihren nackten Arm gegen seinen nackten Arm gedrückt gehen sie am Saum des Meeres entlang. Oskar ist nicht traurig über das, was Ida sagt. Der Lauf der Zeit – ja und? Ihn bekümmert ganz anderes, und sie weiß es.

Er sagt: »Weißt du, man kann eine Liebe nicht in eine Freundschaft verwandeln, wenigstens ich – ich kann es nicht. Du glaubst, es sei möglich, aber ich sage dir mit dem ganzen Gewicht meiner Lebenserfahrung, das ist es nicht. Du glaubst, so eine Verwandlung oder Ablösung ließe sich glimpflich bewältigen, aber da täuschst du dich, wenigstens, Ida, geht es nicht mit mir. Ich wünsche dich zu mir zurück, immer, mit jedem Satz, das weißt du, für dich ist das eine Erpressung, denn du willst deine eigenen Schritte machen, unabhängig von mir, du glaubst, ich gängelte dich, bremste dich, redete dir ständig in deine Angelegenheiten hinein. Du aber willst dich herauskatapultieren aus unserem Leben, um herauszufinden, was an dir ist, an dir allein und unabhängig von mir, ob du auf deinen zwei Füßen stehen kannst. Dein Wort dafür ist ›autark‹, du willst autark sein, aber was hast du davon? Du willst diesen Zustand ausprobieren, ich sage dir nur jetzt schon, du wirst allein sein, das ist alles, vielleicht ist es das, was du willst? Deine Grenzen, deine vier Pfähle abstecken ... Dann geh und ich will zusehen. Sieh, wie du über die Straße kommst, und ich will zusehen. Nein, genau das will ich nicht. Du bist frei, du bist es immer gewesen, aber dein Kampf darum, den du als Kampf für deine Freiheit empfindest, ist ein modischer Irrtum, du wirst sehen und deinen Irrtum einsehen, wenn du mich fast umgebracht hast. Und so, lass uns das feststellen, mein Schatz, ist die Lage. Was werde ich tun? Mich absetzen, wenn wir die Zelte hier abbrechen, mich zu meinem Rohbau nach Philadelphia flüchten, weit weg von dir, und mich in Arbeit stürzen, um dich, um uns, was mir nicht gelingen wird, da ich dich nach wie vor liebe und auch weiter lieben werde, zu vergessen. So ist es für mich. Und trotzdem, mach dir kein schlechtes Gewissen daraus, du hast dich entschieden – für dich, was immer das heißen mag, und nicht mehr für uns. Ich komm schon klar, verlass dich drauf!«

Er kam jedoch trotz seiner zusichernden Worte und der Selbstversicherung, die er mehr sich als Ida glauben machen wollte, nicht mehr mit sich klar. »Abbruch der Zelte« und andere Entwürfe, wozu auch der lange Aufenthalt in Philadelphia gehörte, all das war auf einmal viel zu weit in die Zukunft vorausgegriffen. Nichts davon galt schon, wo Oskar die nächsten Minuten und Stunden durchleben musste, ohne dass es zu unerträglichen Spannungen käme. Vielleicht wollte er sich deshalb auf das Jetzt und das Von-Tag-zu-Tag konzentrieren, denn alles Weitere und Offene, die losen Enden danach, nach dem Geburtstag, nach Ida, wollte er ganz gewiss noch nicht an sich herankommen lassen. Er versuchte das Unmögliche angesichts der Zukunft, die nichts mehr verhieß.

Warum ist es so gekommen, fragt er sich immer wieder. Was habe ich falsch gemacht.

Es war nicht das erste Mal, dass Oskar sich von einer Frau trennte, aber diesmal benannte er den Einschnitt nicht als »Unglück«, sondern als »Verderben«, und das Sonderbare daran war, erinnerte er sich jetzt, dass der Gedanke ihm schon damals, bei der Party in Professor Welsens Wohnung, durch den Kopf gezogen war, als er Ida in ihrem weißen Kleid mit dem Stehkrägelchen auf der Schwelle stehen sah und sich auf den ersten Blick in sie verliebte. Sollte sie ihn jemals verlassen, sollten sie überhaupt zusammenkommen und sollte sie ihn dann verlassen, wäre das sein Verderben. Ein fürwitziger Gedanke in dem Augenblick und doch ein weise vorwegnehmender. Und zu diesem Gefühl von Unausweichlichkeit kam noch der Druck des vor ihm liegenden Geburtstags, der ihn einschnürte und presste und nicht zur Ruhe kommen ließ.

Es regnete nicht. Die Sonne brannte jeden Tag aus einem wolkenlosen Himmel. Das betäubende Grillengezirp lag wie ein Ring, ein lauter Bann ums Haus, und dahinter schabte und kratzte unermüdlich, seelenlos und ohne Gnade eine einzelne Zikade. Manchmal hörte man die Züge, die durch die Ebene fuhren. Personenzüge oder Güterzüge waren es, manchmal folgten mehrere Güterzüge hintereinander, aber man hörte nur die, die von Norden nach Süden fuhren. Nachts bellten die Hunde, und Oskar und Ida saßen bis tief in die Nacht auf der großen Terrasse. Sie warteten darauf, dass die Luft abkühlte und es auch im Haus kühler wurde. Oskar schlief schlecht. Er trank abends viel Wein und nahm dann ein Schlafmittel, steigerte aber die Dosis schon am Ende der ersten Woche.

Oskar versuchte zu arbeiten. Es war eine Aufgabe, die, so er den Zuschlag bekäme, ihn wieder an Berlin bände, wobei er Berlin jetzt fast mit Ida gleichsetzte. Er verdrängte, dass im Gespräch war, dass Ida nach Gainesville geht. Es ging darum, eine Baulücke zwischen zwei aus der Gründerzeit erhalten gebliebenen Hausfassaden in der Kantstraße zu schließen. Das Loch war in den späten Bombennächten des Kriegs gerissen worden. Oskar beugte sich über die Zeichnungen und Fotos. Er wollte seinen Entwurf, sollte er ihn überhaupt finden, skizzieren. Er kam nicht sofort weiter. Wieder dachte er über die Verödung, die verheerenden Folgeschäden der Bauhaus-Bauweise in den Städten nach. Er suchte nach einer Überbrückung, suchte, die Öde des Danach der sogenannten Moderne mit dem verpönt Dekorativen des Davor zu verbinden. Das war nicht leicht. Noch fehlte ihm der zündende Einfall. Aber er gab nicht auf. Es war bisher noch immer so gewesen: existenzielle Krisen stimulierten ihn in der Arbeit.

Egi und Georg Maulwieser, die ihrerseits im Berliner Büro eine Schließung der Lücke zu entwerfen suchten, saßen auch über ersten Versuchen. Sollte es ihnen gelingen, so, das hatten sie untereinander verabredet, würden sie Oskar ein Telegramm schicken, um sich mit ihm zu treffen – am liebsten hier im Haus des Freundes am Meer. Oskar lag sehr daran, mit den beiden zusammenzukommen. Nach dem Geburtstag. Sollte er ihn überstehen.

Unzufrieden saß er über seinen Zeichnungen. Er hatte eine Zigarette im Mundwinkel. Zweifelnd sah er zu Ida auf, als sie, um das Haus herumgekommen, auf ihn zuschritt und an seinem Tisch stehen blieb, den er zwischen die hohen offenen Fensterflügel gerückt hatte, so dass er, wenn er den Kopf hob, in Richtung Feld und Olivenbäume blickte, in denen irgendwo diese eine gnadenlose Zikade sägte. Da stand sie jetzt, Ida. Oskar blickte zu ihr auf.

»Wir hätten in den Norden fahren sollen, nicht arbeiten, segeln zum Beispiel, mit irgendwelchen Leuten nach Norwegen hinaufsegeln, irgend so etwas ganz Blödes und Verblödendes machen.«

Ida war dieses Haus eingefallen, weil sie es und seine Umgebung so gut kannte. Sie hatte gedacht, Oskar hier am besten verstecken zu können. Er hatte versteckt sein wollen. Und sie wollte schwimmen. Das war für sie der Grund des Herkommens gewesen.

Es wäre besser gewesen, ohne Ida zu fahren. Es wäre besser gewesen, nicht hierherzufahren. Es war doch abzusehen, dachte Oskar. Dieser Ort, der vor Erinnerungen strotzte. Ida hat nicht auf mich gehört. Und ich habe nicht auf meinen Instinkt gehört. Ich hätte allein nach Herrenalp fahren sollen oder nach Wiessee.

»Es kommt nichts, ich krieg's nicht hin«, sagte er. »Früher haben mir Druck und Zwang immer geholfen. Jetzt möchte ich nichts tun.«

Er drückte die Zigarette aus.

Wieder ein verlorener Tag. Er stand auf.

»Es ist auch keine Erleichterung, dass du da bist. Ich klammere mich an dich.«

»Ich verschwinde, ich fahre weg«, sagte Ida. »Aber allein – was willst du allein hier. Gut, Walter kommt irgendwann, auf ihn kannst du aber auch sehr gut verzichten, ich meine: Du magst ihn, und ihr streitet euch. Wir müssen auch nicht bleiben.«

»Aber du möchtest doch schwimmen.«

»Ja, das geht auch anderswo.«

»Weglaufen nützt nichts, ist meine alte Erfahrung.«

Ida insistierte nicht weiter. »Komm«, sagte sie und nahm seine Hand, »gehen wir zu deinem Platz. Ein Blick von dort ist niemals verloren.«

In der Küche griff sie sich den Picknickkorb, eine Flasche Wein und zwei von Oskars zerbeulten silbernen Bechern, die er auf Reisen immer dabei hatte. Und so gingen sie hinauf zum Gatter, das als Durchlass zu den Rebenfeldern führte, und blickten auf die Ordnung der abgezirkelten Felder, die leicht abfielen, und dahinter lag, hinter Bäumen versteckt, ihr Strand. Sie blickten aufs Meer, ohne es zu sehen.

»Es ist dumm«, fing Oskar wieder an. »Ich wollte damals auch allein leben, aber Helene wollte nicht. Sie wollte sich nicht von mir trennen. Jetzt willst du für dich allein leben, und ich will mich nicht von dir trennen. Es ist so dumm, wie dieses Leben eingerichtet ist, so unsäglich dumm. Man müsste weiß werden auf dieses Leben – vor Wut, Verachtung und Spott. Man sollte sich totlachen darüber. Man sollte sich totschlafen darüber. Soll doch jeder für sich leben. Was für ein Schwachsinn! Soll doch jeder wieder für sich leben. Leb für dich! Stirb für dich! Und du! Du! Gerade du! Warum sind Frauen so ein Fluch. *Ich will für mich allein leben.* Als ob du das könntest! Als ob du das schaffst. Du!«

In Oskars Gedankenleere gab es nur noch die Wut.

»Ja«, sagte Ida, »ich habe gesagt, dass ich für mich allein leben möchte, weil ich für uns nicht weiterweiß. So viele Gewichte hängen an uns. Steine. Mühlsteine von berechtigten und unberechtigten, geäußerten oder stummen gegenseitigen Vorwürfen. Deswegen. Ich möchte wieder durchatmen und glücklich schreien: Ich lebe! Wir haben unsere Mittel verbraucht. Wir schlafen nur noch ganz selten miteinander, das ist meine Schuld, und damit kränke ich dich und weise ich dich am allermeisten zurück, denn deine Lust ist nach wie vor da, aber es macht mir keinen Spaß, du erregst mich nicht mehr, und genau das ist der Punkt der Lähmung zwischen uns. Es ist der Mittelpunkt, nicht der sexuellen Anziehung, sondern der Abweisung, nicht bei dir, bei mir, du nimmst Rücksicht auf mich, indem du dich zurückhältst, aber von hier geht alles Weitere aus: Wir umarmen uns kaum noch, was ich gern tue. Wir küssen uns kaum noch, auch aus demselben Grund, wir schlafen in getrennten Zimmern, keiner kommt den anderen aus freien Stücken besuchen. Du möchtest so gern mit mir schlafen, ich weiß, und ich dränge dich bei jeder Berührung zurück. Zärtlichkeit für dich, Zuneigung – all das ist da, aber dahinter steht dieser Block, und so kann, was du von mir bekommst, für dich nur Kränkung, Zurückweisung sein, sich als Wut oder stumme, mit dünnen zusammengepressten Lippen geäußerte Bitterkeit darstellen. Und so zu leben, nebeneinander, kann man sich nicht zumuten. Das macht krank.«

»Ja, es ist die Hölle. Wenn man eine Minute wenigstens glauben könnte, dass alles von vorn begänne«, sagte Oskar.

»O Gott, doch bloß das nicht, Oskar. Die Zeit zurückdrehen!«

»Doch«, erwiderte er entschieden, »dorthin, wo es uns gut ging, das bleibt. Die wichtigen Momente, die Leben ausmachen, dich weitergebracht haben und mich auch, all das ist da und bleibt und lässt sich neu begehen.«

»Trennen wir uns?«, fragte sie.

»Nein«, sagte er, »mein Schatz, nein. Obwohl ich genug ausgehalten und getan habe. Mehr kann ich nicht. Und du genug ausgehalten und getan hast.«

»Es ist wie im Kino«, meinte Ida. »Es ist wie im Theater. Die Szene, die Auseinandersetzung, das ganze Vor- und Zurückziehen oder -springen kenne ich schon und habe ich auch schon gesehen. Beide sagen, wir trennen uns, und bleiben, das ganze Hin und Her, bis schließlich einer geht. Und dann die Blicke. Die Überraschung. Wie das! Die an der Hausfassade hochschweifenden Blicke zu den Fenstern, hinter denen beide eben noch zusammengewohnt haben, aber da steht kein Gesicht. Sterben ist gegen die Hausordnung hier, gegen die Anstalts-, die Anstandsdisziplin.«

»Du wolltest dich verjüngen, weißt du, damals, als dein Vater starb, aber du verliebtest dich –«

Ida wollte aufbegehren.

»Nein. Lass mich weiterreden«, sagte Oskar, »nicht in Ludwig, sondern, wie ich herausfand, als du ausgezogen warst, in jemanden, der noch älter als ich war. Dieser Italiener! Deine miesen kurzen Amouren! Was haben sie schon ganz früh bei dir versaut, dass du nicht treu sein kannst – und doch zurückkommst. Vor mir bestrittest du diesen Italiener.«

»Oskar!«, rief Ida. »Was erfindest du da!«

»Lass mich weiterreden. So klar sind wir uns und so fertig miteinander nämlich längst noch nicht. Aber das willst du nicht wissen, du willst es so nicht hören. In deiner Jugendlichkeit willst du lieber alles – dich und mich – übers Knie brechen, kurz und bündig, Krach und Schluss. Das ist sehr dumm, kurzsichtig oder unüberlegt. Und die Schnelle, diese übereilte Schnelle, mit der für dich alles über die Bühne gehen soll, hast du doch nur erfunden, um dein Gewissen zu beruhigen. Nicht wahr? Denn wohl ist dir gar nicht, nicht wahr?«

»Die Schnelle? Ich bin mit dir hier, Oskar«, antwortete Ida. »Was ist daran schnell?«

Sie hatte an die Möglichkeit einer glimpflichen Trennung geglaubt. »Ich hatte mir eingeredet oder mir –«, doch beendete sie ihren Satz nicht. Was nützten Worte.

Oskar wählt eine Nummer. Die Nummer ist besetzt. Wenigstens ist sie zuhause, denkt er. Nach drei Minuten probiert er dieselbe Nummer wieder. Die Nummer ist immer noch besetzt. Dauertelefoniererin! Mit wem? Frauen! Klatsch!

Er probiert es nach zehn Minuten zum dritten Mal. Die Nummer ist immer noch besetzt. Da fängt er an, sich Sorgen zu machen – schon übergibt ihn der Traum, wie der Wal den Jonas, er wacht auf. Herankommen lassen, herankommen lassen, denkt er und schläft erneut ein und träumt. Sie ist zur Krankenschwester geworden, sie schüttelt die Laken und sie macht sein Bett. Aus dem Fenster fliegen die Samen. Und ... Er geht jetzt über das Feld, nackt, und er weiß es nicht. Er geht jetzt auf den

Wald zu, und er weiß es nicht. Er steht unten an der Straße und winkt, und er weiß es nicht. Heißt es. Den Eindruck macht er. Vielleicht weiß er es aber doch ganz genau. Wen er sucht, weiß er. Haargenau weiß er es. Und diese Person treibt sich augenblicklich mit dem Italiener herum. Aber diese Person wird er auch wiederfinden. Inzwischen tut er eben dies und das. Nackt übers Feld gehen, zum Beispiel, oder sich kaum angezogen und ohne Brieftasche in den Zug setzen, egal wohin. Haargenau weiß er es: nach Norden. Nach Norwegen und segeln. Nur trifft sich sein Wunsch nicht mit dem Zug, in dem er sitzt, der fährt südwärts, und seine Augen sehen es nicht, das weiß er nicht.

Sie weiß, wie die Würfel fallen werden. Er auch.

Weg.

Sie: Dann bin ich mit dreißig eine ausgedörrte Pflaume. Die Toten liegen auf dem Friedhof in ihren Gärten. Ich koche Kaffee.

Er: Ich hab genug ausgehalten und getan. Mehr kann ich nicht.

Sie: Sie ist zur Krankenschwester geworden …

Jemand schüttelt die Samen aus dem Fenster.

Und …

Er wachte auf.

Frau Holle.

Du bist die Hölle.

Meine

Hölle.

Aber mit den Köpfen stecken sie immer noch zusammen. Das ist ja die Krux. Abends, wenn sie auf der Terrasse sitzen, Wein trinken und reden.

»Du willst mit der Ästhetik der Öde, der Verneinung brechen«, sagt Ida. »Sie langweilt dich wohl. Auf deinen Skizzen gestern habe ich's gesehen. Wenigstens fiel es mir da ein. Vielleicht lebt das Bauhaus heute nur in der Fotografie fort, vielleicht erhält es erst durch seine fotografische Inszenierung die verehrte und eben nicht flache, bis ins Unendliche reproduzierte seelenlose Aura, wie sie mittlerweile die Stahl-Glas-Türme auf der ganzen Welt ausstrahlen? Hast du dich das schon einmal gefragt? Und was das für die Ästhetik des Bauhauses und deren Folgen heute bedeuten könnte?«

»Ja, Ida«, sagte Oskar, »der Gedanke ist mir oft gekommen, auch gestern, als du an meinem Tisch standst und wie eine kritische Muse auf meine Zeichnungen gucktest. An ihm spinne ich weiter. I let you know, wenn ich weiter bin. Ein faszinierender Gedanke. Wohin er führt, weiß ich noch nicht.«

Sie haben sich mit Franco, dem Barista an der großen Straße, auf eine oberflächliche, meist Preise und Politiker beziehungsweise ihre Parteien in beiden Ländern vergleichende Weise angefreundet.

Oskar spricht die Sprache perlend, fließend.

Ida radebrecht nur, falls sie sich überhaupt traut, ein Wort zu sagen. Sie folgt Oskar schwerlich, wenn er zu Lobeshymnen auf den Altbundeskanzler Schmidt ansetzt und seinen Nachfolger, Helmut Kohl, ins Visier nimmt und kritisiert. Oskars Haltung überträgt sich jedoch, findet sie, einwandfrei, zumindest erkennt sie sie wieder – denn nach so langer Zeit des Zusammenseins kennt sie alle seine Gesten und den Tonfall und das Mienenspiel des Augenblicks. Ida kann nicht behaupten, dass sie sich mit Francos Frau angefreundet hat, stumm fühlt sie sich jedoch zu ihr hingezogen; sie sieht der anderen Frau an, dass ihr Leben sie überfordert, überdies weiß sie von ihr, dass sie sich zwei- oder dreimal im Jahr zur Behandlung in eine Nervenheilanstalt in der Nähe einweisen lässt. Mit Francos Mutter hat Ida über die Guten-Tag-Guten-Abend-Gute-Nacht-Floskel hinaus noch kein einziges Wort gewechselt, durch all die Sommer hindurch, die sie nun schon gekommen sind. Die Frau des Ziegenhüters und Schrottsammlers hat ein flaches, rundes Gesicht, sie könnte gemalt sein, denkt Ida, weißes, mit den Zinken eines breiten Kamms zu einem Knoten gefasstes Haar und immer trägt sie eine Schürze. Ihre Finger sind von der ständigen Berührung mit Wasser gezeichnet, die Kuppen wie ein Waschbrett rillig, die Haut spröde und gerissen. Aber das Wichtigste: Sie hat Augen, und diese Augen sind wie große, melancholische braune Teiche. Das ist seine Frau, denkt Ida, und sie denkt weiter: Wie lebt eine Frau mit einem Mann, der partiell wieder zum Kind geworden ist, im Müll lebt, sich eine neue Ordnung erbaut, kichert und mit Stöcken wirft? Fragt sich das und gibt sich die Antwort selber: Sie hat sich in den Schoß der Familie zurückgezogen.

Oskar hebt sein Glas auf Franco, und Franco hebt sein Glas auf sie beide, Oskar und Ida.

Ida kauft die nötigsten Lebensmittel in Francos Laden ein. Aber sie essen auch gern dort, ländliche einfache Küche, eine Küche für Fernfahrer – das ist der Test.

»Oskar«, sagt sie, »du trinkst.«

Er sagt: »Das habe ich immer getan.«

»Nein«, sagt sie, »das ist nicht wahr.«

Er mag den fürsorglich vorwerfenden Ton in ihrer Stimme nicht. Er zieht sich zurück hinter den Schutzwall des Alkohols. Und er raucht.

Sein Herz krampft. Er greift zum Nitrolingualspray. Sie soll es dennoch nicht wissen. Sie soll auch nicht erfahren, dass er im Moment nichts festhalten kann, obwohl das Bedürfnis danach da ist. Dass ihm alles entgleitet, dass er nicht weiß, in welcher Richtung in den nächsten Tagen – und danach, sollten sie gemeinsam nach Berlin zurückfahren – die Zukunft liegt. Aber noch ist er imstande, zu verstehen, dass er sich mit dem Trinken, dem Rauchen und der stark erhöhten Dosis Schlafmittel selbst das Wasser abgräbt. Er schützt und stärkt sich nicht hinter dem Wall der Abwehrmittel, er schwächt sich dahinter, glaubt dennoch, dass er sich so am besten für die Auseinandersetzungen sammeln und wappnen kann.

Zurück im Haus sitzen sie noch eine Weile auf der Terrasse und hören dem Geläut der Grillen zu. Schließlich, nachdem Oskar den fünften Silberbecher Wein getrunken hat, steht er auf – was er bewältigt, ohne zu schwanken, problematisch wird erst die Passage um den Brunnen im Patio – und geht schlafen. In dieser Phase nimmt er sein Schlafmittel erst im Bett ein, später wird er sogar, noch während er die Becher Wein leert, das Mittel schlucken. Er fährt Ida, die sich ebenfalls – beklommen, ohne zu wissen, wie sie der Situation begegnen solle, und immer ängstlich, dass er hinstürzen könne – erhoben hat, mit dem Zeigefinger über die geschlossenen, fest geschlossenen Lippen und sagt: »Gute Nacht, Ida, ich bin müde, und ich habe den Mut nicht mehr, auf dich zuzugehen.«

Sie folgt ihm in kleinem Abstand, überwacht seinen Abgang, sieht zu, dass er um das Brunnenloch herumkommt, ohne hineinzustürzen, dass er die richtige Tür zu seinem Zimmer findet, widert sich deswegen an und tut es doch.

Dann, statt ihm zu folgen wie früher, in seinem Zimmer zu bleiben, sich in sein Bett zu ihm zu legen, macht sie kehrt, geht wieder hinaus, kauert sich auf die Steine, lässt nur die Türen hinter sich offen stehen, die Tür vom Patio zur Küche, die Tür von der Küche in die Sala, die Tür vom Patio zur Sala, die Tür von der

Sala auf die Terrasse, und horcht den Weg, den sie gekommen ist, zurück, auf Oskars Geräusche. Geräusche, die ihr verkünden, dass er die Nachttischlampe umgestürzt hat, dass er versucht, die hohe Fenstertür ins Freie zu öffnen, Schritte, die ihr verkünden, dass er sich der Terrasse nähert, umtriebig erschöpft, voller Mittel, ohne schlafen zu können.

Er hat die Lippen aufeinandergepresst. »Was ist«, drängt er.

Sie nagt an dem, was sie mit »Wiederholung« bezeichnet.

»Oskar«, sagt sie, »wir sollten uns eine Weile«, nimmt sich ein Herz und sagt, »eine lange Weile aus dem Weg gehen, trennen und nicht mehr sehen, für weniger Enge, für Freiheit, ich möchte ganz lange nur für mich sein nach unserer Zeit hier, für mich und meine Arbeit und andere Menschen, das ist es. Ich brauche Menschen. Noch ein schreckliches Eingeständnis, mir geht es nicht wie dir, der du behauptest – aber vielleicht ist das eine große Lüge –, in deinem Alter die Menschen kaum noch zu brauchen, und stattdessen erklärst: Je älter du wirst, desto weniger hältst du dich aus, wenn du nicht arbeitest. Das ist dein Glück, es ist das Privileg deines Erfolgs und es ist das Privileg des Standes, dem du angehörst. Damals, bei dem Gartenfest, dass du für alle, die am Music Center arbeiten, gabst, hast du es selbst gesagt, ein Fußballer sei mit dreißig erledigt, aber ihr Architekten finget erst, wenn ihr die erste Hälfte des Lebens weit überschritten hättet, an, euch zu entfalten. ›Machen Sie nur nicht zu lange, das andere Ende hat keine Taschen‹, hörte ich neulich in der U-Bahn eine Siebzigjährige zu einem Mann sagen, der Mitte fünfzig war, seinen ersten Infarkt hinter sich hatte, ein starker Raucher war und an Bluthochdruck und Übergewicht litt. ›Machen Sie nur nicht zu lange, es lohnt sich nicht.‹ Du hast mich, sagst du, und andere brauchst du nicht. Erfülle ich sie alle?

Das glaube ich nicht. Du hast in deiner Arbeit so viele Menschen um dich, arbeitest im Augenblick mit so vielen zusammen. Um dich im Gleichgewicht zu halten, hast oder brauchst du mich, dein kleines, zu dir aufblickendes stilles Glück, und ich liebe dich auch dafür oder, genauer, ich habe dich dafür geliebt. Du hast mir deine Welt zu Füßen gelegt, so hast du dich ausgedrückt, du hast mir gesagt: Ich schicke dich weg, wenn die Zeit da ist – aber für dich wird die Zeit, diese Zeit niemals kommen. Du wirst sie nicht hinnehmen, wenn ich sie dir nenne. Das Leben, sagst du, das Jetzt. Jeder Augenblick, ein ganzes Leben reichte nicht aus, den Augenblick, jeden Augenblick zu genießen. Ich mache mir nicht mehr vor, mich mit dir nicht zu langweilen. Deshalb die andere Wohnung. Die anderen Menschen. Deshalb meine Assistentenstelle an der Uni. Und der Job in Gainesville. Ich will noch nicht ersticken. Ich ersticke an dir. Aber du erstickst nicht an mir, behauptest du wenigstens. Gibst du es nur nicht zu? Soll ich dir glauben? Bitte, Oskar, ich bitte dich, antworte mir darauf, so ehrlich du kannst.«

»Nein, Schatz, nein.«

»Nur ein Nein?«

»Ich werde dich verlieren, ich habe es von Anfang an gewusst. Und für meine Zukunft muss ich kämpfen, obgleich ich nicht mehr weiß, was Zukunft ist. Und du? Weißt immer noch nicht, was lieben ist, in unserer langen Zeit habe ich es dir nicht beigebracht. Aus jugendlichem Egoismus bleibst du bei mir, bis dir ein anderer über den Weg läuft. Aus Eitelkeit? Pflicht? Was würden die Leute reden. Nicht wahr? Das zählt. Aber ich liebe dich. Und breite alle meine Schwächen vor dir aus.«

»Was die Leute reden«, erwidert Ida, »ist mir egal, das weißt du. Aber dein Egoismus steht gegen meinen. Und mein Egoismus bäumt sich bereits bei der Vorstellung auf, dass dies, wobei ich dieses ›dies‹ gar nicht einmal genauer benennen könnte, alles, wobei ich dies ›alles‹ ebenso wenig restlos aufklären könnte, gewesen sein sollte – dagegen bäumt sich meine Jugend, dagegen bäumen sich meine Jahre auf, und ich möchte auf einmal tun, was andere meines Alters tun, ich aber mit dir niemals tue. Du hast mir Zeit gespart, viel, sehr viel in der Arbeit, dein Satz damals: Ich kann dir Zeit sparen – es war eine große Eröffnung, und ich glaubte an ihn: Er verkündete mir Zukunft, Karriere. Und ich sah zu dir auf, als du den Satz sprachst, dessen Melodie mir immer noch im Ohr klingt, weich, verführerisch und so sicher: Ich kann dir Zeit sparen, Ida. Ich sah zu dir auf, als wärest du der weiße, den Azteken prophezeite Gott und nun mir erschienen. Aber jetzt möchte ich mich umsehen. Je länger wir zusammen sind, desto deutlicher wird, was wir beide mit dem Altersunterschied, den wir zwischen uns auszuleben – zu erhalten und einzuebnen – versuchen, überspringen. Als wäre unser Berührungsmoment ausgeschöpft, bis auf einen unerfindlichen trüben Rest beginne ich mich mit dir zu langweilen, und mein Trotz, meine Unlust dir gegenüber ist Folge deiner Eifersucht. Du erträgst es nicht, wenn ich nachts um vier nach Hause komme, in Berlin, wie ja doch vermehrt in letzter Zeit, du schläfst nicht, bis ich nicht zurück bin, du ergehst dich in den größten Ängsten um mich, verlangst daraufhin Rechenschaft von mir. Ja, ich treffe mich mit Studenten, auch meinen Studenten, ich gehe mit Gleichaltrigen ins Kino, in die Kneipe, ich treibe mich augenblicklich herum. Ich habe mich nicht einmal neu verliebt. Es ist der Wunsch nach Selbsterprobung. Du sagst, dass der Schritt Täuschung und kein Weg, Trugschluss, doch niemals mein Weg sei. Und wenn es so wäre? Ich zerschlage unser Leben, ja. Ich bin dabei. Ich möchte eine Erweiterung dessen, was ist, meine Zuneigung bleibt dir, aber ich sehe dich an und weiß, so geht es nicht.«

Sie hatte geglaubt, dass die vernünftige Kommunikation, so wie sie sie tagtäglich an der Universität praktizierte, ein großzügiger, präziser, aufklärender Austausch, alle Gegensätze überbrücken könnte. Sie hatte geglaubt, dass dies auch ein Weg für sie und Oskar sei. Eine komfortable Illusion. Denn, so glaubte sie jetzt, in den Gefilden der Liebe war eine ständige Begleiterin die Angst, Angst vor dem nächsten Schritt. Also beschwor sie ihn. Sie hatte Angst vor der Freiheit. Beide haben wir Angst, dachte sie. Aber ich treibe die Angst noch auf die Spitze. Ich will in dieser Angst sogar dies: Oskars Einwilligung in meine Freiheit. Eine gesicherte Freiheit – was sollte denn das sein?

Aber hatte sie nicht gesagt, lass uns hierherfahren, ich schirme dich ab? War sie nicht an dem ganzen Schlamassel schuld?

Heute früh ist das Meer wieder so still und so blau, als wäre es mit einer hauchdünnen Eisdecke überzogen, schreibt Oskar in sein Tagebuch, bis die ersten kleinen Windeinfälle kommen, kräuselnde, wechselnde Zungen, dunkler als das so lichtblaue Eis. Wir schlafen nicht mehr zusammen. Ich habe sie nicht erweckt, ich habe es bei ihr nicht wie bei den anderen geschafft; sie sagt, ich liege lieber zärtlich neben dir – und liest.

Ein Satz seiner Mutter fiel ihm ein, er notierte ihn: Wenn man so allein ist wie ich, ist man an manchen Tagen so empfindlich, als liefe man über Glas.

Gedankenflucht. Nichts, was ich im Moment versuche, schlägt an. Nicht zuhause, nicht im Büro. »Die Jugend klopft an die Tür« ist ein Satz bei Ibsen. In seinem Stück geht es auch um einen Baumeister. Ich habe Fass im Ohr: Für jeden Boss kommt einmal die Zeit abzudanken.

Ich fürchte mich davor. Aber Ida habe ich in mein Leben eingelassen, mit ihr bin ich einen Schritt weiter gegangen. Könnte ich ihr nur klarmachen, was für eine Wiederholungstäterin sie ist mit dem, was sie vorhat. Das geht nicht gut. Ich habe nicht den Mut, ich habe augenblicklich auch nicht die Kraft dazu. Aber wie kann ich sie freigeben. Was kann ich tun?

Ida, vertieft in die enigmatischen Sprüche Heraklits, sieht zu Oskar hinüber, wie er im Halbschatten unter den Eukalyptusbäumen an dem kleinen runden Tisch sitzt, ein Glas Campari neben sich, und schreibt.

Sie denkt: Wenn er bis zum Geburtstag weiter so viel trinkt und nachts im Patio einmal stürzt und sich dabei verletzt. Oder wenn es, auch dieses vermaledeiten Tages wegen, in seiner Erregung wieder zu einem seiner Schübe kommt. Wir haben hier keinen Arzt. Wir kennen nur in der Stadt, also fünfzehn Kilometer entfernt, flüchtig einen Kinderarzt. Silvio Trenta, einen Bekannten Francos. Es ist ein junger Kinderarzt, freundlich und dick, er hat liebe Kaninchenaugen. Hoffentlich spricht er Englisch. Ich werde ihn brauchen.

Oskar geht zu seinem Platz hinauf. Er denkt: Ich habe versucht, sie zu erziehen. Ich habe ihr Unterricht in der Liebe gegeben, aber bis zu dem Punkt, auf den es ankommt, bin ich nicht gekommen. Sie hat meine Schwächen nicht verdoppelt, wie Helene es ständig tat, die sofort aggressiv wurde, wenn ich nicht mehr den starken Mann spielen konnte. Ida hat sie nicht einmal ausgenutzt, sie kann nur meine Sehnsucht nach ihr nicht mehr erwidern. Ich glaubte, sie hätte mehr Gespür, mehr Einfühlungsgabe.

Vom Cézanne-Platz aus geht der Blick auf eine Reise. Es ist jedes Mal ein neues Abenteuer, hier zu stehen und zu schauen. Oskar zeichnete das Abenteuer nicht. Er fotografierte es auch nicht. Er prägt es sich jedes Mal ein. So wurde es unendlich, wurde zu einer unendlichen Form. Es ist das Grün und das Blau. Und dieses Grün und dieses Blau in seinen Gedanken verbanden ihn mit dem großen Toten. Oskar wusste, dass im Herbst die Weinblätter braun und trocken sein, die Oliven ihren Glanz verlieren würden, dass das Meer an manchen Tagen stürmte. Das war genug, auch genug Naturphilosophie. Wozu es noch mit dem Stift festhalten? Ich bin nicht begabt dafür, sagte er sich. So nahm er immer nur Abschied, wiederholten Abschied von seinem Blick und rauchte eine Gauloise-Säule in das Bild.

Walter hatte ihnen versichert, aller Dreck aus den Hafenstädten des Nordens schwemme jenseits der großen Insel, die in der Bucht lag, in südlicher Richtung vorbei, aber woher wollte er das wissen, da er kein Hydrobiologe war und auch nicht als angelernter Ökolaie dem Wasser Stichproben entnommen hatte, um es auf seinen Verschmutzungsgrad hin zu untersuchen. An Ort und Stelle war niemandes Urteil zu trauen. Die Leute, die ein Hotel oder eine Fabrik besaßen und ihre Abwässer ins Meer leiteten, logen, und die einfacheren Leute fischten die Muschelbänke auf den Zementblöcken nach Muscheln ab, weil es billiger war, als auf dem Fischmarkt in der Stadt einzukaufen.

Sie schwammen im Meer. Mit jugendlicher Tyrannei zerrte Ida Oskar manchmal dreimal am Tag zum Schwimmen an den Strand. Hinterher duschten sie. Von den Muscheln aßen sie nicht, selbst dann nicht, wenn die Fischer sie ihnen bereits fertig in einer Fischsuppe verkocht bei den bunten Häusern darreichten. Verquallt wie die Meeresoberfläche der Ostsee war dieses Meer nicht. Wenn es ruhig war, war es aus eigener Bewegungslosigkeit ruhig und aus der Windstille heraus, nicht weil sich die runden, fast durchsichtigen, nur in der Mitte blau geäderten

Tierchen auf dem Wasser zu einem grau glänzenden Teppich aneinandergelegt hatten und durch ihr Leichtgewicht Seegang und Dünung glätteten. Da oben am Meer vor Pelzerhaken hatte Oskar es gesehen, als er sich einmal von der Baustelle entfernt hatte und zum Ufer hinuntergelaufen war, in jenen Tagen, als sie die Schalenkonstruktion des Hauses betonierten. Viel später erst war er mit Ida dorthin gekommen, stolz hatte er ihr den weißen Pilz gezeigt, in dem Gustav Hansen wohnte, und dabei war er mit ihr auch ans Meer hinuntergegangen, und er hatte ihr von dem grauen Tierchenteppich erzählt. In ihren Ohren hatte es wie ein Spuk geklungen, denn als sie dort standen und übers Wasser guckten, war außer bewegten Wellen und Schaumkronen hier und da nichts zu sehen gewesen. Oskar hatte Ida nur zwei Quallen zeigen können, die im Sand verdorrten und dabei, während die Sonne mit ihrer Hitze ihnen das Wasser aus dem kleinen durchäderten Leib sog, flacher und flacher wurden, zu unregelmäßigen dünnen Scheiben kurz vor ihrer Auslöschung, und gerade dann eine unwiderstehliche Anziehung auf Fliegen ausübten.

Wo hatten sie gewohnt? In Brodau? Brothen? Er hatte den Namen des Orts an der Ostsee vergessen ... Da lag sie, auf der Südterrasse des Hauses, aber sie würde nicht verstehen, dachte Oskar, wenn er sie jetzt fragte, sie würde ihm den Namen sagen, gewiss, falls er ihr einfiele, aber nicht begreifen, dass es ihm um ihren Anblick damals in dem verjährten Sommer ging, wie sie nackt zwischen den Steinen, den großen Findlingsblöcken dort oben, den nur vom Meer bearbeiteten Granitblöcken, die ins Wasser hineinragten, umherging, mit den aufgestellten, vom Baden in dem kalten Wasser leicht verhärteten, ins Weißlich-Violette gefärbten Brustwarzen, auf die er seine Hand legte, um sie ihr zu wärmen, meine Hand ... beide Hände. Sie hatte es geschehen lassen, die Nippel taten ihr weh – ich hüllte sie in ein Badetuch und wärmte ihre Brüste, machte meine Hände zu Muschelschalen, die ich auf ihre kalte Haut legte, aber der stechende Schmerz in der linken Brust blieb. So küsste ich den harten, weißlichen Nippel, aus dem sich das Blut zurückgezogen hatte, umspielte ihn mit meiner Zunge, behauchte ihn, bis er weicher wurde, wärmer, sich auszudehnen begann im sicheren Umschluss meiner Mundhöhle. »Aber nicht mit den Zähnen«, sagte sie und fuhr mir mit ihrer kalten Hand durch die Haare. Ich schüttelte stumm entschieden den Kopf, womit ich ihr zusichern wollte, dass sie sich nicht zu fürchten brauche, ich ganz behutsam bliebe …

Wenn man manche Dinge im Detail betrachtete … In der Regel mochte sie es nicht, verbot es sogar aus der ängstlichen Vorstellung heraus, ihre kleinen Brüste könnten durch allzu viel Gebrauch größer werden, noch größer als diejenigen ihrer Mutter, Kuheuter (ihr Bild), die ihr das Jungenhafte nähmen, sie dekuvrierten als Frau. Aber du bist doch eine! Oskars einfache Feststellung hatte sie noch jedes Mal von sich gewiesen mittels Einwänden, die auch ihrer Logik nicht standhielten, trotzdem hatte sie ihm entgegengehalten: Aber muss man es denn gleich sehen? Muss ich deshalb auch gleich etwas daraus machen? Darf ich es nicht auch einmal vergessen? Es war merkwürdig. Aber Oskar war anfangs auch zu scheu, zugleich zu behutsam, um sich die Ruhestelle für seinen Kopf zwischen Idas Brüsten kurzerhand als ein ihm zustehendes Recht zu nehmen. Aber es hatte doch einmal so angefangen: an der Brust, in den Armen einer Mutter, die sich zärtlich und weich und freigebig gab … So viele Jahre lebten sie zusammen, und in diesem Punkt waren sie keinen Schritt weitergekommen, da kam ihre Hand und schob ihn fort, da kam ihre Hand und – und trotzdem, denkt er, hat sie ihm, solange sie sich kennen, die Phantasie nicht genommen. Und doch war da ein Riss.

Er würde auch jetzt nicht zulassen, dass jemand sie nackt sah, der Anblick, die Augenweide gehörten ihm; er würde auch jetzt, wenn Walter da wäre, ihr eindrücklich bedeuten, dass sie sich in seiner Gegenwart nicht nackt auf ein Handtuch in die Sonne legte. Ich werde es verhindern, geht ihm, während er oben am Waldrand am Gatter steht, durch den Kopf, ich werde ums Haus streichen, ihre Tür aufs Feld hinaus kontrollieren, argwöhnisch werde ich das zu meiner vordringlichen Beschäftigung machen.

Man kann eine Liebe nicht in eine Freundschaft verwandeln …

Oskar treibt im Leeren – auch im Meer spielt er den toten Mann. Er guckt in den Himmel, der ist ganz blau und ohne eine Wolke. Wenn er an Ida einen Halt hätte, denkt er, aber er hat, denkt er zugleich, an ihr keinen Halt mehr, sonst könnte er sie vielleicht überreden, von hier wegzufahren, noch bevor Walter kommt. Sie könnten in die Stadt fahren, ein Telegramm aufgeben. »Lieber Freund, Gründe, die uns verhinderten … Auf den nächsten Sommer …« Er lässt sich im Wasser treiben, macht nur hin und wieder einen Schlag mit den Beinen, dass er in der horizontalen Lage bleibt, denkt an seinen Geburtstag und kommt nun ganz ins Rutschen. Es ist, als ob ihm das Wasser durchs Gehirn spüle. Wenn ich verrückt werde, sagt er sich, wenn ich bei dem Gefühl …

Er fragt Ida, stellt er sich vor. Heute noch nicht, aber morgen. Er fragt sie: »Glaubst du, dass ich nicht mehr ganz … mir ist so komisch …?« Er liegt auf dem blauen Sofa im Wohnzimmer, während Ida am Tisch sitzt und arbeitet. Sie sieht, dass er in einem Roman von Robert Walser gelesen hat, den Ida selber mag. Oskar ist der Handlung zugleich auch ängstlich gefolgt, weil dem

Autor die Erzählstränge unter der Feder zerfließen. Er hält seine Geschichte nicht mehr zusammen. Davon später, davon später, steht als Schlussbemerkung unter vielen Absätzen. Aber dieses »Später« nimmt er dann nie wieder auf. Als habe er es erleichtert mit der Erwähnung hinter sich gelassen und so eben auch vergessen dürfen.

»Ich glaube, ich werde verrückt«, sagt Oskar, »dies hier«, und er zeigt auf das Buch, »ist mir so nah. Ich verstehe es, auf einmal, früher nie, wenn ich versuchte, es zu lesen.«

Ida sieht ihn an, sieht den ratsuchenden Blick. Der Autor des Buchs, das ein Fragment blieb, wurde, kurz nachdem er es abgebrochen hatte, in eine Anstalt eingeliefert. Er blieb darin bis zu seinem Tod.

Wenn ich der Zeit gebieten könnte, denkt Ida, wenn ich ihr sagen könnte: Spring! Überspring die nächsten zwei Wochen! Sei jetzt schon weiter! Los! Oskar zuliebe, tu mir den Gefallen.

So redet sie ihm die Angst nicht aus. Sie geht zu ihm hinüber und legt ihm die Arme um die Schultern. »Oskar«, sagt sie, »Verwirrung bedeutet doch nicht gleich einen Ernstfall. Sie ist manchmal sehr nützlich, weil sie etwas Neues ausbrütet. Das kennst du doch, und jetzt dieser Zustand ist die Nachwirkung des Lesens. Aber plötzlich strahlst du wieder und fragst dich: ›Was war denn das? Lachst!‹«

Sie weiß, dass sie Gemeinplätze sagt, ihn mit Gemeinplätzen trösten will, und da sie es weiß, befragt sie die Angst: In welches Dunkel wird er sich wieder verirren? Wie schaffe ich Silvio Trenta her, ohne dass Oskar ihn des Hauses verweist?

»Du willst mich ja gar nicht auffangen«, sagt Oskar.

Sie ist es gewohnt, dass er seine Hand auf ihre Schulter legt, darin hat er recht, aber sie ist schon dabei, die Dinge in die Hand zu nehmen, ihre Hand auf seine Schulter zu legen. Könnte ich zaubern, denkt sie, zauberte ich auf der Stelle Dr. Bremer hierher. Aus Francos Bar hatte sie ihn gestern Nachmittag in Berlin angerufen, um ihm über Oskars Zustand Auskunft zu geben, ihn darüber in Kenntnis zu setzen, dass sich etwas wie ein neuer Schub ankündige, vielmehr die Gemütsveränderung bereits im Gange sei, und was sie, Ida, in der Wildnis, in der sie augenblicklich steckten, bis der Geburtstag vorüber sei, tun könne. Den Aufenthalt unter Vorwänden abbrechen und sofort nach Berlin zurückkehren, sofort in meiner Praxis erscheinen, schnellstmöglich, hatte der Arzt bestimmt. Aber er kenne doch Oskar, hatte Ida dem entgegengehalten, der werde sich dazu kaum bewegen lassen, gleichwohl wolle sie ihr Bestes versuchen.

»Du kannst rechnen, aufrechnen, vorrechnen, abrechnen – darin bist du begabt«, sagt Oskar, »aber nicht darin, mich zu pflegen, mich zu behüten, mich zu verwöhnen, du sagst es nur, und es bleibt bei deinen Worten. Deinen Worten folgen keine Taten. Mit deinen Worten hakst du ab. Was Einfühlung angeht, so hast du davon so viel wie eine Erbse.«

Früh am nächsten Morgen hupt es am Tor. Eine junge Frau steigt von einer Vespa, mit einem Brieftelegramm in der Hand schreitet sie den Kiesweg auf das Haus zu. Oskar tritt ihr entgegen. Sie erklärt ihm, dass sie die Aushilfstelegrammbotin sei, und überreicht ihm das Telegramm. Sie will nicht auf einen Kaffee bleiben, zu dem Oskar sie einlädt, sie verabschiedet sich schnell, um sich wieder auf ihr Gefährt zu schwingen und davonzufahren. Oskar öffnet das Kuvert und liest die Nachricht seines Freundes, der ihm bekannt gibt, dass er seine Ankunft auf zwei Wochen zu verschieben hat und seinerseits um Nachricht bittet, ob die Marwigs dann noch anzutreffen seien, worüber er, Walter, sich aufs Höchste freuen würde. »Bleiben Sie, Oskar, sofern Sie können, wir feiern Ihren Jubeltag nach. Ihr Walter Gardenius.«

Ein wenig verschmitzt, geheimnistuerisch in sich hineinlächelnd, tritt Oskar von hinten an Idas Tisch. Sie sitzt an dem langen alten Bauerntisch, den noch Walters Bruder bei einem Trödler in der Stadt gefunden und als Forstexperte im Preis um ein Viertel heruntergehandelt hat – der Trödler hatte ihm als Eichenholz verkaufen wollen, was nur aufgearbeitete Kastanie war –, und arbeitet, das heißt sie stellt sich für das Seminar, das sie im kommenden Wintersemester abhalten will, Material zusammen zu dem Thema »Häresie der Formlosigkeit – Hat Theologie mit Ästhetik zu tun?«, und Oskar legt ihr die rechte Hand auf die nackte Schulter, hält ihr das Telegramm mit der linken vor die Augen und sagt »Lies!«.

Oskar war erregt. »Gott sei Dank«, sagte er, »dass Walter nicht kommt, und zugleich ist es auch schade. Schatz«, jubelte er, »wir können hier weiter allein bleiben, es kommt niemand, doch«, unterbrach er sich, »doch, es kommt, ich habe dich belogen, es kommt jemand. In drei Tagen kommt ein Journalist, der mich befragen wird. Nicht Fass, aber auch ein ehemaliger Schüler von mir, der sich auf die andere Seite geschlagen hat und Kritiker geworden ist, Klaus Haverkamp, auch aus Hamburg, er schreibt ein Porträt über mich, der NDR und SFB strahlen das Gespräch aus. ›Oskar Marwig: Doppelpunkt‹ soll es heißen. Verzeih, denn du wolltest mich verschwinden lassen – ich hatte dich darum gebeten – und habe doch selbst den Kreis durchbrochen, vorsätzlich, heimlich, von vornherein.« Er war erregt, er lachte. »Aber habe ich dich nicht auch immer – vom ersten Abend an – mit kleinen Lügen hintergangen?«

Seine Erregung legte sich nicht mehr.

Ida hatte sich auf Walter Gardenius gefreut, sie hatte sich auf die langen Spaziergänge mit ihm im *bosco* gefreut, auf die Unterhaltungen mit ihm und ihre Strandgänge zu dritt, wo sie, eingehakt bei Oskar, zur Zuhörerin wurde, wenn die beiden Männer sich die jungen Mädchen ansahen und einander scherzhaft zuschoben, wobei Walter, wohl wissend, dass sein Freund zu jungen, langbeinigen, fast busenlosen, also den Knaben oder Idas unter den jungen Mädchen neigte, ihm, um ihn zu ärgern, jedes Mal die ausladenden, pickligen, rotgesichtigen, sonnenverbrannten, kartoffelnasigen und o-beinigen schmackhaft zu machen versuchte, die zudem noch eine Stimme hatten, die sich nur mit einer Gießkanne, einem Stück Kreide, das an der Schiefertafel entlangstrich, einer schrillen Pfeife oder einer nöligen Glocke vergleichen ließ, aber damit trieb Walter, und das war die Absicht, einen Keil zwischen die beiden, die da eingehakt neben ihm hergingen – so lockte Walter Oskar, so lockte er Ida heraus und lockte doch Ida jedes Mal so weit, bis sie anfing, ihm eine Frau unter den Frauen dort zu suchen, an denen sie am Rande des Meeres vorübergingen. Kein junges Mädchen. Üppige ausladende, unförmige Fünfzigerinnen, die sich in gelbe oder laubfroschgrüne Badeanzüge gezwängt hatten, an schwerer Cellulitis litten und sich über die geschlossenen Augenlider schwarze flügelartige Sonnenschutzschildchen gelegt hatten. Ida war nicht wohl dabei, sich so gegen ihre Geschlechtsgenossinnen zu wenden, aber auf diese Weise verteidigte sie Oskar gegen Walter. Keinem von beiden fiel es jemals ein, auch ihr einen Mann aus der Menge der Männer auszuwählen. Oskar beobachtete nur ihr stummes Blickspiel mit den Jungen, die in ihrem Alter waren. Er glaubte zu wissen, wen sie sich aus der Menge der Badenden, im Wasser Spielenden oder unter einem Schirm im Sand Hockenden herausgriff, was ihn eifersüchtig machte, ohne dass er zu diesem Zeitpunkt aufbrauste. Oskars wegen erleichterte es Ida, dass der Hamburger Freund nicht kommen würde, solange sie in seinem Haus wohnten. Die üblichen Frotzeleien und Reibereien, zu denen es noch jedes Mal zwischen den beiden Männern gekommen war, blieben aus, und Ida wäre nicht gezwungen, Partei für Oskar zu ergreifen, wenn er sich von Walter in die Ecke gedrängt sah.

Dennoch: Oskars Erregung legte sich nicht. Jetzt galt sie dem Mann, der da kommen sollte, der Anstrengung, der Herausforderung eines sinnlosen Gesprächs, einer Anforderung, der er augenblicks nicht gewachsen war, nur gab er es nicht zu, er hatte angefangen, im Kreis zu laufen und sein Leben zu rekapitulieren, eine vorbereitende, vorformulierende, aber doch nur zerstörerische Maßnahme in Hinblick auf das kommende Gespräch. Du hast den Kopf, gestand er sich, voller Erinnerungen, aber kein Gedanke ist dort mehr, im Augenblick, beschwichtigte er sich, so etwas vergeht, weniger Alkohol, weniger Sedativa, weniger Schlafmittel, weniger Zigaretten, so etwas vergeht, und wären nicht die Erinnerungen da, was wäre ich sonst – ein Hund, ein Gummireifen?

Oskar legte das Tagebuch zur Seite und nahm ein Buch in die Hand, las eine Weile darin und imaginierte sich die Jugend des Mannes, über den er las. Der war als Siebzehnjähriger einer jüdischen Burschenschaft in Wien beigetreten, für drei Jahre, ein Irrtum, nein, eine extreme Erfahrung auf dem Zickzackkurs seines Lebens ... schlug sich sogar und kneipte ... sehr merkwürdig, wie sich ein Leben ... wie ein Leben mäanderte, zu Beginn der zwanziger Jahre ... seiner Zeit, und dann ging der junge Mann nach Palästina.

Und ich, als Siebzehnjähriger, bei der O. T. Straßen und Brücken und dann Häuser, demnächst das philharmonische Fest … Eine seltsam unvollkommene Stadt, stellte man alle Gebäude, die er entworfen hatte, an einem Fleck der Welt zusammen auf … Er klappte das Buch zu und betrachtete Ida im Liegestuhl, die langen blonden Haare, die zur Seite hingen, salzig verklebt vom Meerwasser, die Stupsnase, mein kleiner Hund – aber das hörte sie nicht gern, dass sie an ihm aufsprang und anhänglich war oder dass er, Oskar, sie, wie Hunde es tun, von hinten nahm, obwohl sie es zuließ, trotzdem, das Bild, da war ein Riss zwischen Lustgefühl und Phantasie.

Ida zählte die Tage. In sechs Tagen hatte Oskar Geburtstag. In spätestens neun Tagen wären sie von hier abgereist. Heute kam der Journalist.

Oskar legte sich, wurde ihm in seiner Unruhe das Haus zu klein, im Freien schlafen. Früher, im Krieg, hatte er es oft so machen müssen, nicht immer gab es einen Stall oder eine Scheune.

Aber er schlief, und er verspürte den Wunsch, Ordnung zu machen, in seinem Zimmer aufzuräumen, und tat es schließlich doch nicht.

Sie fuhren wie immer nach dem Frühstück baden und entdeckten bei ihrem ersten morgendlichen Gang das Sandkind, wie Beton so grau, da der Sand, aus dem es gebildet, feucht war. Am Abend zuvor war es noch nicht da gewesen. Es lag auf der Seite wie zum Schlafen hingestreckt, die Ärmchen um den Kopf gelegt, das linke Beinchen angewinkelt, das rechte mit dem großen Zeh ausgestreckt. Es lächelte in seinem Schlaf – ein Kind, und doch machte die graue Farbe des Sandes in den fein säuberlich, wie beim Kopf eines römischen Marmorstandbildes abgezirkelten Haaren dieses Kind greisig alt.

Obszön: über Nacht geboren und schon dreihundert oder zwei Jahrtausende alt.

Ida erschrak. Oskar blieb stumm. Als sie weitergingen, sagte er: »Und so ein Greis bin ich in ein paar Tagen auch.«

»Quatsch«, sagte Ida. »Was macht schon der Geburtstag aus! Wenn du ihn erst einmal hinter dir hast, lachst du nur über dich und verstehst die ganze Panik und Weltuntergangsstimmung nicht mehr.«

Das Taxi hielt bei der Einfahrt, und der Herr, der, eine dunkelbraune lederne Reisetasche in der einen Hand, ein Nagra-Gerät in der anderen, auf das Haus zuschritt, auf Ida, die sich von ihrer Liege erhob, rief ihr schon von weitem zu: »Da bin ich! Anstrengend, Ihr Haus zu finden. Immerhin, die letzten zwanzig Minuten meiner Reise von Hamburg hierher waren die aufregendsten – eine Fahrt ins Ungewisse.«

Ida führte den Neuankömmling ins Haus. Er warf einen Blick auf Oskar, der in kleiner Entfernung auf seiner Liege unter einer Olive schlief. Sein Fähnchen stak nach wie vor neben dem Kopfende in den Steinen. »Hier bin ich«, stand darauf, »Willkommen!« und: »Ich warte, Klaus Haverkamp, seit einer Woche!«

Ida überließ den Journalisten sich selbst, dass er sich in dem Gastzimmer einrichtete und ausruhte oder tat, wonach ihm war. Sie ging den Weg an Oskars Platz vorbei und oben am Waldrand weiter. Sie wollte ihre eigene Unruhe weggehen, und so ging sie den langen, fast gerade in den Wald führenden Fahrweg, den die Forstleute und Jäger benutzten, bis an sein Ende und drehte erst dort um. Als sie zurückkam, war Oskar wach. Er saß mit dem Journalisten im Halbschatten unter den Bäumen und sagte Ida, er habe Temperatur, 38,5 habe er nach dem Aufwachen gemessen, und er habe auch Durchfall.

Ida legte ihm die Hand auf die Stirn, nicht dass sie Oskar nicht glaubte, es war ein Reflex.

Der Journalist beobachtete sie stumm.

»Komm ins Haus, Oskar«, sagte sie, »in deinem Zimmer ist es kühler, ich mache dir einen Kamillentee, und nimm Kohle, wir haben Kohletabletten mitgebracht.«

Oskar hatte bereits zwei von den Tabletten geschluckt. Er folgte ihr ins Haus.

»Und woher, glaubst du«, fragte sie, als sie an seinem Bett saß, die Nachttischlampe brannte, die schweren roten Vorhänge waren zugezogen – Oskar hatte angefangen, den Tag zur Nacht zu machen –, »woher, glaubst du, kommt das Fieber, war dir heute Morgen nach dem Baden kalt?«

»Nein« sagte er, »ich wünschte, ich könnte schlafen.« Ida löschte das Licht und legte sich eine Weile zu ihm, bis sie den Eindruck hatte, dass er schliefe. Ich wünschte, dieser Journalist würde verschwinden, dachte sie, von selbst sehen, dass er zu einem falschen Zeitpunkt hier aufgetaucht ist, und verschwinden, aber so einer ist der nicht, man muss es ihm sagen, seine Anwesenheit ist es, die zusätzlich unnötig Aufregung schafft. Sollte Walter das geahnt haben, ist er deswegen noch nicht gekommen? Silvio! Als Ida aufstand, was sie so leise wie möglich zu tun versuchte, bewegte sich das Bett doch, und sie unterdrückte die Geräusche nicht ganz, da die Matratze nicht auf einem Lattenrost, sondern auf Sprungfedern auflag. Sie wusste im Dunkeln nicht, ob Oskar davon wach geworden war. Er ließ sie im Ungewissen, er rief sie nicht. Sie schloss die Tür beim Hinausgehen, so leise, dass nicht einmal er es hörte, als sie die Klinke losließ.

Sie kümmerte sich nicht sonderlich um Oskars Gast. Sie

setzte sich an ihren Arbeitstisch in der Sala und betrachtete eher fahrig und zerstreut Abbildungen in einem Buch über Uccello, das sie beim Stöbern in einem Antiquariat in der Kleinstadt gefunden hatte. Da war sie wieder, die Schlacht von Santo Romano, hier in ganz verwaschenen falschen Farben.

Sie sah sich vor dem Fremden, der nun mit ihnen im Haus war, vor. Sie war in Sorge um Oskar. Aus Erfahrung wusste sie: Da findet sich dann schnell jemand, der das ausnutzt. Und dieser Herr aus Hamburg, Klaus Haverkamp, hatte sie, als sie ihm sein Zimmer und die Terrasse zeigte und ihm auf liebenswürdig höfliche Weise vieles erklärte, mit dem Blick dessen, der aus der Lage seinen Nutzen zu ziehen imstande war, angesehen. Sie bekannte sich zu Oskar. Dessen Zustand beziehungsweise Schwäche sollte der Typ nicht ausnutzen. Sie stellte sich vor Oskar.

Gegen Abend war Oskar zwar ruhiger, aber er hatte 39,1. Eine Virusinfektion, aber woher? Oskar dachte an Typhus und spaßte, eine Hausapotheke, wie wohl bestückt auch immer, reiche nicht aus – man solle doch nie ohne die *Buddenbrooks* reisen.

Der Journalist nahm Ida beiseite: »Kennen sie hier keinen Arzt?«

»Nein«, sagte sie, »keinen Internisten.« Und dachte: Nur einen Kinderarzt, aber selbst wenn ich mit Silvio käme, den Oskar sogar sympathisch findet, ein rundlicher, gemütvoller Typ, besteht das Risiko, dass Oskar ihn, kaum dass er über die Schwelle tritt, schon wieder zur Tür hinausflucht, rückwärts gewissermaßen. Er hat einen fast unüberwindlichen Vorbehalt gegenüber Ärzten. Und er durchschaut mich sofort, falls ich ihm einen Fremden vorstellte – unmöglich, ein Blick in meine Augen und meine Absicht, meine böse, wie er findet, rein krankenschwesternhafte Absicht wäre entdeckt.

Ida wandte sich an Franco. Franco stellte die Verbindung zu seinem Bekannten, dem Kinderarzt, her. Silvio versprach, falls das Fieber bis morgen Mittag nicht gefallen sei, in einer Mittagsstunde herauszukommen, heute Abend sei es nicht mehr möglich, er habe zu viele Hausbesuche zu machen.

Das Sandkind am Strand war am Abend verweht. Allein vor sich hin grübelnd machte Ida nach dem Schwimmen ihren Gang in Richtung Kanal. Auf dem Hinweg fand sie noch schwache, undeutliche Spuren des Kindes. Auf dem Rückweg fand sie nicht einmal mehr die Stelle, wo es im Sand gelegen hatte. War das ein Zeichen?

Der Journalist sagte ihr, er identifiziere sich mit Oskar, schwächte seine Behauptung auf ihren Blick hin jedoch ab: ein bisschen. »Ich sehe, wie schwer er sich mit dem Altern tut, ich verstehe es, und dann sehe ich Sie an seiner Seite, das macht es ihm noch schwerer.«

»Wie alt sind Sie denn?«, fragte Ida.

Der Journalist überging die Frage und erzählte ihr von den Frauen aus seinen drei Ehen und dass er jetzt wieder bei seiner Mutter lebte.

Ida will es nicht hören. Sie will sich nicht auf seine Lebensgeschichte einlassen. Sie traut dem Mann nicht.

»Warum sind Sie noch da, wenn Ihnen Oskars Zustand so besorgniserregend erscheint. Mir tut es auch weh, ihm zuzusehen«, sagte sie.

Das Fieber war am nächsten Morgen auf 37,6 gefallen. Ida telefonierte aus Francos Bar mit dem Arzt.

Das Gespräch über Oskar als Architekt, seine Bauten, seine Solitäre und Hochhäuser, seine Wohn- und Lebenskonzeptionen kam immer noch nicht zustande. Oskar war dafür zu unruhig, zu müde.

Ida fuhr in die Stadt, um Lebensmittel einzukaufen und Post zu erledigen. Bei ihrer Rückkehr wünschte sich Oskar, dass sie ihm eine Nudelsuppe kochte. Er löffelte sie langsam in sich hinein, als müsse er jeden Bissen testen.

Ida brauchte, um ihre eigene Unruhe zu meistern, Bewegung, sie musste gehen, gehen, gehen … Wieder ging sie den Fahrweg zum Wald hinauf. Hätte sie Oskar doch Bescheid gesagt! Oskar erregte Idas Abwesenheit so sehr, dass er die Alarmlampe auf die Kühlerhaube des Autos stellte. Er ließ sie blinken und ging schlafen.

Als Ida bei ihrer Rückkehr vom Spaziergang auf das Haus zuschritt, lehnte der Journalist, den Hut tief in die Augen gezogen, in der Küchentür und blickte ihr entgegen. Er hatte die Alarmlampe in der Hand. Ida runzelte die Stirn.

»Das war für Sie, damit Sie Ihren Weg zurückfinden«, sagte der Journalist. »Ich habe Ihren Mann gerade noch davon abhalten können, auch die Scheinwerfer anzustellen. Würden Sie später vielleicht etwas mit mir essen gehen, unten an der Straße, in der Bar?«

»Ist denn nichts da?«, fragte Ida.

»Das weiß ich nicht«, sagte er.

»Oskar schläft noch?«, fragte sie und wandte den Blick unwillkürlich in Richtung seines Zimmers. »Nein«, sagte sie, »gehen Sie allein, ich bleibe hier. Ich warte, ob er aufwacht, und wünsche doch nur, dass er schläft, weiterschläft, das ist das Beste, er hat so viel Schlaf aufzuholen.«

Am nächsten Morgen betrat Oskar frisch rasiert, leidlich ausgeschlafen, leidlich guter Dinge den großen Wohnraum. »Umbau!«, beschied er. Ida brachte Bücher und Schreibutensilien in ihr kleines Zimmer, und die beiden Männer räumten die Möbel – zwei lange, übers L gebaute schwarze Sofas, die dazugehörigen Sessel und einen niedrigen Tisch – auf Oskars Anweisung hin zu der alten hohen Kredenz in eine Ecke. So war Platz geschaffen für ihn, Oskar, umtriebig, wie er immer noch war, zum Gehen, und die kleinen Kommandos, die er dem Journalisten gab, hatten alle den Anschein des Vernünftigen, sofern man bereit war – und Klaus Haverkamp war es –, sich auf seine Logik einzulassen. Oskar sagte, bei dem läutenden Ring, den die Grillen ums Haus legten, könne er sich nicht konzentrieren, er bitte deshalb, da das Gespräch ja einen Erfolg zeitigen solle, dass man die Fensterläden schließe, alle Türen und alle Vorhänge zuziehe, diese Letzteren schluckten am besten das ihm auf die Nerven gehende Gezirp der Insekten draußen in den Bäumen. Künstliches Licht bei Tage – was machte es? Der Journalist folgte und schaltete alle Lampen ein.

Ein theatralisches, opern- oder doch eher operettenhaftes Licht, dieses schwere Bordeauxrot der Vorhänge, die bis zum Fußboden fielen, elektrisch beleuchtet, der Journalist ließ sich darauf ein und räumte, bis Oskar sein Eck gefunden hatte.

»Dich will ich nicht dabeihaben«, sagte er, »Ida, aber wünsch mir Glück, Schatz.«

»Das tue ich«, sagte sie.

Oskar schloss die Tür.

Draußen stach die Sonne. Die beiden Männer brachten Stunden in dem prunkvoll verdunkelten Wohnraum zu. Den ganzen Tag über, mit Pausen zwischen den einzelnen Themenkomplexen, über die sie sich vor jeder Aufnahme besprachen.

Ida arbeitete nicht. Sie entfernte sich weit vom Haus, blieb für Stunden halb verirrt, halb auf der Spur ihrer Erinnerung verschwunden in der *macchia*. Gegen Abend traf sie die beiden Männer auf der großen, meerwärts gelegenen Terrasse an. Sie spielten ab, was sie auf dem Nagra-Gerät aufgenommen hatten. Oskar unterbrach häufig oder redete, während das Band weiterlief: »Das war nicht 1955, das war 1965, und das war 1944, hören Sie!«

In seinem exaltierten Zustand hatte er auch vielfach Personen verwechselt.

Ida wurde ganz beklommen.

»Geben Sie mir die Bänder«, sagte sie zum Journalisten, »sagen Sie, dass es nicht möglich war, ein Gespräch für die Sendung aufzunehmen. Er ist krank, Sie sehen es doch, Sie müssen sich etwas anderes einfallen lassen. Es gibt doch Möglichkeiten, Material genug, Sie kennen ihn doch selbst über Jahre, ihn, seine Arbeit, wozu brauchen Sie diese Kassetten. Sie können mit ihnen nicht an die Öffentlichkeit gehen, es wäre der Gipfel Ihres Zynismus. Schreiben Sie Ihr Porträt und veröffentlichen Sie es ohne dieses ganze jammervolle Material.«

Oskar konnte nicht hören, was sie mit dem Journalisten beredete – sie standen abseits unter den Bäumen –, aber er nahm an der Heftigkeit, der Erregtheit ihrer Stimme wahr, dass sie mit Haverkamp stritt. »Misch dich nicht ein«, rief er ihr zu. »Glaubst du, ich weiß es nicht?«

»Aber was?«, rief sie zurück. »Was weißt du?«

»Halt du das Maul«, erwiderte Oskar mit einer abgedeckten und rohen, angriffslustigen Stimme, wie sie Trunkenheit und nicht ausgeschlafene Medikamente machen. Oskar zog die Welt, die er sehen – noch sehen – wollte, eng und immer enger um sich. Er verbündete sich mit Haverkamp und blieb bei ihm, ließ Ida knurrend und aufgebracht stehen. Sie ging ins Haus, legte sich schlafen. Bis nach Mitternacht saßen die Männer auf der Terrasse und unterhielten und betranken sich.

»Nehmen Sie doch ein Taxi, warum muss Ida Sie zum Bahnhof fahren?«, fuhr Oskar, in der gelben Badehose aus der Tür seines Zimmers ins Freie tretend, Klaus Haverkamp an, der reisefertig vor dem Haus stand und nach Ida Ausschau hielt.

»Es ist zu spät«, erwiderte der Journalist, »und wo soll ich mir hier ein Taxi rufen? Ich müsste bis zur Bar hinunterlaufen. Inzwischen ist mein Zug auf und davon. Sie sehen ihn dann unten in der Ebene vorüberfahren – ohne mich.«

»Dann fahre ich Sie«, schlug Oskar vor. »Sie brauchen Ida gar nicht zu rufen. Ich werde ihr sagen, dass Sie sich von ihr verabschieden wollten.«

»Ich glaube«, brachte Haverkamp, nun in die Enge getrieben, stockend vor, »ich glaube, es ist doch besser, sie fährt mich.«

»Ich gebe euch das Auto nicht!«, schrie Oskar. »Ihr könnt mit mir nicht einfach umspringen, wie ihr wollt. Es ist mein Auto, und ich gebe es euch nicht.« Und damit legte er sich zur Bewachung auf eine Liege vor den Wagen. Er strampelte und zitterte wie ein zorniges Kind, als Ida ihn bat, ihr den Wagen doch zu geben und selber von seinem Platz aufzustehen und die Liege beiseitezustellen, sie wolle doch nur der Gastfreundlichkeit und Höflichkeit halber den für ihn, Oskar, aus Hamburg angereisten Herrn zum Bahnhof zurückfahren.

Oskar wurde wieder laut, aber er gab nach, trug daraufhin sogar seinem Schüler auf betont männliche, kollegiale Weise die zweite Tasche an die Einfahrt, trug sie dem anderen weit voraus, setzte sie dort mit verächtlicher Miene ab und verschwand, ohne sich dem Journalisten noch einmal zuzuwenden, in Richtung seines Platzes am Waldrand.

»Geben Sie mir die Kassetten«, bat Ida ein zweites Mal, als sie Herrn Haverkamp vor dem Bahnhofsgebäude aus dem Wagen steigen ließ.

»Nein«, antwortete der, wobei er den Kopf schüttelte. Dann sagte er pathetisch: »Es ist ein Dokument, eine Art Nachruf zu Lebzeiten. Das gebe ich Ihnen nicht.«

»Sie Schwein, ich könnte Sie schlagen«, sagte Ida, »ich könnte Sie treten«, und sie sah den triumphierenden Blick im Auge des anderen.

Könnten wir doch auch fort, seufzte sie, als sie zurückfuhr, kämen wir doch nur schon von hier weg, ehe Oskars Zustand noch schlimmer und bedrohlicher wird. Aber sie, Ida, eiste ihn von hier nicht los, nicht jetzt, nicht mehr mit seiner Einwilligung. Nun waren sie allein, wie er es wollte. Und nichts nützte es, Dr. Bremer anzurufen, um ihm die Lage zu schildern. Bringen Sie ihn her, so schnell Sie können, würde er sagen, er hatte es ja schon ein paarmal gesagt, und sie, Ida, hatte ihr Möglichstes getan – vergeblich.

Sagte ich Oskar, wir blieben zusammen, hülfe als überbrückendes Mittel solche Täuschung vielleicht bis Berlin, sofern er das Angebot überhaupt noch annehmen und ihr nicht ein »Hau ab! Hau ab! Du warst von allen bisher die Schlimmste!« entgegenschleudern würde; was ihr auch nichts machte, aber die Folge davon war, dass sie wiederum mit gebundenen Händen dastand. Ja, was tun außer den Kinderarzt hinzuziehen?

Oskar war zur großen Straße hinuntergelaufen, winkend stand er an der Einbiegung zum Feldweg, vor der Pergola der Bar. Ida stoppte den Wagen. Stumm stieg Oskar ein, stumm fuhren sie den hellen Weg zum Haus hinauf. Erst als sie den Motor abgestellt hatte, fragte Ida: »Oskar, sollen wir nicht auch die Zelte hier abbrechen?«

»Nein, noch nicht«, sagte er und warf die Tür.

Er ging auf das Haus zu, bedächtig, entrückt, und Ida sah ihm nach. Die Verzweiflung und ihre Hilflosigkeit wuchsen. Wie weiter?

Sie, Ida war es bei allen Erwägungen und Überlegungen klar, war der Hauptgrund seiner Verwirrung. Daran ließ sich nicht rütteln. Das war und blieb ihre Schuld, auch wenn sie weiterverfolgte, was, wie sie glaubte, für sie richtig, passend oder auch nur besser war. Die Schuld, Oskar, da er nicht losließ, so zugerichtet zu haben, wusch sie sich nicht von den Schultern, mit keinem noch so häufigen, täglichen Bad im Meer.

Dr. Bremer hatte Ida am Bild des schleichenden Prozesses die Vorgänge, die in Oskar abliefen, deutlich zu machen gesucht, als sie zuletzt bei ihm gewesen war. Er hatte die Angst, das Gedächtnis zu verlieren, herangezogen, das unstete Getriebene, die Alkohol-, die Nikotinsucht, der fast missbräuchliche Genuss von Tranquilizern und Schlafmitteln, all das in sich beschleunige bereits den Alterungsprozess nicht nur der Adern und des Gewebes, sondern auch denjenigen des Geistes. Das mochte ja alles so sein, hatte sie dem Arzt entgegengehalten. Nun kam sie als ein zusätzlicher Grund für Oskars tiefe Unruhe noch hinzu.

Ida wusste, das auch dieser Schub sein Ende fände, aber nicht wie und wo und wann.

Sie ließ ihn tun, was er wollte, beobachtete ihn, ängstlich dennoch, in der Hoffnung, er bemerke es nicht.

»Ach, die Liebe! Die Liebe«, sagte er, er redete jetzt viel mit sich allein, »die ist doch nur eine Qual, ich habe sie immer als das empfunden. Was geht in Idas Kopf vor. Die nicht mehr mit mir in einem Zimmer schläft und hier schon gar nicht, die nicht mehr mit mir schläft. Ade, die Liebe, die Liebe, ade.«

Das Kleid war verbrannt auf dem brachliegenden Acker vorm

Haus. Das Kleid: der indische Fetzen, Büßerkittel, Nonnenkittel, ein Sack.

»Ich wollte deine Brüste sehen, deine Hüften und deinen Apfelhintern in einem anderen Kleid. Dass du nackt herumlaufen solltest, für mich allein, wagte ich dir nicht zu sagen. Ach, Schatz, so leerer Schatz, nichts drin, ausgeflogen und da, aber nirgendwohin. Was tue ich, wenn sie gegangen ist. Komm, komm doch. Ich will ja gar nicht, dass sie geht. Verstehe auch nicht. Hat doch niemanden. Oder verschweigt es. Könnt sie verprügeln dafür. Fünfundsechzig – und? Wann fing es denn an. Rühr mich nicht an, doch erst jetzt hier, seit wir hier sind, auch nicht gleich, was hat sie bloß, will ihre eigenen Schritte machen, zusehen, wie sie allein über die Straße kommt. Ja, habe ich sie denn bisher daran gehindert, ich habe ihr nur geholfen, und ohne mich, was wäre sie da? Nichts oder wenigstens weiß man das nicht zu sagen. Sich zerstören, mich zerstören, hab sie doch nur an die Hand nehmen, hab sie führen wollen. Und dabei kommt das heraus, ach, Schatz. So falsch, so falscher Schatz.«

Oskar ging um das Haus. Er ging von Tür zu Tür, verschloss sie und zog die Schlüssel ab, steckte sie in seine Tasche und setzte sich an den Küchentisch. Ida saß schon dort, und das Abendbrot wartete. Sie hatte Nudeln gekocht und eine Knoblauchsauce zubereitet und einen Teller mit kaltem Fleisch und verschiedenen Wurstsorten auf den Tisch gestellt.

»Oskar, sperrst du mich ein?«, fragte Ida ungläubig und sah doch, was sie sah.

Hinter seinem Blick entrückt, sah er sie ohne Antwort auf die Frage an.

»Was spielst du?«

Irritiert, in irgendetwas unterbrochen mit der Frage, schüttelte er den Kopf. Idas Stimme störte ihn. Er lauschte anderem nach. Die Fliegen kopulierten auf dem Küchentisch, der fünf Zentimeter dicken, grau geäderten Marmorplatte, an der sie zu Abend aßen. Oskar sah ihnen zu und lauschte auf ihr Geräusch, wenn sie auseinandersirrten, auf das andere, wenn ratternd der Kühlschrank wieder einsetzte, horchte auf den Singsang der Grillen, die das Haus mit ihrer ständigen Musik umgaben, hob den Finger, wenn er wahrnahm, wie jenseits der Straße wieder einer der Züge die Ebene durchquerte; mit den Zügen kamen zugleich die Verkehrsgeräusche der großen, der Überlandstraße in die Küche. Oskars Gehör war überhell. Die Küche klappte ihre Wände auf, verband sie, die beiden Menschen, die still in ihr waren, in die Weite draußen. Verblüfft starrte Ida Oskar an. Und er nahm sie, die ihm zu folgen versuchte, in seinen Gedanken mit dorthin, nach draußen, ins Freie.

»Hör doch, pst«, sagte er, »horch … Das war ein Sattelschlepper. Noch einer, und jetzt …«

Er kicherte heiser und abgehackt und ganz für sich vor Erregung, als er ein Stück Zwieback, das ein wenig gesüßt war und er in seinen Rotwein getaucht hatte, auf der Zunge zergehen ließ. Auch dabei sah ihm Ida gebannt und sprachlos zu. So von sich unterhalten, von seinen eigenen Sensationen in Ekstase versetzt, hatte sie ihn niemals erlebt. In ihren langen Jahren nicht. Habe ich ihn denn, fragte sie sich, immer gebremst?

Dann schrie sie.

»Was schreist du, Ida!«

Eine Hornisse, die mit in der kleinen Küche eingesperrt war, hatte sich oben auf dem Kühlschrank, wo sie die bisherige Zeit über gedöst, sich geputzt oder geschlafen haben mochte, erhoben, und sie versuchte nun, angezogen von der Helligkeit draußen, durch das schräge Fenster über dem Herd ins Freie zu gelangen; da sie immer wieder gegen die Scheibe prallte, wurde sie wilder und wilder, sackte steil ab auf Ida, die ihr am nächsten saß, und Oskar zu, fing sich jedoch, und als sie die neue Lichtquelle gewahrte, flog sie nun die brennende Lampe an. Ida wagte nicht, das Licht auszumachen; in der Dämmerung hätte sie die Hornisse nicht mehr verfolgen können, und sie hätte auch Oskars Augen nicht mehr gesehen. Ida hatte mittlerweile einen Grad von Erregtheit und Außersichsein erreicht, der sie nicht bestimmen ließ, ob es nicht eine höchst gefährliche Reise war, auf die Oskar sie da mitnahm, oder ob es ein perfekt ausgeklügeltes Stück Theater war, das er ihr vorspielte und wobei nur sie unfähig war zu sagen, was an dem real und was irreal, was die Illusion des Realen und was tödliche Illusion war, die unabdingbar auf ihr Ende zutrieb. Oskar wusste sehr wohl, was eine Hornisse war, und er wusste sehr wohl, was ein Stich von ihr bedeutete, so wühlte er in den Schlüsseln in seiner Tasche und sperrte die Türen auf.

Erleichtert ging Ida vors Haus. Dass sie im Freien stand und nach dem beklemmenden Abendessen, bei dem sie fast nichts angerührt hatte, tief durchatmete und nochmals und nochmals, änderte jedoch nichts an der allgemeinen Verwirrung. Sollte sie die Schlüssel alle verstecken? Was nützte es: Oskar würde nach ihnen fragen, jähzornig, schimpfend.

Es änderte sich auch wieder, darin war sie zuversichtlich. Hoffnung und Mut, soviel sie nur konnte, sprach sie sich zu.

Er räumte. Er stellte einen Küchenstuhl ins Freie und breitete Decken, die er aus dem großen Wohnraum herantrug, im Gras zum Trocknen aus. Er spielte, wie Kinder spielen, die, wenn sie sich lang genug selbst beschäftigt haben, sich zu langweilen anfangen und zurückkommen. Ida wartete auf den Moment und fürchtete doch, dass er noch lange ausbliebe. So blieb sie still in Oskars Nähe, ohne ihn zu stören, und ging nicht schlafen, was sie eigentlich hatte tun wollen. Da rief er sie. Er hatte Lust, ein Feuer zu machen. Und so saßen sie bis spät in die Nacht am Außenkamin auf der Terrasse, stumm, ihre Stühle nebeneinandergerückt, und ließen die Blicke ins Feuer und zum Mond hinaufwandern. Oskar erklärte, dass er nun jeden Abend ein Feuer machen wolle, Feuer, der Blick in die Flammen beruhige ihn. Daraufhin ging er schlafen.

Gegen Morgen begann er frühzeitig umherzuwandern. Ida hörte ihn die Hauptpforte absperren, andere Türen hingegen öffnen. Sie hörte, wie er in der Küche hantierte und abwusch. Wo lebte er gerade, an welchem Ort hielt er sich auf und wie alt ist er in seinem Kopf – hat er Sommerferien und ist bei einem Freund? Ist das Drill? Ist das Küchendienst – im Krieg? Ist er wieder der Junggeselle, der er so viele Jahre lang war? Was kehrt da wieder?

Gegen sieben Uhr lag er eingehüllt in eine Decke auf der Südterrasse in der Frühsonne, um sich, wiederum zum Trocknen ausgebreitet, ein Handtuch, Topflappen, eine Unterhose und eine Wolldecke.

»Oskar«, rief Ida, »ist Sturm? Fährst du zur See?«

Er antwortete nicht. Er schlief oder er tat so und war mit den Gedanken hinter geschlossenen Lidern weit weg.

Sie fragte nicht, weshalb trocknen musste, was doch trocken war. Auch das Auto wurde mit einbezogen. Oskar fuhr es tief unter die Oliven, und er legte seine helle Leinenjacke auf die Kühlerhaube, damit sie trocknete.

Der Bann, den die Grillen um das Haus legten, trat zurück. Oskar umspann das Haus jetzt mit seinem, der geräuschlos blieb.

Beim Frühstück versuchte Ida Oskar zwei Eier zu servieren, aber er willigte nicht ein, und sie drängte ihn, noch eine Scheibe Brot zu essen, er willigte auch nicht ein, fuhr nicht einmal aus der Haut wie früher – Ida, die sich noch daran erinnerte, hatte ihn schon toben gehört: Dieses ewige Weißbrot! Pappe! Scheißpappe!

Er winkte nur ab.

Sie teilte Oskar mit, als sie das Frühstück beendet hatten, dass sie nun Brennholz – dürre Zweige und Pinienzapfen – fürs Kaminfeuer sammeln werde, weiter oben in der noch zu Walters Grundstück gehörenden Pinienpflanzung vor dem Waldrand. Oskar, der Ida auch nicht aus den Augen ließ, sagte ihr seine Begleitung zu. Aber dann blieb er doch zurück, machte sich in seinem Zimmer zu schaffen. Als er einmal aus der hohen Tür ins Freie blickte, sah er den Fremden in Jägeruniform auf dem Kiesweg stehen, ein paar Meter war er zur Einfahrt hereingekommen, und so stand er da: vor den Wagenrädern, die an das Tor genagelt waren, Standbein, Spielbein, wohlbeleibt, um die Hüfte hing ihm ein Patronengürtel, in der Hand hielt er die Flinte.

»Nicht hier«, rief Oskar und trat ihm aus der Tür ein paar Schritte entgegen, »nicht hier, verschwinden Sie, hier wird nicht geschossen.«

Der Fremde blickte auf, er hörte ihn, aber er verstand ihn nicht, er sah nur die hin und her wedelnde, das Verbot ausdrückende Hand.

»Hier gibt es keine Vögel«, rief Oskar, »los, weg mit Ihnen, na, soll ich Ihnen Beine machen, auf diesem Grundstück gibt es nur Vögel, die sich hierherflüchten, und diese Vögel sind für Sie nicht da!«

Der andere, von der Vehemenz der Abweisung verwundert oder so nachhaltig verdutzt, ging die ersten Schritte, die er wieder machte, rückwärts, als fürchte nun er, angeschossen zu werden, falls er sich einfach umdrehte und durch die Wagenräder auf dem Sandweg entschwand.

»Es wird wohl immer so sein«, redete Oskar vor sich hin, als er sich zum Haus zurückwandte, »ich halte alle Jäger für taub, so schreie ich sie an, und ich halte sie alle für blind, selbst wenn sie die Knarre nicht im Anschlag halten, deswegen gestikuliere ich, als käme ich von den Hottentotten, und das macht ihnen Angst.«

Er lachte. »Und sie ziehen den Schwanz ein und laufen. Ich kann es nicht sehen. Ich kann die Patronengürtel, diese Michelinreifen, Tod für Vögel oder Menschen, mit denen sie die Hüften schmücken, nicht sehen.«

Daraufhin machte er sich auf den Weg.

Als Ida zurückkam, in jeder Hand einen großen geflochtenen Korb, den sie mit Pinienzapfen und kleinen Hölzern vollgesammelt hatte, fand sie das Auto unter den Bäumen vor und Oskars Jacke, die auf der Kühlerhaube trocknete, nur war, als sie nach ihm rief, Oskar verschwunden. Die hohen Türflügel, die von seinem Zimmer aus ins Freie führten, standen offen, auf dem Tisch, den er in die Türöffnung geschoben hatte, lagen seine Schieber, Stifte und ein großer Block. Ida suchte nach seinen Sandalen, sie waren nicht da. Sie rief: »Oskar! Oskar!« Suchte ihn in allen Zimmern, lief um das Haus herum, rief wieder. Nichts. Sie erhielt keine Antwort.

Nicht einmal die Grillen unterbrachen ihr Geläut bei ihren Rufen. Und während sie noch überlegte, wo überall Oskar sein könnte, lief sie bereits die Wege ihrer Überlegungen ab. Zuerst rannte sie den Weg zum Waldrand hinauf – und beinahe gleich zurück, denn aus der Richtung, zwar unter den Bäumen sammelnd und so ohne ein Auge auf den Weg zu haben, war sie ja eben erst gekommen –, bog auf den Sandweg ab, der zu der Stelle führte, von der man den Blick hatte, dem Oskar den Namen des Malers gegeben hatte. Er stand nicht dort, war auch nicht weiter in die Wein- und Olivenfelder, die man von dort aus sah, hineingelaufen. Ida rannte zurück. Sie suchte ihn bei dem großen Feigenbaum. Nichts. Ihr fiel ein, dass sie hatten baden wollen, nachdem sie das Kaminholz beschafft hatte. Sie räumte Oskars Jacke vom Auto und fuhr zur Bar an der Straße hinunter. Dort stoppte sie und fragte, in der fremden Sprache radebrechend, die blasse, vor Überarbeitung grau aussehende Frau hinter der Theke, ob sie ihren Mann gesehen habe, er vor kurzer Zeit vorbeigekommen sei. Die Frau hatte ihn nicht gesehen. Trotzdem fuhr Ida weiter, fuhr an den Strand, parkte das Auto und lief zum Wasser vor, lief das Ufer entlang. Da sah sie ihn; er stand in der Nähe des Kanals und schaute aufs Meer in einer Art Hockstellung, um sie, Ida, die ihn suchte, weit draußen im Wasser als einen schwimmenden Haarschopf irgendwo zu entdecken.

»Oskar!«, rief sie, »Oskar, ich bin hier!«, erleichtert, ihn gefunden zu haben.

»Gott sei Dank«, rief er, nicht minder erleichtert, Ida, die er als einen kleinen schwimmenden Punkt weit draußen in den Wellen gewähnt, neben sich zu sehen.

»Ich bin dir hinterhergeschwommen«, sagte er, als sie ein paar Schritte am Strand nebeneinander hergingen.

Seine Badehose war nass. Er hielt sie von sich ab, dass sie schneller trocknete.

Oskar, den es umhertreibt, im Haus nirgendwo am Fleck hält, räumt und kramt.

Er verdunkelt erneut die Sala, nicht, als wolle er das Interview, das er Klaus Haverkamp gab, für sich allein fortspielen oder verbessern oder auch nur der Lichtverhältnisse halber nachstellen, sondern weil er es richtig findet, den Tag zur Nacht zu machen, die Helligkeit, die brütende Hitze des Nachmittags draußen zu halten. Aber dann wiederum stellt er doch einen von den vier Safaristühlen, die in dem großen Wohnraum vor dem Kamin stehen, gegen die mittlere hohe blaue Tür, damit sie der Wind, der nicht da ist, aber ja vielleicht aufkommen mag, nicht hin und her schlage. Und er will Ida um sich haben. Sie soll sich nicht entfernen. Sie soll da im Dunkeln an ihrem Tisch sitzen bleiben und arbeiten. Sie sieht ihn, am Rande ihrer Kraft, auch Fassungskraft, bittend an.

»Guck nicht so verzweifelt«, sagt Oskar, und sie sagt: »Aber ich bin es!« Und sie weint, stützt den Kopf in beide Hände, die Tränen tropfen auf die Zeilen, die sie geschrieben hat. Oskar sieht, wie Ida weint, schleift ihr Weinen, sonst gänzlich reaktionslos, in seinem Blick mit ... sagt nichts, nimmt nur die Wanderung durch die Sala und um das Haus herum wieder auf. Ida bleibt auf ihrem Stuhl hinter dem langen Tisch sitzen, die Hände aufgestützt starrt sie durch die hohe blaue Tür auf die Zeder im Garten und starrt den Himmel an. Oskar kommt zurück und beginnt nun, die Verbindungskabel, die man in dem großen Raum für die Steh- und die beiden Tischlampen sowie die Tonanlage braucht, zu vertauschen.

Auf dem Weg in ihr Zimmer begegnet Ida Oskar im Patio. Er steht auf der Schwelle zu seinem Zimmer und blickt sie liebevoll, als habe er ihr Kommen längst erwartet, und zugleich scheel und heimlich an. Sie geht auf ihn zu und umarmt ihn, hält ihn eng umschlungen, redet, redet sich die Beklommenheit, die Angst weg. Oskar redet auch, er will sie beruhigen, und er hält sie auch an sich gepresst. Nach Hause? Was ist besser, hierbleiben oder wegfahren, kommt es schon auf dasselbe hinaus? Auf Umwegen nach Berlin. Nein, nie! Dr. Bremer. Nein, nicht Bremer, und Oskar versucht, Ida deutlich zu machen, dass er ganz genau wisse, worauf es ihr ankomme, was sie beängstige und dass sie deshalb mit ihm wegwolle, um seinen Arzt aufzusuchen. Er erklärt, er habe Idas Vorwürfe verstanden, der Unordnung wegen, mit der er das Haus überziehe, er bringe das schon ins Reine. »Lass uns bleiben«, sagt er. Ida weiß, wenn er in einer Situation wie dieser nicht selbst den Anstoß gibt, den Einfall endlich selbst hat und nach ärztlicher Hilfe verlangt, kann sie nichts machen. Sie ist nicht stark genug, um Oskar zu überwältigen und beispielsweise in Siena, der nächstgelegenen Stadt mit einer psychiatrischen Abteilung, behandeln zu lassen. Sie müsste dazu stark wie drei kräftige Männer sein. Sie spielt zwar immer den Jungen, aber physisch stark ist sie nicht. Sie hält Oskar, sie hat die Arme um seine nackten Schultern gelegt, ihr Gesicht an seinen Hals gedrückt, und sie versucht, Oskar ihre Ruhe zu übertragen, von der sie, wie sie glaubt, noch ein wenig mehr besitzt als er.

Polizisten und Hubschrauber sind auf dem Feld vor dem Grundstück gelandet, jenseits der hohen Zypresseneinfriedung auf einem Feld, das einem Bauern namens Larini gehört.

Was wollen sie? Was für Polizisten? Und wie viele? Woher? Sind sie in den Hubschraubern gekommen? Sind es Soldaten?

Oskar hört sie, während er im Schatten der Zeder und dem leicht gehenden Wind liegt, der ihm über die Schultern streicht. Ida liegt neben ihm. Er hütet sie neben sich. Was können sie wollen?

O könnte ich dich, mein Liebling, in meine Arme nehmen und von hier forttragen und dich in Dr. Bremers Hände legen, dass er dich heilt, dass er stoppt, was im Gange ist. Wir hätten nicht herkommen dürfen. Ich hätte dir ein großes Fest auch in

Berlin bereiten können, denkt sie. Aber du wolltest raus aus der Stadt. Und ich hatte so große Lust auf das Meer. Es liegt einen Steinwurf entfernt vom Haus. Kann man es praktischer haben? Es ist uns hier ja auch schon sehr gut gegangen. Ja, und genau deshalb hätten wir es nicht wiederholen dürfen, nicht zu diesem Zeitpunkt, nicht in diesem Jahr. Mein Egoismus war es: Ich wollte schwimmen. Als könnte ich das nur hier!

Gegen Abend fahren sie, um die üblichen Einkäufe zu erledigen – die Wäsche aus der Reinigung holen, Briefe einwerfen, Zeitungen kaufen, Lebensmittel besorgen –, gemeinsam in die Stadt. Ida steuert den Wagen. Während sie zur Post geht, betritt Oskar die Cantina, in der sie ihren Wein und Campari, ihren Grappa und Cognac und Mineralwasser kaufen. Oskar ist dort ein häufiger und somit auch gern gesehener Kunde, aber ein Missverständnis zwischen dem Besitzer und ihm führt zu großen ungehaltenen Bekundungen von Oskars Seite. Der Bescholtene, eher der blonde Typ des Italieners, ein Mann noch nicht ganz in Oskars Alter, weiß nicht, wofür er derart zeternd gescholten wird. Er hat Oskar nichts nehmen, ihn nicht um die ihm schon verkaufte Ware bestehlen wollen. Er hat keine der Flaschen, die Oskar ausgesucht hat, in seine Regale zurückgestellt. Er ist kein Betrüger.

Im Coop hält Oskar einen Mann in einem lose hängenden blauen Kittel für den Detektiv des Unternehmens. Er öffnet seine Tasche und zeigt willig ihren Inhalt, will sie dem anderen mit strahlender Miene aushändigen, soll er, der Blaubekittelte, sie doch behalten!

Im Café Imperial findet Ida ihn wieder, wie er drei jungen Mädchen, die im Eingang zum Café stehen, Augen macht. Er, so sagt er Ida, halte die drei für Kellnerinnen. Ida grinst. »Wirklich?«, fragt sie schelmisch. Daraufhin stürzt Oskar sich genüsslich auf zwei große Stücke Erdbeerkuchen, die er bestellt hat und Ida ihm kauft.

Sie hat die Polizisten vergessen. Er nicht. Sie hat auch das Komplott vergessen. Nackt liegt sie in der Sonne.

Oskar ist mit dem Auto beschäftigt, während Ida in der Küche das Abendessen zubereitet. Oskar sortiert im Kofferraum Nasses von Trockenem, schleppt einiges davon in eine Kammer im Haus.

Sie essen an dem Tisch mit der dicken Marmorplatte. Ida nippt nur an zwei Löffeln Ricotta, sie hat keinen Hunger, sie bringt es nicht hinunter, auch Oskar mag über Nudeln hinaus nichts. Aber dann, als sei ein anderer in ihm aufgesprungen, lädt er galant und zugleich heimlichtuerisch Ida zu einem Spaziergang unter die Eukalyptusbäume und Oliven ein; er führt Ida am Arm, damit sie den Vollmond sehe, der großartig, wie er sagt, tatsächlich imposant über den Zypressen und kugelförmig geschnittenen jungen Akazien steht. Oskar nimmt Ida auf einen Rundgang um das Haus mit, im Schwell der Mondansicht und selber taumelnd wie entrückt. Ida erträgt die Spannung nicht mehr. »Oskar!?«, fragt sie verzweifelt, warum er das mache, er sei ihr so fremd, so nicht geheuer, so unerreichbar geworden, sie begreife nicht, diese Kraft, dieser hypnotische Sog von ihr weg, sie komme gegen die Kraft nicht auf – und darauf der Einbruch: sie weint.

»Armer Schatz«, sagt er und streichelt dabei ihre Hand. Oskar führt Ida behutsam auf die Terrasse, rückt ihr einen Stuhl heran, wickelt sie in eine Decke. Er macht Feuer. Für sich? Für sie? Für wen? Es brennt. Er schürt es. Und als es hoch brennt, knisternde Funken aus den Pinienzapfen mit durch den Schornstein aufsteigen und wie kleine Sterne vor dem Nachthimmel erlöschen, kommt Ruhe in ihn. Er stellt sich hinter Idas Stuhl auf, starrt ins Feuer, betrachtet sein Werk und steht so eine lange Weile unbeweglich. Bevor er ins Bett geht, sieht er noch einmal nach dem Auto. Ida hört ihn mit den schlappenden Sandalen im Haus umherlaufen, hört, dass er häufig gegen etwas stößt – die Stühle, deren Lehnen und Beine, in der Küche –, ist denn kein Licht? Und was haben die knackenden Geräusche zuvor zu bedeuten? Sie kann ungefähr abschätzen, welche Türen er schließt, er verbarrikadiert das Haus, auf der Südterrasse hat er es schon mit allen Liegen und den schweren Zementfüßen, in denen tags die Sonnenschirme stecken, getan. Was führt er für einen Krieg! Dann wird es ruhig. Sitzt er irgendwo still? Hat er sich entfernt? Es ist totenstill.

Nach langer Zeit, wie Ida glaubt, ohne über deren Dauer Genaueres sagen zu können, hört Ida Oskar wieder. Er schreit jemandem, den sie auf dem Kiesweg oder in der Einfahrt vermutet, etwas auf Italienisch zu. Sie springt auf, hat sowieso nur angezogen auf dem Bett gelegen und läuft hinaus. In den Sandalen und kurzen Shorts steht er an der niedrigen Taxushecke, die linker Hand der Einfahrt Walters Baumgarten säumt. Er ist erregt und zugleich abgespannt, er hat die Nacht über mit deutschen Touristen gekämpft, die einzige Waffe, mit der er sich gegen die beiden Eindringlinge wehren konnte, war, da er ja keine Waffe trage, erläutert er Ida, Wasser, Wasser, Wasser – der lange Schlauch, der zur Bewässerung der Pflanzen da ist. Er habe vom Graben vor der Einfahrt, tief, in Deckung und mit der Böschung als Rückendeckung, sie, Ida, verteidigt. Sie seien keine von den Baader-Meinhof-Leuten. Er gäbe Ida den Touristen, die getarnte Polizisten seien, nicht heraus.

Er ist nass an Körper und Hose, durchfroren, zerschunden, blutet am Schienbein, der Ringfinger der linken Hand tut ihm sehr weh, vielleicht ist er gebrochen. Aber er brüllt in die Richtung der Straße gewandt: Diese Schweinehunde, diese Dreckskerle, wenn er etwas zu schießen hätte, wolle er sie erschießen.

Licht und Strom sind ausgefallen.

Im Dunkeln legte Ida Oskar in ihr noch warmes Bett. Da er ein Valium 5 wollte, gab sie es ihm, auch den Grappa, nach dem es ihn verlangte. Er wollte mehr Valium, er wollte mehr Grappa. Sie gab ihm noch ein halbes Fünfer Valium und legte sich zu ihm, um ihn zu wärmen, zu beruhigen, ihn aus seiner einsamen Verbiesterung zurückzuholen, soweit möglich zu Sinnen kommen zu lassen, in der Gewissheit, sie, Ida, bei sich zu haben. Schließlich wirkten das Mittel und der Schnaps.

Sacht, auf die gewohnte Weise, ließ Ida sich daraufhin aus der Decke und am Fußende des Betts herabgleiten und ging, ohne dass Oskar hörte, wie sie die Tür schloss, im Haus die Lage von Licht und Strom inspizieren, suchte in der Sala ein Feuerzeug, sie wusste, dass Oskar am Abend eines auf einem der Beitische liegen gelassen hatte, und fand es dort auch, trieb dann in der Küche eine Kerze auf und ging in den Abstellraum, in dem die Strom- und Lichtschalttafel installiert war. Es roch dort verbrannt. Ida drückte an der Tafel die Taste »Licht« und sofort ging im Haus überall das Licht an. Sie lief, es überall zu löschen. Dringlicher war es aber, nach dem Wasser zu sehen. Ihr war eingefallen, dass er den Schlauch am Hahn hinter der kleinen Hecke angeschlossen und aufgedreht haben könnte – sie hatte es doch knacken hören, mehrmals, fünf-, sechsmal, sie erinnerte sich deutlich, der bekannte Ton, der Umschaltton der Pumpe von einem Brunnen auf den anderen. Der Brunnen »Berg« war sowieso leer, also musste Oskar auf »Meer« geschaltet haben.

Ida ging den Weg hinauf und sah den Schlauch quer über die Hecke, über die Einfahrt hinweg in den Graben gezogen, und das Wasser lief immer noch. Sie ging zurück, drehte den Hahn zu und zog den Schlauch ab. Die Stromschaltung brachte sie jedoch nicht wieder in Gang.

Als Ida zu Oskar zurückkam, war er wieder wach, das Mittel, obwohl so hoch dosiert, übte keine sonderliche Wirkung auf ihn aus, er fror, wollte noch eine Decke und einen Campari nach dem anderen trinken.

Ida brachte, wonach es ihn verlangte, die Decke, aber nur ein Glas Campari, und legte sich neben ihn. Ihn befiel ein verzweifelter, ihn schüttelnder Weinkrampf – er rief nach einem Arzt für eine Tetanusspritze. Endlich – die Öffnung! Da verlangte er nun selbst nach der Person, die Ida nicht länger rechtfertigen musste. Sie atmete auf. Jetzt konnte sie anfangen, ihm zu helfen. In der allerersten Früh würde sie sich auf den Weg machen. Aber Oskar schwankte weiterhin zwischen Klar und Unklar, und sein Geist bewegte sich in Gegenden, in die Ida ihm nicht folgen wollte. Er redete erneut von der Polizei, anders zwar jetzt, nicht länger im Zusammenhang mit Hubschraubern, einem Polizeiarzt, einem *maresciallo* und einem Dolmetscher, und er drohte: abtransportieren dürfe man ihn nicht, bevor er im Beisein des Dolmetschers seine Aussage gemacht habe, aber die Deutschen müsse man finden, ganz gewiss, man werde die beiden finden.

Er wusste nicht, wo er lag. Als Ida die kleine Nachttischlampe anknipste, bat Oskar sie sofort, sie wieder auszumachen. Licht solle nicht an seine Augen, es blende ihn nicht nur, er erblinde dabei.

Mir ist so krank im Kopf – das war nun Ida, die sich das sagte, und nicht Oskar, kurz vorm neuerlichen Einschlafen.

Gegen sieben Uhr morgens machte Ida sich daran, unter Erschwerungen, die die Umstände eines Hauses ohne Telefon in einem fremden Land bewirkten, Silvio ausfindig zu machen und zu ihnen zu bitten. Die Bar an der Straße hatte noch geschlossen.

Ida klopfte, aber es kam niemand. Zwei Frauen öffneten gerade die Agip-Tankstelle nebenan, aber in der Tankstelle gab es kein Telefon.

Ida kehrte zum Haus zurück, weil ihr eingefallen war, dass sie in die Stadt fahren könnte, um den Arzt sogleich herzubringen.

Oskar untersagte ihr jedoch, das Auto anzurühren, bevor die Polizei die Spuren gesichert habe, da die Deutschen auch in das Auto gesprungen seien, ehe er sie habe verjagen können. Es seien doch so viele Italiener auf dem Weg, einer von ihnen werde Ida sicherlich fahren ...

Er gab ihr die Schlüssel nicht.

Da lief sie wieder zur Bar an der Straße, die Frau öffnete gerade, und Ida erreichte wenigstens die Eltern des Kinderarztes. Die Mutter versprach, sich sofort für dessen Kommen zu verwenden.

Sehr schnell kamen sie dann auch – zu dritt, die Eltern mit denen die Marwigs auch bekannt waren, begleiteten Silvio, gegen neun Uhr waren sie da. Obgleich Oskar ihre Ankunft, ungeduldig, nackt unter der roten Bettdecke, die er sich einer römischen Toga ähnlich übergeworfen hatte, kaum erwarten konnte; zumindest empfing er Ida so: triumphal, in Rot gehüllt und von der Sonne beschienen.

Ihn fror und ihn dürstete, ihn gierte es nach Campari und er wollte heißen Kakao, in den Ida löffelweise Zucker verrühren sollte, und er wollte in sein Bett, ihn fror erbärmlich, zugleich wollte er im Kühlen liegen. Wieder kam er auf die Nacht zurück, und noch ehe die Italiener da waren, hatte er Ida seine Version der Nacht beschrieben. Es war ein Komplott gegen ihn gewesen,

Ida zu entführen, die die Touristen-Polizisten für eine deutsche Terroristin hielten, die sich bei Oskar versteckt halte. Sie wollten Lösegeld. Er zeigte ihr einen Zettel, den er in der Nacht geschrieben hatte. Darauf stand:

Ida schlafen gegangen +	Italian Time	Reason
11 h	12 h	
11 30 h	12 30 h	2 cani, molto distanti 1 cane vicino nessuna reazione da parte di I.
	1,33	perfect silence Ida dorme

Wir haben uns gegenseitig belauert, dachte sie, als sie das las. Daraufhin diktierte Oskar ihr einen zweiten Zettel in der Küche. Es war eine offizielle Erklärung für die italienischen Beamten, die Oskars Meinung nach sehr bald kämen, um den Fall der Nacht zu untersuchen, die Spuren im Garten und am Auto zu sichern.

Nun hatte er das Haus zu seinem Hauptquartier erklärt. Ida schrieb:

> Eintritt nur für Gino Trenta, den Vater des Arztes, und die ersten italienischen Beamten, für den ersten Arzt, der mit einer Tetanusspritze kommt, alle anderen: no – è tutto un atto criminale da parte di due turisti tedeschi contro una donna tedesca, fortunatamente la donna dormiva e ho potuto cacciarli, quei delinquenti tedeschi.

Silvio war ein lebenslustiger junger Mann, der seine Praxis vor einem Jahr in der Stadt aufgemacht hatte. Er kannte Oskar auf die flüchtige Weise, die sich bei ausländischen Sommerfrischlern einstellt: Man besucht sich ein paarmal, trinkt einen Kaffee zusammen und geht essen. Oskar hatte Silvio jedes Mal auf seine großzügige Weise gern dazu eingeladen, auch zu häufigeren Restaurantbesuchen verführen wollen, als Letzterer zusagen konnte. Silvio mochte ihn, mochte auch seine aufbrausende, phantastische Art, nannte ihn Signor Architetto und Oskar ihn Dottore – Oskar war ein Künstler, ein Baumeister, der weit herumgekommen war und viel zu erzählen hatte. So war Silvio denn auch jetzt eher belustigt als beunruhigt von Oskars Auftritt als römischer Imperator; Silvio liebte das Spiel, alles Theatralische, liebte in seinem Land die *italianità,* er spielte sehr talentiert Klavier und hatte eine große Plattensammlung zu Hause; seine Vorliebe in der Musik galt der Oper. Als er nun Oskar braun gebrannt, die rötlichen Haare kurz geschnitten, mit einer sonderbaren Toga bekleidet, vor sich sah, schlug erst einmal die strahlende, imposante Erscheinung bei ihm an; erst auf Idas Beschwörung hin, die versuchte, ihm etwas Einblick in Oskars Schliche, Finten und Zickzackkurse zu geben, all dem, was bei ihm so alltäglich wirkte und es doch nicht war, gab Silvio Oskar unter dem Vorwand der Tetanusinjektion ein starkes Beruhigungsmittel. Die Hautabschürfungen waren nicht der Rede wert, dennoch schrieb Silvio des möglicherweise gebrochenen Ringfingers wegen Oskar eine Einweisung in das Krankenhaus in Massa Maritima, einer in den Bergen weiter landeinwärts gelegenen Provinzstadt.

Der Vater, Gino, inspizierte unterdessen den Motor der Wasserpumpe. Doch er konnte nichts machen, ein Fachmann, ein Elektriker musste her. Oskar hatte in der Nacht bedenkenlos alle Knöpfe gedrückt.

Gino versprach, am frühen Nachmittag einen Elektriker zu schicken, da Oskar und Ida sonst ohne Wasser wären, und Silvio versprach, gegen Abend wiederzukommen.

Das Auto ist viel Staub aufwirbelnd fortgefahren.

Oskar verlangt eine Tasse heiße Schokolade nach der anderen, mit viel Zucker darin, das hat ihm Silvio der Nervennahrung wegen auch geraten. Er beginnt ein Gespräch über den Geburtstag, fragt, was an Glückwünschen, an Öffentlichkeit zu erwarten sei. Das, denkt Ida, ist wohl seine Hauptangst, dass, was kommt, seinen Erwartungen nicht entsprechen könnte, und es kommt ja nichts, vielleicht schicken Georg und Egi ein Telegramm. Er drückt den Wunsch aus, ein neues Auto zu kaufen, und plant, nach dem Aufbruch von hier direkt über London, wo er Tony Wilkins treffen will, nach Philadelphia zu fliegen.

Er hat die Zukunft geordnet und nun schläft er.

Wie vorsichtig muss man sein! Ida ist zwar durch Silvios Dazwischentreten um ein Unendliches erleichtert, aber sie traut dem Frieden nicht. Wenigstens das aber ist erreicht: Er schläft und ist von sich aus mit der Gewissheit eingeschlafen, dass da Menschen um ihn herum sind, die ihm ihre Freundschaft entgegenbringen, Menschen, die sich um ihn sorgen und, was sie können, für ihn tun.

Ida hofft zwar, dass durch Silvios Hilfe alles hier sich beruhige und Oskar ganz bald zurechtkommen möge, aber sie glaubte Oskar besser zu kennen. Er würde sich nicht an Silvios Anweisungen halten. Sie kennt ihn, er würde sie unterlaufen, er würde sie durchkreuzen. Und was sollte geschehen, wenn Ida sich sagen musste: Ich weiß nicht mehr weiter. Berlin ist so weit. Und dennoch hörte sie Dr. Bremers Stimme: Schaffen Sie ihn so schnell wie möglich hierher! Aber wie? In Handschellen? Sie wollte sich mit Silvio besprechen, wenn er gegen Abend wiederkäme.

Sie hat sich ins harte, von der Sonne fast gänzlich verbrannte Gras unter der Zeder gesetzt, kauert dort barfüßig, nagt an einem Stück Käse, schließlich wirft sie es auf den Acker – mögen die Ameisen sich daran verlustieren, wimmelnd mit ihren kleinen schwarzen Körpern das Stück Grana besetzen, sowie sie am Anfang die tote Taube besetzt hatten. Ida kann weder arbeiten noch lesen. Es gibt nur die Konzentration auf Oskar. Sie hatte sich den *Mann ohne Eigenschaften* und den *Tod des Patriarchen* zur Ablenkung und Unterhaltung mit in die Ferien genommen; alle Leselust ist ihr vergangen. Seit der letzten Nacht hat sich die Lust sogar in etwas Bedrohliches, Erschlagendes verwandelt; in so hohem Grade ist die Abneigung, dass Ida ein Zittern verspürt, allein der Versuch, sich auf die Wörter »Fiktion« oder »Roman« einzulassen, bereitet ihr Angst – Angst vor der Phantasie, Angst vor der Welt des »Als ob«. Sie umgeht die Bücher, ja, um auch nicht an sie erinnert zu werden, hat sie sie sogar weggeräumt, tief in ihrem Nachtschrank verstaut. Sie sind ihr plötzlich dem Wahnsinn zu nah und verwandt. Dagegen steht dennoch die Sehnsucht, sich irgendwo festhalten, geradezu festkrallen zu können, einen Halt zu finden, der ihr sagt, dass eins und eins nicht drei oder sieben ist. Vielleicht sollte sie Zeitung lesen. Aber was in den Zeitungen steht, das weiß sie genau, auch wenn sie sich im Moment der Illusion hingeben möchte, dass es anders sei, hilft auch nicht zum Schritt über den Teufelskreis hinaus – die Katastrophen, von denen die Zeitungen berichten, sind nur polyphon und geschehen bloß ein bisschen weiter weg. So hockt sie unter dem Baum, starrt auf den trockenen Erdboden, der bereits kleine Risse zeigt, und wartet benommen auf die Geschehnisse im Haus.

Oskar wacht gegen zwei Uhr auf. Er ruft Ida, er hat ein wenig Hunger und Lust aufzustehen.

Ida bereitet ihm zwei Eier im Glas. Er legt sich damit auf das blaue Sofa in der Sala. Ida berichtet von ihrer Zeitungslektüre. Oskar, der selbst ein passionierter Zeitungsleser ist, möchte einen Artikel eines aus der DDR in die Bundesrepublik übergewechselten Autors lesen. Ida hat ihm davon berichtet, Oskar erinnert sich sogar selbst daran, ganz klar und gegenwärtig. Ida liest, doch überblendet Oskars Geist bei den Reizwörtern »des Deutschen« und »der Deutschen« erneut auf die Deutschen, die Oskar im Sinn sind, die Ida verfolgten, sie verführen und vergewaltigen wollten, wie er zu wissen behauptet, als sie vor kurzem – es war drei Wochen her – nackt auf der Liege vor ihrem Fenster in der Sonne gelegen hatte. Auf das Fenster hatte man von der Straße zwar nicht den geringsten Blick, sie hätten es jedoch gesehen und deswegen seien sie gekommen, Italiener täten so etwas nicht. Und so, während er Ida erzählt, während er sich erregt, glaubt er, die zwei wirklich zu sehen, wieder zu sehen oder nicht länger nur sie, sondern auch Ida, die sie suchen ...

Gegen Abend schaute wie versprochen Silvio herein, um Oskar für die Nacht noch eine Beruhigungsspritze zu geben, aber der hatte sich auf seine Weise mit Grappa, Betadorm und vielen Tassen heißer, zuckrigster Schokolade schon in das Dunkel seines Zimmers zurückgezogen und schlief. Er wolle die ganze Nacht durch und über den nächsten Tag hin schlafen, ließ er Silvio ausrichten. Silvio ging trotzdem leise zu ihm hinein. Ida spähte hinter ihm ins Zimmer. Oskar lag auf dem Rücken, das Glied hoch aufgestellt. Weder Silvio noch Ida sagten ein Wort.

Das ist der wahre Oskar, dachte Ida, mit seinem roten erigierten Pimmel rebelliert er gegen den Geburtstag, gegen das Alter, gegen den Tod und die Erkenntnis, dass das Alter und der Tod eine Zumutung sind.

Silvio beobachtete ihn eine Weile, zog dann leise die Tür zu.

Er schläft, sagte er, lassen wir ihn schlafen. Das ist das Beste, scheint mir, im Augenblick. Sein Schlaf ist auf unserer Seite, Ida. Morgen Vormittag komme ich wieder.

Es ist eine große Beruhigung für Ida, dass Silvio jeden Tag, solange sie noch in dem Haus sind, mal am Vormittag, mal am späten Nachmittag, wie er es einrichten kann, herauskommen will, um nach Oskar – eigentlich ihnen beiden, das verschweigt er Ida jedoch – zu sehen. Sie sollten nach Hause fahren, ehe sich Oskars Zustand erneut verschlechtert, lautet Silvios guter Rat an Ida, aber wie sie das bewerkstelligen soll, weiß auch er nicht. Anderes als Valium in hohen Dosen verordnet Silvio nicht.

Die Pumpe, die durch Kurzschluss und das Durchschmoren eines Kabels außer Funktion gesetzt war, arbeitet wieder.

Aber beide Brunnen sind leer.

Ida trägt Wasser in einem Kanister von der Bar herauf.

Oskar versichert ihr, dass er helfen wolle.

Wie trügerisch!

Ida hat eine Flasche Rotwein aufgemacht und sich mit einem Rest Thunfisch aus der Dose und ein bisschen Gorgonzola auf die Südterrasse gesetzt. In ihrem Kopf geht es so langsam zu wie in einem lang anhaltenden Stau. Sie schaut ins Abendrot, seine langen rosa Wolkenstreifen, dann hängt sie ihre Augen, als seien sie Wäschestücke auf der Leine, in die Eukalyptusbäume, so dumpf, als habe sie aufgehört, die Lider zu bewegen.

Die Mücken kommen, sobald die Sonne weg ist. Ihre Bewegung, ihr Gesirre holen Ida aus dem Dämmerzustand zurück. Sie geht hinein, zieht sich eine Jacke über, zieht sich Hose und Socken an.

Es dunkelt.

Die letzte Woche ist angebrochen. Oskars Zustand bessert sich nicht. Er tut zwar, als mache er mit, ist aufgeräumt, tippt Briefe auf seiner Schreibmaschine, spricht in sein Diktaphon. Sie fahren gemeinsam zum Strand und in die Stadt. Doch immer wieder brechen Verwirrung und Jähzorn aus. Er möchte Ida zwischen die Augen und auf die Augen schlagen wie in *Hiroshima, mon amour*.

Ida sieht in seine Augen, die ihr schwarz und blicklos entgegensehen. Der erste Blick, der sie so tief einließ, jetzt dies.

Ihr ist hoffnungslos übel. Sprach- und Denkzentrum, glaubt sie, sind in ihrem Hirn ausgeschaltet. Dieser Teil von ihr weigert sich, seine Tätigkeit fortzusetzen. Sie fängt an, sofern sie einen Satz sagen oder schreiben will, die Buchstaben und Silben zu verschleifen und zu verstellen, als wolle sie sich in einer nur ihr verständlichen Geheimsprache ausdrücken. Die Haare gehen ihr büschelweise aus. Sie kämmt sie nicht mehr.

Oskar verbrennt Nützliches und Unnützes auf dem Feld: Gummi, Lappen, einen Besen, alte Schuhe. Für Stunden steht er und wacht beim Feuer. Er will nicht fort, der Geburtstag ist gekommen, und er will nicht fort.

Am Abreisemorgen ist er, nackt, einen Hammer in der Hand, in den Wald entlaufen.

Dr. Bremer schickte Ida für einen Monat in ein Sanatorium im Schwarzwald. So weit weg wie möglich, sagte er. Mit dem Rat: Gehen Sie in sich. Denken Sie über sich nach und verschwinden Sie aus Oskar Marwigs Leben. Es wird nicht leicht sein. Es wäre aber das Beste.

Auch Georg Maulwieser, den Oskars Gesundheitszustand in Alarmstimmung versetzte, wiederholte, was er Oskar, wenn auch mit anderen Worten, des Öfteren schon nahegelegt hatte.

»Trenn dich von ihm«, sagte Inge zu Ida, »dann herrscht hoffentlich wieder Ruhe.«

Ja, dachte Ida, wie, es wäre schön.

Dr. Bremer behandelte Oskar auf seiner Privatstation in einer Klinik unweit des Charlottenburger Schlosses. Er verbot Ida, bevor sie ihren Sanatoriumsaufenthalt antrat, jeden Kontakt zu Oskar, sie solle sich tot stellen, sich auch, was er vorhersehe, nicht durch Oskars inständige Bitten davon abbringen und erweichen lassen. Denn der werde ihren Aufenthaltsort sehr rasch heraushaben, auch davon sei er, Dr. Bremer, der ihn ja seit vielen Jahren kenne, überzeugt. Und sie solle sich hüten, schärfte ihr der Arzt ein, ihm kundzutun, wann und ob sie zurück in Berlin sei, ihr Seminar könne sie ins Semester hinein oder aufs kommende verschieben, in ihrer Verfassung könne sie augenblicklich sowieso nicht vor die Studenten treten.

Ein halbes Jahr später schrieb Oskar Ida aus Philadelphia:

> Mein Liebling! Unser Ende war ein trauriger Akkord. Nachdem Bremer mich entlassen hatte, bin ich noch einmal in dem Haus gewesen, was ich Bremer aber nicht sagte, denn er hätte es mir sofort nicht nur auszureden versucht, sondern striktestens untersagt, um nicht in mir aufzufrischen, was er nicht aufgefrischt wissen wollte; aber so kann ein Mensch nicht leben, so verdrängt er nur. Und was ist dein Schweigen?
>
> Du hast mich fast umgebracht.
>
> Ich habe, sobald ich konnte, an Walter geschrieben, dass ich drauf und dran war, sein Haus zu zerschlagen, zuletzt nackt und mit dem Hammer in der Hand.
>
> Angefangen hatte ich damit ja bereits, als du noch da warst. Ich höre noch deine Schreie.

Aber Walter wusste es schon von dir und hat es mit gewisser Heiterkeit nun auch von meiner Seite aufgenommen.

Ich bin noch einmal zurückgefahren, du warst natürlich nicht da, im Herbst, ich hatte noch einmal allein dort sein wollen, von meinem Platz aus aufs Meer sehen, eine Zigarette rauchen und sie dann austreten wollen. Und ich hatte auch unseren Ritualgang am Meer zwischen dem alten Turm und der Kanalmündung noch einmal für mich machen wollen – ich habe nicht im Haus gewohnt, im Hotel Minerva in der Stadt; das Haus war »verbarrikadiert« wie immer bei unserer Ankunft. Wäre ich eingetreten, hätten all die so unterschiedlichen, glücklichen und desolaten, Sommerwochen, die wir dort verbracht haben, auf mich losstürmen können.

Ich habe mit Silvio und seinen Eltern auf dem Land, in einem Dorf in den Bergen, zu Abend gegessen, bei einer Wirtin, die ich nur die Breughel-Wirtin nennen kann: schwarzes Kleid, hängend (wie deines), schwarze, bis über die Knöchel reichende Schnürschuhe, lange schwarze Haare, strähnig (wie deine), von einer Bakelitspange zusammengehalten, die Nase immer hoch und ein bisschen blöd in die Luft – aber sie war sicherlich Mitte fünfzig und machte wunderbare Pappardelle mit Hasenragout.

Es waren neue Leute am Strand: Schweizer und Deutsche, die Strandlauf machten; dicke Frauen darunter, deren Hintern beim Laufen in eine unangenehme Eigenbewegung gerieten. Keiner mehr aus der wunderschönen feingliedrigen, langbeinigen Schar des Sommers, keine mehr aus der Zahl meiner Bräute – derjenigen, die ich mir stumm, gegen euch, dich oder Walter, erwählte.

Die Buden sind geschlossen. Sie haben ihr Geheimnis eingeschlossen.

Zum Baden war es natürlich zu kalt.

Walter schreibt mir, dass er ›unser‹ Haus an Franco verkaufen wolle, nachdem wir nun ja nicht mehr kommen. Was soll er dort allein? Er kann sich ja nicht einmal selber verköstigen. Franco will ein Hotel aus dem Haus machen. Ich glaube ihm kein Wort. Er wird es verkommen lassen wie sein Vater, der zwar nichts verkommen lässt, den aber die Anhäufung von Schrott reizt.

Ich wohne jetzt hier. Ich habe eine junge Amerikanerin getroffen. Sie heißt Ann, studiert Kunst, aber sie ist kein Ersatz für dich. Solltest du Lust haben, zur feierlichen Einweihung des Music Centers hier zu sein, lass es mich wissen – es ist zwar noch ein wenig Zeit bis dahin, trotzdem, es ist bisher das Werk unter allen, die ich gebaut habe, an dem mein Herzblut hängt, und es ist immerhin in unserer Zeit entstanden. Oskar. Ich gebe dich niemals frei.